埃莱娜·费兰特作品系列

La frantumaglia

碎片

Elena Ferrante

〔意大利〕埃莱娜·费兰特 著

陈英 译

人民文学出版社
PEOPLE'S LITERATURE PUBLISHING HOUSE

著作权合同登记:图字 01-2020-1765 号

LA FRANTUMAGLIA

---

by Elena Ferrante

图书在版编目(CIP)数据

碎片/(意)埃莱娜·费兰特著;陈英译. —北京:
人民文学出版社,2020(2024.2 重印)
(埃莱娜·费兰特作品系列)
ISBN 978-7-02-015917-8

Ⅰ. ①碎… Ⅱ. ①埃… ②陈… Ⅲ. ①访问记-意大利-现代 ②书信集-意大利-现代 Ⅳ. ①I546.65

中国版本图书馆 CIP 数据核字(2019)第 300635 号

责任编辑 李 娜 潘爱娟
装帧设计 梯·周安迪

出版发行 人民文学出版社
社 址 北京市朝内大街 166 号
邮政编码 100705

印 制 上海盛通时代印刷有限公司
经 销 全国新华书店等

字 数 230 千字
开 本 889 毫米×1194 毫米 1/32
印 张 12
版 次 2020 年 10 月北京第 1 版
印 次 2024 年 2 月第 6 次印刷

书 号 978-7-02-015917-8
定 价 69.00 元

如有印装质量问题,请与本社图书销售中心调换。电话:010-65233595

目　录

I　碎片

1991—2003　*1*

前言　*3*

1 好巫婆的礼物　*4*

2 母亲的裁缝　*6*

3 奉命写作　*11*

4 被改编成剧本的书　*14*

5《烦人的爱》的改编　*16*

费兰特和马里奥·马尔托内的通信

6 媒体的等级　*34*

7 是的。不是。我不知道。　*38*

假设一场空洞的采访

8 服装和身体　*42*

屏幕上的《烦人的爱》

9 偷偷写作　*47*

给戈弗雷多·福菲的信

10 工作的女人 61

11 总能揭示真相的谎言 65

12 没有爱的城市 66

戈弗雷多·福菲对费兰特的采访

13 没有安全距离 70

斯特法妮娅·斯卡特尼对费兰特的采访

14 一个解构的故事 74

耶斯佩尔·斯托加德·詹森对费兰特的采访

15 自愿终止怀疑 81

16 碎片 88

17 后记 159

Ⅱ 拼图

2003—2007 163

1《碎片》之后 165

2 文字中的生活 167

弗朗西斯科·埃尔巴尼对费兰特的采访

3 搁浅的日子 172

费兰特给罗伯特·法恩扎的信

4 玛格丽塔·布伊——一个出人意料的奥尔加 175

安琪奥拉·科达奇-比萨内里对费兰特的采访

5 没有作者的书 179

6 这孩子怎么这么难看！ 185

7 探寻的不同阶段 189

弗朗西斯科·埃尔巴尼对费兰特的采访

8 点燃读者的热情 194

费兰特和“华氏度”节目听众的对谈

9 母亲身体散发的女性气息 209
玛莉娜·泰拉尼、路易莎·穆拉罗对费兰特的采访

Ⅲ 书信

2011—2016 219

陪伴着其他书的书 221

1 一个非常精彩的附庸 224
保罗·迪斯特凡诺对费兰特的采访

2 恐高症 230
凯伦·沃尔比对费兰特的采访

3 每个人都是一个战场 232
朱丽娅·卡利加罗对费兰特的采访

4 不在场的同谋 236
西莫内塔·菲奥里对费兰特的采访

5 绝不放松警惕 241
雷切尔·多纳迪奥对费兰特的采访

6 写作的女人 250

7 过分的人 281
古德蒙·斯奇尔达对费兰特的采访

8 十三个字母 288
毛利西奥·梅雷莱斯对费兰特的采访

9 讲述难以讲述的故事 294
亚赛明·孔加尔对费兰特的采访

10 那不勒斯城的真相 303
阿尔尼·马提亚松对费兰特的采访

11 手表 307
艺术杂志《弗里兹》对费兰特的采访

12 小菜园和世界 310

露丝·乔对费兰特的采访

13 信念之下的混乱 317

爱丽莎·沙贝尔对费兰特的采访

14 保持不满，保持抵抗 330

安德烈阿·阿圭拉尔对费兰特的采访

15 越界的女性 337

丽兹·约比对费兰特的采访

16 对女性智慧的浪费 344

黛博拉·奥尔对费兰特的采访

17 无论如何 353

费兰特和尼古拉·拉乔亚的对话

人名、报刊名对照表 373

关于作者 376

I
碎片

| 1991—2003 |

前　言

这本书献给那些读过并喜欢费兰特最开始的两本小说——《烦人的爱》（1992 年）和《被遗弃的日子》（2002 年）的人。随着时间的流逝，第一本小说已经成为经典，导演马里奥・马尔托内根据《烦人的爱》拍摄了一部高水准的电影，这激起了大家对作者的好奇；第二本书《被遗弃的日子》让费兰特获得了更多读者，有很多读者都渴望了解埃莱娜・费兰特是什么样的人，这种诉求越来越强烈。

为了满足众多忠实读者的好奇，我们决定把费兰特写给 e/o 出版社的信，她接受的书面采访，以及她和一些热心读者的交流收集在一起，做成了这本书。我们希望，这些文字能彻底澄清作者从不出现的原因，解释她为什么十年如一日坚持自己的决定，拒绝媒体的逻辑和要求。

出版人桑德拉・欧祖拉、桑德罗・费里

注:

《碎片》第一版出版于 2003 年 9 月，本书所有注均为编注。

- 1 -
好巫婆的礼物

亲爱的桑德拉：

上次我和你，还有你先生见面，我们相谈甚欢，你问我打算为《烦人的爱》(我现在已经习惯这本书最终的名字了，真是太好了）的宣传做些什么。你用开玩笑的语气问我，同时你锐利的眼神饶有兴趣地看着我。我当时没勇气回答你，我觉得我跟桑德罗已经说得很清楚了，他表示绝对支持我的选择，我当时希望不再谈论这个话题——即使只是开玩笑。现在，我通过书面形式回答你，因为文字可以抹去长时间的停顿，抹去我的犹豫和妥协。

我不打算为《烦人的爱》做任何宣传，也不想参与任何公众活动。我为这部长篇小说已经做得够多了：我把它写了出来，如果这本书有价值，那就够了。假如将来有人邀请我参加研讨会和辩论会，我不会去参加。即使颁奖给我，我也不会去领奖。我永远都不会去推广我的书，尤其在电视上，不管在意大利还是在国外。我只想通过文字和读者交流，即使是通过文字，我也希望尽可能少参与。我下了很大决心，家人也支持我，我不希望被迫改变决定。我知道这会给出版社带来一些困难，我从一开始就很喜欢你们，我很欣赏你们的工作，我不希望给你们增添任何麻烦。如果你们无法支持我的决定，请马上告诉我，我理解你们，我也不是非要出版这本书。

我为什么要做出这个决定，你知道，我很难说出所有理由。我只想告诉你：我与自己打了一个小小的赌，我要坚持我的信念。我相信，书写出来之后，就不需要作者了。如果一本书有内涵，它迟早都会找到读者；假如它没什么价值，那就算了。这样的例子有很多。我喜欢从古到今那些作者无法考证、很神秘却充满生命力的书。对我来说，这就像是夜晚发生的奇迹，就像小时候在主显节晚上等待礼物一样，夜里异常激动地上床睡觉，第二天早上起来就能看到礼物，但从来没见过送礼物的老巫婆“贝法娜”。无论是神秘精灵在家里创造的小奇迹，还是让人惊异的人间奇迹，没人知道是怎么回事儿，这才是真正的奇迹。我保留了这份天真的念想，到现在，我还渴望见证大大小小的奇迹。

亲爱的桑德拉，因此我要明确告诉你：如果《烦人的爱》没有带来任何反响，那也没什么，这说明我们错了。如果它带来了极大反响，那它要表达的都很清楚了，我们只能感谢我们的读者，感谢他们的耐心，他们捕捉到了这本书里的信息。

此外，宣传难道不是很花钱吗？不参加这些活动，我会是出版社最省钱的作者，我的出场也省了。

一个热情的拥抱！

埃莱娜

注：

这封信写于 1991 年 9 月 21 日。

贝法娜（Befana）是传说中在主显节前夜会给儿童带来礼物的丑陋的老巫婆。

- 2 -
母亲的裁缝

亲爱的桑德拉：

这个奖项让我很激动。我不得不告诉你，我内心混乱不是因为我的书获奖了，而是这个奖叫“莫兰黛奖”。我想写几句感谢的话，向这位我一直都很热爱的女作家致敬。我开始在她的书里寻找适合这个场合的段落。我发现，我越心急就越难找到。我翻来翻去也没找到任何一句合适的话，但实际上，我觉得我记得很多句子。那些话从书里逃走了，让书看起来像空空的墓穴，我需要反思一下这是为什么。

到底是什么挡住了我的视野？我要找的是莫兰黛通过女性视角描写母亲的一段，但是，她虚构的男性声音迷惑了我。我很清楚，那些文字都在小说里，要找到那些句子，我需要回想我第一次读那些文字时的感觉。当时我觉得，作者男性语气里隐含着女性的情感和声音。为了找到那段话，我只能重新匆匆读一遍她的作品，找到想引用的段落。小说都是非常复杂的有机体，开始几页，就会在读者内心勾起某种情绪、波澜，那些深深打动我们的段落，是我们内心最汹涌的时刻：我们重新寻找这些段落时，那些好像专门为我们写就的句子，要么消失了，要么再次看到时，它们会变得很普通，甚至有些老生常谈。

最后，我找了一个大家都很熟悉的段落，我本来想把这段话用作《烦人的爱》的引言，但又不是很合适。现在读这段话时，我们会觉得它的意思昭然若揭，莫兰黛用嘲讽的语气，揭示了南方男人将母亲的身体精神化的态度。因此，假如你们觉得有必要引用这段话，让我感谢的致辞变得更容易理解，那我把这一页抄在这里。在这段里，莫兰黛笔下的人物朱迪塔遭到羞辱，结束了表演生涯，回到了日常生活，不再那么引人注目。在这段文字中，莫兰黛概括了朱迪塔对儿子说的话，指出他身上的西西里男人的特点。

> 朱迪塔抓住了他的手，吻了无数下。这时候，他摆出了一副西西里男人的样子：就是那种一本正经、爱面子的男人，总是很担心自己的姐妹被别人占便宜，不希望她们晚上出去，不要被别人的花言巧语迷惑，不要涂脂抹粉！对于这种男人，可以用两个词来形容母亲：年老而神圣。母亲衣服的颜色永远都是黑色的，或者顶多是灰色或者褐色。她们的衣服总是不显身材，没有任何人，包括母亲的裁缝会想到，母亲会有一具女性的身体。她们的年龄是一个谜，没有任何重要性，因为她们唯一的年龄就是老年。这些年老而无形的女人的眼睛是神圣的，她们不会为自己哭泣，只会为孩子哭泣；她们的嘴唇也是神圣的，她们不会为自己祈祷，而是为孩子祈祷。在儿子面前，如果有人叫他们母亲的名字，那就麻烦了！麻烦大了！这是致命的羞辱！

拜托你们，在朗读这段时不用太激动，声音要平稳，不要像那些糟糕的戏剧演员一样，用声情并茂的语气。朗诵这段时，只需要稍微强调一下这几个词：不显身材，母亲的裁缝，女性的身体，没有任何重要性。

下面是我写给这个奖项评委的信，我希望大家明白，莫兰黛的话到现在一点儿也没过时。

再次对给你们带来的麻烦表示歉意。

埃莱娜

尊敬的委员会主席，敬爱的评委：

我热爱艾尔莎·莫兰黛的作品，我脑子里有很多她的话。在给你们写这封信之前，我在她的小说里寻找这些话，就是想引用一些句子，挖掘它们的深度。我明明记得这些话都在她的书里，但我却没找到几句，好像很多话都隐藏起来了。还有一些句子，尽管我找的不是它们，但我在翻阅时发现，这些句子比我找的更迷人。有些句子在读者脑子里会产生什么效果，这很难预料。除此之外，我要寻找的是关于母亲形象的段落，那是莫兰黛创作的核心，我在《谎言与占卜》里找了，在《阿杜卢的岛屿》里找了，也在《历史》和《阿拉科埃里》里找了，最后，我在《安达卢西亚披肩》里找到了我大概要找的东西。

你们当然比我更了解莫兰黛，所以我不用把这些句子写出来。那个段落说的是儿子心目中母亲的形象：她们一直处于老年，目光神圣，嘴里说着圣洁的话，总是穿着黑色或灰色的衣服，衣服最鲜艳的颜色也只是褐色。刚开始，莫兰黛谈论的是那些刚强的儿子：“那种一本正经、爱面子的西西里男人，总是会很担心自己的姐妹被别人占便宜。”但写了几句之后，她就不再谈论西西里——在我看来——她开始展示一个不怎么乡土的母亲形象。在“不显身材”的表述出来之后，她的语气就发生了变化。母亲的衣服一般都“不显身材”，她们唯一的年纪就是“老年”，也没有身材。莫兰黛写道，这样一来，“没有任何人，包括母亲的裁缝会想到母亲会有一具女性的身体。”

我觉得那个“没有任何人”，非常意味深长。“不显身材”这个界定非常有力、强大，限制了“母亲”这个词。在女儿或儿子的心目中，当他们想到母亲的身体时，她的身体没有应有的形状，或者他们想到母亲的身体时，会带着一种排斥。即使是母亲的裁缝，即使她们同样是女性，也是女儿、母亲，她们也无法接受母亲的身体。她们会按照习惯，不由自主地裁剪出掩盖母亲的女性特征的服装，就好像身为女人是母亲的错误，像是麻风病。母亲的裁缝就是这种态度，这样一来，母亲的年龄就成了一个谜，也并不重要，“老年”成了母亲唯一的年龄。

写到这里，我才意识到，“母亲的裁缝”意味深长。她们深深地吸引着我，尤其是如果我把她们和我小时候经常听到的、一直都让我很好奇的话联系在一起：“量体裁衣。”在我童年的想象里，这句话里隐含着恶意：一种恶意的侵犯，粗暴地毁掉身上的衣服，让人赤身裸体；或者更糟糕，就是通过一种神奇的艺术勾勒出你的身体，让你丢人现眼。现在，我觉得这个表达既不邪恶，也不粗暴。相反，我对裁剪、穿衣、言说之间的关系充满兴趣。我觉得“量体裁衣”是魔咒一样的说法。假如裁缝用剪刀剪去母亲身上的衣服，让她们的身体裸露出来；假如母亲的裁缝能做出一些贴身的衣服，能凸显母亲的身材，那么她们的身体、年龄就不再是秘密，也不再无关紧要。

也许，莫兰黛谈到母亲，还有她们的裁缝时，是在谈论要给母亲找到真正的衣服，要揭示让“母亲”这个词汇变得沉重的习俗，或者事情不是这样。无论如何，我想起了她笔下的其他母亲形象（可以让人想到“母亲症候”，比如说，“对麻风病体编织一种清凉的爱意”），如果能深入研究和追溯这些形象，会展示新一代裁缝如何和“不显身材”做斗争。

注:

费兰特没有去领第六届“普罗奇达,《阿杜卢的岛屿》—莫兰黛奖(1992年)”一等奖。以上是她给出版社写的一封信,编辑在颁奖仪式上念了这封信。1993年,这篇文章经过整理和修订,被收进让-诺艾·斯奇法诺和迪乌娜·诺塔尔巴托洛编著的《艾尔莎·莫兰黛笔记》。文中引用的莫兰黛的小说片段选自《安达卢西亚披肩》,艾诺蒂出版社1985年版,第207—208页。

- 3 -
奉命写作

亲爱的桑德拉：

你们到底在做什么啊？我很乐意为出版社成立周年写点儿东西。我发现，奉命写作是可行的，有人甚至写得津津有味。现在会发生什么呢？就像把塞子揭开，水池里的水都会往下流？我已经做好准备了，写什么都可以。你们下次会不会让我参加你们新汽车的庆祝会？我会回忆起我第一次坐汽车的情景，一行行写下去，祝福你们有了新车子。你们会不会让我祝福你们家猫生了小猫？我会提起我父亲之前送给我的那只猫咪，后来他受不了猫叫，就把猫丢在了那不勒斯郊外，赛贡蒂阿诺路边。你们会不会让我写一篇文章，介绍今日的那不勒斯？我会提到，之前我很害怕出门，担心会遇到一个多事的邻居，有一次我母亲生气了，曾把这个邻居从家里赶了出去。我会在文章里表达出我对暴力的恐惧，这种恐惧到现在还让我心有余悸。这时候正好是新旧政治交替，我们还不知道该支持谁。我是不是应该心急火燎地许个愿，学会爱自己的母亲？我要讲述小时候，我母亲在路上紧紧地拉住我的手，从这个细节开始写——仔细想想，我还真有点儿想写这个。我还记得那种皮肤接触的感觉，她紧紧拉着我，我很想摆脱她，跑到那些坑坑洼洼、满是危险的路上，我能感觉到她的恐惧，我自己也很害怕——我会找到语言，来完成我的人物，顺便引用一下露丝·伊里加雷[①]

① 露丝·伊里加雷（Luce Irigary，1932— ），生于比利时，法国哲学家，语言学家，女性主义者。

和路易莎·穆拉罗[1]的话，写下来一些句子，会引出后面的话。写出一页说得过去、还算优雅风趣的文字，并不是那么艰难的事情，任何话题都可以写，无论庸俗还是高雅，简单还是复杂，重要还是不重要。

该怎么办呢？拒绝那些我们爱的、信任的人吗？这也不是我的方式。那些纪念性的话语我之前写过，我想尽量告诉你们我的真实态度：我欣赏你们的勇气，这些年你们一直都在进行着一场高贵的斗争，现在这场仗更难打赢了。

这就是我要对你们说的，我祝福你们。这一次，我从一串青榴写起，后面我不知道我会写什么。我本应该用记忆、思绪和心情，用通常的套话淹没你们。这要费什么力气呢？我感觉自己提笔就可以写现在的年轻人、电视里那些恶俗的东西，写一下贾科莫[2]、弗朗西斯科·约韦内[3]，打哈欠的艺术，写一个烟灰缸。契诃夫，伟大的契诃夫，当一个记者想要知道他的小说源自哪里时，契诃夫顺手拿起了距离他最近的东西——正好是一个烟灰缸——他说：你看到这个了吗？你明天来找我时，我会给你看一篇题为《烟灰缸》的小说。很有趣的轶事。发生的事情什么时候，怎么才能变成文字呢？我不知道。我只知道，写作有很让人沮丧的一面，尤其是牵扯到比较敏感的问题时。有时候，即使讲出事实，也像是假的。因此我要消除误解，我在后面附上我对你

---

① 路易莎·穆拉罗（Lusia Muraro，1940— ），意大利历史学家，作家，女权主义者。

② 萨尔瓦托雷·狄·贾科莫（Salvatore Di Giacomo，1860—1934），意大利诗人，作家，法西斯分子，那不勒斯文化的重要声音之一，曾为那不勒斯民间诗歌复兴作出贡献。

③ 弗朗西斯科·约韦内（Francesco Iovine，1902—1950），意大利作家，记者，著有小说《埃娃夫人》等。

们诚挚的祝福，没有青榴，没有文学和其他，这些都是我发自内心的祝福。再见。

埃莱娜

我小时候住过很多房子，其中有一栋，每年春季，向东的墙壁上都会长出一丛青榴。那堵墙是石头砌成的，中间缝隙很大，没有种子，也没有一点儿土。但那丛青榴总是长得很茂盛，还会开花，颜色很优雅，我现在脑子里还能回想起青榴开花的样子，充满了温柔、节制的力量。那个把房子租给我们的农民每年都会把那丛青榴割掉，但没用，每年它还是会长起来。后来那个农民用石灰把那面墙粉刷了一遍，在上面涂了一层让人无法忍受的天蓝色涂料。我等了很久，充满信心，我希望那丛青榴能顶破那层墙壁的表面。

现在，我想要给出版社说几句祝福的话，我感觉，那丛青榴真的长了出来，外面的石灰裂开了，那丛青榴开始冒芽了。因此，我祝福 e/o 出版社，要继续对抗石灰的斗争，对抗所有那些通过抹杀差异制造和谐的一切。你们要一季接着一季，坚持推出自己的书，要让青榴开出花朵。

注：

e/o 出版社创立于 1979 年，1994 年 9 月，出版社成立 15 周年时，费兰特给出版社写了以上的信。这篇短文被收入出版社书录中。

- 4 -
被改编成剧本的书

亲爱的桑德罗：

我很好奇，迫不及待地想看看马尔托内写的剧本，麻烦你收到之后就马上寄给我吧。然而我又有点儿担心，读这个剧本，除了能满足我的好奇心外，没有别的用处。我只想知道，马尔托内的电影从我的书里汲取了什么，正在汲取什么；书中的哪些内容对他有所触动；他又是如何展开想象的。此外，仔细想想，我预感我会陷入一种有点可笑，又有点尴尬的境地：我自己写的故事，别人又写了一道，我成了这个故事的读者。透过他的字里行间，我会想象过去我想象过、经历过，并用文字记录下来的东西。无论我是否愿意，我现在的想象都会和过去的想象形成对照，这是可喜，还是可悲？总之，我会成为我的读者的读者，他会运用他的智慧、才能与敏锐，用他的方式，为我讲述他从我的书里看到的。我会有什么反应，我现在还不知道。我害怕发现自己对这本书知之甚少。我害怕在别人的文字里（我觉得剧本是一种专业写作，也是用来叙事的写作），看到我“真正”描写的东西，并感到厌恶，或者发现作品的薄弱之处，抑或意识到它所缺失的东西，那些本该讲述的，却因为我的无能、懦弱，文学上的自我限定、目光短浅而没能讲述的东西。

好了，我不想太啰嗦了。我得承认，比起那些细小的焦虑与担忧，我还是更愿意有一次全新的体验。我会这样做：我不去想这是马尔托内拍摄电影的准备工作，我会把这当成一次细读的机会，通过一个人的文字，探索他的创作。我不是在探索我的书，因为它已经不属于我了，而是在探索我写这本书时涉及的一些材料。如果你见到马尔托内，或者联系他，请告诉他，让他别期望我对剧本有什么有用的、技术性的意见。

感谢你为此付出的辛劳。

埃莱娜

注：

这封信写于1994年4月，涉及马里奥·马尔托内根据《烦人的爱》改编的剧本，导演把剧本内容发给了费兰特，并附上了一封信。他们的其他书信往来，我们也收录在了后面。

- 5 -

《烦人的爱》的改编
费兰特和马里奥·马尔托内的通信

1994年4月18日，坎帕尼亚诺

尊敬的费兰特女士：

我发给您的是剧本的第三稿。您可以想象，后面在拍摄的过程中，还会有其他调整，人物情节发展，或者背景选择，让剧本很像一张地图：写得越详细，拍起来就会越自由，一直到现在，我还在不断修订。

我尽量理解和尊重原文，同时我通过自己的经验、记忆，以及我对那不勒斯的印象，对文本进行过滤。我塑造出来的黛莉亚，可能不是您所熟悉的，但这是必要的。因为您在小说中给这个人物形象上蒙了一层纱，您揭示了她的想法，向读者刻画了她的突出特点，但从来都没有通过其他人的目光，把她直接展示在我们面前。您的文字，入木三分地刻画了黛莉亚和阿玛利娅母女之间的细微之处，这种神秘感会通过电影语言得到展示，这是我希望的。实际上，从开始，我们在电影里就会看到黛莉亚。我尽量让黛莉亚具有您小说中塑造的人物特点，也有这个人物扮演者——安娜·博纳伊伍图的一些特点，我很喜欢这种方式。您想想，假如您看到这部电影，那就像《那不勒斯数学家之死》里，雷纳托·卡乔波里笔下的人物和演员卡罗·卡奇融为一体的感觉。通过这种方式，电影通过具体图像展示小说塑造的形象。不要忘记，摄像头会拍摄到那张脸、她的身体和目光。

剧本里的“闪回”“画外音”也许有点儿太多了，考虑到这些可以在后期进行加工，现在还是保留目前的样子吧。我改变了一些背景设定，您会看到，尤其是我把一个宾馆房间改成了一个温泉度假村。这些调整，还有将来的其他调整，都是因为我试图找到一些接近小说里描述的真实地方，避免搭建人工布景；第二个原因，比如说那个宾馆的房间，在屏幕上的效果，明显会和人们想象的不一样。因为这个缘故，我更希望菲利普舅舅的两条胳膊完好无损：我担心观众如果看到一条残缺的胳膊，会想着扮演的技巧在哪里。

至于这个电影的时间背景，还有当时选举宣传的氛围，我希望您能提出一点建议：我不想让观众觉得莫名其妙。我还附了一篇出现在《宣言报》上的文章复印件，我觉得，它精确地捕捉到了亚历桑德拉·墨索里尼的女人味和法西斯之间的关联。这就像那不勒斯的人文特征：在我看来，这种关系在《烦人的爱》中并不陌生。

我请求您不要有任何顾虑，假如您愿意，您可以提出您的想法和建议，包括一些细节问题：这对于我非常珍贵。我真希望这个剧本不会让您失望：我一定不辜负您的信任，拍好这部电影。

致以诚挚的问候，

马里奥·马尔托内

亲爱的马尔托内：

您的剧本让我很振奋，之前我也尝试过写剧本，但每次都写几行就停笔了，我非常欣赏您在这个领域的成就。我只是担心，我不知道如何帮助您完成您的计划。因此我决定这么做：我会在这封信后面列出我的修订建议，您要知道，这都是细枝末节的事情，我写出来也觉得有些尴尬，您可以根据需求取舍，这是我在读剧本时标记出来的，并没有太深思熟虑。可能很多地方在您看来是没有根据的，这其实都是我最初构思人物和事件时，脑子里形成的既定形象，也是我想写出来的形象。也许我在做这些标注时，并没太多考虑需要通过镜头，对黛莉亚这个人物进行重新塑造。我提前对您表示歉意。

第 10 页，提到奥古斯托时：黛莉亚每根筋都绷得紧紧的，她说的每句话，热情或冷冰冰，亲密或疏远，都体现出这种张力。她和男人的关系不是一种经验，而是一种尝试，她想突破那种被压抑的高潮，但所有尝试都以失败告终。我觉得，她也没法享受到任何孤独。孤独对于她不是一个停顿，不是对激烈生活的调整，而是封闭，变成了一种生活方式。她的每个动作、每句话都是一个结，发生的事情会解开这些结。我觉得没必要展示她的日常生活，还有那些庸常的谈话和情感。假如有奥古斯托这个人，黛莉亚也不会提到。总之，可以去掉提到孤独的地方，也没有必要用“我们谈谈吧”这句话。

第 14 页，我觉得，玛丽亚罗莎莉亚的那句话说得太过火了，可以换一句话，需要马上揭示出：她父亲是一个占有欲非常强的人。我想说明一下，她父亲一直是一个占有欲很强的人。父亲的这种心理对黛莉亚产生了影响，让她觉得母亲很不忠贞。黛莉亚从小就确信，阿玛利娅把她生下来，就是为了把她排挤出去，和她分开，和别人厮混。阿玛利娅的这个形象——并不是真正的阿玛利娅——是黛莉亚父亲的执念，还有黛莉亚从小体验的被遗弃的感觉交织产生的结果（我指的是在文章开头提到的藏身之所）。

第16—17页，玛丽亚罗莎莉亚说的第二句话，还有随后婉妲说的话，在我看来有些多余，她们说出了三姐妹都知道的事实。这些话像反问，可能对于观众有用，但对于人物塑造没有太大用处。除此之外，玛丽亚罗莎莉亚说话的语气，是不是和她要说的话—— 她还有她丈夫的情况有些矛盾？假如她们谈论的主题是逃离那不勒斯还有家庭纠葛，可能三个姐妹彼此“揭发”一下，让别人看到她们不为人所知的一面，会更好一些。

第18页，那台老缝纫机的出现，还有女孩在缝纫机上的探索，可能会让人看到母亲在家的工作，引入衣服的主题（她想象母亲穿上那些衣服，后来会揭示出，那是母亲为她挑选的），还有受伤的手指。这些物件（缝纫机、针、粉笔、顶针、别针垫子、手套、布料和衣服）都是一些暗示，都能展示阿玛利娅隐藏她不安的或者说有待规训的身体。但我还是想强调一点，阿玛利娅的工作，在有些场景下会让人联想到斗争，也就是在四五十年代人们为了生存的挣扎，后来他们逐渐有了一些奢侈品（卡塞尔塔的蓝色西装和驼色大衣，在黛莉亚看来，就是母亲的“另一种生活”——一种秘密的生活）。《烦人的爱》的故事深层有这样一个背景：一个无产者从赤贫状况过渡到一种类似于资产阶级的富裕生活，这中间会有巨大的能量浪费。我们想想尼古拉·伯雷德罗的黑市买卖，他用搞到的商品供给他父亲在郊外的点心房；尼古拉·伯雷德罗通过黛莉亚父亲的“艺术”发了小财，有一个阶段他很有钱，但他后来还是滑向了贫穷。他通过一些非法买卖，最后年老时，靠着儿子给黑社会办事的非法所得苟活着。需要想象一下，黛莉亚的父亲开始是有一些天分——可能沃氏姐妹挂在店里的画儿真是他画的——但他迫于生计，他急需要超过卡塞尔塔（卡塞尔塔炫富，让他很嫉妒、恼火）这使他改变了初衷。想一下，那种迫于改变经济状况的心理，会在他身上产生一连串反应，压力混合着暴力、嫉妒、性方面的畏惧、怀才不遇、挫败感，还会让他遭受盘剥和利用。黛莉亚也觉得，工作都是男人的事儿，但后来有一个非常重要的时刻，她意识到，母亲的工作会给家里带来金钱。母亲的身体是“吉卜赛女人”裸体的原型；父亲和卡塞尔塔之间的决裂（中间还卷入了阿玛利娅），起因是对那具身体以获利为目的的使用产生的矛盾。

第 19 页，为什么这里加入了一个“无声”，再开始电梯的镜头？难道连接起来不更好吗？先看到阿玛利娅在楼梯间呼唤黛莉亚，然后又回到正在讲述的事件。

第 33 页，黛莉亚说的第一句话，我觉得有些多余。除此之外，按照我的构思，她父亲一直都有强烈的嫉妒心。在这时候，他嫉妒、吃醋的原因更复杂，让他怒火中烧。

第 34 页，尼古拉·伯雷德罗的父亲——安东尼奥的爷爷，我觉得这个形象太不清晰（可能是我个人的感觉）。从另一个方面，他的角色又很重要。卡塞尔塔没卖那间酒吧，而是促使自己的父亲——点心房师傅去卖。按照尼古拉的说法，这个老头是他安置的，但还要“摆阔”。

第 38 页，关于那幅画的主题，除了我书上写的，我觉得还要再丰富一点儿：黛莉亚的父亲在炫耀和怀才不遇两种心理之间摇摆。这是能展示这种心理的唯一时刻。

第 53 页，背景的改变（用温泉来代替宾馆），我觉得不错。我只是担心，就像我之前说过的一样，这可能会让黛莉亚失去一个非常重要的特征，她的身体无法突破一种状态，她和她母亲性感的女性形象截然相反。如果那个场景能展现出黛莉亚的身体欲望和厌恶，能展示出她作为女人的痛苦，那就再好不过；否则，这个场景很容易成为一个媚俗的情欲表演。

第 68 页，我觉得最好删除“看看，看看，看看……”，这句台词和黛莉亚的人物性格不符。

第 69 页，那幅画——我坚持自己的看法——可能要强调一下。通过“神化”艺术的方式，来实现自己经济、社会和文化的解放，这可能是父亲的一个“正面”特征，他的天分在社会上很难得到承认，但他依然野心勃勃。但我觉得不需要再补充什么：只是在表演时需要突出这一点，您找到演员时，可以跟他强调这一点。

第 74 页，黛莉亚的那句台词很难，但那不是一个新发现（对于观众是一个新发现，但对于她不是），那是鼓起勇气，说出一个酝酿已久的事实。

最后：我觉得那个选举的场景安排得也不错，虽然是作为“背景”出现的，是遥远的声音，但也是不容忽视的细节。

我希望您对我宽容一些。我对于怎么念台词基本一无所知，可能我提出的这些问题都是已经显而易见的事情，根本就用不着指出来，或者在拍电影时基本用不上。如果我说的全是外行话，那就不用考虑我写的这些，我只保留对您的敬意，还有对您的工作和创作的欣赏。对于我的书，我更在意的是（让我觉得享受的是），它激起了别人的想象力和创造力，这都是完全属于您的东西。致以，

诚挚问候！

埃莱娜·费兰特

亲爱的马尔托内：

您最近发过来的剧本，比上个版本更让我满意，但我又很难说明具体原因。我读这个剧本时非常投入，也很振奋，读我的小说没有这种感觉。除此之外，您重新创造了《烦人的爱》，我感觉我又重新发现、看到和感受到它所传递的情感。现在看来，这个结果让我很满意，我为您感到高兴。

关于把黛莉亚放置于博洛尼亚，我没什么意见。我在小说里写的是她生活在罗马，但罗马在这个故事中无关紧要：不需要特别指明黛莉亚生活的地方。她是一个单身女人，有一点儿才气，这让她可以养活自己。她对自己和别人都很苛刻，她努力保持自己的平衡；但她很脆弱，也很焦虑，有时候有些幼稚，尤其是当她母亲来访，让她回想起那不勒斯的生活时。就我所知，博洛尼亚代表了一个更“艺术”、更“前卫”的城市，这是我在小说中塑造这个人物时没提到的。假如您觉得这个城市对于展示人物的工作有用，能让她更逼真，那将罗马换成博洛尼亚，对于我来说

没有任何问题。

让我感兴趣的是，您把阿玛利娅的房子安置在卡莱丽娅区的一栋楼里。我对这些房子很熟悉，我觉得这是一个好主意。您对这个故事表现出极大的敏感，我很欣赏您对于城市空间的“改造”。我写小说时，想象他们居住在一条无名的胡同，现在我想象着黛莉亚面对着卡莱丽娅广场，四处全是方言的声音，我很喜欢这个场景。

对于那栋建筑夜晚场景的修改令人信服，我猜测，您是在确定这个地方之后，才产生的灵感。尽管我很迷恋黛莉亚从高处往低处移动的情景，我也很满意这个修改。她青春期的藏身之所在“高处”，这在我的脑子里——可能有些机械——和她童年在“地下室”正好相反。黛莉亚把她母亲引向高处，卡塞尔塔也应该上到那里，但这两次相遇都失败了，黛莉亚不得不“向下走”，整个故事的结构都会重新调整，她从中心到边缘的过渡。但这都是细节问题：现在的情景设置，在我看来很紧凑，节奏鲜明，很有表现力。

但我觉得还有一个问题需要再探讨一下，就是黛莉亚和她母亲在电梯里遇见时的情景。这个镜头非常重要，因为这是第一次展现她们的嫉妒关系，一种身体上的尴尬（在小说中，这种尴尬通过一个动作来表现，就是黛莉亚从母亲身上抽出手，放在了自己的胸口，她打开门，让母亲从房间里出去）。我觉得，讲述者可以利用这个机会展示黛莉亚内心的嫉妒，让这个情景变得模糊，打乱她的想法，而不是澄清它们。我不知道，您能不能找到一种方式，让观众看到的是一段记忆，而不是个人的感觉。您已经解决了很多的问题，当然这个技术问题也会解决。

关于去掉话外音的决定，我觉得非常好，我现在看您最近修订的剧本，效果很好。对于您来说，第一人称的讲述可能太束手束脚了（一旦开始用第一人称讲述，很难变成第三人称）。无论如何，现在的剧本很有创意，通过一些场景强化了黛莉亚童年的视角，有时候用滤镜产生另一种效果。我想说的是，关于电梯里的情景，我知道很难处理，我希望您能再考虑一下，把第一人称讲述者的声音去掉，完全去掉，或者基本去掉。

在我的小说中，黛莉亚的声音已经脱离了整个事件，她已经不再是一个生活在那不勒斯的女人，她离开了很久，但内心依然带着这个城市的印记。她远离那不勒斯，才能用自己的声音讲出在那里的遭遇；她内心的感受和人事的变迁。您塑造的黛莉亚，她在那不勒斯行动的同时，已经能看出她的“内心”和“外表”（这个效果很好，您的创意产生了非常好的结果），已经不需要后面的回顾。所以我觉得，现在剧本里残留的讲述者的声音，从某种程度上来说有些多余，已经背离了当时的初衷。当时，讲述者的声音，是为了回顾她曾经做过的事情，但这不能成为她行动时的心理活动。因为从第三人称角度，她做这些事情时，也不知道后面会发生什么。我们在屏幕上看到的，已经流露出了她的内心世界。

假如可能的话，希望彻底去掉讲述者的话外音：对于您来说，应该不是一件很难的事情。假如没有更好的方式，就保留刚开始的一段，不用这样来凸显故事的文学性。

现在，我想说一下在阅读时的一些感想。因为电影的需要，您用方言填补了我故事中留白的地方。您做得非常自然，这是让我带着激动的心情阅读您的剧本的原因之一。我还可以想象到那些背景声音，还有没写出来的对话，这有助于制造方言的浪潮。

方言的声音让黛莉亚觉得是一种威胁，那是一种暴力、霸道的语言，会让她回想起童年的遭遇。我特别喜欢这一点，在第17场中，您避免了直接对卡塞尔塔大骂，而是让这些骂人的话混杂在城市的其他声音之中，我非常欣赏这个做法，我也非常欣赏午餐那个场景中，持续不断的噪声背景。

但有一个情景我觉得不是很自然，就是黛莉亚和乔瓦娜的对话（第6场），虽然这句话在小说中也是这样。我告诉您原因：女主人公在电影开头的场景就说方言，我觉得不是特别合适。因为黛莉亚所处的环境，从各个方面来说，都距离那不勒斯很遥远。当然，后面遇到合适的时机她还是会说方言，或者采用方言的语气：有时候是一种本能反应，比如面对那个骚扰她的男人，她喊出来的“混蛋！”，或者她和阿玛利娅在一起时。我觉得刚开始就听到她说方言，这不是很合适。我们不能一下子就了解她的过去，我们应该通过一种往前追溯的方法来发现她的经历：从阿玛利娅开始，我们从菲利普舅舅那里也能听到一些暗示，黛莉亚小时候也曾亲口说了这件事情，我们知道，她也是从老头伯雷德罗那儿听到的。我们会明白，她是怎么添油加醋说这件事的。最后，我们听到成年的黛莉亚在开诚布公地讲述事情的真相。

这些话在电影刚开始就由黛莉亚说出来，我觉得不太合适（另外，她一定不愿意说这些话，她会避而不谈，或者含糊其辞，她非常尴尬，因为她无法容忍母亲做出伤风败俗的事）。我认为，这话应该是阿玛利娅清楚地说出来，让黛莉亚受不了。故事向后发展，我们逐渐会发现，这些话是阿玛利娅说的，可能是因为她当时感觉自己处于危险之中，所以很焦急，脑子很乱（“卡塞尔塔和我在一起”，“你父亲还是想伤害我”，等等），这些话像一个喝醉酒的老太太发泄的语言，或者是在内心非常混乱的状态下说的话。

总的来说，我觉得那些话应该出现在第 5 场的最后，观众应该清楚地听到。这句话应该和阿玛利娅在电话里说的其他放浪形骸的话一起出现，来回答黛莉亚的迷惑："妈妈，你和谁在一起？"阿玛利娅说完之后，黛莉亚说出了这句话，就像是从记忆里冒出来的一句话，展示了她丰富的内心活动，她能感受到这句话里暗含的痛苦。

关于那句话本身，我想说的是（我也没有太想清楚），要么它真的很放浪，让人难以忍受；或者我们可以让它模棱两可。您采取的是第二种策略，因此我建议去掉那个"下面"，因为这个"下面"很具体，但观众会觉得不太具体。

最后，还是关于这个方面，就是在第 44 场最后，伯雷德罗站起来走了出去，我们已经能看到，黛莉亚的父亲在听她说话。卡塞尔塔对阿玛利娅说的话，其实是伯雷德罗对她说的话。这时候，可以过渡到黛莉亚说："后来我生病了……"这就和第 12 幕联系在一起了。这段在小说中非常清楚，因为我感觉读者需要知道，儿童时代的黛莉亚是利用了卡塞尔塔说的那些话。也许我错了，我写得非常匆忙，没时间去仔细反思，去找到比较好的方案。

还有个主题让我有些忐忑：就是对黛莉亚父亲的作品的盘剥和利用。

为了突出三个男人之间的交易，就像小说里描写的，卡塞尔塔和美国人进行交涉，我觉得电影应该提供更多细节。从开头"画外音"还有那个耳光的镜头（这是一个非常好的解决方案）来看，我们对这三个男人真正在做什么所知甚少，菲利普舅舅的叫喊和争吵并没说明什么问题。在小说中，有几行文字描写这些

“美国人画像”，您可以加一些细节。在第4幕，比如菲利普舅舅出现时，手里上拿着一些照片，可以这样说：“现在，你画一下这四张美国人画像。卡塞尔塔说他马上要，我把照片带过来了。”这样我们就可以看到菲利普舅舅带过来的那些照片的细节。最后一张放在画架一角，那张照片快要画完了，其他的已经画好了，是一些在海边或在田野里的照片。然后在第31页，黛莉亚就可以说：“他在画廊里和那些美国士兵进行交涉，他让那些美国人拿出家人的照片，然后说服他们，让他们找画家给他们的母亲、女朋友，还有妻子画油画。他利用这些人的怀念心理，跟他们做交易。这样大家才能吃上饭，包括你。”卡塞尔塔的那些交易，至少和黛莉亚父亲相关的交易就是这样。他去和一些美国海兵进行交流，把他们变成客户，让他们购买仿照远方的女朋友、母亲的照片画出来的油画。后来这个生意没有了，又出现了一个人物米亚罗，他把黛莉亚的父亲引向了另一个市场，五十年代，意大利小资产阶级正在成长，出现了一个完全不同的市场。

我提出这些问题，是因为在剧本里对这一方面交代得不是很清楚，就是卡塞尔塔和黛莉亚父亲之间的活动。如果您展示这些艺术作品交易，和美国人的关系，这展示了一个具体的事实（照片，还有散布在四处的画像），就为菲利普舅舅提到“吉卜赛女人”画像做好了铺垫（这里特别棒，不需要改）。

我没有其他建议了，只有一些小小的注释和补充，我按照页码把这些注写了出来。但是要注意，我觉得自己有些夸张了，我发现我有时候简直是吹毛求疵。比如说在第5页黛莉亚说的那句台词：“你父亲还在警察局，不是吗？”去掉那个“不是吗？”。请原谅我的挑剔，拜托了。

第 13 页，几个姐妹之间的对话现在好一些了，我觉得还是有一些东西，需要再进一步修订一下。首先，黛莉亚说“非常多”：我觉得这个“非常多”过于模糊，而且感叹性很强，我想用一个大概的数字把它替换一下。其中有一个镜头，黛莉亚跟母亲说她藏在电梯最高层的事。这是什么时候发生的呢？两年之前，还是三年之前？黛莉亚顺口回答：“是啊，大概两三年前。”或者简单回答一下，只是说：“是呀。”或者说：“是呀，很久了。”

后面，玛利亚罗莎莉亚的回答，让我有些不舒服，可能是我觉得所有方言都有一些言外之意：那不勒斯方言，总会让人感到语气里有一种抱怨，或甜腻腻、颤抖的，或者过于高昂的东西，一种过于流露的情感，其实不表达任何情感。当然，用那不勒斯方言也可以交流情感，但的确也有上面说的这些特点（无论是在菲利普舅舅，还是在德利索身上，都得到体现）。在戏剧或电影表演上，这一定会得到体现，已经有些夸张了，我不希望再通过文字进一步强化。我觉得，玛利亚罗莎莉亚可以控制一下自己的感情，她可以干脆地说：“妈妈不是说坐火车去博洛尼亚找你吗？”语气里有谴责，然后她哭起来了，婉妲会有些心烦地说一句。

第 25 页，在德利索的话里，在这一页的最下面去掉“在画廊”，用“这套房子”是不是好一些？

第 28 页，在那张身份证上有一张发黄的老照片，让我们能看清楚阿玛利娅的脸，还有她的发型。如果能把那张身份证和阿玛利娅的一张清晰的照片结合在一起就好了，这样就可以让黛莉亚更惊异。她和伯雷德罗吵架之后，会看那张身份证，会发现那张证件照被动过了手脚。如果能让观众看到阿玛利娅的照片，还有身份证带来的意外，任何创意都可以。

第32页，这句非常重要的台词，让我觉得不是很自然，但我又说不上来为什么。也许那个“半裸着”太多余了，尤其是女演员念出来的话，会不会很合适？我想起来了，在这样的情况下，黛莉亚这时候会说方言，她心平气和，没有夸张，就好像她忽然听到了之前的声音。她说了一句这样的话：“放好吧，他不希望这个吉卜赛女人的画像在集市上出现几百个复制品……”我不想太夸张了，不想对您的工作指手画脚。

第54页，我想告诉您，用在玻璃上哈气的动作，抹去一个强势的母亲，我觉得这样很美；更美的是，年老的母亲和卡塞尔塔回来，玻璃上的雾气散开，他们来到了餐厅的人群中。

第56页，这一页最下面，我希望把伯雷德罗的台词里的“黛莉亚”去掉。他直接开始说话：他要应对自己的麻烦，他不想和那个叫黛莉亚的女人产生瓜葛，因此她在下面的一句话里会带着讽刺。

第57页，伯雷德罗的那句话，我觉得不够清晰，可能改成这样会好一些：“是你来店里的，又不是我去找你的。”

第65页，在第48幕最后，黛莉亚不是应该拨一个电话号码吗？掐断一个电话，又开始一段电话铃声，这难道不会引起混乱吗？

第 69 页，我更希望她父亲能更崩溃一些，他在那一页的最下面说："……她一直在说谎，说她从来都不爱我，从来都没喜欢过我。"等等。

关于这个人物，为了平衡一下这个场景，我希望脱离我的小说。我觉得这个场景非常可怕，要在前面加一个"好的时刻"作为过渡。比如在第 4 幕最后，那个女孩儿可以来到她父亲面前，那时候他在画架前，上面是一幅"吉卜赛女人"，或者他正在画一幅别人定制的画。这时候，父亲可能会漫不经心地把她抱在怀里，女儿可能很不乐意这种接触。父亲就会问，发生什么事情了？谁把你弄伤了。她可能会挣扎着摆脱父亲说："没有人。"然后父亲就会接着去画画。我不知道这个场景可不可以再改改，其实之前的已经非常好了。

第 71 页，她父亲说的第二句话："她在做什么？"这是不是太轻描淡写了？如果改成"她和卡塞尔塔一起做什么？"难道不是更好吗？还有黛莉亚的话，可能要更直接一些："是的，那是一个谎言，你怎么会相信一个小姑娘说的话呢？我妈妈在路上跟别人打个招呼，你都觉得她是个婊子！你一下子就相信了我的话！就像我一下子相信你。我想，是的，假如她去了的话，那真是一个婊子。"用一个类似的表达。在这里，黛莉亚会再次说起方言。

第 72 页，父亲说的第三句话应该更具体一点，应该说："这幅画是我二十五岁时画的，我把它卖给了……"

第 75 页，我不喜欢“你看”这句台词。黛莉亚说“你在哪儿？”，从这句话可以听出来，她感到自己被人窥视了。

第 76 页，黛莉亚说的第三句台词：可以去掉“恶心”这个词，这是一句多余的评论，因为我们看到的东西就已经很恶心了。另外我还想加一句：“我告诉我父亲……”或者说，“来家里坐坐……”我觉得可能更好一些。这句话是年老的卡塞尔塔说的，成年的黛莉亚一直在重复这句话。到最后她终于可以承认：“我告诉我父亲的那件事：卡塞尔塔对我母亲做的事、说的话，其实是那个老头对我说的，对我做的。”

我就写这么多，我希望完成了您交给我的任务。假如您已经开拍了，可能我写的这些，对您来说已经没什么用了。那也没关系，我还是非常荣幸能仔细读了您写的剧本，想象自己能对您有用，有时候我感觉是在修订自己的文本。我很高兴能够加入电影剧本的修订，之前可能因为害怕和担忧，我假装并不期待这场合作。我希望您能容忍我的难以控制的自恋，还有偶然流露的高傲和冒失。谢谢您。

埃莱娜·费兰特

1995 年 1 月 29 日，罗马

亲爱的埃莱娜：

电影已经拍完，现在需要后期制作（剪辑、配音，对海报照片进行修改，等等）。现在的拷贝已经有了基本的内容，可以播放了，《烦人的爱》会在今年四月上映。

上次我给您写信是在八月，距离电影开拍还有一个月。后面几个月我一直投身于拍摄。现在我带着激动的心情给您写这封信，我在这个阶段的思考和感受，很难用几句话说清楚。我只是想告诉您，我很感激您让我把这部小说拍成电影。我非常喜欢这部电影，不管后面的结果如何，我都会很喜欢这部电影。我希望我没有辜负您的希望和信任。

您上次给我写的那封信，对于我来说非常珍贵。在拍摄这部电影时，我一直把那封信带在身边。这封信帮助我修改这个剧本，也让我看清那些晦暗不清的地方。埃莱娜，您愿不愿意来罗马看一下这部电影呢？我知道您非常低调，不愿意出现，我不希望违背您的意愿。假如您愿意来的话，您可以自己选择来罗马的方式和时间；假如您不愿意的话，我也会理解您。您要知道，我、安娜，还有所有合作者都非常爱您，尊重您。我们都觉得是和您一起拍摄了这部电影。

向您致以诚挚的问候，希望尽快收到您的回复，

马里奥

亲爱的马里奥：

您的邀请让我很为难。不用我解释，不用说，您应该知道，我特别希望看到您的工作成果，这是我非常关心的事情。但在这个阶段，每天对于我来说都很重要，都很关键，我正在写一个新文本——我很难把它定义为小说。我不知道我写的是什么——每天早上，我开始写作，我都会担心写不下去。我有过这样的亲身体验（非常糟糕的体验），就是任何一个意外事件都可能会减弱我写作的动力，让我觉得没必要写下去。当我分心之后，好几个月的工作就可能毁于一旦，我只能等待下一次机会。

很明显，去看您的电影，对于我来说并不是意外事件。在这几个月里，我一直都在想，这部电影是基于《烦人的爱》创作出来的艺术品，我对这部作品怀有深切的感情，所以我担心我无法做一个潇洒的观众。您在这项工作上投入了很多智慧和激情，我对您的欣赏，让我无法自欺欺人。所以我完全可以预测，这部作品会对我带来很大的冲击，让我无法继续写作。总之，我很确信，您的电影会对我产生深刻的影响，会让我去反思我到目前为止所做的，还有我希望将来做的一切。再三犹豫之后，我决定完全投身于我目前正在写的作品。我希望完成这部作品，不中途而废，因为一旦停下来的话，我可能就写不下去了。

对于我来说，这是一个很痛苦的抉择。一方面我渴望能去看这部电影，感受电影的冲击，另一方面我希望找到一个坚实的庇护所。看了那个剧本之后，我就很确信这部电影会拍得非常好。当然了，我不会坚持太长时间，最后我还是会去看这部电影。但看电影之前，我希望您明白我现在的决定（其实我也没有那么低调），还有我的担心。

对您致以诚挚问候！

埃莱娜·费兰特

注：

费兰特和马尔托内关于《烦人的爱》的书信来往，发表于双月刊《阴影线》1995 年 7—8 月刊，第 106 期。

- 6 -
媒体的等级

亲爱的埃尔巴尼：

您的信非常坦率，让我深受震动。只有那些透彻的人，才能这么清晰地表达自己的思想。假如我确信，自己能以同样透彻的方式回答您的提问，我就会说：好吧，我们做这个采访吧。但我在寻找一些思路，思索一些话语，我需要长篇大论——真是有些拖泥带水，才能勉强回答您的问题。这并不意味着我不想和您聊聊。您的信，尤其是您干净利落的表述让您显得与众不同，让我不由自主想向您提一个问题。这个问题是：您在一年前看了我的书，您非常欣赏这本书，为什么到现在——您得知《烦人的爱》被改编成电影后，才产生了和我联系的想法，才想到写信给我？

假如我们不是进行采访，而是一次友好的交谈，我想先和您讨论一下，您这么长时间之后才和我联系的原因。我们可以从您的话开始聊起。您写道——当然了，您的原话要比我在这里复述的要客气一些。您说，您知道我的书，但您不知道我这个人。我的问题是：假如您不知道我的书，却知道我这个人，您会不会在最短时间里联系我，对我进行采访呢？

您不要觉得这是挑衅的话。我这样说并不是为了和您争吵，我只是利用您直截了当、毫无掩饰的文字，提出一个我非常在意的问题。我的问题是：从媒体的角度来看，一本书是不是首先代表着写这本书的人？作者的名声，或者说得更具体一点儿，就是通过媒体出现在人们面前的作者形象，对于一本书是不是非常重要的支撑？假如一本非常棒的书出版了，但作家却是无名之辈，文化专栏是不是不会刻意宣传？假如一个知名的作家出版了一本很平庸的书，这是不是一件值得报道的事？

我个人认为，假如出现了一本很棒的书，一本值得读的书，这无论如何都是一个让人振奋的消息。谁写的这本书，对于读者来说，无论男女，都是一件无关紧要的事情。我觉得，那些读到好书的读者，只是希望作者能继续创作，写出更好的书。我还认为，那些写出经典作品的作家，唯一能代表他们的是他们写的文字，他们的个人生活无关紧要。读者开始读这些书时，作者的个人生活也会化为烟云。举个例子来说，甚至是托尔斯泰，他和他笔下的人物安娜·卡列尼娜放在一起，也是一个无足轻重的影子。我想说的就是这个。

您一定会问我：您想说什么呢？报纸就是这样运作的，这是不成文的规定。假如一个人默默无闻，我们不能给他空间，假如那不勒斯的一条狗都从来没听说过《烦人的爱》的作者，为什么我们要去谈论她的书，把对她的采访刊登在知名报纸上呢？只是因为她写了一本说得过去的书吗？

您说得非常有道理，您的态度和现在的报纸、媒体完全一致。您等待一个事件来写一篇文章，好有一个醒目的标题，去谈论一本您还算喜欢的书。这个事件在一年之后出现了，也就是说：这本小说被改编成了一部电影，导演非常知名。现在时机成熟了，可以对这个在那不勒斯也无人知晓的女士进行采访了。最后您用一种非常礼貌的方式，向我清晰地说明，也许是带着一丝不悦，您说，正是这部电影的上演，我的书才值得被采访。

好吧，我这不是在抱怨。我很高兴《烦人的爱》被改编成了一部电影。我希望，这能给这本书带来一些读者。一本书被改编成电影，才使它引起了文化专栏的注意，我应该对此感到高兴吗？我现在成了一个有记者采访的作家，这是因为另一个作者——马尔托内给我带来了声誉，他拍电影，导演话剧，对于媒体来说，这是比较容易引人注目的行业，我应该对此感到高兴和欣慰吗？人们现在知道《烦人的爱》这本书，这是因为大家看了电影，我应该对此感到高兴吗？您觉得，我要接受媒体的这种等级划分，文学在这个等级中处于最低的位子，我应该认为这是理所当然的事吗？您觉得，如果媒体能打破这些等级，能呼吁一下：根据自己的爱好去读书吧，去看电影，去剧场，听音乐，不要管媒体和报纸说什么，您不觉得这是一个非常好的创举吗？

我就写到这里，非常感谢您的热情邀请。

注：

这封信没有写日期，可能是写于1995年，但从来没寄出。这封信是对弗朗西斯科·埃尔巴尼的回复。埃尔巴尼的来信附录如下：

尊敬的费兰特女士：

一年前我拿到了您的小说。我出于好奇打开了这本书，我读了书的开头，觉得很震撼。我于五十年代末期出生在那不勒斯，我对于那不勒斯的作家非常熟悉，尤其是在战后六十年代比较活跃的那批作家，那时候他们还很年轻。但我没看到过您的名字，我不知道您是谁。然而，小说的开头非常有冲击力，我用了两天的时间读完了《烦人的爱》，简直如饥似渴，我感受到了整个城市的色彩和气息。我看完了那本书，但它一直让我难以忘怀。前一段时间，我发现您的书被改编成了电影，我才想起来和您联系。

我是一个记者，给《共和国报》的文化专栏写稿。如果我能够采访您，我会感到非常荣幸。我听说您很低调，一般不愿意接受采访。我很担心会遭到您的拒绝，但我还是希望能和您交流一下，在报纸上刊登一篇小文章。

假如您愿意的话，我可以去登门拜访，假如您希望通过书面采访，我会给您发一些问题。真诚地期待您的回复。

祝好！

弗朗西斯科 · 埃尔巴尼

利用这个文集出版的机会，埃尔巴尼给费兰特写了一封信：

"……您提出的问题真实存在，我也饱受其害，尤其是现在一些宣传方式，会把文学作品变成了商品。您说得对，有时候在报纸上谈论一些书，并不是因为这些书本身的价值，而是因为作者比较有名气，有时候报纸会忽略一些没有名气的作家。我想说的是，我是在 1993 年夏天看了您的小说，看完书之后，我没有马上对您进行采访，原因非常简单，因为那时候我还没在《共和国报》工作，我在一家通讯社工作，负责海外新闻。我在两年之后，才跟您谈起了这件事，那也是机缘巧合，正好赶上马尔托内的电影上映。"

- 7 -
是的。不是。我不知道。假设一场空洞的采访

亲爱的桑德拉：

我很遗憾地告诉你，我不能回答安娜玛利亚·瓜达尼的问题。问题不在她身上，相反，我觉得她提的问题很好，非常深刻，而是出于我个人的原因。我们现在要避免答应别人的采访，因为我还无法面对这些提问。可能过一段时间之后，我会学会接受采访，但我很确信，过段时间肯定不会有人再有采访我的想法了，因此，问题会从根本上得到解决。

问题在于，每次有人对我进行采访，提出一些问题，我都会想到去整理思绪，翻阅我喜欢的书，查看以前的笔记，会借题发挥，会讲述、评论和坦白。这些都是我喜欢做的事情，也是我现在正在做的，这是我一天中最快乐的时光。但最后我发现，我收集起来的材料不是为了回答采访，不是为了写出一篇文章（就像安娜玛利亚·瓜达尼提议的那样），而是会得到一个故事或一篇长篇大论，这让我很沮丧。针对每一个问题，差不多会有密密麻麻十几页的回复，报纸要这么长的采访做什么？

但我还是尝试了一下，我找出一些比较精彩的句子，能够总结我整理出来的那些材料。我很快发现，我整理出来的句子一点儿都不精彩，有的很无力，有的夸夸其谈，还有的很愚蠢。后来我就放弃了，心里很难过。

也许，所有采访应该以这种方式进行：

问：在《烦人的爱》中，母亲和那不勒斯融为一体，可以这

样理解吗？

答：我觉得，事情不是这样。

问：您以前是不是逃离了那不勒斯？

答：是的。

问：对您来说，写作真正的时态是不是“未完成时”？

答：是的。

问：女性和自己的母亲融为一体，这并不意味着迷失自己，失去作为女人的身份，您觉得是这样吗？

答：是的。

问：《烦人的爱》讲述的是一种占有母亲的渴望吗？

答：是的。

问：阅读这本小说时，给人的感觉就像在幻觉中旅行，位于不真实的身体中间，是不是您的“凝视”带来了这种失真的效果？

答：我不知道。

问：您的书出现在屏幕上，给人的感觉是介乎侦探片和恐怖片之间，您有没有这样的感觉？

答：是的，我有这种感觉。

问：您有没有帮助导演马尔托内撰写剧本？

答：没有。

问：您会去看那部电影吗？

答：会的。

但安娜玛利亚·瓜达尼得到这样的一个采访，有什么用处呢？看到这些“是的”“不是”“我不知道”，我又要从头开始。比如说“我不知道”可能要好好挖掘一下，最后我会发现我知道很多东西，甚至是知道得太多了。还有一些“是的”，在深入论述的过程中，可能会转变成为“不是”。还有那些“不是”，经过分析和思索，可能会变成“我不知道”。总之，亲爱的桑德拉，算了吧！请向瓜达尼女士道歉，请她原谅我，也请你和桑德罗原谅我，我给你们添麻烦了。希望收到你的回复。

埃莱娜

注：

这是1995年3月的一封信，是女记者安娜玛丽亚·瓜达尼写给费兰特的：

亲爱的埃莱娜：

我非常高兴您能接受我的采访，回答我的问题。但鉴于我们只是通过书面形式进行交流，我们也可以通过另一种方式：比如说，您可以给我发一篇您写的文章，在文章中回答一下我的提问。您看一下，您可以自己定夺。我请求您，让我了解关于您生活的一些信息，您现在的职业，等等。当然啦，是您愿意说的、您认为比较合适的一些信息。我们目前对您的了解非常少，只知道您生活在希腊。也许，我可以从这里开始提问。

1. 在《烦人的爱》中，那个自杀的母亲，在我的想象中，她和整个城市融为一体。那是一个充满了生命力、庸俗粗鲁的那不勒斯，招人爱也招人恨，这是不是我的误解？您是不是逃离了那不勒斯？
2. 童年是一个谎言的工厂，有些谎言会无限制延续下去，一切都是未完成时的，这种未完成时是小说和童话中的时态，一直会延续到什么时候呢，是无限的吗？在这个维度里，不仅仅是阿玛利娅在那里，她丈夫、卡塞尔塔还有卡塞尔塔的儿子安东尼奥也在那里吗？简言之，对于您来说，这是您写作的维度吗？

3. 母女之间的关系具有一种女性的细腻。但要获得自己的身份，这是一场艰难的斗争，就是要脱离母亲，成为自己。这是您书中最让人不安的一个因素，但好像整个过程都被翻转过来了：刚开始时有两个女人，但在小说最后，她们好像混为一体了。我觉得，这样一来，女儿还是迷失了自己，您同意这种看法吗？她是迷失了，还是找到了自己？
4. 在小说的最后，有一些真相被揭示出来：阿玛利娅丈夫的醋意和占有欲，其实是黛莉亚的嫉妒和占有欲，她发现，或者说她记得，她通过一种非常幼稚的方式把这种嫉妒展现出来了。有两个事件混在一起，她想象的母亲的情人，这和安东尼奥的爷爷对她的引诱搅和在一起。但是“烦人的爱”是整个故事的动力，到底是哪种爱呢？是不是一种对于母亲的占有欲呢？
5. 您小说中的人物，他们的身体显得非常不真实，这是不是因为您的“凝视”使人物的身体发生了变形，让人感觉自己游离于一个非常迷幻的世界？
6. 这个故事出现在大屏幕上，这很容易让人想到一些关于身份转变的名作。比如说阿尔弗雷德·希区柯克的《惊魂记》或者罗曼·波兰斯基的《怪房客》。有一种介乎侦探片和恐怖片之间的感觉。您觉得呢？
7. 您有没有帮助导演写电影剧本呢？您会看这部电影吗？

假如可能的话，我请求您发过来的文章不要超过四页，这篇文章要刊登在《团结报》上，可能会和对导演马尔托内的采访一起刊登出来。我很高兴认识您。

向您表示衷心的感谢！

安娜玛丽亚·瓜达尼

- 8 -
服装和身体
屏幕上的《烦人的爱》

亲爱的马里奥：

我看了电影，拍得非常棒。我觉得这是一部很重要的作品，除此之外，作为一个投入的观众，我不知道怎么向您表达我的心情。但我给您写这封信，并不是为了向您展示这部电影所达到的艺术效果，而是向您说明它在我内心激起的情感。我的脑子很乱，我感觉我无法写完这封信，我担心找不到让我满意的思路。

我可以马上告诉您，这部电影给我带来了很强烈的不适。在拍摄这部电影时，您扯下了这本小说的文学外衣，书中的地点、人物，还有事件被展示出来了，非常具体，在我的眼里一切都赤裸裸的，我辨认出了小说里的一切。看到屏幕上的场景，我马上就感到不安，这也是那不勒斯带给我的感觉，电影里全是那不勒斯的声音、语言。我小说中的人物马上变成了真实的、活生生的人物，那些身体出现在我非常熟悉的背景中，他们和我记忆中的那不勒斯人惊人地相像。我第一次清楚地看到，我讲述了一个让人很不安的故事。在整个过程中，我心潮澎湃，努力坚持才看完了整部电影。我当时并不知道发生了什么，我怎么可能写出了一个故事，到这时候我才“看见”了这个故事，还有它引起的反应。很明显，我当时没有考虑到的一点是：一位优秀的导演，像您这么优秀的导演，所有写在纸上的东西，那些文字在屏幕上会无关紧要，几乎看不见，但每样东西的生命力会迸发出来，带着一种难以克制的冲动展示出来。

您不要误解我的意思，我没有改变想法，我对于您的成果非常满意。那些演员非常出色，我很激动，也很高兴。但这部电影也让我很不安，在我内心深处，我希望我的书在屏幕上出现时，会展示成年的黛莉亚，她能通过某种方式讲述她小时候对母亲的身体产生的敌意。她母亲很美丽，非常具有诱惑力，她的身体处于几个污浊男性的暴力、保护、控制和利用之下。我觉得，除此之外，其他东西都是背景，在故事主线之外，时不时会浮现出来的，是一些浮光掠影的东西。我当时想的是，黛莉亚会像一个坚决的侦探，下定决心要查清母亲的死因，她穿过那不勒斯这座男性的城市，无论是在私下，还是在公共场所，人们的行为都难以控制。但您没有这样拍，说得更准确一点儿，您不仅仅拍出了这些。您通过一种高超的艺术手法，展现了一位女性在不同男性之间进行调查的过程，这些男性代表那不勒斯过去最糟糕的一面，一些最不可救药的人。您展示了卡塞尔塔、舅舅、安东尼奥，还有父亲的身体，换一句话说，您展示了在一种爱恨交织、逞强凌弱的关系里，他们呈现的样子。您使黛莉亚的目光里饱含着讽刺和攻击性，她对性事漫不经心，非常厌恶，有时候她的目光里会饱含着怜悯。但是，您通过镜头展示的不仅仅是这些，电影一开始，您就把推动情节发展的机制放置于次要的位置，您抓住了整个故事的关键，就是母女关系，还有她们的目光，这让我觉得不安。黛莉亚的眼睛看着她母亲喂奶，阿玛利娅在孩子、工作、丈夫之间忙碌。扮演母亲的莉西亚·玛耶塔是一个完美的“年轻妈妈”，非常真实，看到这里，您不知道这对我产生了多么强烈的冲击。整个电影都在传递着一种真实的情感，黛莉亚带着天真的激情，对母亲的身体怀有一种狂热的爱和排斥，包括在她成年后的半睡半醒之间，也能感受到这种牵绊。电影对于这种感情的塑造，真实到让人无法忍受的地步。

在电影中，我看到黛莉亚醒过来的场景，这激起了我的痛苦和不安。年老的母亲——母亲的扮演者安杰拉·路切的表演也入木三分，让人惊心——给她端来了咖啡，用一种充满情感的、有些不耐烦的声音对女儿说话，并轻轻抚摸了她一下，然后坐在她身边。这时候，黛莉亚轻轻动了一下，她的声音里还带着困意，但也让人能听出敌意。但是最有张力、最让人不安的镜头是电梯里的场景：身体相互碰撞，吸引夹杂着排斥，母亲的肚子肿胀着，女儿的肚子很瘪，这个情景好像是在展示两个人的精神状态，而不是她们的身体。在电影中，我觉得很难呈现的东西出现在了我眼前，就是女儿对于母亲的“执念”。对我来说，非常有冲击力的镜头就是：您能通过视觉效果，来展现黛莉亚的情感波动。比如说在公共汽车上，那是一个回忆的场景，扮演舅舅的演员简直太优秀了，在沃氏的商店里半裸的女人，黛莉亚换衣服时的尴尬和炫耀。还有，女演员博纳伊伍图在雨中走过让人不安的那不勒斯的情景，她的身体进入了洞穴一样的桑拿房。还有一个处理得非常好的场景，就是在水下性爱的场景，不仅仅视觉效果，还有它的象征性（这个场景比我在书中描写得更出彩：黛莉亚和安东尼奥性爱背景的改变非常合适，另外，出现在镜头前的演员对我来说非常逼真，好像排除了所有虚构，深入到我了解的现实里）。

整个电影效果很好，但最有效的表达，最让我觉得震撼的是，您对于服装的运用。您让卡塞尔塔的恋物癖倾向得到了具体的体现。这本身没有什么，但实际上这是一个非常关键的细节，推动剧情的发展。黛莉亚回到那不勒斯时，她身上穿着“男式”服装，后来她换上了“女式”服装，那件衣服其实是阿玛利娅想送给她的。后来还有地下室的场景：衣架上挂着的衣服。您展示出，对于黛莉亚来说，衣服是身体的表层：母亲的身体——最后终于可以穿上的身体，母亲死去的身体，可能正是因为死去了，才会永远活在她心里，推动了她后来的成长和独立。为了达到这个效果，您用了一些让人难忘的镜头。对于我来说，最让人激动的镜头就是，黛莉亚在她母亲死去时穿的衣服上寻找母亲的味道，那是一件在沃氏姐妹的店里买的新文胸。当黛莉亚从垃圾袋里拿出阿玛利娅的衣服，我觉得她整理裤子时的手部动作非常优美。黛莉亚穿上了注定属于她的衣服，她一步步地发现，这些衣服是她母亲去世前穿过的；包括在沃氏的商店里她第一次穿的那条红裙子。

在电影屏幕上，一系列镜头爆发出来，对我的冲击很大，尽管让我很难承受，但我希望这个电影能流传下去。那个穿着红裙子的形象，在一个像印象派画作一样纷乱的那不勒斯展开调查，她带着那种折磨人心的激情，行走在那不勒斯。我觉得这是现代女性身体的一个重要影像，象征着一个寻找自我的女性。黛莉亚先是通过男性化服饰掩饰自己，后来她在那个地下室的最深处，找到了母亲原本的身体。最后她意识到，她要接受自己和阿玛利娅之间的联系，母女之间的承传得到重建，那些难以言说的东西也得到了揭示。

我非常喜欢这个电影的结局，就是红色消失于黛莉亚的身体，又重新出现在阿玛利娅的身体上，红色和蓝色的交替，表情的变化，从理解到高兴，从喜悦到接受，黛莉亚想象母亲在海滩上经历的事情时，她脸色的变化，还有后面让人有一丝不安的结局。阿玛利娅的衣服已经彻底属于她了。在火车上，几个年轻小伙子用“阿玛利娅”这个名字称呼黛莉亚。

您通过这样一个镜头，展现了一个非常复杂的心理机制，从演员的肢体语言，也能够看出来这种痛苦的变化。这样一个结局，真让人赞叹，这个结局让我非常感动。在给您写这封信时，我依然很感动。您通过一系列非常精彩的手法，通过对话的方式，机智地表现了小说中的最后一句话："阿玛利娅存在过，我就是阿玛利娅。""她存在过"恰好说明了她唯一的、无法复制的一生。"我就是阿玛利娅"又重新打开了这个故事，让人觉得这个故事并没有结束，暗示阿玛利娅的生命会在黛莉亚身上得到延续。她坐火车去哪里呢？您拍摄了黛莉亚坐火车的片段。您展现了她远离那不勒斯的情景，这从视觉上，让人感觉阿玛利娅的生命已经结束。您让黛莉亚拿出了她的身份证，她非常灵巧地在上面画出母亲老式的发型，最后您插入了一个小伙子关于那张身份证的询问："过期了吗？"您让黛莉亚用阿玛利娅的名字，向那个男孩子介绍自己。您通过这一系列精彩的镜头，将文字所讲述的内容视觉化。您让我对您的尊敬和欣赏到了无以复加的地步，另外，您的影片也让我消除了对于电影改编的偏见。

注：

费兰特 1995 年 5 月写的信，但没写完，也没有寄出。

- 9 -

偷偷写作

给戈弗雷多·福菲的信

亲爱的福菲：

很遗憾地告诉您，我不知道怎么简洁意赅地回答您的问题。很明显，您提的这些问题，有很多我都没有深思熟虑过，所以很难给出一个详尽的答复，有些问题很难回答，甚至无法回答。因此我试着以交流的方式，而不是以采访的形式回答这些问题。我事先请求您的原谅，因为我的回答可能会非常混乱，有时会前后矛盾。

我们从您提到的最后一个问题开始说吧，因为这个问题我可以比较具体、确凿地回答。我从来都没有接受过心理分析，尽管有时候我对心理分析的体验非常好奇。如果您说的心理分析是一种思考方式，一种文化视角和观点，那我也不具有您所说的心理分析方面的文化。如果说我是女性主义者，我觉得也不是很贴切。因为性格原因，我很难对自己进行归类，我无门无派，但也没有任何懊悔，我不执着于任何思想，我从来都没有在公众场合上表明自己的政治立场，我没有勇气去做这类事情。现在我很难厘清个人的经历，只能讲述一个私人的故事（我读的一些书，我对某些书的偏爱，等等），因此无关紧要。在成长的过程中，我看到、听到、读到的或者记下来的东西造就了现在的我。我比较内向，作为一个默默的听众，我可以说，我对心理分析有一点儿兴趣，女性主义很吸引我，我很容易接受“性别差异”思想。有很多其他思想也深深吸引着我，和心理分析、女性主义还有当今一些女性的反思都没有太多关系。我很高兴《烦人的爱》中的立场并不是那么一目了然。

您所说的“和大众媒体保持距离”的问题，谈起来就复杂了。我相信，除了我刚才提到的个人性格原因，从根本上来说，还有一点儿不妥协的态度，就像是强迫症。就我的体验，写作的喜悦和辛苦会波及全身的每个部位。写完一本书之后，就好像在内心的挖掘太过于深入，你会迫不及待地想从远处看着这本书，想恢复完整的自我。我发现出版一本书会让人松一口气，因为书印出来之后，就会走上自己的道路。起先是这本书跟着你，缠着你，出版之后，轮到你跟在它后面。但是我决定不跟在它们后面，我的想法是，假如我的书进入了流通领域，我没有任何义务跟着它们走完全程。可能我自己也相信，有些时候，或者说大部分时候，我都觉得，我在书里写的“我自己”，可能读者读的时候，有人会觉得我讲述的故事很讨厌，有人会很振奋，这反过来会影响到我，让我觉得讨厌或者振奋，这是一种错误的逻辑。以前，关于写作灵感，有很多神话，可能只能说明一个事实：当一个人在进行创造时，他被附体了，或者说他身体里居住着别人。当他停止写作时，他会重新回到自己——一个普通人，有他平常的事务、思想和语言。因此，我现在又重新成为我自己，待在这里，做我每天的工作，和那本书没有任何关系。说得更具体一点儿吧，我之前进入了那本书，现在我再也进不去了，那本书也无法再次进入我。我只能保护我自己，不受它的干扰，这就是我现在做的。我把这本书写出来，就是为了摆脱它，而不是成为它的囚徒。

当然了，还有其他东西可以说说。小时候，对于我来说，文学高于一切。写作对于我来说意味着完全投入，写到最好，我不会接受任何中间路线、任何平庸的东西。随着年龄的增长，我开始改变了对于文学写作的过高标准，写作并不是至高无上的行为，现在我能比较客观地看待它（这个世界上，还有其他事情值得全心全意投入）。当我达到了一种新的平衡，我开始对我的生活——无论是私人生活还是公众生活都感到很满意。我不希望回头，我已经战胜和获得的东西，我要保持下去。当然了，《烦人的爱》获得了很多读者，这让我很开心，而且这部小说也被改编成了一部重要的电影，这让我很欣慰。但我不想重新建立这样的生活观念：你的成就是由你写出来的东西成功与否来衡量。

还有创作手法的选择，我很难把这个问题解释清楚，尤其是对那些断章取义，可能会因此被伤害到的人。我习惯的写作方式，就像是在瓜分战利品。我在塑造一个人物时，会让他有着张三的特点，又说出李四的话。我会重现我经历过的场景，场景里有我以前认识的人。我重新构建一种“真实”的体验，但和现实中的情况不一样。我重新去营造那些“真实经历”留下的印象，或者是基于多年人生体验产生的幻想。我写的东西，很多都参照了真实发生的事情和场景，这些情景和人物重新组合，产生了小说中的故事。因此我距离我的写作越远，它就越会成为自己：一部虚构的小说。我越靠近这个小说，进入这个小说，那些真实的细节就会占上风，这本书就不再是虚构的小说，它就会像一份不怀好意、肆无忌惮的备忘录，首先会伤害到我。因此，虽然小说里有自传的成分，但我希望我的小说能够远离我，能讲述出它作为小说的真相，而不是一些偶然发生的琐碎事情。

但那些媒体把作者的照片放在一本书上，作家的形象出现在一本书的封面上，这真让我觉得南辕北辙。作家和作品之间的距离完全被抹去了，这样的话，要靠作者去支撑他的作品，会把作者和书本的内容混为一体。面对这种做法，我就会感到羞怯。我工作很长时间，投身于我想要讲述的材料，我从个人经验中汲取了我所需要的东西，我从“公众”材料里也汲取有用的东西，就是一些声音、事件，还有或近或远的人物，要构建一个站得住脚的叙事。现在，这个故事无论好坏，它自成一体，形成了一种内部的平衡，为什么我要去信任媒体呢？就是为了和这部作品息息相通？我对媒体的担忧是有根据的，因为目前媒体的性质让它们并不会维护一种真正的“公众的利益”。一部作品写出来可能是为了突破个人体验，而媒体倾向于把一种“私密性”强加给作者。

尤其是，我最后提到的这一点，应该进行深入的讨论。有没有一种方式可以保护作者的权利，一个作者是不是可以选择，只有他写出来的东西才是“公众”的呢？现在的出版市场，首先考虑的是这个作者适不适合成为公众人物，是不是一个有魅力的人，可以帮助作品的销售。假如在这个方面做出让步的话，至少从理论上来说，那就是接受作者的整个人、他所有的经验和情感和这本书一起销售。但个人的精神很容易受到影响，假如暴露出来，也只能上演一出喜忧参半、不情愿或带有抵触的节目（有时候作者们会很慷慨，但总的来说，他们是被迫演出），他们给这个作品添加不了任何东西。

关于这个问题，我就说到这里。我最后想告诉您的是，一个人在写作时，如果他知道自己不必要为这部作品抛头露面，那他会非常自由。这就是为什么我要捍卫一个属于自己的角落。现在我已经尝试过了，假如这个角落被剥夺的话，我会很快变得贫瘠。

我们现在谈一谈艾尔莎·莫兰黛吧，我没有机会认识她，我从来都没法去认识那些在我内心激起强烈感情的人。假如见到他们，我会张口结舌，无法做出反应，我会变得很笨，没办法进行一种深层次的交流。您把我和莫兰黛联系起来，这让我很振奋，让我很容易说谎，去强化您提出的假设。我第一次面对这种情况是《烦人的爱》获得“莫兰黛奖”时，我想，我的作品真的和莫兰黛有联系吗，包括一些很牵强的联系。我去翻看莫兰黛的书，想找到一些具体的证据，能够说明这个问题，尤其是展示给我自己。我想通过一封感谢信，来说明这个奖项实至名归。我在《阿拉科埃里》这本书里仔细找了，但我没有选对书，因为在这本书里，我没有找到任何东西，可以证明我对她的继承和发扬。从另一个方面来说，我不是一个非常仔细的读者，我的记性也不太好，我乱七八糟看了很多东西，但我会忘记我看过的东西，我的记忆有时候会发生扭曲。在当时的情况下，我匆匆忙忙想完成那封感谢信，可能也是出于侥幸心理，我抓住了出现在《安达卢西亚披肩》里的一句话：“没有任何人，包括母亲的裁缝，会想到母亲拥有女人的身体。”这是很容易找到的一句引言，很多年里一直在我脑子里盘旋，我有好几次都阐释过这句话，去挖掘这句话给人带来的不安。这说明了一个问题，就是那些特别擅长给女性做衣服的人，假如要给一位母亲做衣服，他们也很难做好自己的工作。我想象着那些剪刀会拒绝裁剪，尺子会说谎，别针别不上，粉笔画不出线来。母亲的身体会让裁缝的工具产生抗拒，无法各司其职。做衣服，给女人做衣服很容易，但给母亲做衣服是“包裹”，是掩盖身材，“包裹”是莫兰黛的另一个专有词汇。

裁缝给母亲做衣服终究会失败，这件事一直在伴随着我，再加上我是一个比较懒散的读者，看到一些句子，总会激发我的发散性想象，而不是去考虑这些话里的真正涵义。我在看《阿杜卢的岛屿》时，也出现了这种情况。第一次看这本书时是二十多年前，我当时很受震撼，是因为一个羞于启齿的原因：我在读这个故事时，一直想着阿杜卢实际上是一个女性。阿杜卢是一个女孩子，事情只能是这样。莫兰黛用男性第一人称写作时，我一直都想，那只是她戴上了一张男性的面具，来表达自己的情感和故事。这不是普通的文学"加工"，我感觉到这种伪装的目的就是通过文学，实现母亲的裁缝无法完成的工作：把母亲的形象（死去的母亲、农奇亚蒂娜、同性恋父亲）从包裹里拯救出来。她利用青春期到成年的那段时光，让母亲本来的身材显露出来，讲述女性体验中没有讲述过的东西。后来，莫兰黛小说中的那些男性形象都是这种情况，他们和母亲的关系都得到了深入的剖析。

还有那句从萨巴那里引用的前言，也是想强化这种意象。萨巴写道："我，假如我还记得他，我觉得……"无论他内心的"热血少年"向哪个方向走，就《阿杜卢的岛屿》而言，那个"记得他"一直都会保存在我的心里，就好像在说："我觉得，在以阿杜卢的名义写这个故事时，我还能想起自己的一些事情，这真是一个好结果。"

从另一个方面来说，我觉得应该有这样的时刻，我们真的能"在他之外"写作，这并不是意识形态的问题，而就像柏拉图笔下的灵魂，在"化身为他"讲述时，我们会想起自己，不需要出于方便或者习惯而和自己保持距离。我想象着，母亲的裁缝都在研究这个问题，他们迟早都会学会给母亲做衣服，而不是"包裹"她们，我们也会学会这一点。

我们可以总结一下刚才谈到的这一点吗？《烦人的爱》和莫兰黛的那些书之间哪怕只有很微弱的联系，都会让我很高兴。我必须向您坦白，莫兰黛的很多风格特点，对我来说都很陌生，我感觉自己无法构思那些恢宏的故事，很长时间以来，我已经不再觉得文学是至高无上的事业。随着时间的流逝，有一些流俗的讲述方法吸引着我。我不再为看一些女性小报感到羞愧，那种小书每家都有，通常讲的都是爱情与背叛，但这些书给我内心带来了一些难以抹去的痕迹。对情节的追求并不是没有意义，一些强烈、庸俗的感情体验也是一种享受。这是一个写作的“地下室”，充满乐趣。很多年以来，我都以文学的名义排斥这些。现在我觉得这也是可以参照的东西，不仅仅是那些经典作品，包括那些流俗的东西里也有讲述的激情，为什么要拒绝与回避呢？

至于那不勒斯，现在我依然受到奥尔特赛①笔下“不自觉的城市”的吸引。假如还可以继续写这个地方，我想写一部小说，讲述一个充满暴力的悲惨故事，各种声音和事件交织在一起，各种行为——可怕的、微不足道的事情都会发生。但为了讲述这个城市，我需要回到那不勒斯生活，现在，因为家庭还有工作的缘故，我没法回去。

尽管我生活在很远的地方，我和那不勒斯之间的关系却无法得到清算。这个城市对于我来说，不像其他地方，这个城市是我身体的延伸，是我生活感受的原型和参照。对我来说，那些重要的事情都是以那不勒斯为背景，都有方言的回音。

这种深刻的认识是最近才产生的，也是我从远处不断“凝视”这个城市，才产生的结果。我出生于那不勒斯，我在这个城

---

① 安娜·玛利亚·奥尔特赛（Anna Maria Ortese，1914—1998），意大利作家，作品多聚焦那不勒斯的生活。

市生活了很长时间，但我感觉，生活在那不勒斯风险很大。这是一个人们一言不合就吵架斗殴的地方，人们很容易哭，很小的矛盾会转化成可怕的诅咒，非常肮脏的咒骂，还有无法弥合的龃龉。还有一些过度表达的情感，有时候让人觉得虚伪。我的那不勒斯是一个非常“庸俗”的城市，有一些“得到安置”的人物，但他们非常害怕回到过一天算一天的日子，那种只能做一些临时工混口饭吃的日子。他们表面上很诚实，实际上，他们会通过各种小伎俩来挽回自己的面子。这个地方非常喧嚣，大家都在大声说话，开玩笑，有时候非常浮夸，人们都讲着一种非常犀利的方言，有时候肆无忌惮，有时候又很性感。从某种程度上来说，还有一些斯大林主义者。他们没有小资产阶级的那种得体，但他们会有做做样子的冲动，他们想与人为善，但也有犯罪潜力。他们会不惜一切手段，利用各种机会，就是不想表现得比其他人愚蠢。

我感觉自己不属于这个城市，因此当我在那不勒斯生活时，我对它充满了厌倦。一有机会我就逃离了这个地方，但那不勒斯教给我的东西一直陪伴着我。那就像一个备忘录，告诉我错误的生活模式会损害、辱没生命的力量。很长时间以来，我在用放大镜“凝视”这个地方，我会把一些碎片单独拿出来观察。我会进入这个城市，发现一些我小时候没有看到的优点，还有一些东西，现在看来要比以前更悲哀，但这并没有勾起我之前的怨仇。我发现我在这个城市的体验是无法抹去的，这些体验在任何地方都有用。我可以在街道、小胡同里转悠，也可能只是躺在床上，闭上眼睛。我回到那不勒斯，刚开始会非常激动，但在一天之间，我可能会恨这个地方，我不说话，并感到压抑，有一种说不上来的痛苦。我感觉小时候接收的并不是在一个空间和时间里发生的事情，而是接收到了衰落的信号，现在这种信号被扩大了。就这样，这座城市总是会让我回想起之前的时光，有待追忆的时光，有时候记忆会闪现，就像突然响起的警铃，那些街道、胡同、上坡、下坡，还有美丽的海湾会忽然勾起我很多回忆。事实上，这是一个非常混乱、拥挤的地方，很容易让人失去理智，离开那不勒斯之后，我费了很大的力气，才开始运用自己的头脑和理性。这都是我的个人体验，我非常重视这份体验，这里包含着丰富的人情，还有各种文化，我不再想摆脱这个城市。

另外，您还提到了黛莉亚和阿玛利娅的问题，我真的没办法回答。我觉得，在创作的时候，我没有把阿玛利娅和那不勒斯联系在一起，让阿玛利娅去代表这个城市。那不勒斯在我的书中，在我的意图里，它代表着一种笼罩在主体身上的黑暗力量，它来自世界，就是我们现在称之为“威胁着我们的现实”的东西。这包含着发生在人物内心和周遭环境，发生在每一个空间，还有社会关系中的暴力。但需要说明的一点是，黛莉亚应该能讲出一个故事，她知道这个故事的始末，她没有忽略任何东西。这个故事发生在城市一些特定的空间，通过方言熙熙攘攘地呈现出来。这个女人来到了那不勒斯的迷宫里，她捡起这个故事，开始整理时间和空间，最后把自己的故事大声讲了出来。她在做这样一个尝试，在尝试的过程中，她发现，假如她能讲出这个故事的话，她也能清算自己和母亲的关系。她会接受自己的母亲、她的世界，那些错误、辛苦和激情——真正的或想象的激情，还有被压抑的能量，这些能量只能通过仅有的几个渠道得到释放。我想表现的就是这些，甚至阿玛利娅去世的谜团，到最后也变得不是很重要，或者更进一步来说，在黛莉亚和她母亲的整个故事中，这已经成为次要的东西。

当然了，那不勒斯不仅仅是一个纯粹的背景。我清楚地意识到，在写作的过程中，我所讲述的故事，所有场所，还有人物的行为都沾染上了那不勒斯的气息，就是那种让人厌烦、一言难尽、无药可救的特性。从另一个方面来说，黛莉亚努力讲述的，其实就是她长时间以来认为无法讲述的东西，找到这个叙事时，我非常高兴。在最后，那些最难以掌握、无法捕捉、模棱两可的人物，就是承受辛苦和屈辱但毫不屈服的阿玛利娅，她身上体现出这个城市的一些突出的特性。因此产生了一种城市和女性融为一体的感觉，她遭受排挤、诱惑、殴打、追踪，体会羞辱和渴望，同时也有着惊人的抵抗能力。假如事情是这样子，我会非常高兴，但这并不是我写作的初衷，我也无法肯定您的推测。

除此之外，我要说明一点，我特别讨厌那种叙事：就是非常系统地讲述今天的那不勒斯是什么样子，现在的年轻人是什么样子的，女性变成了什么，家庭的危机，还有意大利存在什么样的问题，诸如此类的书。我感觉，讨论这些问题，就是把媒体塑造的一些刻板印象放在一起，就像把一本宣传册、一档电视节目、一项人类学研究，或者一个政党的姿态通过小说的方式表达出来。一部好的小说，我希望它能告诉我无法从其他途径得知的事情，它的讲述语言应该是独一无二的，我能听到小说做出的推断。

关于马里奥·马尔托内的电影，我不是专业人士，我没有谈论的资格，因此我什么都不想说。我给他写了一封信，但后来没寄出去。我感觉我想告诉他的那些事，他已经都知道了。我可以跟您谈一谈剧本的事情，在拍摄电影的过程中，我看了好几遍他写的剧本。在我的小说中，过去和现在，有很多欲言又止、没有挑明的东西。在讲述者“我”的内心，一切游离不定。因此在小说中，黛莉亚是以第一人称讲述这个故事的，她的声音是整个文本的所有信息来源，是整个小说唯一的真相来源，不会有外部的声音加进来。但在电影中，讲述的声音，如果存在的话，那也要和她出现在屏幕上的肢体结合，她的外部表现成了主题，相对于文学中的形象，那只是一个表象。所以导演马尔托内采用了不同的表达方式，这很正常，因为他要实现自己的目标。

比如说，在黛莉亚的故事中，演员一出来，就置身一座“真实的”城市，还有“真实的”方言里头。结果是，黛莉亚失去了讲述者的位子，很明显，电影要表现她的沉默，还有她的欲言又止，也只能从外部去表现她，塑造她，她要去寻找一些她不知道、有待发现的东西。这个过程导致了一个结果，就像您在提问中所说的，尽管小说是一种欲言又止的态度，但在电影中需要展示、定位、确认、否定、说明，要比第一人称讲述更清晰。

我在看这个剧本时，尤其是在看最后一版时，我觉得导演找到了一些很聪明、很有创意的解决方法。我给您举一个简单的例子，在小说的最后一句，我是这样写的：“阿玛利娅存在过。我就是阿玛利娅。”第一个句子是想说明，阿玛利娅的故事现在已经彻底尘埃落定，这并不是因为她去世了，而是因为她经历的真相已经传递到了她女儿身上。第二句话主语发生了变化，我想重新激活阿玛利娅的生活，让她的生命在黛莉亚身上得以延续，让她变得丰富，阿玛利娅已经不在了，现在她女儿会填满、完成她的生活。“我就是”并不是一种病态的表达，按照我的想法和意图，那也不是自我的迷失。这是黛莉亚捡起了之前她和安东尼奥在地下室玩的游戏，她在游戏中扮演阿玛利娅，她捡回这个游戏，但没有颠覆它。现在这个游戏让她告诉自己，之前小时候经历的可怕事情，已经受到了接纳，她现在已经是成人，之前的体验，可以和她作为成熟女人的其他体验放在一起。马尔托内找到的表现方法在我看来是最好的，就是在火车上，有一个年轻人问她叫什么，她的回答是："阿玛利娅"。他用一种非常有效的手法，表现出了我在那两句话中想表达的。因为这个创意，还有其他表现手法，马尔托内对《烦人的爱》的改编让我很满意。

我希望我把事情说清楚了，我很高兴能有机会，畅所欲言地和您交流，我希望，您把我费力写出来的回答，当成我感激的表现。我感谢您，您自谦为我的崇拜者，这给我的一天都带来了好心情。

注：

这封信没有寄出（1995年）。评论家、杂志编辑戈弗雷多·福菲给费兰特提了以下问题，期望得到她的回复。以上即是费兰特对他的回应。

1. 马里奥·马尔托内的电影非常忠实于您的小说，但他选择把现在和过去分割开来。在小说中，一切都发生在现在，都是黛莉亚的内心活动和反思。电影和小说之间的另一个差别是：电影揭示了很多小说里没有挑明的东西。还有第三个差别，作为一名男性，导演马里奥·马尔托内好像有些难以接受黛莉亚的性欲，是不是可以说，他很难展示黛莉亚小时候的心理。在电影里，她母亲只是一个受害者，这一点很清楚。对于这些改编，不同于原著的地方，您有什么看法？这是因为导演的艺术敏感度的问题，还是出于电影本身表达手法的需要，需要让一切更明了？

2. 您在小说中描写了那不勒斯一些非常具体的地方（城区、地点、场所，还有人的活动和行为方式），但在电影都没有展现出来，没有进行具体介绍。比如说在小说中，您大篇幅描述了那不勒斯郊外城乡接合处穷人的生活，还有城市里小资产阶级的生活，也就是黛莉亚家的生活。这个时期的那不勒斯在故事中起到什么重要作用？和现在的那不勒斯相比，城市发生了什么变化，哪些方面得到了更新？您有没有关注那不勒斯的变化过程？您有没有感觉自己属于那不勒斯？或者受到那不勒斯的吸引？您生活在距离那不勒斯很远的地方（就像黛莉亚的选择），这是一个明确的决定，还是出于其他因素？现在您会不会回到那不勒斯生活呢？您小说中的人物——黛莉亚会不会回那不勒斯生活？换句话说，黛莉亚和她母亲阿玛利娅的和解，是不是代表着她和自己的那不勒斯身份的和解——尽管有一些病态的东西，让她很厌烦，但一切要从这里重新开始？说得更具体一点，阿玛利娅是一个那不勒斯母亲，可不可以把她当成那不勒斯的化身呢？

3. 这本小说出版后，您获得了“普罗奇达-艾尔莎·莫兰黛奖”，评论界就把您的小说和莫兰黛的一些小说联系起来（尤其是《阿拉科埃里》），认为您是莫兰黛的继承者，您接不接受这种说法？您是怎么脱离她的风格的（就像黛莉亚脱离阿玛利娅）？您认识莫兰黛吗？还有其他女作家（比如奥尔特赛）对您的写作有什么影响？

4. 能不能很冒失地问一句，您现在写的小说是关于什么主题？
5. 您小说中的女性人物——黛莉亚和阿玛利娅，在您的想象里，是不是很像这两位女演员安娜·博纳伊伍图和安杰拉·路切呢？她们成功演绎了这些人物的哪些特点，还有哪些地方和您小说中的描写不一样？
6. 您远离媒体有什么深层的原因？您为什么对于媒体有这么深的戒备心？这是因为您个人性格原因吗？如今，所有作品都倾向于极端个性化，出现在报纸的版面上，在屏幕上露脸，这是作者是无法避免的事情，您真的是一个特例。尽管您不是故意的，您并没有想标新立异，但您已经成为楷模。您怎样看待这个问题？
7. 您有没有做过心理分析？您有没有研究过心理分析方面的知识，您是不是一个女性主义者？

非常感谢，您的一个崇拜者向您表示敬仰和亲切问候！

戈弗雷多·福菲

- 10 -
工作的女人

亲爱的桑德拉：

我必须跟你解释一下，我答应你写的那篇文章，现在没法交给你。我看到你已经开始忙着给这部小说构思题目了（我觉得《工作的女人》是不错的一个题目，《女工作者》还是排除了吧），但我改变主意了，这个故事还是没法给你看。在最近一个星期，我尝试去读这部小说，我觉得，每一行字都让我受不了。我需要一些时间，再回到这篇小说，思考下一步需要做什么。我一旦做出决定，会马上告诉你。

你不要觉得这是你的错，你做得非常好，你应该坚持自己的态度。在这些年里，每次你提出要看我写的东西，这会让我更有写作动力。我很高兴，至少还有一个人在期待我的新书。这一次，可能是我做得不对，我不应该给你讲这部小说的具体内容，我能感受到你作为出版人的失望，也可能是因为我感觉到了你对这部小说长度的担忧。你总是说，小说写得太长的话，假如不是那些情节跌宕的惊险小说，会吓跑读者的。我承认，这部小说的确很长，我无法信守诺言，原因并不是这些。

我写出这个故事，是因为这个故事和我有关。我在这个故事上花了很长时间，我缩短了自己和小说中的人物之间的距离，我填补了所有空隙，我们现在融为一体了。小说已经写完了，我精疲力竭，我需要缓口气。我怎么调整自己呢？我不知道，可能要另写一本书。我可能要看很多与此相关的资料，这样我就可以留在这部小说的旁边，就好像在烤蛋糕时在旁边守着一样，要经常检查火候，在适当时用牙签去戳一戳，我也要反复查看这个文本有没有成熟。

我现在觉得，写作就像一个很漫长、让人疲惫，但又充满乐趣的诱惑。你讲述的故事，采用的词汇，你想赋予生命的人物，这只是一些工具，让你去营造一个难以名状、易逝、没有形状，只属于你的东西，但这是一把能打开很多道门的钥匙，这是你人生一大部分时间都坐在桌前敲击键盘，写满一页页纸的真正原因。对于每一部小说，要问的问题总是这些：这个故事，是不是抓住了隐藏在我内心深处那些活生生的东西？假如抓住了的话，那么它有没有蔓延至小说的每一页，赋予它们灵魂？尽管你已经写到了一本小说的最后，但回答并不肯定。小说的字里行间发生了什么？通常在经历了那么多辛苦和乐趣之后，会发现纸上什么都没有——只有事件、对话和激烈的场景，只有这些——你很绝望，这种绝望会让你非常害怕。

发生在我身上的事就是这样：刚开始，我总是很费劲，因为小说很难启动，没有任何开头让我觉得满意。后来我开始写了，那些写出来的章节突然间充满了能量，终于可以粘合在一起了，这时候写作变成一件充满快意的事情，写作的那几个小时是一种极致的享受。小说中的人物不会离开你，他们有自己的时间和空间，他们生活在另一个时空里，他们的形象越来越清晰。他们存在于你的脑子里，好像真实存在一样，他们坚实地站在街道上，生活在房子里，出现在故事发生的场景中。故事的发展有一千种可能，这些人物会自己选择最好的方案，而且这些选择是决定性的、责无旁贷的。你每天的工作开始于重读之前写的内容，然后鼓起勇气往下写，重读之前写的内容是一种乐趣，你可以把它修改得更好、更丰富，让前后更通顺。小说写好了，这种快乐的时光后来就结束了，现在不需要去重读前一天写的东西，而是要看整部小说。你看看这里，看看那里，你很害怕。你没写出你想象的东西，开头平淡无奇，情节的展开粗俗不堪，采用的语言也让你觉得不合时宜。这时候你特别需要帮助，你需要找一种方式，划出一块领地，把这本书放在上面，你要搞清楚这本书到底是什么。

现在我正处于这种不安的状态。因此，你如果愿意的话，你可以帮助我。关于那些工作的女人，你知道有哪些代表性的小说？当女人在工作时，她们被一道道懒洋洋的、邪恶的、有时候突然会很残酷的目光注视着，这会是什么情景呢？有没有这类小说呢？我对描写忙于工作的女性身体的作品很感兴趣。假如你知道有这一类的书——我不在意是高水平的文学作品，还是一些流俗的书，请你告诉我。工作会让男人变得高贵，但我怀疑，工作并不会让女人变得高贵。因此这部小说侧重于讲述工作的痛苦，还有需要挣钱吃饭的恐惧，这种处境本身已经非常让人不安。但你不要害怕，我向你保证，尽管我利用了我深入了解、体验过的工作，同时也利用了我非常熟悉的那些人的体验，我信任的那些人的经历，但我写的，并不是对女性工作的调查。这篇小说充满了张力，里面有各种各样的事情。但对于这部小说的结果，我真的没法告诉你。现在看来，小说已经写完了，我现在要想办法让自己平静下来。最后，等我平复了，我会告诉你这个小说能不能读。我会告诉你，这本小说可不可以出版，还是应该被放到我的习作里。如果它只是我的一部习作，我会很抱歉，我又一次让你失望了。从另一个方面来说，我相信，对于那些热爱写作的人，在写作上花费的时间永远都不是浪费。写一本又一本的书，这难道不是一条靠近我们想写的那本书的途径吗？

埃莱娜

注：

这封信写于 1998 年 5 月 18 日，后来出版社并没有收到信中提及的那本小说。

- 11 -
总能揭示真相的谎言

亲爱的桑德罗：

你说有必要接受采访，至少是这些采访。好吧，你说得对。你告诉福菲，让他把问题发过来，我会回答的。在这十年里，我希望自己已经成熟起来了。

我只想辩解一句：报纸上的文章，总是会有一些谎言夹杂进去。这些谎言的根源是因为，作者要在公众面前表现出自己最好的一面，思想要符合身份，我们要包装自己，使自己的形象满足大家的期望。

但你要知道，我一点儿都不痛恨谎言，在生活中，我觉得谎言是有益处的。为了保护自己，避免情感上的冲动，我经常会借助于谎言。但为那些书说谎，会让我非常痛苦。在我看来，文学的虚构是专门让人讲出真相的。

我非常在意《被遗弃的日子》中的真相。在这一点上，我不想为了迎合采访者的期待，做出任何让步。对我来说，最理想的就是通过简短的回复，能达到文学的效果，也就是把人们常说的谎言和真相混合在一起。我们看看，我能做出什么样的答复，我觉得自己已经受过训练了。我在卡片上写一些祝福的话时，也会尽量写一些真实的谎言。你如果收到提问，可以马上发给我。

注

这封信写于 2002 年 1 月。在《被遗弃的日子》发表之后，2002 年到 2003 年之间，费兰特通过出版社接受了三次采访，采访的内容收录在后面。

- 12 -
没有爱的城市
戈弗雷多·福菲对费兰特的采访

福菲：那不勒斯和都灵是两座完全不同的城市。那不勒斯乱哄哄的（我们在马尔托内的电影里能感受到，他突出了那不勒斯的这个特点），但都灵冷冰冰的，尤其是夏天，人都去度假了，气氛就更加冷清了。小说中的人物在经历被抛弃的危机，在濒临失控的状态下，是不是需要脱离她的环境？在小说中，关于都灵，读者可以“看到”的很少，这个城市只是一个背景。为什么呢？是不是那个被遗弃的那不勒斯女人“阴魂不散”，回忆变成了执念，正是这种执念把这篇小说和之前的小说联系起来了吧？

费兰特：奥尔加不是一个孤单的女人，而是一个被孤立的女人，这是我最想讲述的事情。我希望能够一步一步揭示她周围的空间——真实的以及隐喻的空间——一点点收缩。都灵和那不勒斯，尽管两座城市非常遥远，也很不同，但对于那些被痛苦折磨、生无可恋的人，在这两个城市都找不到感情的维系。在《烦人的爱》中，黛莉亚能在那不勒斯找到自己的故事，一段激动人心的故事，整个城市有很多地方都有一种感人的力量。但对于奥尔加来说，那不勒斯跟其他地方一样，越来越无法找到生活的温暖和意义，这是城市越来越严重的问题，都是作为背景呈现的。

福菲：弱化整个城市的背景，小说讲述的危机会更加尖刻、集中，更有爆发力。故事的主人公提到了安娜·卡列尼娜，还有波伏瓦笔下的“被撕裂的女人”，这也揭示了一个无法改变的事实：她被抛弃了。她的确被抛弃了，精神危机无法避免。现在时代和文化都变了，您是不是想重写这个主题？

费兰特：我觉得，奥尔加并不是按照这些想法行事的。她具有斗争精神，她既不想成为安娜·卡列尼娜，也不愿成为一个被撕裂的女人，尤其是，她特别不希望成为她小时候在那不勒斯看到的那个弃妇，她觉得自己是另一种文化、另一段女性历史的产物，她认为一切都可以避免。当然了，她深切体验到，每一场遗弃就像旋涡，像在我们周围漫延的沙漠，会把一切都归零。但她会采取行动，会反抗，会活着。

福菲：奥尔加是一个中年女性，她在写作中没有找到任何情感的升华，生活也没有变得充实。感情依然是人们尤其是女性生活的关键吗？

费兰特：对于奥尔加来说，写作是抵抗、思考的方式。写作没有任何神秘主义色彩，顶多需要一种风格。奥尔加年轻时在写作上投入更多，现在她只是通过写作，去分析她遇到的问题：失去爱情之后，她还能继续生活下去吗？这似乎是一个不可信的问题，实际上，却是一个关于女性生活非常残酷的问题。失去爱情会造成一种意义缺失，就像船只出现了漏洞。没有爱的城市是一个残忍、不正义的城市。

福菲：从某种程度上来说，您受到了意大利二十世纪七十年代女性主义的影响。您在写作这部小说时，有没有考虑到您接触的女性主义思想。

费兰特：我带着很大的热情，读了很多女性主义的作品，但我从来没积极投身于女性主义运动。我对性别差异思想产生过兴趣，但只是我的个人体验，这和奥尔加、黛莉亚这两位女性人物并没有太大关系。每一部小说都有自己的路子，那些思想指南有时候也会自相矛盾，每个人都按照自己的方式去运用它，去寻找真相。我觉得，从一个文本里只能看到文字信息，不可能知道更多，比如说写作者的品位。

福菲：奥尔加好像是拒绝任何先验性，拒绝任何非世俗的维度，她只相信人世的生活，除了在一些比较迷幻的状态下，她一直生活在人间。但这部小说中会有一些隐含的线索，一些奇怪的回应、神秘的回音，尤其是人和动物的关系——奥尔加和家里的狗奥托的关系。这是一种矛盾的表现吗？

费兰特：奥尔加是一个完全世俗化的人。但经历的这场遗弃，让她的信念变得不再那么坚定，这种经历让她的生活方式、表达方式，甚至情感反应都发生了变化。她的信念被粉碎，这种碎片化会让一些想象、信仰、激动和身体的原始反应流露出来，很难控制，但这其中没有任何先验性和神秘主义倾向。奥尔加最后发现：痛苦并不能摧毁她，也不会让她得到提升，无论是在天上，还是在地上，没有任何东西可以给她带来安慰。至于这条狗，我不知道该说什么才好，小说中的这个角色也给我带来了很多痛苦。

福菲：这部小说出版时，意大利处于一个非常特殊的时期，占主宰的是一种非常粗俗的"个人实用主义"，还有一种公共的、群体性的虚伪，电视上充斥着各种表演和作秀。您的第一本小说是很多年前写的，可以推断《被遗弃的日子》写了很长时间。您在写作时，有没有考虑到整个意大利那些年的背景，奥尔加的故事中，有没有加入这个背景？

费兰特：是的，您所说的这个背景在小说中有所流露，尤其是奥尔加的丈夫逐渐表现出来的新特征，通过他的话展现出一些政治现实。但我觉得，在一个时代中构思和写作的故事，并不一定要展示那个时代一些让人作呕的特点。当一个人写作时，只是希望时间能和文本要表达的东西相符合：比如说，奥尔加遭到遗弃后的表现，她关在自己的房子里，内心孤立，会无视周围城市的存在。

福菲：奥尔加接受了她的男邻居卡拉诺，他是一个音乐家，这个举动也是在揭示男性和女性普遍的脆弱吗？我们能够以此推断出奥尔加以后的生活吗？这个问题很愚蠢，但很有必要讨论。

费兰特：卡拉诺帮助了奥尔加，让她在经历感情的枯竭之后，再次靠近周围的男性。爱情被抽离之后，两性之间的关系变得赤裸裸。卡拉诺不是一个线条明确的人物，他有一些让人讨厌的地方，但奥尔加更喜欢他，而不是那个兽医，后者身上的好意是表演性的、虚假的。后来卡拉诺打动了她，让她对于感情有了新的看法。我觉得，我们选男人，就像人生其他比较重要的选择，能说明我们是什么样的女人，我们会变成什么样的女人。

注：

这次采访刊登在 2002 年 1 月 24 日的《信使报》上，采访内容的前面有戈弗雷多·福菲的引言，标题是《费兰特：女性星球上的旅行》。

- 13 -
没有安全距离
斯特法妮娅·斯卡特尼对费兰特的采访

斯卡特尼：《被遗弃的日子》描写的是一个女人生活中很可怕的时刻，您通过一种非常直接、真诚，近乎残忍的方式写出了这种状态，尤其是对女主人公的剖析非常深入。您认为，您的匿名状态，对于描述这种处境有帮助吗？

费兰特：我不知道，为了忍受生活，我们会说谎，尤其是会对自己说谎。有时候，我们会编制一些非常美丽的童话，有时候，我们会说一些经不起推敲的谎言。谎言会保护我们，会减轻痛苦，会让我们避免认真反思带来的忧虑，会稀释我们这个时代的恐惧，甚至让我们免于自我伤害。但在写作时，我们永远都不能说谎。在文学的虚构之中，需要非常真实，要让真相在纸上浮现，甚至要达到一种让人无法容忍的地步。我们要把我们生活中真实的样子和写作时的样子分开，这会让我们避免自我审查。

斯卡特尼：为什么您拒绝做一个公众人物呢？

费兰特：这是出于一种近乎强迫症的硬性需求。我们在写作时，写作的辛苦会触及身体的每个部位，当一本书结束之后，就好像一个人被强行搜身，毫无尊重可言，作者唯一希望的事就是回到完整状态，回到平时的样子，有自己的语言、思想、人际关系和工作。只有作品是公开的，作品里有我们想要说的所有东西。现在谁还在意写出作品的人呢？最重要的是，作品已经写出来了。

斯卡特尼：您的作品看起来不像是针对读者写的，好像是一种私人写作，唯一的倾诉对象是纸张（电脑）或者是自己，是这样子的吗？

费兰特：事情并非如此，我写作是因为我希望我写的书会有人看。但我写作时，读者并不是最主要的，最主要的是我要找到一种能量，深入挖掘我正要讲的故事。在我的生活中，唯一不会受到别人影响的时刻，就是我在寻找语言和词汇，突破庸常的表述，揭开表象的时刻。即使是我发现这样挖掘也没用，因为表面之下什么都没有，这也不会吓到我。

斯卡特尼：读您的书时，我想着一种写作人生，生活的时间就是写作的时间，正是因为如此，您在十年之间才写了两本书吗？

费兰特：我必须承认，我带着尴尬承认：在十年期间，我并不是只写了两本书，我写了很多书。但我觉得，我和《烦人的爱》《被遗弃的日子》之间，还没有产生一个安全距离，写这两本书，就好像把手放在还没有愈合的伤口上。在其他书里，我也讲过那些已经愈合的伤口，我用准确的语言，一种适度的距离讲述这些故事，但我发现这并不是我的路子。

斯卡特尼：还是延续之前的问题，您的写作非常具体真实，就好像书中人物的身体也很有表现力。您的写作里有很多行为举止描写，每天的行为出于习惯显得非常流畅，接着会出现一些“生病”的阶段，这些行为会变少。总的来说，这是一种女性写作。您有没有特别喜欢的女性作家或男性作家？

费兰特：我年轻时，喜欢假装成男人的语气写作。我觉得所有高水平的作家都是男性，因此需要像真正的男人那样写作。后来我仔细研读了一些女性作家的作品，得出了这样的一个结论：每一个细小的片段，如果能看出来女性文学的特征和痕迹，就需要去研究，并付诸实践。一段时间以来，我已经摆脱了理论和解读方面的顾虑，我现在写东西，不再考虑我自己应该是什么样子：男性的、女性的，还是中性的？只是在写东西时，我会读一些书，这些书对我来说是一种陪伴，是好的陪伴，不是漂亮的装饰。我有一个非常具体的书单，对我来说是一种激励：费德里科·托齐的《阿黛尔》、塞斯佩德斯[①]的《以她之见》、马志尼《写给编辑的信》、莫兰黛的《谎言与占卜》或《阿杜卢的岛屿》。当我在写《被遗弃的日子》时，陪伴我的书是拉法耶特夫人[②]写的《克莱芙王妃》。

斯卡特尼：奥尔加在一种关系，在对方的各种表现里，找到了生活意义。她成了孤家寡人，一切都要从零开始。她发现自己错了，于是开始构建另一段关系，就是和卡拉诺的关系，但她是清醒地进入这段关系的。您是怎么样看待爱情的？

费兰特：对爱的需求，是我们生活中非常重要的一部分。说起来好像是一件让人难以置信的事，我们觉得自己活着，正是因为我们身上好像中了标枪，我们日日夜夜，去哪里都带着这个伤口。我们对爱的需求是最重要的，会排挤其他需求，支配着我们的行为。如果您去看《埃涅阿斯纪》第4卷的话，迦太基的建设停了下来，那是因为狄多女王恋爱了，假如埃涅阿斯留下来的话，整个城市会更加强大起来，但是他走了，狄多自杀了。迦太基从一座爱的城市，变成了一座充满仇恨的城市。没有爱的人，

---

① 塞斯佩德斯（Alba de Céspedes，1911—1997），意大利女作家、诗人、游击队员。父亲曾是驻古巴大使。《以她之见》的背景是1939年的罗马，讲述了“二战”期间的女性孤立无援的处境和她们的抗争。

② 拉法耶特夫人（Madame de La Fayette，1634—1693），法国小说家，其作品《克莱芙王妃》被认为开创了心理小说的先河。

或者没有爱的城市，对于自己和其他人都很危险。

斯卡特尼：《被遗弃的日子》看起来让人感觉是一部女性主义小说，您和波伏瓦，还有她的《独白》是不是感觉息息相通？

费兰特：不，现在已经不是这样了。在奥尔加的故事里，我提到了这本书，我当然也会提到被遗弃的狄多，她失去理性，在城市里到处奔走。她用埃涅阿斯的剑自杀了，那把剑是他留下的“记忆”之一。实际上，奥尔加是一个现代女性，她知道，她不能够通过自我毁灭来应对遗弃。在生活中，在文学中，我对于新知识产生的结果很感兴趣：如何采取行动？如何抵抗？如何和死亡的欲望进行斗争？如何获得足够的时间，去学会承受痛苦？通过什么策略或者伪装，才能够重新接受生活？

斯卡特尼：罗伯特·法恩扎把《被遗弃的日子》改编成电影了，您对此有什么想法？您有没有参与这项工作？

费兰特：到目前为止，还没有。我非常爱看电影，但我对电影语言一点儿也不懂。我只希望，他的《被遗弃的日子》要比我的小说精彩。

注

这个采访前面有斯特法妮娅·斯卡特尼一段篇幅很长的引言，还有杰奎琳·里塞的一篇评论《内心的支离破碎》，访谈和评论一起刊登在2002年9月8日的《团结报》上，标题是《埃莱娜·费兰特，写作和肉体》。

- 14 -
一个解构的故事
耶斯佩尔·斯托加德·詹森对费兰特的采访

詹森： 因为《被遗弃的日子》的成功，您获得了很高的声誉，很多人都在找您。但您为什么会选择不露面呢？

费兰特： 弗洛伊德的《图腾和禁忌》里提到了一个女人，她决定再也不写自己的名字。她很害怕自己的名字被别人获取之后，她的人格会被占有。这个女人先是拒绝写名字，后来事情进一步发展，她开始拒绝写字。我不是这种情况：我一直写作，我有意继续写下去。但我必须承认，我看到弗洛伊德写的那个病例，马上觉得对于我是一个启发。我选择表达自己，我展现的东西不应该像磁石一样，把我的全部都吸进去。一个人有权利把他自己、他的个人形象和他的作品在公众中的影响分开。不仅如此，我相信作者不应该再对他的作品做重要补充：我认为一本书是一个自给自足的有机体，本身就包含对所有问题的答复。那些真正的书写出来，只是为了让别人去阅读。作者参与的图书推广活动，总是倾向抹去这些作品，还有阅读它们的必要性。在很多种情况下，作者的名字、形象和观点要比这本书还要出名。不仅在当代作家身上会出现这种情况，不幸的是，对于古典作家而言情况也是一样。最后我想说，我的私人生活和公众生活都让我比较满意。我并不需要新的平衡，我只是希望有一个隐蔽的角落，可以写作，没有别人的监视，也没有急迫的事情需要处理。

詹森： 您选择了匿名，不能和读者直接接触，您有没有觉得很遗憾？

费兰特：假如读者愿意的话，他们可以给出版社写信。收到他们的信，我还是很高兴，我都会及时给他们回复。

詹森：您愿不愿意就自己做一个简单的描述？如果您愿意，您可以谈谈自己的外形，还有生活其他方面。

费兰特：我不能。请您原谅我这么干脆的拒绝。我想解释一下，比如，卡尔维诺很确信，对于一个作家来说，最主要的是他的作品，1964 年，他给一个研究他作品的女学者写信："……我不会给您任何我的个人信息，如果我给您讲的话，那也是假的，或者我每次给出的信息都不一样。您可以问您想问的问题，我也会回答您，但我从来都不会告诉您真相，在这一点上您可以确信。"我特别喜欢他说的这一段话，从某种程度上来说，我也是这么做的。我可以告诉您我非常美，体型像运动员，长得像明星；或者我从青少年起就开始坐轮椅，或者我是一个非常害羞的女人，连看到自己的影子也会害怕；我可能会告诉您，我喜欢牡丹；我只在凌晨两点到五点之间写作，还有其他诸如此类的事。问题在于，我和卡尔维诺不同，我不希望用一连串的谎言回答一个问题。

詹森：您一定是看到了，意大利媒体的一些知名人士尝试揭开您的真实身份。按照一个知名文学评论家（戈弗雷多·福菲）的说法，您是意大利那不勒斯的女作家——法布丽齐亚·拉蒙迪诺，甚至还可能是那不勒斯的一个男同性恋者，您觉得这是不是很有意思啊？

费兰特：我很欣赏您提到的这些作家，我的书能被归在他们头上，我觉得非常荣幸。包括认为我是一个同性恋，我也不觉得古怪。这证明了一个文本，能够饱含很多连作者也不知道的东西。

詹森： 您能不能讲一下《被遗弃的日子》的故事情节，您是怎样想到的？

费兰特： 刚开始，当然有一条狼狗，那是一条我非常喜欢的狗。其他东西都是慢慢出现的，是多年积攒起来的。

詹森： 小说的表达形式，非常有效地再现了奥尔加遭遇遗弃之后的厌世，她对自己，对于性，还有其他东西都很厌恶，您是不是真正体验过这种感觉？

费兰特： 所有小说都可以在作者的生活中找到情感根源。这种情感越是深入故事中、体现在人物身上，文字就越能展示出一种非常深刻的真相。但最重要的事情就是，这种文字的实际效果，就是文字强化情感、获得这种效果的方式。

詹森： 在讲述奥尔加的故事时，您感兴趣的主题是什么？

费兰特： 我想讲一个解体的故事，一个人收回他的爱，会毁掉我们一辈子构建的文化，会剥夺我们悉心修建的伊甸园。在这之前，这个伊甸园的存在，让我们觉得自己很无辜，很可爱。当人类的文化外壳被撕裂了，他们会表现出最恶毒的一面。面对自己赤裸的身体器官，他们会非常羞愧。从某种程度上来说，失去爱，作为一种普遍的经验，非常类似于一个神话，就是“失乐园”，会带来一种强烈的幻灭，让人们看到自己并没有天神的身体，他们会发现生命的脆弱和易逝。

詹森：《被遗弃的日子》里，您传递给读者的是一种非常强烈的感情。您是如何获得这么“干净”的文字，来表达这些激情呢？您写作的方式是什么？

费兰特： 我的写作是一种矛盾的状态。有时候事实非常清晰，人物情感反应很慢，有时候又会心血来潮，这是一种很混乱的写作，但我总是避免把两个时刻分开，我总是让其中一种状态滑向另一种状态，中间不出现中断。

詹森：安德烈阿·德卡罗认为，一个作家能不能传递强烈的感情，这对于图书销售非常重要，您怎么看待这个问题？

费兰特：对于那些写作的人，首先他们会寻找适合自己的表达形式。当然了，这是一个内心世界，也是一个私人世界，还没有公布出来，或者只有一小部分公布出来。从这种意义上来说，出版一本书意味着以最合适的形式，向别人展示那些属于他内心的东西。如果考虑读者需要什么（强烈或脆弱的感情），那完全是南辕北辙，这已经不再是把个人世界通过一种文学的形式呈现在公众眼里，而是读者把他们的东西强加给我，对我的写作进行要求。我不能说这是错误的工作方式，要写出一本好书，有很多种方式，有无限种方式，但我并不赞同这种创作过程。

詹森：《被遗弃的日子》能不能被定义成一本女性主义小说呢？

费兰特：这个小说里包含着女性应对遗弃的方式，从美狄亚到狄多女王，但它又不能被定义为女性主义小说，因为小说的侧重点不在于讲述现代女性面临遗弃时，她在实际中和理论上应当如何表现，我也不想去指责男性的行为。我写这部小说时，是在构建一个故事。我通过我的体验、情感、阅读，还有我的一些信念，尤其是我内心深处那些最无法控制的秘密层面去写这个故事。尽管这经常和那些好作品，还有正确的信念产生冲突，但我从来都不担心。写出来的作品，要传递出对我来说很重要的东西。

詹森：《被遗弃的日子》讲的是一个女人失去了她的爱情。请您原谅我提出一个非常庸俗的问题，对于您来说，爱情代表着什么呢？

费兰特：代表一种鲜活的力量，无论是对于个人还是对于群体都有好处。当爱离开了一个人，更糟糕的是离开了一个群体时，人类的行为会变得很危险，无论是个人命运还是历史，都会走上一条不归路。

詹森：在您的第一本书出版之后，时隔十年您的第二本书才出版。您觉得自己是一个完美主义者吗？

费兰特：不是，我只是在想写时才会写，在觉得不羞愧时才会发表一部小说。

詹森：在《被遗弃的日子》成功之后，您有没有趁热打铁，打算在短时间内写出一本书？

费兰特：可能读者的认可会让我内心一热，让我想马上去写一本新书。在十年之前，也出现了同样的情况。假如我写出来的所有东西都适合发表，那我可能每六个月都可以发表一部小说，但事情并不是这样。

詹森：有人认为您是“莫兰黛之后最伟大的意大利女作家”，您觉得高兴吗？

费兰特：当然了，我特别喜欢莫兰黛的作品，但我很清楚地知道，这是媒体夸大其词。

詹森：我觉得非常好奇的是，这两本近些年在意大利取得巨大成功的书（另一本是马哈雷特·马扎蒂尼的《不要动》），书里的男性形象都很猥琐，要么怯懦，要么就是流氓。这两个故事里的女人都很强大，男人都很虚弱。您怎么看待这个问题？

费兰特：在我写这本小说时，女主人公的丈夫马里奥，既不是一个虚弱的人，也不是一个流氓，他只是不再爱他的妻子了。他很难找到一种方式，能在不羞辱她、不伤害她的情况下结束这段关系。他的行为只是一个人无法继续爱另一个人的表现。他很清楚这是一个非常可怕的行为，但因为对爱的需求，他已经走上了另一条道路，他只能选择去追随自己的爱情，同时他需要争取时间，尽量减轻他带来的伤害。马里奥是一个非常普通的男人，他面对的一个痛苦的问题就是：他无法避免会伤害别人。

詹森：在一个男权主义社会里，就像意大利这样的社会，强大的性别实际上是女性，为了生存或者成功，她们不得不施展一些特殊才能，或者是表现出强烈的个性。您赞同这种观点吗？

费兰特：我不认为女性是强势性别。我想，在现实生活中，我们一直被迫经受各种严峻考验，我们必须严格调整私人生活，才能进入公共生活。这不是一种自我选择，不是变化带来的结果，而是一种需求。如果不愿意经受这种考验，这意味着我们又会回到一种依附状态，我们要放弃自我、个性，成为男人的附庸。

詹森：您写了一个短篇，讲的是您童年经历的一件事情，故事是关于人的利益冲突，里面有一个非常负面的人物。在故事的结局，您明确指出了：贝卢斯科尼也是一个非常负面的人物。您怎么看待现在意大利的领导阶层？

费兰特：我觉得很恶心。

詹森：在《被遗弃的日子》译本的封面上，有一幅丹麦艺术家的作品（克里斯托弗·威廉·埃克斯贝格的《赤裸的背影：早上的浴室》），在小说中，男性人物去了丹麦。在您和丹麦之间存在什么联系吗？假如有什么联系，到底是什么呢？

费兰特：我没去过丹麦几次，但我从小都很喜欢安徒生童话。长大了之后，我很喜欢丹麦作家卡伦·布里克森[①]的小说。

---

① 卡伦·布里克森（Karen Blixen，1885—1962），丹麦作家，以其笔名伊萨克·迪内森写作，代表作有《走出非洲》等。

对我来说，我和一些地方之间的联系，总是建立在文字的基础上，是因为我读过的书里谈到了这些地方。

注：

这个采访是《被遗弃的日子》在丹麦出版时完成的，2002年8月17日刊登在周刊《周末读物》上。采访者提到的文章，在后面可以看到。

- 15 -
自愿终止怀疑

亲爱的桑德罗：

我勉强写了一个很牵强的小故事，我没有把这种勉强隐藏起来，我直接把它展现在了文本中。我很担心你会不喜欢，我现在想向你解释一下，我为什么要这么做。

说实话吧，我觉得那些政治小说并不会起到什么决定性作用，尤其是当言论自由和出版自由还受到保护时。一个写作的人，当然会冒一定的风险，但不会有生命危险或会进大牢。现在公共事务出现的一些问题，通常会激起人们的想象，也会让人无可避免地对那些丑陋现象进行抨击，产生一些漂亮的隐喻、寓言故事，能够满足大人或小孩的审美，但这些故事的政治效果呢？通常我会非常失望：你只是用手肘轻轻碰击一下那些心知肚明的读者，他们内心原先已经很赞同你了，这不仅仅是成功的保证，而且你也有了人身保证。那些为民请命、白纸黑字把自己的观点写出来的人，已经能让他免受迫害、鄙视、抨击、工作限制以及其他麻烦。

我也想解释得更清楚、更明确一点。我把写作时思考的问题向您列举出来。在如今阴暗、残酷的政治舞台上，像我讲的那个婆婆妈妈的故事——祖母在一个小区里受到的屈辱，这个故事能伤害到谁呢？报纸上还有书店里的杂文，充满着指名道姓、揭发国家元首所作所为的文章，我为什么要通过一个发生在很多年前的家庭小故事，来表现我反对贝卢斯科尼的立场呢？假如我能够想出一些更有趣、辛辣、古怪，更让人不安的政治檄文，那可能会有一定政治意义，但表面上看，我还是在谈论其他事情，这能起到什么作用呢？

就像你看到的，为了摆脱这种自我怀疑和自我批评，我在文章最后写出了贝卢斯科尼的名字。但你要知道，我这么做并不是说，在我们今天的文明社会里，政治小说必须摆脱隐喻（无论是好文学还是糟糕的文学，都是隐喻），我只是为了表示：我们需要一些更能说明问题、更直接的故事。即使是通过文学的方式，也要说明我们国民对有些现象的痛恨。总之，需要通过文学作品提出这些问题：贝卢斯科尼是一个伟大的企业家，所以他也能成为一个伟大的国家领导人吗？为什么我们很确信这两者之间有必然联系？说服我们的是不是这个企业家的那些丰功伟绩呢？他的丰功伟绩是什么？他做了什么对公众有益的事情，让我们认为他具有一个优秀国家领导人应具备的才能？是不是他搞的那些低俗电视？还有他高薪奉养的那些人员？因此，一个人如果是企业家，通过自己旗下那些恶俗的电视台，让所有电视台都变得庸俗，因为一种连锁反应，让整个国家的报纸、广告、电影、小报，还有一些文学作品都变得庸俗，这样他就可以成为一个伟大的元首吗？有没有这种可能呢？假如贝卢斯科尼作为一个伟大的企业家，他的伟大作品我们每天晚上都能看到。怎么可能一半意大利人都会相信，就像他所说的，他会把整个国家搞好？除此之外，他想搞好哪个意大利呢？假如贝卢斯科尼和另一个男人一起管理意大利，这个人巴不得解散意大利，他可能找的理由就是：帕达尼亚认为意大利只是一个地理概念。

这种公众的可信度，并不是公民的可信度，从文学角度上，我觉得很有意思。假如我要写一篇文章，并不是通过隐喻、讽刺或者寓言的方式，来展示贝卢斯科尼治理的国家，我希望能够构思一个故事情节，还有一些人物，能够成功讲述一个神话，在这个神话中，贝卢斯科尼是一个非常危险的符号。我说的是象征符号，但他个人造的孽，还有他对这个国家的管理留下的恶果很难消除，政治斗争会把他推下历史舞台，但他作为一个在民主政治中登上最高职位的政治领袖，作为政治、经济、电视领域的统帅，他是通过选举产生的，这使他会成为一个楷模，可以复制，也可以优化。

当然，楷模都有自己的故事（如果有一天你有闲心，有时间，我们三个——你、桑德拉还有我可以聊一聊，我们可以搞清楚，在国民变成轻信的、热情高涨的公众这个过程中，左派到底扮演了什么角色）。对于我来说，贝卢斯科尼是一个非常突出的代表，他说明了政治家的幻想传统，还有伪装的能力，即使在民主政权的内部。他们本应该是一群热情的人民公仆，奥林匹斯山上的好神仙，掌控可怜凡人的命运。不幸的是，这种幻想（曾经支撑着民主政权和极权主义：我想到了领袖的身体、男子汉的身体、最棒的身体、圣人的木雕身体，还有天神身体的“发明”）已经牢牢扎根在我们脑子里，因为他拥有今天最强大的大众传媒——“电视”，这是“人物”和“主角”的工厂，媒体可能会打造这些人物的人设。那些电视中的“神话”打造的人物和主角，观众看到他们就好像在读小说时需要“自愿终止怀疑”，要接受这个基本条件，这样你就会相信电视上那些人所说的。

贝卢斯科尼作为治国者是可能的，只是因为他垄断了可以让观众“自愿终止怀疑”的媒体。这个伟大人物（媒体让我们习惯于这种对“伟大”的滥用）完成了一种转变，就是把市民变成了观众，把代表公正的民主变成了一种虚拟游戏。他的金钱、电视，他的市场调查实际上已经说明了，因为一个集团公司（而非一个政党）的支持，它们可以无视意大利人对政治的不满，在一夜之间，他把个人利益凌驾于其他事物——上层阶级、下层阶级——之上，把他的所作所为鼓吹成了一个拯救国民的行为，对民主保证绝口不提。

这不是一件好事，首先对于那些真正的民主人士，一篇关于现状的小说能让人信服，小说中有很多人物、事件，应该是一个反对让人“自愿终止怀疑”的小说，这真是一个悖论，我很愿意在上面做文章。在这本小说里，本来应该讲述政治工作的危险性，也要考虑一下这些轻信的公众中间是否可能出现一些带有批判思想的公民，可以把这些大人物、大主角从媒体的神坛上请下来，让他们变成真正的凡人。

你看一下我写的小故事，聊了那么多之后，这就是我可以为你的提议做的贡献。请原谅我对你说的那么多没用的话，如果我不对你们说这些，我还能对谁发泄一下呢？拥抱你们。

埃莱娜

格式优美

我不知道该写什么好，我不知道是不是该写。我非常不情愿，我脑子里只有马泰尔·卡拉奇奥，这是二十年前的一个非常阴暗的形象。我给他写了很多年的信，这些信都是我写的，但签名是我奶奶：她的姓名和地址。她住在那不勒斯的卡马尔多利。收信人卡拉奇奥是一个五十多岁的男人，他非常开朗，声音有点儿大，动作夸张，身上的衣服都很昂贵。我奶奶告诉我他的罪行，我黑底白字写出来，但没有用。

那是一些小事情，一个小区里邻里之间的矛盾。那个小区位于那不勒斯的一处公路和钢筋水泥建筑密集的山上，在海拔四百米的地方，坎加尼教堂旁边。卡拉奇奥不让她用小区里的一些通道；卡拉奇奥收她维修房子的钱，却没有施工；卡拉奇奥认为只有自己可以把车子停在院子里，卡拉奇奥认为只有自己可以在房子的楼台上搞聚会。卡拉奇奥收了维修基金，但只用来保养自己的房产。尽管我那时候要应付大学的各种考试，却不得不参加小区会议，替我奶奶发声，替我奶奶写出一些格式优美但谁也威胁不了的信。

这都是浪费时间。大大小小的权贵根本就不害怕那些漂亮得体的语言，也不害怕难听话。而且他们会通过他们的出版社出版这些文章，从那些严密的逻辑、优美的类比和比喻里面获取利润。那些句号、逗号、叹息、痛苦，还有苍白的记忆也成了他们的所有物。

卡拉奇奥是那栋楼里大部分房子的主业。他住在一套非常大的房子里，他的家人很多。他是一个工程师，他们家世世代代都是工程师，在沃美罗小山上，他们家有很多房子。天气好的时候，他会待在露台上，露台上有一些小树，还有各种各样的花，他会在那里和孩子还有妻子聊天。如果下雨，他会非常烦躁，我觉得他可能很害怕会来一个旋涡，把他的那些房产吞没。我奶奶住的两居室也是从他手里买的，他不想要支票，他要现金。我们这些孙辈本来不会答应这件事，但我奶奶非常喜欢那套房子，她舍不得离开。再说，我们觉得付现金，私下交易大家已经习以为常，当时公证员一点也没觉得奇怪，也没惊异，他只是说了一句：我不愿意知道你们私下的勾当。我穿过那不勒斯，我记得我内心很忐忑，我非常害怕，当时我很年轻，做那些有风险的事也会让我有一点儿开心。

我喝了一杯茶，现在接着写，但我迫不及待地写完这个故事，我不想用回忆做比喻。那些真实的名字，还有没有形容词修饰的名词，是为了展示社会生活的规矩是怎么样被跨越和打破的，这有用吗？

卡拉奇奥家有很多房子，加起来面积很大，他被任命为小区的代表、秘书长和管理者。他对于任何事都一手遮天，假如有人站出来反对他，他会故作辛酸地说整栋楼里只有他一个人操心这栋房子的事。

他和我可怜的奶奶之间的矛盾爆发了，因为几株植物。我奶奶没有阳台，她就在外墙窗台下装了一个铁架子，把那几盆植物放在上面。那几盆植物，她养了好多年，有一些甚至养了十几年，我奶奶非常喜欢。但是卡拉奇奥说，那些铁架子是违章的，不能装在那里，他要求我奶奶把铁架子拆除，还让她承担维修建筑墙壁的钱。

我写了那些抗议的信，作为回应，卡拉奇奥召集大家召开整个小区的业主会议，他让大家投票通过了一个新条例，就是严禁在窗台下的外墙上安装铁架子，用来放植物。他能做到这一点，并不是因为他可以这样做，而是因为他有权有势。

一想到这件事情，我就会很气愤，我整个下午都在那儿写这个故事，讲述这件让我痛恨的事，但我不高兴，觉得沮丧，因为这个滥用职权的真相听起来像是修辞。

那些植物逐渐死去，我奶奶也彻底憔悴了。

我又喝一杯茶。很长时间我都静止在那里。我又重新开始写，但还是很厌烦，我用一只手指打字，写了“贝卢斯”，这让我觉得一阵厌倦，然后我打出了“科尼”。

注:

这封信是2002年4月写的，缘起是e/o出版社要求他们的作者写一篇文章，主题是“利益冲突”。《格式优美》2002年5月3日刊登在《晚邮报》副刊上，在2002年刊登在《微大》杂志上。文章修订后收入本书。

- 16 -
碎　片

亲爱的桑德拉：

我感觉自己有些出息了，我们可以笑一笑了。在写完《被遗弃的日子》之后，你看看，我是怎么回答《目录》杂志那两位女士提的问题。

我有些羞愧，疯狂整理了一下房间，我打开了抽屉，翻阅了一些东西，给那些问题找到了答案。

我本可以把写出来的东西自己留着，但我还是很乐意发给她们。一个人带着激情写的东西，总是需要一个读者。所以我把这封很长的信发给你，请你转发给那两位采访者。但你要讲清楚，我不会修改这封信，不会为了发表精简内容。

假如有时间的话，你也可以看一看这封信，这是游离于我的两本小说之间的文字。我想象——真的是我想象（真实的书已经走上了自己的道路，已经不属于我了）我写了那两本书。你如果看一下我写的答复，我会很高兴。

如果你写信告诉我你的想法，我会非常感激。

以下就是这封信的内容。

亲爱的朱莉亚娜·奥利维罗、卡米拉·瓦莱蒂：

我非常感谢你们提议要对我进行采访，我尽量把问题的回答写得清晰直接。但是因为你们提出了一些非常复杂也很专业的问题，我觉得，简单的答复可能不是很合适。后来，我就不再考虑采访的形式，我只是想着回答你们提出的问题。

旋　涡

你们问我，这两本书里谈到的女性痛苦，你们还提出了一种可能，你们说《烦人的爱》中的黛莉亚和《被遗弃的日子》里的奥尔加都是现代女性，她们痛苦，是因为她们需要和自己的根源、出身，和之前古老的女性形象，还有残存在她们内心的地中海神话原型进行清算。的确有这种可能，但我必须想清楚，要想清楚的话，我不能从你们提出来的“根源”讲起，这个词词义过多。还有你们用的两个词：“古老”“地中海”，也让我迷惑。假如你们愿意的话，我更愿意深入分析你们提出的另一个词——痛苦，这个词从我童年开始一直在陪伴着我，包括在我写这两本小说时。

我母亲留给我一个方言词汇，那是她经常说的，就是当一个人遭受各种矛盾情感的折磨时感受到的东西，她说她内心一团“碎片”(frantumaglia)。这些碎片折磨着她，在她内心东拉西扯，让她头晕，嘴里发苦。这是一种很难说出口的苦，指的是脑子里有各种各样的东西搅和在一起，就像是漂浮在脑子上的残渣。“碎片”神秘，会让人做出一些莫名其妙的事情，它会引起那些难以名状的痛苦。当我母亲不再年轻，这些沉渣“碎片”会让她在夜里醒来，让她自说自话，又让她对此感到羞愧，会让她不由自主哼唱起一些小曲儿，但很快会变成一声叹息，也会让她忽然离开家，也不管灶火上的拌面酱烧糊在锅底上。有时候这些“碎片”会让她哭泣，这个童年起就留在我脑子里的词汇，通常指的是无缘无故的哭泣：“碎片”的眼泪。

现在已经没法问我母亲，她说的那个词到底是什么意思。我只能按照自己的方式解释，我从小都觉得，内心的“碎片”会让人痛苦，从另一个方面来说，一个人如果很痛苦，迟早就会变得支离破碎。碎片到底是什么，我之前不知道，现在也不知道。现在我脑子里有一系列关于碎片的意象，但都是和我的问题相关，而不是她的问题。碎片是不稳定的风景，是一片空气，或者是水汽，都是废气，无限延伸开来，粗暴地向我展示它真正的、唯一的内在。碎片是时光的堆积，没有故事或小说中的秩序。碎片是失去带来的感觉，当我们觉得一切都很稳定持久，但是我们看到，我们生命得以依靠的东西，很快就和堆积的碎片融为一体。碎片就是感觉痛苦不安，这种不安缘于一些乱七八糟的事情，我们的生活，我们的声音会淹没在这堆碎片中。有时候，我会和奥尔加——《被遗弃的日子》里的女主人公——一样，也会面对她所面对的问题。有时候我会觉得脑子里嗡嗡作响，过去和现在搅和在一起，形成一个旋涡：像一窝蜂一样，飞过一动不动的树顶，向我飞来，就像在流水上忽然转动起来的风车。我小时候看到过那种情景，在我的童年时代——成人称之为童年的那段时光，我觉得，语言进入了我的内部，灌输给我一种新的言语：各种颜色的声音爆发出来，像成千上万的蝴蝶，长着能发出声音的翅膀。或者这只是我表达死亡，还有对死亡的恐惧和不安的方式，恐惧会让人忽然失去表达能力，就好像发声器官突然瘫痪。从生下来就学会的，我们可以控制的东西，现在都各自流散，我的身体就像一只皮袋子，会漏气、漏水。

我可以继续列出我们家庭内部经常使用的其他四五个词汇，通过这几个词汇表达所有我想说的。但在这种情况下，我要说清楚我笔下两位女主人公的痛苦，我只用说：她们要面对内心的碎片。我还保留了《烦人的爱》中的几页，那是后来被我删去的内容。在这几页中，我就是想说明这种状况。这一段是关于阿玛利娅乌黑的头发，这是女儿黛莉亚在那不勒斯追寻母亲死因时描述的一段。

> 我的头发很细，跟我父亲一样。我的头发又细又软，看起来不蓬松，也没有光泽，它们随便披散在头上，很不听话，我非常痛恨我的头发。我也没法把头发梳成像我妈妈那样，挽成一个发髻，额头上有一个波浪，几撮不听话的小发卷会出现在眉毛上面。我看着镜中的自己，非常生气。阿玛利娅真的很邪恶，她希望我永远都不要像她一样美丽，她没有把她的头发遗传给我，她的头发又好又旺。她生我生得不好，我的头发真的不怎么样，很容易粘在头皮上，就像一个深色的毡帽，颜色也不明确，我的头发是褐色的，但颜色又有些浅，真让人觉得造化弄人，不像我母亲的头发那样黑漆漆的，不是像玻璃一样闪闪发光的头发，可以吹一口气进去说，真是太美了。没人说我的头发美，我把头发披散下来，我梦想着要让头发长得很长，一直搭到脚上，要比她的头发还要长，我不记得她曾经把头发披下来过。我的头发总是乱七八糟，很不优雅、不体面地在空中飘散，根本梳不到一起。她的头发就像春天的稀有植物一样生气蓬勃，我的头发一点生机也没有。这样一来，有一次我不知道有什么诱因，我当时十二岁，可能是我想发泄一下内心难以名状的痛苦，可能我只是觉得自己特别丑，根本没办法补救，我难以找到自己的魅力。可能我只是想挑衅我母亲，向她展示我的仇恨。我从裁缝那里偷了一把剪子，我穿过了走廊，把自己关在洗手间，把头发剪得乱七八糟，我没有眼泪，我感到一种无比残酷的快意。在镜子中出现了一个陌生女孩，一个脸

很消瘦的陌生人，眼睛又长又细，额头苍白，头上长着稀疏的头发。我想，我是另一个女孩。我马上就想，头发之下，我母亲也是另一个人。别的人，别的女人，别的女人。我的心怦怦跳，我看了看洗手池，看了看地板，看到落在地上的碎发。我有两种需求，首先我要把这地方打扫干净，我不希望我母亲看到地上的头发会不高兴；然后我要去向她展示我现在的发型，我想让她痛苦。我想告诉她：你看，我不需要像你那样梳头发了。我母亲坐在缝纫机前工作，她听见我叫她，她转过头来问，你在干什么？她叹了一口气。她眼圈发红，眼里充满了泪水，她没有叫喊，没有打我。她没有像平常那样惩罚我，我看到有某种东西伤害到了她，让她害怕，她哭了起来。

我现在知道十年前我为什么要把这一段删除了。我觉得，这件事情太过于揭示母女之间的关系，它会使其他重要时刻变得黯淡。现在重读这一段，我也没有改变这一想法。头发所代表的东西很明显，过于明显，我没有提到参孙和大利拉的传说，还有信使女神伊里斯剪去狄多金色的头发的典故①，我觉得羞怯，也不期望我所写的能被人引用、重写和改写。无论如何，我现在对这一页的内容产生了更大的兴趣，比如说，黛莉亚狂热地想从她身上抹去母亲的形象，就好像假如她不摆脱母亲，就无法一步步成为一个成熟女人；还有最后阿玛利娅的哭泣，这个哭泣，我不

① 《圣经》传说中，参孙被情妇大利拉剪去头发后，神力尽失；古罗马诗人维吉尔的叙事诗《埃涅阿斯纪》中，迦太基女王狄多死亡前饱受痛苦煎熬，天后朱诺派女神伊里斯用右手剪去了她的头发，狄多的生命因此烟消云散。

确信它是不是有道理，是不是夸张了。女儿和母亲，小孩和成人，她们看到只是动了一下头发，就好像发生了地震。黛莉亚透过镜子，除了被剪掉的头发，她看到了很多东西。阿玛利娅看见女儿的头发乱七八糟的样子，也隐约看到某些东西，一种她说不上来，但让她流泪的东西：我女儿很抵触我，我没法和女儿建立一种亲密关系。她在成长过程中拒绝我，会让我变得粉碎。这个动作触到了非常深的一根弦，一个渴望的发型，一个不能拥有的发型，很多东西都重叠在一起了，这个举动像砍断一座桥梁，切断一根连接，打开一个阀门，让人哭泣。我笔下的两个人物，黛莉亚和奥尔加，都产生于这个动作：两个很在意自我的女人，她们会加强这种自我，想把自己武装起来，但是她们发现，只是剪头发这样一个行为，就足以让她们失措、崩溃，觉得很多碎片向她们涌来，这些碎片有的有用，有的没用，有的有毒，有的有益。

为了搞清楚这是不是真的，我翻阅了那两本书。我想看看，我是怎样塑造黛莉亚这个人物的，但我只看了二十几页。我在看奥尔加的故事时，只看了几行，我还清楚记得我描写她的句子。最后，我选择通过文本反思这两个人，我发现她们之间有一个共同点：这两个女人都有一种有意识的自我监控。之前的女人受到父母、兄弟、丈夫，还有整个社会团体的监控，但她们的自我监控非常少，假如她们进行自我监控的话，那也是模仿别人对她们的监控，就好像她们是自己的看守。黛莉亚和奥尔加的自我监控是一种非常古老，同时又很新的形式，这种监控是源于她们要探索生活和生命。我在下面尽量解释一下，我说的是什么意思。

“监控”通常是一个警察用语，很容易让人联想到一些违法的事情，但它不是一个糟糕的词。它包含着一种对昏沉和迟钝的对抗，这是一个比喻，可以对抗死亡、麻木。它突出的是清醒，保持警惕，是感受生活的一种方式。男人把监控转变成了卫兵、守卫和间谍的工作。但监控，假如要理解清楚的话，是整个身体的情感设置，是围绕着身体产生、延伸出来的东西。

这是我很早之前就产生的想法，我思考在这个糟糕的行为——监控背后隐含的东西。我非常惊奇地注意到，那段描写头发的文字里就饱含着这层意思——我差不多都已经快要忘记了。那些写得糟糕的文字，有时候要比写得好的文字更强烈。监控这个动词，指的是生命的延伸，和这个词相关的“监视”和“清醒”，我觉得更能揭示监控的深意。我想，一个怀孕的女人对于自己的身体，母亲对于孩子的“监控”：身体能感到一种光环，一种波浪在传递，没有一种感官不是激活的、清醒的。我也想到了祖祖辈辈的女性，她们对于生命之花绽放过程的掌控。我想象的不是一个世外桃源的情景：监控也是一种强加、一种矛盾，用自己的所有力量进行扩张。有些人认为，女性生命能量的迸发要超过男性生命能量，我并不支持这种观点。我只是认为，这是另一种能量。让我高兴的是，现在这种能量越来越明显。我认为，要回到我所强调的那些词意，我所说的是对自己全新的监控形式，要关注自己的特性。女性身体已经意识到了，需要进行监控，去关注身体的延伸、能量。是的，能量。这个名词好像是针对男性身体的。但我怀疑，刚开始它只是指女性的特点，女性的活力特别像植物具有的活力，会扩张的生命，比如藤蔓植物。我特别喜欢那些警惕的女人，她们能够监控，自我监控，这就是我所说的意思。我特别喜欢去写这种监控，我觉得她们都是我们这个时代的女英雄。黛莉亚和奥尔加这两个人物就是这样写出来的。

比如说奥尔加，她对自己的审视是通过一种“男性的”角度，她学会了自我控制，自我训练，试图做出一些符合常规的反应，她最后从被抛弃的危机中走了出来，就是因为她的这种自我监控，她一直保持警惕。为了让自己清醒，她把一把裁纸刀交给她女儿，告诉她：假如你看见我走神了，假如我没听你说话，我不回答你，你要用这把裁纸刀扎我。这就好像在说：伤害我吧，利用你的负面情绪、你对我的仇恨，但你要提醒我活下去。

这样一来，那个小女孩手里拿着裁纸刀，随时准备扎她母亲，让她重新清醒过来，让她避免迷失自我，对于我来说，这是一个非常重要的意象。在之前我写的一个版本里，奥尔加把自己关在房子里，她越来越虚弱，最后决定把女儿武装起来，利用孩子对她的敌意来对抗她的幻觉。那个几十年前淹死在米赛诺角海水里的那不勒斯女人的身影浮现在厨房里，这个可怜的女人没办法承受被抛弃的痛苦，像狄多一样自杀了，整个城区的人都知道。

> 我要给自己煮一杯咖啡，让我清醒一点儿。我来到了厨房，把摩卡壶打开，在里面放上了黑色的咖啡粉，然后又拧上。注意了！我告诉自己，你要注意自己怎么呼吸。我想要打开煤气，但我很害怕：假如我用完炉灶之后，忘了关火怎么办呢？在那一刻，我按照时间顺序，回忆了一下用摩卡壶煮咖啡的整个过程，一直到此刻之前，这些动作都凌乱模糊，很不连贯。我怀疑我在咖啡壶里没放水，我想：你没办法在这个世界上活下去，没办法信任你。我把咖啡壶的上半部分拧了下来，里面有水，我的手指是湿的。当然有水，一切都很正常。但我意识到，我在咖啡壶里放的黑色粉末不是

咖啡粉，可能是茶。我非常沮丧，我没去弥补，我没有力气。我听见窸窸窣窣的声音，我看见马志尼广场上的那个女人正在打扫厨房，她打扫得非常专注。后来她停了下来，向我展示了她的无名指，上面没有结婚戒指。

她说："摘下戒指时，真是非常麻烦，我的戒指摘不下来，我不得不找人把它锯开，假如我知道我会变得这么瘦，我可能会等一等，戒指会从手指上掉下来。你看看我的手现在多丑，我的生命简直要从手指上流走了。"

我发现我也没有戴戒指，我攥紧了拳头，想感觉一下手的力气。那女人对我微笑了一下，她嘀咕了一句：

"你看，假如有人扫地时扫到了你的脚上，你永远不可能嫁出去了。如果你嫁不出去，就是这个原因。"

她好像要展示给我看，她开始非常卖力地用扫把扫着自己的脚。我发现她的脚脆弱易碎，扫把扫下一些带血的鳞片，这让我一阵恶心。

我大喊了一声：伊拉丽亚。

奥尔加和女儿伊拉丽亚之间关系不是很好，特别像黛莉亚和阿玛利娅之间的关系。但和阿玛利娅不一样的是：奥尔加是当今社会的女人，她能够承受这个痛苦的过程，能够接受伊拉丽亚对她的敌意，她觉得这是一种生命力的体现，可以对抗死亡对她的围攻。那个被遗弃的可怜女人一直纠缠着她。女儿和母亲一起，她们一起肯定了生的价值，和之前那些被遗弃的女人不一样。

这时候，我可能要想一想你们问题的核心。我刚才引用的那一段——还有一些类似的东西，我就不引用了——差不多都是你们指出的那些。那不勒斯的那位被遗弃的女人，在第一稿里充满了象征意义，它代表了从阿里阿德涅①开始那些被遗弃的女人的原型。那枚锯开的戒指，失去的生命能量，那个扫把代表家庭内部的处境，也有一种性方面暗示。不能结婚或不能再婚的焦虑，再也找不到男人的焦灼，都像碎片残渣涌来。奥尔加在那个幽灵身上看到了男权社会中女性的不安，她在这个形象中也看到了自己。但这种写法，我很快就不喜欢了，我把这些都删去了，只提到了维吉尔笔下的米赛诺角。我把这一段抹去了，因为我觉得这不是正确的讲述方法。我很害怕在古代神话原型和现代女性中间会出现一种断裂，奥尔加成了女性命运进步的代表。我选择打乱时代，比如说在《烦人的爱》中，阿玛利娅和黛莉亚两个人融为一体，黛莉亚最后的目标，也就是她生命力爆发的最高点，整个过程让人欣慰的结果是：阿玛利娅存在过，我就是阿玛利娅。我并不是要超越过去，正因为过去积累了很多痛苦，忍受了很多挫败和拒绝，所以我需要扳回一局。

在这里要解释清楚的话，我们必须谈一谈痛苦如何改变时间给人的感觉。痛苦抹去了时间的线条，会打破时间，会把时间变成一个旋涡。时间的深夜，聚集在今天和明天晨曦的边缘。我们的痛苦根深蒂固，从远古时代就渗入了我们的身体，在山洞里激动或让人恐怖的争吵，还有那些被打入深渊的女神，到现在还紧紧跟着我们，会出现在我们写作的电脑上。那些强烈的感情就是这样，它们会打破时间，激情是致命的一跳，是翻跟头，是一个旋涡。当痛苦袭击黛莉亚和奥尔加时，过去不再是过去，未来

① 阿里阿德涅（Ariadne），古希腊神话中克里特岛国王米诺斯之女，爱上了雅典英雄忒修斯，曾用一只线团帮助忒修斯杀死了米诺斯囚禁于迷宫中的牛头人身怪物弥诺陶洛斯。关于其结局说法不一，有说她被忒修斯抛弃，有说她后来与酒神狄奥尼索斯结婚。

不再是未来，之前和之后的顺序也被打破。在写这个故事时，也出现了时间上的紊乱。讲述者“我”非常镇静，讲述语言干净利落，节奏缓慢；但当情感出现波动，写作发生了弯曲，变得激动，会吸收周围的一切，把过去的欲望和懊悔都席卷进来。黛莉亚和奥尔加应该慢慢平静下来，因为讲述者“我”要恢复一种比较平稳的风格。但这种回归非常短暂，只是为故事的进展积攒能量，然后掀起下一阵飓风。这个意象对于我来说非常有用，会让我想到痛苦来临时，就像旋涡一样席卷着我们，这也是一种激情的写作，呼吸发出的声音，肺叶的张合会产生音乐，也会让不同时代的沉渣泛起。

黛莉亚和奥尔加从内部讲述这种旋涡，当旋涡放慢速度，她们也不会与它保持距离，不会远观思索，这是处于旋涡中心的女人讲出她们的故事。因此她们不会为母亲的生活和她们想过的生活之间的矛盾而痛苦，这并不是对从地中海的古老神话开始的、从古到今一代代女人遭受的痛苦做一次清算，实现一个小小的进步。她们的痛苦源于周围环境，过去那些女性的遭遇和她们期望的未来同时出现，像影子、幽灵。比如说黛莉亚，她穿着现代女人的衣服，但她后来重新穿上母亲的衣服，作为一种释放自我的服装；奥尔加可以在镜中，在自己的脸孔上看到那个死去的弃妇的轮廓，就好像那是她的一部分。

杂物间里的怪兽

我现在回答你们的第二个问题。说真的，我没法在“有罪”与“无辜”之间划出一条界限明确的线，我觉得这种模糊性在我书中也很明显，这些概念经常让我很迷惑。比如说，宗教热衷于把无辜者和罪人分开，有时候，这让我觉得很没道理。那些被法律宣判为“无辜”或“有罪”的人，也会让我产生怀疑：有些人按照法律宣判是无辜的，但实际上，他们罪孽深重；有时候，我对那些被判刑的人怀有深切的同情和友爱。按照法律的宣判，阿德里亚诺·索弗里[①]是一场政治谋杀的主谋，他的所有行为都证明他是无辜的，但他还不得不继续坐牢，这真是一件让人义愤填膺的事情。假如现在的政治首领——我都不想说他的名字——他用自己的钱，还有他的电视建立了一个政党。他进入了议会，他利用职权，为自己的公司谋取好处，他还动用数不清的金钱和媒体力量，制定了一些法律，使自己免受法律的制裁。总之，他大部分的“政治”活动，都在给自己还有他的朋友谋利，从法律角度他是无辜的。我真觉得，他最大的错误就在于他洗清罪行的过程。他利用自己的经济和政治特权，在讲荤段子的间隙，他向那些最弱势的人们展示，他是如何狡猾地操纵民主的。结果是，我现在写下这些文字时，我觉得那个关在监狱的人代表了正义，而那个本应该成为全民表率的人，却两面三刀，辱没正义。除此之外，统治我们的政治集团都显得没文化，没脑子，没公义，让人觉得讽刺的是，他们还认为自己很无辜，他们脸上带着狡猾的微笑，那些错误和罪过，如果有，也是别人的罪过。我痛恨这些有权有势的人，他们的装腔作势，还有他们对“罪过”和“无辜”的操纵。我特别不相信他们标榜的东西，他们的自我捍卫，自我吹捧，自我定义。我更喜欢那些意识到一个人的行为在道德上很难界定的人，他们竭尽全力想要搞清楚他们做的事情，是不是真的对自己、对别人有好处。

---

① 阿德里亚诺·索弗里（Adriano Sofri，1942— ），记者，作家，意大利“不断抗议”（Lotta Continua）运动发起者，1988年因被控谋杀一名警官获刑22年，2012年被释放。

几十年前，我就已经开始反思无辜与有罪的伦理问题，一切开始于一个小房间的内部。在那个小房间里，我想杀人，我为这个恶念惩罚自己，那也是我和母亲发生矛盾冲突之地。我在《烦人的爱》里描述过这个小房间，在小说第八页可以找到。如果需要的话，我们从头开始说起，那是我小时候在那不勒斯住的房子的一个房间，没有窗子，没有电灯，它的功能是堆放杂物。人勉强能进去。每次经过这个小房间门口，我都会很害怕。有一次房门没有关紧，从里面传出一阵冷森森的风，混合着 DDT 的味道。我很清楚地知道，这种气息来自一个非常庞大的怪兽，它非常丑陋，有些发黄，就好像蝉蛹的样子，它会毫不犹豫把我吞下去。它藏在这个小房间内部，藏在那些老家具、破椅子、灯笼、箱子和防毒面具中间，我没有把这个秘密告诉任何人，也许我很害怕他们不相信我。这个小房间的危险，一直是我的秘密。

那时候我大概有九岁到十岁，对我来说，这个地方第一次变成了一个非常重要的场所。事情是我二妹引起的，我二妹叫吉娜，那时候只有四岁，她非常烦人，尤其在我和大妹玩游戏时。我大妹七岁，我们都不喜欢和吉娜玩儿，我们说："她是桥下捡的，是多余的。"她以为她在和我们玩儿，其实是她一厢情愿，无论如何她都让我们很烦。假如我们把她赶走的话，她会跑到我们的母亲面前去哭诉；我们威胁她的话，她会哼哼唧唧得更厉害；假如我们打她的话，她会趴在地板上大喊大叫，两腿乱蹬，就好像我们弄断了她的胳膊和腿一样。她经常带着不安，脸上带着讨好的微笑问：我在玩游戏吗？

有一次我有一点儿夸张，我用方言说：我们现在需要绳子，那个小房间有一根绳子。注意，我没有告诉吉娜我们需要一根绳子，绳子在小房间里，你去拿。我只是说明了我们需要的东西，在哪里可以找到它。我当时非常生气，我希望我妹妹死去，我想她真该死，因为她不让我们好好玩，她一生下来就搅扰着我们，杀死她不仅仅是一个愿望，我觉得是一种需求。尽管我很清楚，不能杀死自己的姐妹，因此这句话让我很满意，我说得很轻松。我会永远记住我说的这句话，这是我有意识地使用语言的开始：我们现在需要绳子，那个小房间里有一根绳子。表面上，这是让妹妹自己决定走进房间，被里面的怪兽咬死。我知道她会去的，她非常高兴，她终于有一个具体的任务要完成。这句话促使她做这个选择，同时会掩盖我的计谋，掩盖我想杀死她的真相。她马上就动起来了，她觉得自己很有用，我交给她这样一个任务，让她难以置信。从那时候开始，我觉得时间停住了，我感觉呼吸困难。

我的小妹妹朝着那个可怕的地方走去，她是跑过去的，她很害怕我另一个妹妹会抢先去了，让她失去一个机会。可恶的小矮子，行走的臭虫！我母亲也受不了她，有时候也会叫喊起来：你真让人受不了！因此，如果那只黄色的怪物把她吃掉，我们都会很高兴。那个怪物在等着她呢，现在它是一只非常大的苍蝇，翅膀是透明的，它非常贪婪，肚子很饿，也非常愤怒，因为要一直待在那个小房间里。它长着两个巨大的触角，它的下巴不停地一张一合，它宽阔的肚子至少可以装两个像我妹妹那么大的女孩，但必须把她们嚼过、咬碎才能装下。这种想象让我胃里翻江倒海，腐蚀着我的内部，让我觉得一阵眩晕和恶心。我无法忍受，我决定阻止我妹妹，我马上跑了起来，跑得比她还快，我很快超过了她。我进到了房间里，关上了门，全身是汗。她在外面大喊大叫，想进来，痛苦使我的听觉变得迟钝，那个妖怪走过来时，谁会救我？我听见我母亲的声音，她说赶紧打开门，妖怪收回了爪子。

我出去了。吉娜看见我，哭得比刚才声音更大了，她咬着自己的拳头，在地上一边叫喊一边打滚。这时候我母亲失去了耐心，那段时间她非常焦虑。她想哄一哄妹妹，但没有哄好。她开始生我的气：为什么你要把自己关起来呢？为什么不希望吉娜进去呢？我非常愚蠢地说：这是我们的游戏，她不应该来打搅我们。我挨了一个耳光。

我是一个心事很重的女孩，那个耳光让我想了很多，怨恨很难消去。我无法想通一件事情：我阻止妹妹被那个怪物吞掉，尽管她罪有应得，但我母亲对待我的方式，就好像我是个有罪的人，为什么？我有什么错呢？是因为我不想让二妹打搅我们玩游戏吗？因此，要不犯错误，就应该心甘情愿接受二妹，牺牲我和大妹吗？我的介入就是为了拯救全家人和我自己的眼中钉，不让她被妖怪吃掉，难道我这样做错了吗？

我用了很长时间，才把这件事想清楚，我的独白——一场在脑子里展开的戏剧取代了游戏，有很多问题和回答。

难道我没有错吗？我用语言编制了一个致命的陷阱，这难道不是错吗？

是的，但谁让我犯了这个错误呢？

是我二妹。

她怎么让我犯错呢？

用她霸道的行为。

因此在我犯错之前，她才是那个做错事的人？

不是，但她也不是无辜的。

要变得无辜，她要怎么做呢？就是把自己从游戏中排除出去，不打搅我和大妹的游戏，存在于别处，或者根本就不存在？

是的，当然是这样了。

我开始想清楚了，无辜就是永远都不要激起别人的糟糕反应。这很难做到，但也是可能做到的。我对自己进行教育，我一直保持沉默，对任何事情都请求原谅，我克制自己，少说话，多顺从，但暗地里我非常坏，我不知道如何平息自己的愤怒，我的怒火在汹涌，我经常对此感到苦恼。我知道自己是一个阴险的小孩，可以找到一种办法让二妹去死，自己却不出面。我知道我有一种能力，就是能够不露声色，通过语言去伤害别人，不用承担责任。我很痛恨自己这一点，我的无辜实际上是一种伪装的艺术：我把我的残暴隐藏在了非常优雅的外表之下，用一种表面上很无辜的话，促使那些折磨我的人做出伤害自己的事情。

很快我觉得自己是一只野兽，还假装成很驯服的样子。在人与人之间的关系中，我只看到了一连串的因果关系，都是冤冤相报，我没看到无辜的人。通常我都会想到一些反转行为，非常沮丧时，我会寻找一个比我阳光一些的形象。我会想到，我冲到前面，就是为了阻止妹妹进入那个房间。实际上我自我鼓励说，我的心还是好的，我觉得自己实现了救赎。

后来一切又复杂起来了，实现救赎不是因为有罪过吗？怎么能通过救赎，抹去那些已是既成事实的罪过？先注射毒药，然后又吞下解药，这难道不是一种虚伪吗？为什么我当时要阻止吉娜落入陷阱里去呢？为什么我要跑去替她死呢？通过这种方式，有没有可能抹去我想让她死去的事实？

我在逼问我自己，愧疚感折磨着我。尤其是当我二妹长大时，她会惹老师发火，在学校里成绩不好，让我们全家人生活都不得安生。她会说谎，自我吹捧，让大家都觉得她是模范女孩，但最后又不得不红着脸，在我们面前交代她的所作所为。我又回到了那个小房间。我想：她变成现在的样子，是因为我们把她排除在游戏之外，她受所有人排斥，可能还是让她死了的好。我从来都没有彻底摆脱杀死她的渴望。我跑到小房间里，阻止她落入妖怪的嘴里，并不表示我的态度的转变。那些糟糕的情感后来又冒出来了，但我为了她舍身忘我的那个时刻，又意味着什么呢？

后来我得到的答案非常残酷，我当时的反应纯粹是一种身体上的应激反应。我想象着妹妹的身体变得血肉模糊，这给我造成了一种难以忍受的痛苦。我跑到小房间的那道门前，只是为了消除那种恶心感。但救赎到底是什么？一种消灭自己的身体痛苦的办法吗？

后来我长大了，我比任何时候都讨厌机会主义的做法，因为我在自己的言行里看到了这些做法。最后，我非常赞赏我母亲的那个耳光，那个随意的惩罚对我来说就像所有惩罚。那记耳光可以扯平这笔账，这让我重新开始仇恨我妹妹，让我杀死她的念头有了理由。最后呢，我记得非常清楚，我想到了其他消灭她的办法，不是特别让人恶心的做法，比如给她下毒，让她从窗口掉下去，把她吊死，让我自己不会产生救她的反应。然后呢？我的本性是恶的吗？还是其他人作的恶促使我作恶，我做的坏事，又让我母亲对我做了不公正的事儿，那个错误又激发了我谋杀的愿望，因果关系是不是永远都不会断开？

我内心非常混乱。十八岁时，我终于找到了一条出路，我看到了基督教两千年的文化传统，也狼吞虎咽读了康德的一些思想。我集中精力想让自己建立一种强大的善意，抵抗外界的各种冲击。在这场战争中，我解决了很多伦理方面的问题，有一段时间我比较安宁。因为这种强烈的向善意愿，我忘记了曾经有一天，我利用花言巧语让我二妹去那个小房间里送死。

但整个过程不是这样明确，是写作过程中，我理清了头绪。从那个小房间到我现在正在写作的房间，整个过程很漫长，非常曲折，出现了很多岔路口。那时候我觉得无关紧要的事，后来获取了力量，成了最主要的事，比如说我当时的恶心感，还有我母亲的到来。后来我经常把自己关在那个小房间里，只是想证实母亲到底在不在乎我，她有没有爱我超过于其他兄弟姐妹。因此，请允许我再回到过去，回到我大概十岁时，从我把自己关在那个小房间里阻止我妹妹进去的时刻开始。我真的决定替她送死吗？我不知道。我记得一些自相矛盾的情感，非常混乱，和后面产生的情绪混在一起。我当时在那个小房间里，在黑暗中乱踢，打翻了很多东西，我把东西摔坏，这种破坏是为了让那只黄色的怪兽远离我，也是为了摆脱自己的恶心感。我弄出动静，大喊大叫，想赶走吉娜，对抗恐惧，我甚至感到一种快意。因为在制造混乱的过程中，恶心感就会过去，愤怒会减轻。痛苦，或者我担心遭遇的痛苦就像一股热流，让我活过来了。尤其是我听到母亲听见我的折腾，向我走来的脚步声。

我喜欢带着恐惧等待她向我走来，有时候她要比那只黄色怪兽更吓人，她焦虑时会让我非常害怕，我感觉她就像从黑暗中冒出来的幽灵一样。当她心平气和时，她对我们很温柔，比如说她给吉娜喂奶时，会让我们待在她身边，我和另一个妹妹很出神地看着小妹妹贪婪地咬住妈妈的肉，一直在吸奶。我们等着她松口，但她一直都吸得很起劲儿，后来睡着了都没有松口。当她恋恋不舍地睡过去，那沾了奶的白色嘴唇会逐渐从奶头上脱离下来。我们的母亲会对我们微笑，用她深色的眼睛看着我们，把白色的乳汁滴到我们嘴里，那种温暖的味道会让我们很幸福。

母亲的身体神奇而残酷，会产生很多乳汁，但给我们的只有少得可怜的几滴，她的乳汁只用来喂吉娜。我会帮助母亲，我一直在叫妈妈，我希望我一叫，她就能到我跟前来。她脾气变坏了，尤其是我出于淘气唤她时，但对于我来说，每次淘气都是需求。那一次在小房间里，那种需求对我来说无法抗拒。我母亲跑过来时，我感觉非常好，我想，我让自己处于危险的境地，这会让她马上跑到我身边，就好像在一次错失之后，我们又找到了彼此。经过反思，我觉得她给我的那个耳光，不仅是不正确的，而且是不正义的根源，我觉得那是对我出于恐惧的叫喊声令人失望的回复。

现在，从这次失望开始，那个小房间不再是我妹妹的致命陷阱，而成了一个难以描述的地方，一个只属于我母亲和我的空间，是在梦中反复出现的地方，总是同样的行为，同样的需求。

为了让你们明白我说的话，我首先需要讲一下那些年在我身上发生的事情。我父亲占有欲很强，就像黛莉亚的父亲，很爱吃醋，原因很简单，就是我母亲很美。让我父亲醋意大发的并不是因为我母亲背叛他，和某个特定的男人勾搭：某个邻居、朋友或者是亲戚。假如他发现了这样的事，他可能会马上把我母亲和她的情人杀死。我父亲的醋意是预防性的，他想到其他男人在看我母亲，在她身边和她说话，或者触碰到她的衣角时体会到的快感，这都会让他醋意大发。他担心会出现这种可能，我母亲还没做出任何事之前，他的醋意就产生了，这是一种根深蒂固的醋意，没有解决办法，因为我母亲是一个活生生的人，她总会抛头露面。结果是，我父亲并不是在其他某个男人身上看到威胁，那些潜在的对手就在那里，在河的另一边，他们无法避免地会接收到我母亲散发的魅力，并觉得目眩，她的身体、每一个动作都是这种目眩的源头。我母亲的错误在于，她是别人可能会享受到的快乐的源泉。

我相信她的罪过，这是我的一个秘密信念，也不知道是什么时候产生的，可能一直都有，现在还会出现在我的睡梦中。我从小就希望我父亲把她关在家里，让她再也不能出门。我希望我父亲强迫她待在一个房间里，她甚至不要指望去见朋友或亲戚。我很确信她会做出一些很丢人的事，我希望能禁止她抛头露面。但奇怪的是，这样的事情从来都没有发生过。我父亲无法忍受别人丑化我母亲，假如一个句子、一个词损害到他的漂亮妻子，他都会非常愤怒。他会第一个督促妻子打扮自己，有一次他送给了母亲一支口红，我经常去打开那管口红的盖子，闻一闻口红散发的诱人气味。当他们要一起出去时，我都会不安地看着我母亲，我看见她轻轻抹一下口红，比之前更明艳动人。我父亲也用一种焦虑不安的眼神看着她，他的目光有时候会有些凶恶和错愕。他非常高兴自己是唯一可以享受到这种美的男人，同时他内心会激起一种不安，因为这种美要展示在外部世界贪婪的目光之下。我不理解他，我非常生气，暗地里也很害怕。我能感受到他的不安。是的，我希望他能更有决心一点儿，他不能每次都是在妻子出去之后，通过激烈的争吵解决问题，我希望他禁止我母亲展示自己的美。

这都是我童年的日常。最不正常的、最可怕的事情就是：当父亲不在家时，我母亲没有征得他的同意，决定自己出门。

我母亲像往常一样梳妆打扮，我会研究她。在那种时候，希望她不修边幅、黯淡无光地出去，那是不可能的。每次踏出家门之前，我母亲都会精心打扮一番，这让我非常忐忑。她在镜子前的每一个动作，对我来说都是危险在增加，让她在街上、在公交车上，还有商店里的处境更危险。我在家里寸步不离地跟着她，我非常生气，我生她的气，我恨她。我想，她会被人抢走的，她自己也希望会发生这样的事，她打扮得这么漂亮，就是为了离开我们，再也不回来了。当家里的门在她优雅的身后关上时，我会陷入极度恐慌，会全身发抖，无法平静。

她不在家的时间过得很慢，我脑子里会设想一些让人恶心的事，好像那些事就发生在我眼前。那些想象变成了令人难以忍受的事实，我认为我母亲会犯一些可怕的错误，我希望她再也不要回来了。很快，我开始无法忍受这种希望，我对自己感到恶心，我怎么能产生这样的想法呢？我告诉自己，她会回来的，但她一直不回来。这时候，我不再和我妹妹玩耍，我踮着脚走向了那个小房间。

我打开门，进入黑暗中，把门关上，我知道，只有我母亲的声音在家里响起时，我才会从那个房间里出来。我待在那里一动不动，闻着 DDT 的味道，我默默哭泣。那只怪兽在黑暗中小心翼翼地移动，但它没有袭击我，它和周围那些五颜六色的可怕的东西一起靠近我，又一起向后退去。时间停滞了，我的身体也失去了它的形状，就像有东西在向我吹气，让我膨胀起来，我很担心自己会爆破，我抚摸着自己的皮肤，感觉皮肤很光滑，像一个水泡。

我睁着眼睛做梦，我想象着我母亲只是假装出门，她其实藏在了这个杂物间里，她在凝视着我，想搞清楚我到底爱不爱她。我想，假如在黑暗中我的身体变得鼓鼓囊囊的，可能她不会喜欢我，我用手按了按自己的胸口和肚子，越来越想哭。我真的相信，无论她在哪里，都能感到我处于危险之中。我任凭恐惧不断增长，这样她远距离就能感受到，会觉得心惊肉跳，会停下她正在做的那些丢人的事儿，回到家里。身体膨胀起来是多么糟糕的感受呀，外面窸窸窣窣的声响、说话的声音，包括我母亲的声音也在我身体里回荡，就像在一只吹起来的气球里。

听到母亲的脚步声在家里响起，我的心情就变了，我会很焦躁，内心充满敌意。我克制着内心的喜悦，我不愿出去，我想听见她用担忧的声音在叫我的名字，我希望她在找我，但找不到我。我想象她打开了小房间的门，我会突然把她拉进来，把她堵在杂物间里，让那个怪兽把她吃掉，现在我已经成为怪兽的朋友了，那只怪兽会在角落里把她吃掉。但她没有找我，没有叫我的名字，也没来小房间里找我。这时候我出去了，我围着她转悠，她的身体散发出一种令我反感的气息。我审视着她，我想看清楚留在她身上的痕迹，我父亲知道她出门了，会把一些过错推到她身上，我要事先发现。我这么做，是因为我很担心父亲真的会发现什么蛛丝马迹。我看着她，我希望自己能在父亲察觉之前发现问题，帮她抹掉这些痕迹，这样父亲就发现不了了。

关于这个自我禁闭的小房间，我写了很多次，但都不是很理想。在这些年里，这变成了一件难以写清楚的事。虽然如此，我的两本书都是从那个地方开始的。紧闭的房间门，想象的恐惧和痛苦。为什么我把自己关在那里呢？最可能的回答就是：小房间带给我的恐惧，可能会让我忘记了我对母亲命运的担心。但我知道，这是一个非常慵懒的回答。这是我们家里最恐怖的一个房间，在黑暗中待那么长时间，这可能是一种自我惩罚、一种寻求爱与关注的方式。我抹去了整个房间的空间，抹去窗户、靠着大路的窗户，我母亲就是沿着那条大路上走出去的，她也会从那条大路回来。我抹去我的身体，我把它交给黑暗，我让身体开始膨胀，让它变成一层很薄的膜。我对自己进行审判，我把自己交给恐惧，就是为了换取对她的拯救。或者，我是那个有罪的人，我的自我惩罚只是为了洗清罪恶？我不知道，在我十岁之前，我觉得自己的处境难以忍受，每次我母亲出去，我都担心她会背叛我们，会抛弃我们，跟别人在一起，她的罪过让我非常痛恨。我没法原谅她用那种轻浮的方式伤害我，回应我的爱，羞辱我，让我的爱失去信心，变得不够充分。从另一个方面来说，我感觉她没办法抛弃我们，我能通过她的身体、她的眼睛感受到这一点，她一定是想过这一点，她想象那一定是她无法承受的事情。

现在要总结一下，我认为，我们的无辜不仅仅在于有没有过错，而在于一种能力，就是对我们日常生活中反复出现的、大大小小的过错保持真正的厌恶。正义就是我们看到一个正在残害无辜的人，他的面孔和表情在我们身上激起的恶心，让我们浑身起鸡皮疙瘩。女人都记得这种表情、这种颤抖，她们一直都知道，这个表情里隐含着多少幽灵，一直以来，我都相信，女人待在小黑屋的时间要超过男人。

在这些小房间内部，男性城市的宗教和法律秩序是一种简化的手段，是为了把各种各样的幽灵驱逐到边缘地段。正是这一点使我们不一样，可以深入回答你们的问题，女人还保留着和幽灵交流的习惯，她们和这些鬼魂长时间秘密谈判。它们会在抚摸你时忽然撕咬你，你无法回避它们，她们知道，这些鬼魂才是这个血肉之躯——你的身体的真正居民。男人早已经退出了，他们会统治更广阔的领域，在光天化日之下，他们会残杀那些生病的人，他们会扔炸弹，会羞辱、消灭别人，但夜里他们会用刀刃切断那些让他们不安的反思，他们不会考虑那些过于阴暗的东西，假如他们遇到幽灵，他们会害怕，会马上叫来医生、警察、律师，或者是能清晰划出是非善恶的人。

母亲的形象

我不得不向你们坦白，十六岁时我读了一些心理分析的资料，我感到有些害怕，至今我还是有些畏惧心理分析。我知道其中的原因，因为心理分析会让人看向很远的地方，超越既定的秩序，当我们收回目光时，一切都和以前不一样了。任何语言都成了一种掩饰，用来隐藏自己的不安。自然，这种恐惧对我有着很强的诱惑力，关于心理分析，我尤其喜欢那种肆无忌惮的视角，也就是隐藏在治疗下的腐蚀性力量。除此之外，我属于那些对心理分析的治疗和病理心存疑惑的人之列。我从来都没有接受过心理分析。

我以前很喜欢弗洛伊德，读了他的很多著作，我觉得，我比他的一些跟随者更能深刻意识到，心理分析是一种深渊中的表达。我对荣格不是特别了解，我带着激情看了梅兰妮·克莱因的作品。我对拉康基本一无所知，对于女性哲学家露丝·伊里加雷非常了解，我对意大利不同路线的女性主义思想的交锋和争论也很关注。我读的这些书，还有其他那些发言稿和讨论，对我的小说有多大影响，我很难说清楚。我是一个健忘的读者，我会很快忘记自己看过的东西。我希望，对我的写作有益的那些作家，并不属于一个门派，我不喜欢那些指导思想很明确的故事。

从另一个方面来说，《烦人的爱》也来自八十年代末期的一些思潮，我所了解的一些研究成果，比如那些关于女性童年，还有女儿对母亲的迷恋的争论。我怎么能和这些思潮撇开关系呢？比如说，这本书的标题就来自弗洛伊德的作品《女性的性欲》（1931）中的一个片段，他提到了女性的俄狄浦斯情结。弗洛伊德写道："实际上，在这个阶段，父亲对于女童来说只是一个非常烦人的对手……”这个烦人的对手在和女童争夺母亲的爱。在我写这本书时，出版社给我提供的建议是：这本小说可以称之为《骚扰者》或《性骚扰》。这时候，我想到了弗洛伊德的这段话，我认为，《烦人的对手》是一个很好的题目。最后，我觉得父亲的形象并没有那么核心，我就进一步改了一下，选择了《烦人的爱》这个标题。我觉得小说的内容和它的标题很相符，父亲成为女儿爱的竞争对手，女童想独占母亲的爱，这是一种非常可怕、原始的爱，是所有爱无法抹去的原型。

这是我非常关注的一个主题，经过女性心理分析师和女性哲学家的研究，关于女性的恋母情结，已经有了一些让人信服的结论，文学作品创作也应该从中获得启发。我重申一下，我不喜欢用自己的语言去套用某种学说，我只希望讲述一些真正的故事，能够深深挖掘女性内心深处的疼痛，而不是去思索“正确的方式”。我总是带着激动的心情读女性写的东西：小说、日记，那些能触及女性生活最深层、最阴暗之处的故事。我希望那些难以言说的东西能够出现在小说的字里行间，这些奇迹有时候会真的出现。但当我看到一些虚构的小说太过关注生活的“正确性”，我会很遗憾。我觉得这是在发掘女性生活时的缺陷，女性作家的作品中不应该出现这种问题。在写作时需要非常警惕，要保持自己的个性，在内心领域进行挖掘，这是我们命中注定的事情。我们需要突破那些常用的语言，要挖掘内心的熔岩，即使错了，即使会引起我们的不适，也要好过运用那些现成的、冷冰冰的材料。

心理分析的理论就像这个世界上的所有东西，有它暧昧的地方。它指出了一种心理现实，然后在上面扣上帽子，总之，心理分析以找到普遍规律为目标，对这些现实进行整理。但每一个人，除了可以被归类和分析之外，还是会内心一团乱，充斥着各个时期遗留下来的碎片，还有很多阴魂不散、挥之不去的东西。一个写小说的人，假如只是懒洋洋地找一些现成的东西，那他通常写不出什么真正的小说。对于那些想挖掘内心的人，心理分析是一个很强大的刺激，是一个无法绕开的理论。即使我们拒绝运用心理分析，也还是会受到它的限制，这是我们发掘身体秘密的一份指南。但是，指南只是指南，仅仅像是一个十字架，一棵高大的树，或是一座"骷髅岛"组成的《金银岛》。还需要非常警惕，因为小说尽管依照的是人们已经研究过、已经命名的心理现实，还需要有足够的创作力向前推进，进入没有路标的地方，或者突破那些大家已经认可的态度。

就我而言，当我写作时，非常讨厌那些墨守成规的心理分析。我得坦白，我把《烦人的爱》和《被遗弃的日子》里的很多章节都删除了，正是因为我觉得那些章节有点儿像心理分析手册。我经常会很痛心地把那些章节删除，因为我讲述的是我的故事，我辛苦地把它挖掘出来，赋予它形式，我很遗憾我没有把它从那些约定俗成的套路里解救出来。下面就是我的第二本书——《被遗弃的日子》中被删除的章节，尽管很遗憾，但我读到这个章节时，依然很满意自己的选择。

> 忽然间，我眼前有两个女童融为一体，是两个不同时期的身体交融在一起。三岁的伊拉丽亚，也许更小一点儿，我看见她现在的样子，七岁的她站在门口，让人又爱又恨，就像四年前她在客厅，折磨她的布娃娃。这两个孩子融为一体。
>
> 那个三岁女童趴在沙发上，肚子朝下，但腿并没有伸

直，她跪在那里，她身上穿着一件红色的小裙子，白色的内裤，那时候是夏天。我停在了门槛那里，我觉得，她应该没有发现我。她的下巴深陷在绿色的靠垫里，眼睛睁得圆圆的，并没有在看什么东西，她脸上红红的，头发湿漉漉的贴在额前。她的胳膊交叉放在肚子下面，吃力地上下移动，她在喘息。我猜，她的两只手都放在自己性器上，像一只受伤的、发红的青蛙一样在垂死挣扎。我为她感到羞耻，我知道小孩会自慰，我是一个受过教育的母亲，但我还是觉得很羞耻。这是她的保姆——那个皮肤有些发红的金发女孩教给她的吗？她教给孩子这个，就是为了让孩子对她产生感情，为了让孩子对她说“不要离开，我爱你”，这样她就能保住自己的工作吗？是不是我自己在没有意识到的情况下教给她的？因为她一直都对我充满敌意，我想获得她的爱？事情是怎么发生的？什么时候发生的？这个有粉色肌肤的小生物，她在狂热地抚摸自己，可能我在她这个年纪也这么干过。

这个想法就够了。是的，只是这种想法就让我看到那三个女童——三个伊拉丽亚，但最小的那个是我。我假装在洗澡，但我在抚摸自己，我感到手指上香皂滑滑的感觉。直到现在，我也很喜欢这种感觉，我通常会梦见自己在洗手，用掉整块香皂，我用我母亲教给我的洗手方法，一连洗好几个小时。

看着眼前的情景，我觉得害怕，有三个女童：七岁的伊拉丽亚在盯着我；我非常像她，但我那时候非常小，就像很多年前在沙滩上拍的一张照片上那么小；还有一个是三岁的伊拉丽亚，她趴在沙发上自慰，口水流到了绿色的靠枕上。三个女童同时出现，没有任何时间参照，我不知道那是什么

> 时候，是过去还是现在？或者是在一阵热旋风里。我只知道，伊拉丽亚穿着红色的小裙子，她抬起目光，看见了我，但她的手没停下来，她对我微笑了一下，脸上的微笑非常稚嫩，是一个疲惫的表情。我想我不应该骂她，但我也许应该骂她，我应该告诉她这是禁止的。我应该像往常一样，大声说：你看什么！别再这么做了，不要笑了。你的眼神，你的微笑是什么意思？我了解你，我知道一切，可爱的女孩，粗野的女孩，我知道，假如你有力气，你会带着你的恶意把我的脖子拧断，你想看到我的尸体。这是她现在梦想的事情，我在她的眼睛里看到了。这是已经散去的梦境，但她一直到死都会记住那种感觉。

像这样的文字，在我看来是行不通的。我记得，在写这一段时我心跳加速，这种心悸的感觉让我很害怕，促使我回到比较安全的领地，我需要马上停止，让自己平静下来。但这是错误的写作方法，假如我的心跳加快，需要放任它加快，要冒险让它爆发出来。在我刚才引用的这一段里，我很清楚，里面能看到一些东西，像是蜥蜴逃走时的尾巴。我也知道那些东西在哪里：在奥尔加凝视伊拉丽亚自慰的目光里。在这里我需要停留一下，需要避免那些东西溜走。但我当时没有做到，我放弃了目标，又退缩到一种描述性的语言里，为了避免内心的苦涩，我躲避在一些常用的表述里。

对于写作的人来说，这是最大的遗憾；对于那些反思自己作品的人，这也是最大的遗憾。比如说，你们问我，讲述一个背叛的故事，我有没有参照自己遭遇的背叛。我会告诉你们，我会带着一丝激动，带着息事宁人、唯恐被别人发现的心情告诉你们：

是的，当然了，我参照了。但我说的不是真的，这些话包含的意思不是真的，我不希望有误解。那些固有的表达形式，对于写作来说都是坚冰：可以告诉我所有事情，但却像什么也没有说。我希望超越这一点，忘记那些说过的话，能讲述一个我非常了解的故事，作为作家，我渴望触及这个故事的深处。当作家讲述一个故事时，最重要的是找到语言——像瀑布一样的语言，让这些语言涌进划定好的区域，有时候，要有摧枯拉朽的魄力。在这个“遗弃”的故事中，我试着讲述，即使在今天，遗弃依然具有一种分解的破坏力量。虽然在今天遭遇遗弃的女人有足够的自我捍卫、抵抗和反击的工具，但她们还是会无法避免地溃败。通常对于危机的讲述，我感觉根基上都是一盘散沙，我觉得应该讲述奥尔加更多的故事，讲述她的过去，给她更多理由。为了达到这个目的，我做出了很多努力。但当我意识到，我要么会把她的悲剧变成一件稀松平常的事儿，要么就会把她和我之前的小说中冷冰冰的调查者黛莉亚相混淆，从文学角度来说，这两个女人是姐妹。尤其是，当我发现在寻找原因的过程中，我又回到了那个恋母的主题，我就放弃了。过去写的一长段，我只保留了很少的、核心的东西，其他都被放在了抽屉里。我在下面会摘录一些给你们，这些被剪掉的文字，讲述了奥尔加如何尽力去理解她丈夫的背叛，她重新审视自己过去的性体验，还有她背叛丈夫的机会。

> 一起睡觉是一种错误，为之后的孤独做好了铺垫，当另一个人打开门离开，一切都会变得冰冷。
>
> 整个晚上，我都躺在黑暗中，床上到处都是一些黯淡的影子：马里奥在说话，马里奥在笑，马里奥做出诱惑的动作。我们刚开始交往时，我的几个姐妹一下子就喜欢上他

了，我母亲也很喜欢他。但我父亲不喜欢他，我父亲冷冰冰的，只跟他说了几句礼节性的话。有一段时间，我甚至很担心父亲对马里奥怀有敌意。但后来我发现，他只是因为陌生才对马里奥很疏远，后来我父亲也习惯了马里奥的存在。虽然马里奥很碍眼，但父亲只想避开，不做正面的交锋。

我父亲对马里奥这种无所谓的态度，并不会让我觉得难过。我不是很爱我的父亲，我从小都觉得他是一个闯入者，他身上有一种难闻的气息，好像是鱼市的气味，跟家里温馨的气息毫不相容。马里奥和他没有什么共同点，这更好。马里奥和我家的所有人都没有什么干系，那就更好了。我不喜欢我母亲赞美他，我母亲用一种激动的语气赞美他蓝绿色的眼睛，还会说起马里奥的眼睛颜色和她父亲、她大哥、她祖父一模一样。我特别喜欢马里奥的眼睛，但我很讨厌母亲把这种颜色往她身上扯，谈到她出生的家庭。我的眼睛是浅栗色的，有时候，我看到家里所有女人都宠着马里奥，我感觉自己被排除在外，我很担心他会开始不喜欢我的眼睛，他会发现我并没有继承我母亲的魅力。我决定让马里奥远离我的家庭，我做好打算，尽早离开这个家庭，那是我策划了很长时间的事情。我小时候曾梦想在夜里离开我的家庭，去和那些黑眼睛的吉卜赛人一起生活。

我们第一次做爱是在他父母家里，在他的房间里，那个房间乱得像一个杂物间。我们俩都不说话，都没什么经验，他没法进入我，我假装若无其事，但我只感觉到疼痛。后来他跪在了床上，小心翼翼地张开了我的双腿，仔细观察着我的双腿之间，就好像是一个研究者在计算。然后他又重新趴在了我身上，用一只手扶着，重新把他的性器推入我的身体。他一直小声问我：我弄疼你了吗？我说没有，但实际上我很疼。他终于进入我的身体里，我紧紧拥抱着他，想让他感到我的激动。他从来都不会生气，从来不会怪罪于我。我发现，正是因为这个原因，我才爱上他的，我会一辈子爱他。

两年之后，我们就结婚了，我们在性方面进行了各种探索。我教他怎么长时间抚摸我，他细心实践。现在想想，我喜欢的并不是他青春时纤细、白皙的身体，他挺拔、优雅的性器，我最爱的是他的听话、驯服，还有他的味道。我沉浸在他的双臂里，就好像那是孩童时的一件衣服，我好像奇迹般回到了童年，但我却是一个成熟女人，用不着像小孩子那样嘀嘀咕咕。我积极迎合他的兴趣，我让他进入我，任凭他的动作有时变得粗暴，但真正把我和他联系起来的是他带给我的感觉，他那紧绷的、渴望着我的器官会让我沉醉，就好像他推动着我游弋于自己的热血之中。

有三年时间，我没有太关注其他男性——各个年龄的男性，我觉得他们都是过眼烟云，我眼里只有马里奥。后来我认识了一个熟人的哥哥，他在报社工作。他谈吐高雅，但带着讥讽，在我出现时，他会突然变得失措，我知道他很喜欢我，这让我觉得他很可爱，然而我从来都没想过他会成为我的情人。我希望他渴望我，但我从来没有找机会和他见面，但每一次我知道自己有可能会遇到他，都会精心打扮。我能感觉到他默默的激情，这让我由衷感到愉快。他请我喝咖啡，我会欣然接受，我看到，只是轻轻触碰到我，他都会非常激动，他让我发笑，他自己也会非常开心。有一次他想吻我，我非常厌烦地把他推开了。他说，他很爱我，他也看得出来我对他有意思。我回答说，我对他没什么感觉，他很沮丧，说我在耍他。有一段时间，他还在坚持追我，我继续为他打扮，我觉得退出这个游戏会很遗憾。最后他说他厌烦了，再也不愿意和我见面，我也忘记了他的存在。但有一次，我去了他经常出现的那家酒吧，也就是他尝试吻我的地方，我看着那个空间，想着他当时的动作，体味着一种激动的余温。

现在我躺在床上，在这张宽大的双人床上，我在想，如果我想明白为什么马里奥离开了我，我应该想着这些邂逅带来的乐趣，没什么负担的调情，会让一天都心情愉快。也许，对于他来说，事情也是这样开始的，我应该接受这个事实，我应该认为他的背叛，还有我对别人的勾引，都是很正常的事情。但为什么他越界了？我却没有？我在反思这个问题，有人能停下来，有人停不下来。不知道是什么让我们接受诱惑，也不知道是什么让我们停下来，又是为什么继续？在这些年里，我遇到的诱惑越来越多，就变成了一种秘密的习惯，我有意识寻找这样的机会，就是为了重新体会那种被爱的充实感。当开始一段插曲时，我感觉自己能获得更多关注，我所承担的作为人妻和人母的责任不再让我痛苦，我不再惋惜过去的工作，我会重新燃起读书、学习和写作的欲望。同时我会为自己的身体感到惊异，我的嘴巴、眼睛、胸脯都让我欣喜，我会经常去做头发，买新内衣和裙子。我的时间轴上，有各种与当时的追求者邂逅的安排，那些迷上我的男人让我也为之着迷，但我从来都不会主动去找他们，顶多会在一些公众场合和他们见面，比如说音乐会、新书推荐会，还有他们可能会去的聚会。在那种情况下，我会变得很敏锐。我和那个男人出去散步，或者搭他的顺风车的过程中，他说的一句非常激情的话，路上燃烧荒草的味道，或者是路上的尾气，汽油燃烧的味道都会让我激动，而那个男人其实什么都没有做，我们之间并没发生什么实质性的东西。

只有一次我让一个男人吻了我，在接吻的过程中，我没有推开他伸向我的衬衣和裙子底下的手，我跨越了这个界限，并不是因为欲望，而是那个男人让我同情。他是市中心一家大书店的老板，眼神里带着些油滑和愉快，是爱开玩笑的那种人。他喜欢和店里的女店员开玩笑，喜欢愉快地做她们的领导。很快，对我的激情让他变得很严肃，他渴望获得一种很深的情感和思想，但很明显，他从来没有过类似的经验。那天晚上，我觉得他被找不到出口的欲望已经折磨得要疯掉了。我们当时在汽车里，那条路离我家不是很远，我很担心马里奥下班回来，或者会有邻居看见我。我当时身体不是很舒服，嗓子很疼，可能感冒了，他粗糙的舌头在我嘴里搅动，让我觉得有些恶心，他嘴里咸咸的，有些烟草的酸味。我问自己为什么要在这里，和一个陌生人在一起，为什么会发生这样的事，我觉得身体很空旷，没有感情，也没有语言。然而奇怪的是，感到空旷的同时，我也感到一种让我尴尬的兴奋。我匆忙说我要走了，我打开车门跑开了。当我回到家里时，马里奥已经在家了，晚饭没做好，我开始做饭，嘴里残留着那个男人的恶心气味，我鼻孔里还有烟草的味道，我非常生气，因为那种厌烦感还夹杂着性欲冲动，一直挥之不去。一有机会我就马上跑到了洗手间里，想洗去身上尼古丁的味道。马里奥不抽烟，我也不抽烟，我挤了很多牙膏去刷牙，刷了好多次。我洗了个澡就上床了，但我的兴奋并没有平息，我还没躺下来，马里奥就把手伸向了我的睡衣，想抚摸我下面。我当时的反应有些奇怪，我一下子站了起来，用毫不留情的话指责他，说他对我没有丝毫尊重。我盯着他蓝绿色的眼睛，那双平时让我感动的眼睛，我突然间特别讨厌那种颜色——属于我们家的颜色，这让我觉得他非常讨厌。马里奥很惊异，他不明白发生了什么，我也不明白发生了什么。是我不对，我知道自己不对，然而我觉得自己非常有理，我非常愤怒，是因为他用那种侵犯性的动作触摸了我。实际上，那是一个长时间以来养成的习惯，基本上他每天晚上都会那么做，就好像是在向我道晚安，想到这一点，我更加怒不可遏。我没有自己的私密，他一直在监控着我的情感，这真是让人无法忍受，我没法平静下来。我感觉，他没有任何的权利介入，那个时刻我需要捍卫自己的身体反应：我的生活是我的生活。

马里奥没说什么，他只是有些迷惑，退缩了回去。我怒气冲冲地跑到厨房里，给自己泡了一杯安神茶。第二天，那个书店老板又来找我，他已经不再处心积虑，他开着玩笑，带着一种轻浮的微笑，他好像很确信，在那个吻之后，在他的手摸到了我的衬衣、丝袜之后，我们之间的一切都明朗了，现在只需要找到一种方式，宣泄一下我们的激情。我告诉他，我没有那种需要，我冷冰冰地告诉他，我一点儿也不喜欢他的吻，他身上没有一样我喜欢的东西。他非常惊异，脸上露出难以置信的微笑。他不相信我，又缠了我很长时间，有好几个月，我回避和他见面的机会，最后他放弃了，我再也没看见他。

但没过多久，我又开始渴望男人追求我。最见不得人的事是最近发生的，我把马里奥同事的丈夫卷了进来。这和我们第一次的婚姻危机相隔只有一年，我当时很抑郁，我为自己的平庸感到痛苦，尤其是两个孩子让我很疲惫。我在家里转悠，面如死灰，我尤其忍受不了自己。可能是为了让我散心，也可能是为了避免单独和我在一起，马里奥组织了一系列晚餐，邀请大学的同事来家里吃饭，他做饭，让两个孩子帮他，也纯属和他们玩儿。我只是扮演家庭主妇的角色，顶多是收拾一下桌子，晚上把所有盘子和锅放到洗碗机里。

有一天晚上，我们邀请了塞西莉亚，那是一位五十多岁的女人，非常优雅、博学。她戴着非常漂亮的青金石耳环，眼睛非常深邃。马里奥对这个女人充满了敬意，在她面前经常不敢说话。我不认识这个女人，我只知道，我丈夫很崇拜她，但看见她，我也非常激动。我喜欢她身上的一切，她带着一种真诚的兴趣和我谈话，让我感觉惊异的是，我跟她谈起了自己的工作，过去的工作，我写的书，还有我陷入的泥潭。

她丈夫是后来才到的，他是费拉拉的一个工程师，现在搬到了都灵工作。他是一个专业人士，工作很繁忙。他和塞西莉亚年龄相仿，他个子很高，非常消瘦，留着金色的胡子，之前他的胡子应该是红色的，他人很耿直，说话很容易呛人。每次他的笑声有点儿大时，他妻子就会提醒：“欧内斯托，孩子在睡觉呢。”他马上会调整自己，开始和我说话，就好像忽然看见我了。他的目光告诉我，他根本就不在乎孩子有没有睡觉，他微笑着寻求我的原谅，语气带着一丝讽刺。他让我马上领会到，他虚假的礼貌只是要迎合女人的要求。

之后有一会儿，气氛有些僵。马里奥在塞西莉亚面前失去了他的聪明劲儿，他说的任何话都听起来很蠢，很天真，给了欧内斯托取笑他的机会。至于我呢，我受到了塞西莉亚亲切的鼓舞，也许是想在她面前有面子，受到她的欣赏，我开始说了一些我的想法，我自己都不知道这些观点是哪儿来的，但在她的循循善诱下，这些想法忽然就冒了出来。我说了几句之后，整个气氛发生了变化，欧内斯托对我的话产生了兴趣。他笑了起来，拍着自己的胸脯，有时候感动得简直要流眼泪了。他经常对马里奥说：你不知道她在说什么，你太太脑子真的是太好使了，你赶不上她。很明显，他想羞辱马里奥。塞西莉亚微笑着嘀咕了一句："欧内斯托，别这样！"

我们家的那次晚餐之后，轮到我们去他们家吃晚饭。我不想去，我很害怕欧内斯托那些过于夸张的恭维其实是在开我玩笑。但那天晚上，我洗了很长时间的澡，一道道水柱打在我身上，我忽然决定，我要改头换面，停止消沉。吹头发时，我想到要精心选一条裙子、一双鞋子，还有新的妆容。欧内斯托没有注意到我的容貌，但他妻子对我说了很多恭维话，我发现，我精心打扮只是为了那些赞美——一位高雅的女性的赞美。她家里空荡荡的，但每样东西看起来非常有品位。

整个晚上，我都在和塞西莉亚说话，声音很低。她丈夫忙着揶揄马里奥，简直毫不留情面，但忽然间又给他提供了一个顾问的工作，报酬很丰厚。我们干杯庆祝。我第一次注意到欧内斯托和他妻子在一起的样子，我觉得塞西莉亚会赋予他一种特殊的光泽，就像她穿在身上的衣服，她周围的家具，还有她谈及的那些书。忽然间我发现，如果塞西莉亚和这个男人在一起生活了那么长时间，那么这个男人总会有他的秘密魅力，一种配得上塞西莉亚的精致。我偷偷仔细观察他，他的举止自然优雅，手指很长，一张枯瘦的脸，但看起来很年轻。他们在一起很般配，很和谐，就像天平两边的托盘：他非常活跃，具有进攻性，总是很激昂；而她很容忍，带有一种母性的警惕，会让他平息下来。

从那时候开始，他们俩会经常出现在我们家里，欧内斯托总是有话要和马里奥说，都是工作上的事。他一进家门，就开始说一些揶揄的话。他会吻我的脸颊，有时候他的吻就会滑到脖子上，那是一个难以控制的嘴部动作。最后他不再关注我，而只关注马里奥，用通常那种抬杠的语气和他交谈。我很乐意和塞西莉亚交谈，但我很快就注意到，欧内斯托不是很专心，他很专注于我和他妻子之间的交谈，不管他和别人聊得多么热火朝天，总能听到她妻子传递的信息，这让我很受刺激，也很受伤，这让我觉得自己一无是处。我开始痛恨他对我的无视，我很担心这会让他太太轻视我，我一味想讨好她，想获得她的认可。有时候他听到我说的一字半句，会停止他和马里奥的交谈，用惊奇的目光看着我，感叹了一句："看看这位漂亮的太太，说得多有道理啊！"

我决定做出回应，我开始翻阅报纸，我想看到有没有一些欧内斯托和他妻子会参加的活动。突然间，我觉得让这个男人注意到我是一件非常重要的事。我希望他能看到我的优点，我希望他能够注意到，我和他妻子的兴趣和思想没什么不同。慢慢地，我用一种我非常熟悉的方式开始出入他们可能出现的场合，去之前我总会精心打扮。有时候，我不会遇到他们，有时候他们会在那里，当他们在场时，欧内斯托会用一种极具戏剧性的动作向我打招呼，他会指着人群中的妻子，在别人发言时，他会大叫我的名字，从来都不会担心这会让我陷入尴尬的境地。假如没有遇到他们，我会坐下来听那些非常无聊的报告，时不时看一看入场的地方，最后带着失望离开。

后来有一次，马里奥要和塞西莉亚去加尔达湖上开一个研讨会，他恳求我和他一起去，我决定陪他一起去，是因为我知道塞西莉亚也希望我去，欧内斯托有事不能去。这种请求让我觉得很荣幸，我安置好孩子，我们一起出发了，但我很快觉得这个决定就是一场错误。马里奥和塞西莉亚一到那里就非常忙，他们两人都备受关注，好像都自带光环，尤其是塞西莉亚，她一直都是大家关注的焦点。我看着她，她一直都很亲切，她目光很笃定，用一种平稳、充满权威的语气和大家交流，激起了大家的赞赏，我很快觉得自己像一个黯淡的影子、一个没用的摆设。

第二天，她丈夫出人意外地来了，他看起来兴高采烈，人显得很年轻。他摆脱了自己的工作，但他说，他不会在会议大厅里待一分钟，他也不会去听塞西莉亚的报告和马里奥的发言。他拉我到外面去散步，去酒吧、餐馆。他强调，我们俩不适合听那些无聊的东西。他和马里奥不同，他对一切都很感兴趣，他特别讨厌沉默，讨厌无聊的时光。在接下来的两天里，我在穿衣打扮时会感到一种强烈的快意，我为他化妆，我在他面前跷着二郎腿，让他挽着我的手臂。我很快明白，他很喜欢我，他来这里并不是为了妻子，而是为了我，我从中获取了很多力量，比之前那些“出轨”的感觉要更强烈。

那次之后，我们俩之间的关系密切了。当我们和熟人在一起聚会、散步时，无论在电影院或者餐馆里，我总是会想办法挨着欧内斯托。每次我走在塞西莉亚旁边，看见欧内斯托和别的女人聊天，我都会心神不宁。我通常都会抓住马里奥的胳膊，把他推向欧内斯托，提醒他：我在那里，希望他能看见我。我想尽一切办法激起他的注意力，想和他的目光交流，坐在他旁边，但很明显他没有配合我，他经常会跟那些吵吵闹闹的太太们打成一片，这让我很痛苦。我更精心地打扮自己，有时候我强迫自己表现得肆无忌惮。马里奥从来都没有觉察到，只是后来塞西莉亚开始对我很冷淡，和我保持距离，这让我很难过，就好像我们之间有什么误解。有一次，虽然她眼睛看着别的地方，但我感觉她在看我，她不是用眼睛在看我，而是用她的耳环在看我，就是饱满的耳垂下的耳环在看我。她吃醋了，这让我带着一种真正的遗憾和一丝尴尬想到，像这样一个精致、无所不知的女人，怎么可能为我吃醋呢？

马里奥的顾问工作后来不了了之，欧内斯托不怎么来我们家里了，也不怎么打电话，我的心情又一次变得很沉闷。不见他，这让我非常忧郁，好几次我想打电话给他，想在马里奥和塞西莉亚不在场的情况下和他见面，重新建立我们之间的联系。因为慎重和羞怯，因为面子，我后来放弃了。过了一阵子，他们要召开另一场研讨会，这次是在西西里的埃里切，是一场非常重要的国际研讨会。马里奥要我跟他一起去，塞西莉亚也会去，她坚持要我一起去，我接受了。但当我知道欧内斯托有事儿脱不开身，他会留在都灵完成他的工作时，我也找了一个借口，留在了都灵。马里奥出发了，两个孩子去他们的小朋友家里，我一个人在家里。

我在电话旁等了很长时间，我等着天黑下来。给他打电话有什么问题？他已经是我的朋友了，当然了，他更像是我的朋友，而不是马里奥的朋友。我们俩都在都灵，都单独在家，如果能够一起吃个晚饭，那也没什么问题。但我在撒谎，我知道我已经越界了，在没有觉察到的情况下，我已经太过火了。假如他邀请我去外面吃晚饭，我会接受的；假如他跟我说，来我家吃晚饭，我也会接受的；假如他要我给他做点什么吃的，我也会做的，我会建议他来我家。我忐忑地拨了他家的电话，我知道，我正在做一件决定我生活的事。如果他要吻我，我也会回吻；假如他要做爱，我会和他做爱；假如他要求我离开马里奥和两个孩子，我也会毫不犹豫；假如他让我跟他一起离开，换一个城市，尽管我已经三十八岁了，他比我大十六岁，我也会跟着他的。

电话响的第二声他就接了，他的声音有些焦虑。我用开玩笑的语气问他，在家里感觉怎么样，一个人关在家里，在无聊的都灵。他跟我说他很好，他不是一个人，塞西莉亚在最后时刻决定不走了，大学有太多工作要完成，他们都在工作。我突然觉得一阵羞愧，我把想说的话咽了下去。他马上把电话给了塞西莉亚，她坚持让我去他们家吃饭。我拒绝了。我在她面前暴露了自己，我暴露出我想抢她丈夫，这是一种渴望，而不是一种目的，这种渴望来自我对于她的欣赏。假如他们俩不是同床共枕了几十年，我还会喜欢欧内斯托吗？我想占据她的位置，是想摆脱我现在的位子，在我看来，这简直是一场错误。塞西莉亚对我来说太难以企及，在她面前我实在太逊色了，我想通过学习、写作成为她。假如欧内斯托不是塞西莉亚的丈夫，我还会对他想入非非吗？我内心深处有一种撕裂的感觉，我感觉痛彻肺腑。

过去了这么多年，现在窗外的鸟鸣开始喧嚣起来：假如我之前是这样子的，为什么马里奥做出的事情会让我惊异？是什么让我无法忍受？我知道事情的整个过程，我知道事情是怎样开始、怎样进行的，我只需要沉默不语、接受和等待。但我还是无法说服自己，我怒气冲天地从床上跳起来，拉起了百叶窗，想看日出。我和他有一个不同之处：我梦想背叛他，但他真的有很多年都在背叛我。我现在不知道，刚才浮现在我脑海里的这些男人，是不是我在凌晨对自己编织的谎言，就是为了假装自己的生活独立于他，但他实际上很多年都在外面有人，这就是差别。他根本就没有感觉到我的重要性，我的不可或缺。在他看来，我的一系列表现根本无法挽留他。但实际上，我背负着一条看不见的锁链，让我无法羞辱他。就好像我想象的这些小插曲，假如没有给我带来伤害的话，它们都不成立。

这是很长的一段，我希望你们能原谅我让你们看这么长的文字。因为各种原因，我把这一段从我的书中删除了，在这里一一列举也没什么用（比如说，我觉得一大段乏味的包法利夫人式的自白并不适合奥尔加）。我只是想强调一下和你们的问题相关的部分，就像你们读到的，奥尔加的那些邂逅，还有生活的小插曲，都是出自背叛的欲望和留下来的需要，她要忠于她母亲喜欢的男人，在这种框架下，我觉得这个意图太明显了，在我看来，把这些挑明是一种错误。

我在奥尔加的情事上花费了这么多笔墨，是因为弗洛伊德《女性的性欲》中的一些文字对我的启发。我在谈论《烦人的爱》时提到过这种启发。在这部著作里，弗洛伊德至少两次谈到了婚姻的问题，他的方式也让人好奇。第一次，他说女性在选择丈夫时，她们也会依照父亲的模式，“在婚姻的生活中，她们和母亲的糟糕关系会持续下去”。第二次，他假设“女性对母亲的迷恋迟早会消失，这是女性经历的第一段强烈关系”。他说：“具体来说，就和在婚姻中发生的事情一样，女性会在热恋中缔结婚约，在这种情况下，在第一段婚姻中，很多东西会不可避免地幻灭，会带来冲动和攻击性。”他最后总结道：“第二段婚姻，总是会好调节一些。”

现在，我在讲述奥尔加的情感欲望，还有我对情欲的了解。我希望读者能够感受到这三种基本的东西，这都是源于弗洛伊德的文字，虽然有时候我对它们是批判的态度：首先，对于女性来说，每一种爱的关系，无论是婚内的还是婚外的，都不仅仅基于一种原始的关系，也是重新经历和母亲的关系；第二，婚姻关系——无论是一婚、二婚还是三婚，是同性婚姻还是异性婚姻——都无法从女性生活中剔除母亲的形象，还有“烦人的爱”，这是唯一长久的、爱恨交织的关系；第三，奥尔加无法背叛她的丈夫，那是因为在她还没意识到的情况下，马里奥已经和她对母亲的想象联系在一起，他是这些想象的化身，所以最后的遗弃对她来说是毁灭性的。

很明显，这些观点依然存在，是我看待事情的方式。虽然奥尔加的故事受到这些理论的启发，但我希望它是以一种潜移默化的形式进行，不要太决断。当一个作家开始写故事时，这个故事应该是你唯一的源泉，应该迷失于这个故事，不应该有一个指南，如果给你带来启发的理论露出了明显的痕迹，那就需要毫不犹豫地把这些文字删除。我说的是假如可能的话，因为不是总能成功删除：写作也是读书的故事，关于我们读过的和正在阅读的书，我们阅读的水平和质量，一部好的小说是源于我们生活的深处，是我们和他人关系的核心，也源于我们最喜欢的那些书。

城　市

有一天早上——那是一个夏天，那不勒斯的夏天非常热，我当时十一岁——有两个比我们大一点儿的男孩子，他们都是我们的玩伴、暗恋者，邀请我和妹妹去吃冰淇淋。我们的母亲绝对禁止我们离开我们生活的院子，但我们受到了冰淇淋，还有一种潜在爱情的诱惑，我们决定不听母亲的话。就这样，一个叛逆的行为导致了另一个叛逆的行为，我们不仅仅走到了大路尽头的冰淇淋店，我们体会到了放肆的乐趣，我们越走越远，到了加富尔广场的花园，一直走到了博物馆。

后来天气发生了变化，天色忽然变黑，下起雨来，雷电交加，密集的雨滴落在我们身上，雨水汇集在一起，向下水道流去。陪伴我们两个的男生想找一个躲雨的地方，但我和妹妹不能待在那里，我们已经看到了母亲气急败坏，从阳台上叫喊我们的名字。

我们在大雨中奔跑，感觉自己遭到了遗弃。我用手拽着妹妹，让她快一点儿，雨把我们从头到脚都淋透了，我的心在狂跳。那是一段非常紧张激动的经历，那两个男孩不管我们了，我们跑向家里，等着我们的肯定是惩罚，什么事都有可能发生。那是我第一次感觉到城市的存在，我感觉城市就在我背后，在我的鞋子下面跟我们一起逃走，它喘着粗气，发出可怕的喇叭声，这个城市既陌生又熟悉，是一个有限的，也是一个无穷无尽的城市，非常危险，也激动人心，我在迷失的过程中认出了它。

这种感觉一直留在我的脑海里，从那次开始，每次我察觉到城市的存在，那是因为忽然间我的血流加快，我的腿狂奔起来，让我的眼睛模糊。我走错了好几次，不是因为我不知道回家的路，而是因为那些熟悉的空间也能感受到我的不安，在我眼前打开了错误的道路。那些错误的道路也包含着犯错的欲望，可能是为了可以逃避我母亲的惩罚，再也不回家，而是消失在这些街道上，消失在我秘密的心思里。

我必须停下来，我拽住了妹妹，不让她跑开。我重新找回了方向感，那是一条非常神奇的线，把一条条路连在一起，打了死结，使街道又恢复了平静，让我找到了回家的路。我们的母亲开始很感动，因为我们还活着；正因为我们还活着，她用了一只大木勺子打了我们。

你们提到了黛莉亚和奥尔加生活的城市，我想通过这次在雨中的奔跑来回答。我很早就离开了那不勒斯，生活在很远的地方，我在很多地方都生活过。我生活过的那些城市，很少让我感觉与它们息息相通。在我看来，这些城市只是给我提供了一些可能，产生了不同的结果：它们要么是一些冷冰冰的建筑，是一些永远陌生的城市；要么是活的，会和你息息相通。在第二种情况下，这些城市无论好坏，对我都非常重要。除此之外，那都是一些无关紧要的地名，尽管它们有漂亮的名字，还有过去遗留的迷人古迹，但无法引起我的感情，即使是作为游客，也让我无动于衷。我对那些旅游指南类的书不感兴趣。从我少女时代的这次经历开始，对于我来说，真正能席卷我的城市是那不勒斯，当我在暴雨下奔跑时，这个压制着我、迷惑着我的城市。

我得说，那次雨中奔跑的后续，对于我来说也非常重要。我想安静下来重新用眼睛看、用耳朵听这个城市，就好像我的焦虑和快感已经改变了它。我想找到一条线索，能把那些被激情冲散的地方连在一起，让人不仅仅可以迷失，也能掌控自己的迷失。

瓦尔特·本雅明写了一段重要的话，对我影响很大。这些年，我总能在这段话里找到我需要的东西。这是他写的《柏林童年》第一章“动物花园”的开始：来到那个城区，这是所有城区的模板，通过孩子的眼睛，看到这个迷宫一样的城市，爱的作用，折磨人的管家，还有落在童年之上的雨。

我们现在不用探讨本雅明的目光。我只是想强调，他的目光非常神奇，他眼球的弧度不仅仅能看到前面，能看到表面，也能看到前面和后面，内部和外部，还有之后，这并不是随着时间推移才看到的。我还想引用那本书精彩的开头：“在一个城市里迷失方向，这不能说明什么问题，这种迷失就像是迷失于森林，需要从头学起。”

要学会在一个城市里迷失，听见那些街道的名字，就好像干树枝在风中发出吱吱嘎嘎的声音，就像山谷中能看出一天的时辰。本雅明用了一种不同寻常的手法描述这些情景，那是一种旋涡式的写法，想写出一些难以名状的事，就是那些埋藏在深处、隐约可见的东西。城市什么时候开始变成了迷失的城市呢？迷宫的源头在哪里呢？怎么训练那种迷失的艺术呢？他写道：“我很晚才学会了这种艺术，这种艺术带来了梦境，刚开始的引子就是吸水纸上的迷宫图案；不，这不能算是开始，在这之前，还有别的东西存留下来了。这座迷宫的路，还有一个能帮人走出去的阿里阿德涅。经过布伦德桥时，桥的拱形对我来说是小山的第一个弯。”

这种迅捷而又动人心弦的写作很美。草草的几行，一下子就追溯到童年时期吸水纸上的墨迹，追溯到对于最初的迷宫的追寻。墨水在吸水纸上留下的痕迹，是不是已经暗自绘制了迷失于城市的艺术？并不是旋涡会把你拉向深处，还有比吸水纸更早的东西，需要一直往前追溯。城市迷宫的最初样子保存在童年，这是儿童时期的本雅明穿过柏林动物园时看到的迷宫，在一个秘密的角落里，“阿里阿德涅应该就在附近。这让我一眼难忘，我后来才觉察到，这种感觉叫爱情。但她的第一次出现，就被管家打断，管家是一个很严厉的女人。就这样，这个公园对于其他人来说，好像是小孩子玩的地方，对于我来说，变成了一种无法挽回的、混乱的东西。”

最初的迷宫，是儿童的目光在家宅之外的神秘世界中勾勒出来的，他远离了自己的守护神，第一次看到了爱情。在这种难以厘清的混乱之中，孩提时代的本雅明看到管家严厉的影子投射在了他的阿里阿德涅身上（那个城市迷宫里，总有一个生下牛头人身怪物弥诺陶洛斯的帕西淮①，也有阿里阿德涅和爱情），搅扰了这个少女的现身。成年后的本雅明一直在梦想这种迷失，他跨越布伦德桥，想找到通往那种体验的线索，把它变成一种可以言说、让人可以理解的艺术。

关于本雅明的阿里阿德涅，我们当然一无所知，他从来没有讲过她的故事，他讲述的是一个“柏林忒修斯”的童年。但对于我来说，那个女孩的出现让人难忘，她的影子很快就被一个严厉的女性覆盖，这是一个管家、母亲和妖怪。假如忒修斯一直停留

---

① 帕西淮（Pasiphae），古希腊神话中的太阳神之女，克里特岛半诺斯王之妻，阿里阿德涅之母。米诺斯王与波塞冬发生矛盾后，波塞冬诱使帕西淮怀孕并生下牛头人身的怪物弥诺陶洛斯（Minotaur）。

在无法辨别方向的状态里，那么小阿里阿德涅就是掌握这种迷失艺术的人，她拥有那条可以掌控迷失的线。我从小就特别喜欢这个神话。那一天，在那不勒斯的暴风雨里，我可能也想到了阿里阿德涅。在很多年前之后，我讲到了黛莉亚在这个城市行走，迷失于自己的童年，我不排除这时候我也想到了阿里阿德涅。我上高中时非常勤奋，但也爱胡思乱想，我通常会幻想引导忒修斯谋杀我的“怪兽”同胞，然后挺身而出，拯救这个英雄，为了他离开这个禁锢我的城市，离开我出生的糟糕的家庭，登上通往其他城市的船只。最后发现他是一个不可靠的男人，他卷发乖男孩的外表，其实都是假象。我对他进行残酷的报复，然后和酒神狄奥尼索斯一起堕落，我十五岁渴望过堕落，在我成年之后，并没真正渴望过。

神话中总是有一些打动人心的东西。很多年过去了，我已经长大了，我脑子里装着其他东西，我回到了那不勒斯生活了几个月，我有自己的心事，我重新走过童年时走过的那些路，包括我和妹妹在雨中跑过的那条路。我重新回味当时我们急匆匆奔跑时的焦虑，同时也感受到身处自己的城市的欣慰，一个充满诱惑的城市，这是我在遥远的那一天第一次拥有的城市。我想到了迷宫，就像那是一个普通的空间，是一个熟悉的地方，但忽然间，在一种强烈感情的冲击下，这个地方和你一起变得迷乱。我找了一些书（当然包括格雷夫斯写的那本复杂、诱人的《古希腊神话》），想知道神话能不能帮助我讲故事，能不能让我以旁观者的角度，讲述一件让人无法忍受的事：逃离、恋爱和遗弃，并不是奥尔加所体验的遗弃，那是后来才发生的。那时候，我已经明白了，要写好一篇小说，就不能按照书本上写的方法去做，不能和这个故事保持距离，而是要缩短、消除距离，感受到文字里那些活生生的身体脉搏的跳动。

我想重写阿里阿德涅的故事，那个克里特少女已经怀孕，她在海上晕船了，她的爱人忒修斯担心她会流产，就在阿玛顿特这个地方靠岸。阿里阿德涅刚下船，一阵强风就让英雄们不得不把船驶向深海。阿里阿德涅就和忒修斯走散了，这时候她快要生了，她为爱人的遗弃感到痛苦。阿玛顿特的女人们介入了，为了安慰她，她们假装成忒修斯，轮番给她写信，这个谎言一直持续到阿里阿德涅死于难产。

在那不勒斯的那几个月，我试着写这个故事。我仔细构想了一个城市，这个城市和坎帕尼亚大区的城市很类似，我还构想了一个和阿马尔菲海岸的小村子很相似的阿玛顿特。在这个城市，女性之间团结友爱，人们思想非常开放，有矛盾但也开诚布公。我想象着一个女性的团体，她们一起写信给一个当代的阿里阿德涅——一个被遗弃的外国女人，这些慰藉人心的情书都署上了那个背叛者的名字。这种写法很吸引我，就是讲述女性如何梦想自己被爱。这时候我特别侧重于四件事：首先，女性努力进入男人的头脑和语言里；其次，女性之间的合作，这是一个团体合作的结晶，她们去伪装男性的心理，用男性语言写信；第三，自我询问，反向思考，她们希望陷入恋爱的男人说出什么样的话；最后，她们会对绝望的阿里阿德涅说的话，其中有些女人在各种矛盾中，也曾陷入了疯狂的恋爱。

我记得，在写这些信时，我非常喜欢想象那些女人之间的讨论。但当我真正开始写这个小说时，情况很复杂，我觉得自己在白费力气，写了两封信就停了下来。很明显，这些信很没有说服力，它们总是试图塑造一个完美的男性形象，实际上，任何一个遭遇遗弃、陷入绝望的阿里阿德涅都不会相信这些信。尤其是现在，城市过于完美，女性团体虽然很活跃，看起来甜甜蜜蜜，充满着各种美好的情感，那也很不真诚。那些由女性统治的城市，也只能是迷宫一样的城市，承载着我们复杂、矛盾的感情，在这个迷宫里潜伏着怪兽，在没学会走出迷宫之前，迷失自己会非常危险。

现在我把话题扯远了，可能和你们的问题关系不大。问题在于，我们很难想象一座由女性构建的城邦，一个具有女性特色，和她们相似的城市。想象的原型在哪里呢？这些城邦会具有哪些女性的特征呢？就我所知，对于女性而言，城市总是别人的城市，包括她们出生的城市。说实在的，一段时间以来，女性代表非常积极地参与政治，但条件是她们不能把这些城市据为己有。现在我们试着重新构想一种统治方式，但尝试过的女人都很不愉快，总会留下一段苦涩的讲话，或者随遇而安，支持现有的政治局面。

很明显，建立一座女性城市，依然是遥不可及的事，对此还没有真正的话语。要找到女性的城市，我们需要回顾童年的迷宫，吸水纸上留下的墨迹，在遥远的过去以及不久的过去的碎片中寻找有待救赎的部分。这是非常艰难的事业。那些神话中的女神通常都非常孤独，她们都没有归属，她们在寻找属于自己的临时主权。她们达到自己的目的，也是因为付出了巨大代价，有时候是忍受屈辱，有时候付出了生命。通常，她们也会按照男性的指令做一些事，有时候她们会背叛祖国的法律，她们很少能建立自己的城市。就我所知，只有一次，有一个女人决定建立自己的城邦，她亲自主持修建这座城市，做一个女统治者。这个女人当然是狄多女王，但很长时间以来，我并不是喜欢这个女人身上的一切。

我从小就很讨厌她的自杀行为。在我上高中时，这个故事最吸引我的，并不是维吉尔用很长的篇幅讲述的那些情节，而是维吉尔随便提到的一些事情，即这个女性留在身后的血腥故事。她哥哥杀死了她丈夫，她从泰尔逃走，在非洲展示出精明的才干，她获取那片土地的方法，她跟妹妹一起建立的那座城市。那时候，我喜欢那些逃离的女人，基于我的家庭生活体验，我对狄多也有具体的想象。在这里我应该说明的是：我母亲以前是个裁缝，她一辈子有很长时间都在做衣服，这对我的影响很大。她用针线、剪刀和布料，好像可以无所不能，她把旧衣服改成新衣服，她拆衣服，缝衣服，加大加宽，改窄，用精巧的针线掩盖撕裂的地方。我成长于这种裁剪、缝补的环境中，所以狄多欺骗该图拉国王的故事，让我觉得这个情节真实可信。雅尔巴斯和狄多说了一句玩笑话：我可以给你一张牛皮能圈到的地方。因此领地非常少，只有一点点地方，这是男性典型的戏谑。当时的国王，我非常确信，他不愧是阿蒙的儿子，他一定想到了：即使是把一张牛皮剪开，她也永远都不可能圈出一片能够建一座城市的地盘。但我清楚地看见，金发的狄多开始动手剪牛皮，就像我母亲工作时那样，她非常漂亮，乌黑的头发盘在一起，手上全是剪刀和针留下的伤口，我明白这个故事是可信的。狄多忙碌了整整一个晚上（在夜里会做一些关键的工作），她把一张牛皮剪成了一条条几乎看不见的细丝儿，用精湛的针法缝在一起，几乎天衣无缝，那是一条长长的阿里阿德涅线，一只由动物皮缠成的线团，展开来可以圈出非洲的一大片土地，也就是一个城市的边境，这在我看来是真实的，当时我很激动。

几年之后，我上大学了，我并不喜欢狄多的所有，我更喜欢那个坚强果断的狄多。她想干一桩伟大的事业，她主持修建巨大的城墙，作为新迦太基城的防卫要塞。尤其让我感动的是，虔诚的埃涅阿斯正在朱诺庙里欣赏一面浮雕，维吉尔让狄多出现在他眼前。那个浮雕刻画的是投身激烈战争的彭忒西勒亚[①]。这是一个非常幸福的场面，由一幅充满暗示的浮雕引入，这让我很不安。人物的命运急剧转变，会让你喘不上气来。狄多第一次出场，她非常美，身边有很多年轻的追求者，她心平气和，非常活跃，掌控着整个城市的建设。当时作为一个学生、读者和译者，我已经知道后面会发生什么，从这时候开始，我看到的每一个字都让我心痛。让我难过的是，这个女性当时那么敏锐，后来会陷入疯狂的恋爱，从愉快的女人变成了一个疯狂的女人，就像埃涅阿斯在浮雕上看到的那个迷失女性的原型——彭忒西勒亚。我为她，为整个城市感到痛苦，因为这个城市已经呈现出一片欣欣向荣、前途无量的景象。

我重读维吉尔的诗句，想从中汲取灵感，写出奥尔加的故事，忽然间我开始喜欢狄多生活的每个阶段。我不得不说，我也喜欢埃涅阿斯，他那种让人厌烦的怜悯之情，突然间在我看来不再是装模作样。当今世界上那些有教养的男人，都跟他有点儿像，他们都很依赖那种残酷的怜悯。这个故事的进展让我感到一种真实和痛苦，我小时候的抗拒没有再次出现。最让感动的是维吉尔对于城市的刻画，迦太基不是故事的背景，不是人物和事件置身的风景。迦太基还没有成为后来的样子，而是正在成形，正在修建，迦太基的石头也会受到两个人物情感变化的冲击。因此在美丽的狄多出现之前，埃涅阿斯已经看到了整个城市的建设，看到了城墙的修建，还有防卫设施、海港、剧院和柱子，这并非偶然。他的第一反应是一声叹息，他说，这些泰尔人真是幸运，

---

① 彭忒西勒亚（Penthesilea），古希腊神话中战神阿瑞斯的女儿，亚马逊女王，在支援特洛伊的战争中被杀死。

他们的城墙正在建起。他已经在这堵城墙上投入了重建者的情感。同时关于祖国的战争的记忆也被勾起，对于未来城市的希望和怀念交织在一起；作为流浪者，他产生了盘踞在一座异邦城市中心的渴望，除此之外，这还是一个美丽的女人的城市，一个需要占有的城市。

这就是城市——由我们的情感、欲望突然间激活的石头，这在迦太基和狄多的关系中体现得非常明显。狄多是逃离了泰尔城的恐怖的女人，在她的带领下，整个城市的建设迅猛展开。对于她来说，泰尔城代表着一种漫长的折磨，在那个城市里，她哥哥杀死了她丈夫，那个城市里的每种情感都受到了仇杀欲望的污染。狄多女王不想修建另一个泰尔，她用正义和理智管理城市的大工地。她对那个流亡的男人很热情。在朱诺神庙的墙壁上，在这个掌管婚姻和分娩的女神的神殿里，她展现了战争和谋杀的可怕场景，就是一种训诫。就像狄多女王周围的那些年轻人所感受到的，这是一个盛开的女人。很明显，在她的引导下，迦太基会修建起来，尽管会遇到各种各样的困难，这不是一个防御野兽的围墙，而是一座爱的城邦。

后来，爱的激情迸发出来，消耗了所有能量，转变成了疯狂。整个城市也作出了反应，已经开始的工程停了下来，劳作中断了，就像狄多一样，那些石头等着有人对它们的命运做出决定。假如她和埃涅阿斯的爱情能得以长久，迦太基会从中获取力量，工作会重新开始，这些石头就会获取人类的正面情感，慢慢成形。但埃涅阿斯抛弃了狄多，她从一个愉快而幸福的女人，变成了一个疯狂的女人。过去和未来联系在一起，泰尔城进入到那个有待建设的迦太基，每条路都像是一个迷宫，一个没法走出去的迷宫，狄多过去经历的血腥，又开始玷污新的城市。悬而未解的时间已经结束，在狄多的死前遗言里，迦太基忽然变成了一个充满仇恨和报复的城市。这个女人临死前的诅咒，完全打破了建立一个正义城邦的可能，她最后痛苦地喊出了一句：我们这两族之间不存在友爱，也绝不联盟！

这就是没有掌握秘诀、没带线团就迷失于城市迷宫的后果：不存在友爱，也没有联盟。维吉尔把友爱和构建一个和谐共处的社会联系起来，这一点很有意思。当然了，迦太基和罗马之间的战争有经济、政治方面的原因，并不是因为埃涅阿斯遗弃了狄多，也不是因为埃涅阿斯收回了他的爱情，这只是一个文学上的原因。为什么要强调“只是”呢？和所有热爱文学的人一样，我认为，诗歌比政治和经济更能说明问题，诗歌是政治、经济原因的根基。在一个博爱的文化形成之前——充满友爱、尊敬，致力于所有人的美好生活，化解愤怒，消除把敌人赶尽杀绝的思想——铁与火的现实总是会让和谐共处的公约变得摇摇欲坠。中间的停顿，也只是为了歇一口气，重新拿起武器，振作精神，毁灭城市，把敌人赶尽杀绝。

因此，民族与民族之间没有友爱，没有任何联盟，这两样东西是交织在一起的。这一句诗可以抵千万句，没什么可惊异的。对于写作的人，他们知道，诗歌不是长着透明翅膀的飞蛾，它们有血有肉，有激情，有非常复杂的情感。诗歌就是在肺腑之间进行翻找，一切都难以预料。狄多也是血肉之躯，流汗流血，不是焦糖布丁上的那层糖，她知道怎么去诅咒她深爱着的男人，她会用自己心爱的男人赠她的礼物自杀。

我从小都特别痛恨这种为情而死的故事。我想，一个女人进入迷宫，一定要随身带着一条防止迷失的线。我一直很确信，每个新城市的错误都在于它的根基，就是希望建成一座爱的城市，不是迷宫，没有痛苦，也没有阴谋，而是一个愉悦的地方，也没有任何潜伏的愤怒和危机。一座可以建成的女性城市，一个可以抵消过去的未来的城市，也可能无法和自己进行彻底清算。把女性经历的恐惧放进一个括号里，这是一个便捷的方法。把女性想象成怀有美好情感的动物，总是彬彬有礼，也许这在给自己打气时很有用，对我们在政治方面获得成长有用，但在文学上却不一样。女性的敌意、抵触和愤怒应该被展示出来，和那些慷慨仁义的情感放在一起。这是文学的工作，我们应该在内心挖掘，靠近去讲述这些情绪，感觉到它们的存在，不管有没有埃涅阿斯，有没有忒修斯。

我特别不愿意相信通常人们所说的：神话中的这些女主人公的可怕行为都是男性的欺骗带来的结果，这是对男权的配合，就好像说，这些女人也具有一些人们常有的缺点。这不是什么好事儿。我们要学会带着骄傲去谈论我们的复杂性，就好像这种复杂性就是我们身份的组成部分，无论是愉悦还是愤怒。要做到这一点，就需要掌握迷失的艺术——迷失在痛苦、复杂的迷宫之中，最后能脱身而出的艺术。每一个阿里阿德涅，内心都怀有一种烦人的爱，还有一个她深爱的母亲的形象，虽然这个母亲会生出自杀的女孩，还有怪物米诺陶洛斯。

在这个大都市的迷宫里，互相见面，倾诉。有时候，我们勇敢地要求给自己的兄弟一处墓葬。有时候，我们会配合别人杀死自己的同父异母兄弟，和凶手一起逃走。在有些情况下，我们会杀死自己的孩子，最常见的是，我们在陷入疯狂、成为愤怒的牺牲品之前，会发出非常残酷可怕的诅咒。维吉尔讲述的迦太基的故事，整个城邦都建立在居住其中的女人的情感之上。也说明，当这种爱情——可以在迷失时重新找到自己的线索被取缔之后，呼吸会变成火，和平共处的协议也会化为乌有。

现在最重要的是，尝试再一次用针线缝出一座城市的边界。我以前是一个勤奋的学生，在冬天的下午，我不厌其烦地阅读《埃涅阿斯纪》里的诗句，看到那个美丽的女王坐在王位之上，掌控着一个巨大的工地。这是一次非常罕见的机会，让女人梦想成为一座城市的建设者。我想改写这个故事的结局，我不愿意看到狄多女王用埃涅阿斯赠送的宝剑自杀。我想象她可以抹去愤怒，重新找到爱情，学会出入迷宫的秘密。我时不时会站起来，看着窗外，我冰冷的双脚妨碍我继续学习。我现在想起来了，那不勒斯在下暴雨时通常很冷。

女性的服饰

我知道自己也许夸张了，但为了回答你们提到的关于女性服饰和化妆品的问题，你们要耐着性子，再听我讲一讲我的母亲。

对我来说，她的裁缝工作开始于布料店。我特别喜欢陪着她去布料店买布，我非常入迷地看着店员——或者是老板，假如商店没有店员的话——用非常轻快的动作，从架子上拿下一些布卷，布料还没挨着柜台，就像波浪一样展现在我母亲眼前，那些布料跳跃着，翻转着，就像活的一样。我母亲抚摸一下布料，用食指和拇指摸一下布料的边，她看着自己的前方，几乎不看布料，注意力集中在手指的感觉上。我能闻到新布料的味道，商店里一直都弥漫着这种味道，当布料展开时，一股强烈的味道会向我迎面扑来。我站在我母亲旁边，我的头正好到她腰那里，她衣服上的布料轻轻挨着我。我看着布料堆积在柜台上，她在选择帮她实现魔法的合适布料，那是我很熟悉的魔法，但我还是很入迷。她买来新布料，用划粉画好形状，用剪刀剪开，那些剪好的、没有锁边的布块就放在地板上。我母亲用别针、针线赐予这些布片形状，一个身体的形状，布料做成的身体。新布料的味道会最后一次散发出来，那是一种陌生、狂野的气息，最后会被我们家里的味道同化，逐渐消失。

事情总是这样。我母亲身上穿的衣服散发着她的味道，按照我的记忆，这件衣服也是用在店里买的布料做的。当她决定要买哪块布料时，她会用一种非常客气的语气，告诉柜员她需要的米数，这个店员会用非常熟练、快速的动作，抽出布料在柜台上量着。量完后，用剪刀很利落地剪开，会听到干脆的撕裂声，还有一阵新布料强烈的味道。我很熟悉这个程序，做衣服的艺术就从这里开始。

衣服做完了，会放在我父母亲的床上。在我的记忆中，最早的一件衣服——至少我感觉是最早的一件——是一件黑色或深蓝的衣服，就摆在我父母床上铺着的大红被子上。我母亲会把烫好的衣服放在床上，因为家里没有专门的地方可以放，她说，放在其他地方可能会弄皱。有时候，如果房间里放着做好的衣服，她会禁止我们进去。但有一次我偷偷溜进了房间里，我不知道那是什么时候，但我记得我已经不小了。可以肯定的是，那个阶段，我经常会感觉到背后有风，即使房间里没有人，我也觉得身后有东西，但这种阴森的体验不会吓到我，我倒是希望发生这样的事情，这样我就可以讲给几个姐妹听，吓唬她们。我打开门，往房间里看去，那件衣服躺在那里，躺在床中间，腰很细，两只袖子放在两边，裙子被摆成菱形。什么事都没有发生，我只是感觉一阵风吹过那件衣服，就好像是一阵呼吸一样，裙子的一角被吹起来了，显得有些凌乱。我很担心我母亲会像平常一样怪罪于我，我走过去，想放下那个衣角。但奇怪的是，我非但没放下那个衣角，反倒把衣角抬起来，想看看衣服下面有什么。衣服下面有一个裸体女人，腿被砍掉了，手也被砍掉了，头也没有了，有些发紫，但没有血，那是一具没有血管的女性身体。我向后退去，离开了那个房间。当我母亲发现时，她骂了我，那些天她本身就很烦躁，她大喊大叫，说那件衣服被我搞得乱七八糟。

我总是觉得衣服不是空荡荡的，他们像迷惘的人待在角落里，怅然若失。童年时期我穿过母亲的衣服，在这些衣服里，我总是会找到一些美丽、高贵的女人，但她们都已经死去，我也会加入她们之中，我穿好衣服，上演她们的遭遇。这些衣服都有我母亲的味道，我想象自己的味道也是这样。她们都没有丈夫，但有很多的情人，我能够感受到她们的乐趣，她们爱冒险的身体和我的融为一体。当布料落在我的胸口上，挨着我的腿时，想象会让我的腹部温热起来。这是我所熟悉的布料，它长时间停留在我母亲的手指之间，在她的腿上。

我母亲还做裁缝时，我经常看到新衣服的诞生。她没有教给我任何缝纫的手艺，只是有时候她让我帮她拆线头，或让我帮她找一个点——“手上点”，或者另一个点，称为“白日点”。但她的营生，我看在眼里，记在心里，尤其是她的动作和姿态，那是让我担心、让我入迷的东西，也混合着一丝恐惧。我不喜欢布料被剪开的样子，裁剪会让我极度不适，我很痛恨那些落在桌子底下、地板上的布片。当我知道“量体裁衣”这个词，在我童年的个人词典里，我赋予了这个词一种模糊的情感。把布料放在一个人身上，用剪子剪开，就是为了遮住它吗？或者说，那就是用剪刀把一个人身上的衣服剪开，让他的身体裸露出来？我看着我母亲，脑子里浮现了这两种想象。

是的，她的确“量体裁衣”。有时候，她真的像马里奥·马尔托内的电影中扮演母亲的女演员莉西亚·玛耶塔一样：她一边裁剪或缝衣裳，一边还会和人聊天，面露微笑，有时候听见闲话和故事会笑起来，那是女人之间爱说的事儿，别的女人的故事，是定做衣服的人或是邻居的事儿。在她们聊天时，那些话会渗入正在做的衣服里，会渗入穿这些衣服的女人的身体里。比如说卡尔达罗太太，她是一位律师的妻子，她来家里试穿给她做的衣裳，会留下一阵疾病的忧伤的味道。她试穿的衣服上全是口子，只用别针还有白线临时缝在一起。她一边试穿，一边给我母亲讲她的故事，有时候会哭起来。我母亲听着，我也听着，卡尔达罗太太的故事让我很难过，我很想对她说一些安慰的话。通常我母亲会安慰她，她也会说一件她所知道的事，一件和卡尔达罗的遭遇类似，但结局很欢喜的故事。卡尔达罗太太听了，但她无法相信母亲说的事，她觉得自己没那么幸运，她觉得自己很不幸，又会哭起来。当她离开之后，她试穿过的衣服就躺在餐厅的桌子上，我清楚地感觉到那件别满别针的衣服上，那些悲伤的话，留下了难以消除的味道，因为她讲的悲伤故事，那里面是一具饱受折磨的女人的身体，没有头，没有腿，没有胳膊和手。

卡尔达罗太太的衣服是舞会和过节时穿的，是由我母亲缝制的，她缝了拆，拆了缝，一针一线地缝好了。我很害怕针，但我很喜欢针缝过的衣服留下的和谐针脚。我母亲手很巧，她缝起衣服来动作很快。她全神贯注地坐在椅子上，低着头缝衣服，把正在缝的衣服放在膝盖上。有时候，假如我要求的话，她会让我穿针。我要把线头放在嘴里抿湿，把线头用手搓紧，再穿过针眼。假如我一下子就穿好了，我母亲会表扬我，我很幸福，假如我没有穿进去，那也一样。她会拿过线头，放在嘴里抿一下，让我重新试穿。有时候我用手捻一捻线头，让它变得像针尖一样挺直。

但在我的记忆中，最清晰的是我母亲熟练的手指，把针尖刺入衣料里，轻轻拽一下，又刺进去。刺入、穿过布料再把针拉出来，一连串动作一气呵成，非常熟练迅速。我现在还记得她的活干得真好，我不记得她当时用的词汇，这让我很不满。她会提到连针、倒针，还有花边、链针，但其他词我都不记得了，她也不希望我记着这些，她希望我学点儿别的。就这样，留在我脑海里的是她的手指，她一直长不长、有点儿向前弯曲的指甲，还有她手背上的蓝色血管，粗糙的手指肚，上面全是伤口和针眼，因为她不爱戴顶针。

她缝衣服的样子让我入迷，比裁剪的动作看起来舒服多了。那双灵巧的手把一片片布料放在一起，布料之间的接缝几乎看不见，以一种很流畅的方式衔接在一起，又一次变得完整，成为一件新衣裳，女性的身体形状，肌肤上的肌肤，会柔软地躺在怀里，或是滑落在脚面上。那双脚也会像双手一样激动，随时会踩到缝纫机踏板上。手穿好针线，嘴咬开线头，身子有时候会转来转去，俯身在缝纫机前，双脚有力地踩在“胜家”缝纫机的踏板上，针开始上下移动，同时伴随着金属环旋转的声音，缝纫的动作对我来说像舞蹈。

飞速旋转的缝纫机，看来好像一动不动，下面的大轮子带动上面的小轮子，线轴上面的线团在飞速旋转，线的颜色总是不同，我看到绿色、天蓝色、红色、褐色和黑色的线团在旋转，这是我母亲脚下催生的魔术。那条线从缝纫机顶部出发，俯冲下来，到飞速跳跃的针身上，在母亲手指的陪伴下，消失在布料之中，留下整齐的针脚。

我盯着这个场景，这是我不想错过的时刻，线轴上的线越来越少，越来越薄，变成了薄薄一层，最后一点点消失，最后的线尾巴消失之前，赤裸的线轴会顺着惯性再旋几圈，到最后停下来，露出索然无味的颜色，这是让我忧伤的时刻。那个线轴像尸体一样留在缝纫机上，我会把它取下来，我感觉它的生命已经结束，它能给予的，已经全部交了出来，再也没有色彩缤纷的旋转了。现在所有的线都在卡尔达罗太太的衣服里，那是一种力量的传播，衣服已经准备好接受熨斗的洗礼了，熨斗会经过缝针的地方，像炽热的抚摸，做好的衣服会放在我父母的床上，最后被穿在律师的妻子——卡尔达罗太太的身上，会沾染上她的疾病，可能还有她的绝望的味道。

我母亲后来不再给其他女人缝制衣服了，她只给我们几个女儿、亲戚和近邻缝衣服，尤其是给她自己。我小时候很喜欢母亲为我缝衣服，我很喜欢她为我量尺寸，这时候，她会挨我很近，我能闻到她的气息，她吹到我脸上的呼吸。她给我缝的衣服，很像演戏穿的衣服，她给自己缝的衣服也像有这种愉快的气息。我记得，她会脱下家居服，在镜子前试穿正在缝的衣服，她也会让邻居试穿，想看得更清楚，看看有没有什么问题。我很喜欢她的衣服，她的衣服上有雪花膏、口红和糖果的味道。我会偷偷穿她的衣服，戴她的帽子，穿她的鞋子，她发现了也不会生气，她会让我穿，有时候她没有打扮，坐在那里做裁缝活儿。她会带着她特有的微笑，有些忧伤地看着我。

但在那个时期，也就是我之前说过的“储物间”故事发生的时期，我要说明的一点是，她的衣服会带给我很不安的感觉，那就像涅索斯①的衬衣一样带着毒液。在那些年里，她缝纫的技能

① 涅索斯（Nessus），古希腊神话中的半人马，负责运行人渡过冥河。他在运赫拉克勒斯之妻德伊阿妮拉时调戏这位女乘客，被赫拉克勒斯发现，后者在渡河之后用沾有九头巨蛇许德拉的毒血箭射中了涅索斯。涅索斯知道自己将死，却要用自己的血复仇。他偷偷告诉德伊阿妮拉收集他伤口流出的血，把血涂在衬衫上，可以让穿衬衫的人恢复对她的爱情。后来德伊阿妮拉感到赫拉克勒斯不再爱她，就把沾有涅索斯血的衬衫给赫拉克勒斯穿，导致赫拉克勒斯身死。

让我觉得越来越沉重。在我进入青春期时，我开始讨厌她的手艺，我不好意思穿着她缝的衣服出门。我更愿意穿一些普通衣服，让我和其他人看起来一样，泯然于众人。她做的那些衣服总是有些夸张、怪异的东西，通常她给自己做的衣服更是刺眼。

这些衣服是她照着电影里的女演员、公主和模特的时装做的，她太厉害了，总是能做得更好，穿在她身上总是很合身，很吸引人。我母亲做出来的所有衣服，都会让女人看起来很迷人，都会增添她们的魅力。这些衣服在家里，会被放在一个包袱里，扔在椅子上，但当她出门时，会让她的身体变得很夺目，很高贵，就像是夏日沙滩上放映的电影里的明星一样。她是一个很内向、羞怯的女人，但她会梳很大胆前卫的发型，充满想象力，这让我很害怕，也觉得屈辱。我讨厌她打扮的方式，我们出门时，我能感觉到我父亲的警惕和恐慌，其他男人向她投来的欣赏的目光，他们兴奋的语气，讨好她的话语，还有其他女人对她美丽妆容的羡慕和嫉妒。我的母亲在电车上、在缆车上、在路上、在商店里和电影院里引起的关注让我很尴尬。她精心打扮自己，和丈夫出门，或者一个人出门，我感觉这下面隐藏着一些不可告人的秘密，这让我为她感到羞耻和痛苦。她做的那些衣服让她光彩照人，她用那种方式展示自己，这让我很难过，看着她那样炫耀自己，我觉得她是一个没有长大的女孩，一个有些可笑的成年女人。在那些让人惊异的服饰里，诱惑、嘲笑和死亡混合在一起。我暗地里非常恼怒，很想冲上去破坏这一切，我渴望撕开自己的外表，抹去女神的女儿、女王后人的虚假外貌。她日日夜夜在那里缝衣裳，就是想赋予她和我这些奇异的光彩。我渴望她只是穿着日常的衣裳，那才是我的母亲，虽然我也很爱她小说人物一样的美貌，我想抹去衣裳带给她的明星色彩。当我终于可以摆脱她给我缝的衣服，我忽然产生了一种有些混乱的愿望：我不再想让自己看起来像一个隆重推出的美丽的女儿。

我小时候很讨厌那些女性化的东西：化妆，打扮自己，穿上合身的衣裳。一想到“合身的衣裳”，就会激起我的屈辱和怨恨。我穿衣打扮，很担心别人会在背后嘲笑我的用心，嘲笑我为此付出的努力。他们会告诉周围的人：她是为我打扮的。因此我会穿着宽大的衬衣，大两号的毛衣，宽松的牛仔裤。我要从我身上抹去我母亲对衣着的讲究，我会穿着日常的衣服，而不是像她，虽然过着可怜的女人的生活，总是穿得像过节一样。我就是要不修边幅地出去，每次我出去，她总是会说我“不体面”。那是方言中吸收的法语词汇，她会用一种很鄙视的语气说出来。她是想说：不应该这样，不应该这样生活。

有时候，我觉得自己很没光彩，就好像一切真的都很暗淡一样，我对此很难过。但有时候，我觉得自己充满光环，好像透过宽大的上衣和牛仔裤，能隐约看见下面华丽的服饰。《烦人的爱》里反复出现的服装描述，就是受这种情感的支配。黛莉亚——一个成熟、解放的女人，她身上穿的衣服对她来说是一副盔甲，可以保护她有些扭曲的身体。后来，她穿上了母亲打算送给她的衣裳，这些衣服来源不明，受好奇心的驱使，她打算下到“地狱”里，去寻找阿玛利娅穿的蓝色套装，她鼓起勇气把它穿在自己身上。看到女儿伊拉丽亚装扮起来的样子，奥尔加也怀有同样的情感。但书中到底写出了什么，这很难说，有时候又太明显了。我让黛莉亚做了一个梦，这个梦境承载着很多和衣服相关的焦虑，还有我母亲的裁缝工作。下面这段也是被我删掉的，我把它摘录在这里。

从青春期开始，我经常反复做一个梦。我没法讲述这个梦境的细节，因为细节每次都会发生变化。

在梦中，在各种各样的场合，会发生各种各样的事情，但最后总是会有这样一个场景：我要在一个男人面前脱去衣服。我不想在他的面前脱衣服，但他就赖在那里不走，他饶有兴趣地看着我，等着我。这时候，我小心翼翼地开始脱衣服，但衣服一直脱不下来，就好像是画在我身上一样。那个男人大笑起来，笑得前仰后合，我很愤怒，我感到一种强烈的醋意，我感觉他有别的女人。

我想奋力留住他，我要夺回他，我用两只手抓住胸口，想撕开我的身体，就好像那是一件睡衣。我感觉不到疼痛，我只是发现，在我的内部有一个活生生的女人，我只是另一个女人——一个陌生女人的裙子。

我无法容忍这件事情，我的醋意在上升。后来我醋意大发，我嫉妒我身体里的女人，我想抓住她，攻击她，杀死她。但我们之间有一段无法逾越的距离，我根本触及不到她，那个男人的笑声在继续，那是一种无法抑制的笑声。我再看看眼前，那个男人已经消失了，是我母亲在那里，我感觉她从开始就在那里。

当我醒来时，虽然很熟悉那个梦境，但我还是很愤怒，很烦躁，想骂人。

黛莉亚的这个梦境一部分是虚构的，读者可以感受到，然而这也是青春期的真实心理促使我写的。那个男人在我身上看到的那件秘密衣服到底是什么？我是怎么穿在身上的？假如我真的能把那件衣服脱下来，我就能成为另一个女人吗？一个什么样的女人呢？

不幸的是，梦境都很难讲述，一开始记叙梦境，就让人不得不理清头绪，开始虚构，梦境会变得虚假。在小说中，梦境对于人物内心的塑造非常有必要，但看起来很虚假的话，会让人无法忍受。但有时候寥寥几句，就能勾勒出一个噩梦。在我读过的文学作品里，我觉得最能通过衣服揭示人物感情状况的，是海蕊身上的女性衣服，那是史坦尼斯劳·莱姆的《索拉里斯星》里的女主人公，是一个为爱自杀的女人，是男性语言塑造的女性。我在这里附上一段，这是男主人公克里斯的语气讲的，我小时候读到这段时感受很深。

> “海蕊，我要走了，”我说，“如果你愿意的话，我们可以一起走。”
>
> “好呀。”
>
> 她忽然站了起来。
>
> “你为什么没穿鞋？”我问，这时候我走近衣柜，在里面选了两件彩色运动衣，一件给她，一件给我。
>
> “我不知道，我可能把鞋子弄丢了……”她有些不肯定地说。
>
> 我假装没有听到。“你不能把运动衣穿在裙子上面，你要脱掉再穿。”
>
> “要穿运动衣吗？为什么？”她问，她开始要脱掉身上的裙子。
>
> 但这时候发生了一件奇怪的事情：她没法把身上的裙子脱下来，这条裙子没有扣子。她胸前的红色扣子只是装饰，这条裙子上没有任何开口，没有拉链也没有其他可以解开的

东西。海蕊有些窘迫地微笑着。

海蕊的那个微笑让我很感动，那本书里任何关于海蕊的文字都让我感动。但这件没法脱下来、不知道怎么穿上去的衣服让我觉得很可怕，同时也深深吸引着我。克里斯——小说中的男主人公，在后面的文字中会找到一把锉子，从领口那里弄开了那件裙子，让她终于可以把裙子脱下来，让她终于可以穿上那件“有点儿大”的运动衣。这是典型的男性笔触，这种粗暴地解决问题的办法，让我无法产生兴趣。对于我来说，海蕊的那件裙子下面还有另一件一模一样的裙子，脱掉一件还有一件，从外部根本没办法解决。除此之外，莱姆讲述的是一个灵魂归来的海蕊，她总是顽强地回来，总是穿着同样一件衣服。为了让她脱下那件衣服，克里斯不得不一次次剪开它。假如海蕊的灵魂回来一千次，总是会穿着同样一件衣服，克里斯需要一次次剪开它，这样他会在索拉里斯站的房间里看到一千件同样的衣服，就是一件女性服装的一千个影子。面对这件衣服，应该怎么办呢？需要学会脱下它，穿上它，保证不让自己死去？需要接受这样一个事实，就是我们死去时身上的衣服，每次复活时都会再次看到它。一本本书里的片段，可以让我们按照自己的方法去改写。

在涉及服装时，我总会加入自己的想象，比如说，我小时候看塞斯佩德斯的《以她之见》。我只想侧重谈这本书的前一百五十页，这本小说里也会涉及母女关系，进一步来说，还会涉及一系列女性之间的关系，真是一本值得重读的书。第一次看到那些文字时，我只有十六岁，我非常喜欢书中讲述的东西，但并不是很懂。书中还有一些让我很厌烦的东西。我印象最深的是我读这本书时的矛盾心情，我无法和书中的讲述者——年轻的亚历桑德拉感同身受。当然了，她和她母亲埃莉奥诺拉的关系让我非常感动。她母亲是一个非常有天分的钢琴演奏家，但受到粗俗的丈夫的压制。当然了，亚历桑德拉讲述她和母亲之间的深层关系时，这让我很有共鸣。但让我觉得不安的是，她完全支持母亲对音乐家赫维怀有的激情，在我看来，亚历桑德拉的态度不真实，太理想化了，这让我很不满。如果是我的话，我会竭力反对我母亲的婚外恋，即使只是有些怀疑，都会让我怒不可遏，这比她对我父亲的爱更能激起我的嫉妒。总之，我无法明白她的态度，我感觉我比埃莉奥诺拉的女儿更了解她。把作为读者的我，和作为讲述者的我区别开的，可能就是她们为去参加赫维的音乐会准备衣服的情节。她们看起来很耀眼，到现在我还很喜欢这一段，这是小说中非常重要的一部分，我觉得它体现了作者高超的水平和智慧。

假如你们愿意的话，我们可以再看看那件衣服的故事，那段文字写得很细致。埃莉奥诺拉具有艺术家的天分，但作为一个庸俗男人的妻子，她变得黯淡无光。她是一个非常敏感，但没有享受到爱的女人。她的母亲，也就是亚历桑德拉的外婆，也浪费了自己的天分，她是一个奥地利女人，一个很有天分的演员，嫁给了一个意大利军官，她不得不把自己之前扮演朱丽叶、奥菲利亚时穿的裙子、面纱，还有其他戏服都放入一个箱子里，她放弃了自己的天分。埃莉奥诺拉已经四十岁了，她一家家上门去给学生上钢琴课，有一天，她来到了一个有钱人家的别墅，给一个名叫埃尔雷塔的女孩子上课，她认识了这个女孩的哥哥，就是性情阴郁的赫维，并疯狂爱上了他。爱情又激起了她的天分、生活的欲望和艺术上的追求，让她决定和赫维一起举办一场音乐会。在埃尔雷塔和赫维那栋奢华的别墅里，在象征着她的解放的音乐会上，埃莉奥诺拉会穿什么衣服呢？

我小时候读到这些文字时，每一行都让我非常激动。我特别喜欢这本书中对爱情的描述和推崇。我感觉书中写的是真实的，因为没有爱情，一个人很难活下去。但同时我又觉得，有些东西不对劲儿。我不喜欢埃莉奥诺拉衣柜里的衣服，我看到了我熟悉的东西。塞斯佩德斯通过亚历桑德拉的口吻写道："衣柜里的颜色都是中性的，灰色、烟灰色，有两三件是生丝裙子，脖子上有白色的花边：这都是老女人的衣服……那些衣服软塌塌挂在衣架上，我轻声说：'看起来好像死去的女人，妈妈……'"就是这一段，作者把那些挂在衣架上的衣服想象成死去的女人，非常符合我对于衣服的秘密情感，我在写作时用了这种意象，我觉得我之后还会用。在前面几页，还有一些类似的文字，这些文字很快就进入了我的词汇和表达，那是对埃莉奥诺拉陷入爱情的消瘦身体的描写："她那么瘦，好像在她裙子里只有一口气。"只有一口气支撑着那条裙子，这种描写很逼真。我非常投入地往下看，想看看故事怎么进展。埃莉奥诺拉在音乐会上要穿什么衣服呢？她忽然站起来，来到了一个柜子前，从里面取出了一口大箱子。女儿的目光一直跟随着母亲："那箱子是由很老的绳子绑着，妈妈一下子就扯开了那条绳子。她打开箱子盖，里面有粉色和天蓝色的面纱，还有羽毛、缎带。我不知道她竟然有这样的宝贝，我用惊异的目光看着她，但她的目光看向了她母亲的画像。我明白了那是属于朱丽叶和奥菲利亚的面纱，我带着崇敬抚摸了那些丝绸。'我们怎么用这些东西呢？'我有些忐忑地问。"读到这里时，我心跳加快。那件自我解放的裙子是通过母亲们传下来的，是埃莉奥诺拉的母亲演戏时的道具，通过一个裁缝，一个爱说话的女邻居——福尔维娅灵巧的双手，变成了演出的服装，让埃莉奥诺拉以漂亮的形象出现在赫维眼前。埃莉奥诺拉脱下了象征妻子身份的中性衣服，换上用天蓝色的轻纱做成的恋爱女人、情人穿的裙子。读到这里时我很不安，我不明白她女儿亚历桑德拉的愉快态度。我读到这里，觉得事情结局不会太好，让我惊异的是，那个十六岁的少女——和我当时年龄一样大——没产生一点儿怀疑。不，我不像她那么盲目高兴。我已经预料到了埃莉奥诺拉的悲剧。我感觉到从之前的中性颜色转变成那些鲜艳的服装，这并不能让她的处境变好。相反，亚历桑德拉对着福尔维娅——她们家的邻居和裁缝——说了一句："要用奥菲利亚的纱衣给妈妈做一件裙子！"那时候，我已经感到悲剧在靠近。用旧戏服做成的新裙子不会拯救埃莉奥诺拉——亚历桑德拉的母亲，很明显她会自杀，她一定会淹死。

故事就是这么发展的：亚历桑德拉不明白，但我已经明白了。女为悦己者容，要在自己心爱的男人面前展现自己的美貌，在我看来这不是自由的意愿，而是有些邪恶。埃莉奥诺拉在邻居和女儿面前半裸着身子，她说："每次我在他面前，他看着我，我都想变得和画上的女人一样美。"接下来的一段，还是以亚历桑德拉的口吻讲的："她站了起来，跑过去拥抱了莉迪亚，然后拥抱了福尔维娅和我，她轻轻来到了镜子面，看着镜中的自己说，'把我打扮漂亮一点儿。'她把手放在胸口说，'把我打扮得漂亮一点儿。'"

"把我打扮得漂亮一点儿。"为了这句话，我不知道哭了多少次。这句话在我的脑子里回荡，并不是带着生命的喜悦，而是死亡的气息。现在，那种心境已经过去了，很多事情发生了变化，但塞斯佩德斯笔下的埃莉奥诺拉要表达的东西意味深长，依然让我觉得绝望。我们可以回顾一下我第一次看到这部小说和我现在读这部小说的感觉。埃莉奥诺拉在爱的驱使下，决定脱下代表她受惩罚、痛苦的衣服；但她唯一可以替换的衣服是她从母亲那里继承的戏服，是一件能赋予她女性色彩、能凸显她身材的衣服。福尔维娅是把衣服做出来的裁缝，埃莉奥诺拉精心打扮，想出现在那个漫不经心的男人面前：朱丽叶的衣服、奥菲利亚的裙子，比她平时穿的那些黯淡的衣服更让人压抑，比作为人妻和人母的衣服，更能抹去她的身份。这是我知道的，好像从开始就知道。我知道，不仅仅是埃莉奥诺拉衣柜里那些黯淡的衣服挂在那里，像死去的女人，那些炫目的衣服也一样。亚历桑德拉在这本书的最后才明白这一点。但已经太晚了：和外婆、母亲一样，她也会滑向死亡。我不知道为什么，我在我母亲的衣服里，还有她对打扮的狂热中感受到了这一点，这让我很痛苦，我不希望事情是这样。

我希望事情是什么样子的呢？当我长大成人，远离母亲时，我想着她，我想想清楚自己会成为什么样的女人。我想变得漂亮，但怎么才能漂亮？难道真的只能在黯淡和光彩夺目之间选一个吗？这两个途径都无法抵达我之前提到的那件裙子，就是海蕊身上穿的那件可怕的裙子，那件永远都穿在你的身上、没法脱去的裙子？我很焦灼地寻找一条自己的自由之路。这条路，是不是就像塞斯佩德斯通过亚历桑德拉之口说出来的那句好像是源于某本经书的比喻，“要学会的不是穿衣服——衣服是自然而然的结果——而是穿上自己的身体？”怎么能跨越衣服、妆容和社会对美的普通观念，到达身体？

我还没有找到答案。但现在我知道，我母亲无论是在家里灰头土脸地做家务，还是在外面展示她的美丽，都表达出一种让人无法忍受的焦虑。只有一种时刻，在我看来她是安安静静、自在的，就是她低着头坐在那把旧椅子上，双腿并拢，双脚踩在椅子的脚踏上，周围全是剪完衣服之后的碎布，她梦想着一件能够拯救她的衣服，她用针线一直向前缝，想把那些碎布片缝在一起，这是她真正美丽的时刻。

注：

费兰特给桑德拉·欧祖拉的这封信写于2003年6月。后面附上朱莉亚娜·奥利维罗和卡米拉·瓦雷蒂写给费兰特的信，以及她们的提问。费兰特根据她们的问题，写出了以上文字。

尊敬的埃莱娜·费兰特，

我们很希望能在我们的杂志《目录》(是一个关于现当代文学的栏目，标题有点儿挑衅，叫“被击败的写作”）上刊登对您的采访。我们杂志一直都很关注您的文学创作，以前也刊登过关于您作品的评论和文章。尤其是，我们俩带着激情看了您写的小说，我们认为您的小说深入挖掘了女性的世界和情感，这是您创作的核心，已经远远超越了过去的作家对于这个主题的描写。

假如您能回答以下问题，并把您的回复发给桑德拉·欧祖拉，我们会非常感激。

祝好！

朱莉亚娜·奥利维罗、卡米拉·瓦雷蒂

问　题

1. 您小说中的女性人物，总是或多或少和一些古代女性，和一些地中海神话中的形象有相似的地方。这些人物的痛苦是否来源于她们无法切断和根源的关系，来源于这种对于传统身份的脱离，但又无法彻底断裂的困境？

2. 罪过和无辜。您小说中的人物没有一个可以说是无辜的，但也不是完全有罪的。您是怎么阐释男性的罪过和女性的罪过的？

3. 如何把最初经历的背叛（父亲或母亲的）和后来的背叛联系起来？您小说中讲述的那些人物关系，心理分析对于这些关系的探讨起到了什么作用？

4. 那不勒斯和都灵：为什么您给这些城市、地方都赋予了一种生命力，甚至让人产生抗拒，就好像它们有一具身体，会呼吸，会和您笔下的女性一起生病？

5. 您笔下的那些女性，她们和服装以及化妆的礼仪有什么关系？

- 17 -
后记

2003 年 7 月 3 日

亲爱的：

昨天我在海边收到了你的电子邮件，后面附着给《目录》杂志编辑的回答，篇幅很长。我觉得你写得非常有意思，这让我想到了一个主意：我们能不能借机出一本书呢？不是一本很正式的杂文，而是围绕这些年来我们反复讨论的一些主题。这不仅仅是我们有兴趣的事情，喜欢你的小说的人（不仅仅是女人）一定也很有兴趣，他们可能也比较想了解你的心路历程。

你坚持不公开自己的身份，你有自己的道理，但可能除了报纸上零星的访谈，你需要做一个比较系统的回复。这不仅能够避免人们对你的真实身份进行各种离奇的猜测，而且能满足你的读者（我向你保证，现在这些读者太多了）一些正常的好奇心，让他们能够进一步了解你。

我们可以出版一本书，除了你最近写的这篇，还可以收入其他之前保存的材料。比如说，我现在想起来的有：你和马尔托内在改编《烦人的爱》时的通信；你给福菲写的回信，后来那这封信从来都没寄出去（我相信，他可能也会对此做出自己的猜测）；出版社创建十五周年时，你写的那篇关于青榴的文章，以及那封有意思的附信；还有你给出版社写的其他信，都很能说明问题。那篇关于青榴的文字真的很棒，但印出来，会不会有点儿自我标榜？你觉得呢？

总之，你可以好好想想，但我觉得在圣诞节期间出版一本像

“费兰特思想录”之类的书，不是个坏主意。我的建议是，你不要认为这是一本真正意义上的书，你要想这是一个笔记，或者像你和马尔托内之间的书信集，就像在《阴影线》上印的那样。总之，这不是一个很费力的事。

请尽早地回复我，有可能的话，在你出去度假之前答复我。假如你接受我的建议，那我们要开始准备。

拥抱你，

桑德拉

亲爱的桑德拉：

你的提议，我想了很久，这个提议是基于读者的信赖和热情。我仔细考虑了一下，我看了所有之前你写的信，说真的，我们的材料可以做一本书。那会是一本什么样的书呢？是书信集吗？为什么要出版我的书信呢？为什么要出版我发给你们的那些讨论出版或其他问题的书信？为什么不是我给朋友或者家人写的信，或者是一些情书，还有关于政治和文化的评论？这样不就可以彻底满足人们的好奇心了吗？尤其是，关于这两本小说，为什么还要加上我的啰嗦呢？

另一个方面来说，我必须承认，我也很厌烦对你们说“不”，在这十二年里，你们对我的确非常耐心。我知道我的很多“不”，其实都是同意，只是因为羞怯不安，才倾向于变成拒绝。我想，这一次事情可能也是这样。

总之，我很不确信。我认为类似于这样一本书，可能有一个主题，但它没有独立性。我想，就这本书的性质，它不能有自己独立的题目。你说得有道理，这本书针对的是《烦人的爱》和《被遗弃的日子》的读者，当然还有在这两本书出版之后的讨论。

假如要把这本书印出来的话，从编辑的角度，你们要让这本书成为之前两本小说的附录，或者是一个后记，就像之前你们出的那些精美的书，后记写得太长了，就变成了一本书。我是这样看待这本书的，只有在这个限度之内，我才会安心。

你肯定注意到了，我从“我”转成了“你们”：你们出版社。我想说的是，这不是推卸责任，这是思考之后的想法。假如你构思的这本书不是我的第三本书，说白了，这不是我的新书，而是我之前两本书的附录。为了让我自己安心，我可以告诉自己，决定出版这些东西的人是你们，材料已经属于出版社了，决定权在你们。我只能是一个同谋，帮助你理顺一些比较复杂、模糊的表达，会抹去一些过多的形容词，或者啰嗦的话，把这些随意写出来的文字整理一下。

告诉我下一步该怎么做吧。

埃莱娜

II
拼图

| 2003—2007 |

- 1 -
《碎片》之后

亲爱的埃莱娜：

有两件事情，我们想听听你的看法。

第一件事：西班牙出版人西尔维娅·圭里尼想把你的三本书放在一起出版，题目是《失爱三部曲》(*Trilogía del desamor*)，你觉得怎么样？

第二件事：我们想在《碎片》后加上《暗处的女儿》出版之后的内容，再放入我们的简装本系列，你同意吗？我看了看整理的文件：有《碎片》出版之后《共和国报》的一篇采访，还有一些是和罗伯特·法恩扎改编的电影相关的采访，读者在广播"华氏度"节目上的提问，还有你和路易莎·穆拉罗、玛莉娜·泰拉尼的深入交谈。另外我还找到了两篇你之前写的东西，一篇是关于帕特里斯·夏侯的电影《加布里埃尔》，我没让你把这篇文章发给《共和国报》，因为对于一份日报来说，这篇文章太艰深了。还有另一篇是关于《包法利夫人》的，后来刊登在《共和国报》上，我记得没错吧？

这就是要添加的东西。我会把材料发给你，请尽快回复我。

拥抱你，

桑德拉

亲爱的桑德拉：

我看了你发过来的材料，没问题，但需要你负责加标题，做注，这段时间我太忙了。我希望读者能清楚看到，这是一个附录。我越来越喜欢《碎片》了，我现在觉得它是一本真正的书，当时我把这些材料放在一起，并没有发现它具有一本书的统一和连贯性。

至于那个西班牙编辑的提议，如果我没理解错的话，三本小说会放在一册里出版，我觉得这样很好。我唯一不确信的就是“失爱”这个词，我要反思一下。这句话在西班牙语里到底还有什么涵义？我的这些人物其实并没有“失爱”，不是我们想象的那样。黛莉亚、奥尔加、勒达经历了不同形式的爱，在各种变故的冲击之下，她们的爱发生了变形，但还是保留着强劲的能量，那是经历了考验、痛彻心扉的爱，是活生生的。或者这只是我的想法。请让我再想想吧。祝你工作愉快，谢谢你的关心。

埃莱娜

- 2 -
文字中的生活
弗朗西斯科·埃尔巴尼对费兰特的采访

埃尔巴尼：您之前是不是学的文学专业？如果不是文学专业，那您的专业是什么？

费兰特：我大学毕业于古代文学专业。但大学专业经常和我们真正学到的——出自激情和需求学习到的——东西没太大关系。矛盾的是，那些真正塑造我们的东西，通常没有被写进我们的履历。

埃尔巴尼：除了写作，您还有别的工作吗？是什么工作呢？

费兰特：我做研究、翻译、教书。写作对于我来说不是工作，研究、翻译和教书也一样，这是我的存在方式，是我的营生。

埃尔巴尼：您身边的人了解埃莱娜·费兰特吗？

费兰特：当一个人真正写作时，最冒风险的其实是那些最亲密的关系：血缘关系、爱情或者友谊。我们写作时，眼前的人——那些能接受写作带来的最残酷、最具破坏性的结果的人，总是屈指可数。

埃尔巴尼：您为什么要离开那不勒斯，是逃离了这座城市吗？

费兰特：我需要工作，我在别的地方找到了工作，这是一个离开那不勒斯的好机会。我出生的城市，在我看来没有任何救赎的可能。随着时间的流逝，这种感觉越来越强烈了。但那不勒斯其实很难摆脱，哪怕是我和它之间相隔大海，那不勒斯一直保留在我的动作、语言和声音里。

埃尔巴尼：有人说，您之前在希腊生活过，现在又回到了意大利，这个传言里有没有真实的成分？

费兰特：是的。但是，我说我在希腊生活过，这也是用一种简洁的方式来说明这些年我经常换地方，一般我都很不情愿，这是出于生活的需要。但现在，我的居所开始变得比较固定。最近我的生活没太大变化，我不用跟着别人搬家了，我只需按照自己的需要住在一个地方。

埃尔巴尼：为了隐藏您的作家身份和写作，您采取了什么特别的策略吗？

费兰特：我不是故意隐藏我的写作，是写作隐藏了我。我每天大部分时间都在阅读、思考、记笔记，分析其他人的写作，写出自己的东西。读书和写作一般都是在房间里进行的，让你躲开了其他人的耳目，但最大的风险是，这也让你看不见其他人。

埃尔巴尼：隐身写作有没有给您带来限制？有没有影响到您的写作？

费兰特：一个人只为自己写作时，写作是一种自由的行为，用一个矛盾修辞来说，就是一种事先声明的隐藏。当这种秘密的行为——就像青少年时袒露心扉的日记——要成为一种公开的文字，问题就出现了。问题在于：我写给自己的文字，有哪些部分是可以让别人看的？从这时候开始，并不是秘密会限制你、影响你的写作，而是可能的读者。

埃尔巴尼：“一个人自我的实现，是由他写出的东西来衡量的。”您说过，您不会接受这种生活观念，但一个作家怎么能把自己的生活和他的写作分开呢？

费兰特：实际上，的确有些不可能，因为兴趣的驱使，我总是会投身于文字，其实大部分时候都是枉然的。您提到的那句话，我想说的是别的意思。我想说，在经历了一个非常执着于写作的糟糕的青春时代之后，一段时间以来，我慢慢放下执念，不再觉得写作是我在这个世界上存在的唯一方式，而是三四种能增加生命深度的方式之一。

埃尔巴尼：您说，出版市场、媒体都倾向于把作家打造成“光鲜靓丽的人物，会帮助作品的发行”。这种变形是事实（报纸支持这种做法，出版社和作家也很配合）。但我们都知道，莱奥帕尔迪、托尔斯泰和路易-费迪南·塞利纳的生平经历，没有什么商业方面的重要性，却有助于读者理解他们的作品。当然，不是为了让读者产生那些天真的想法，比如说，莱奥帕尔迪是一个悲观主义者，那是因为他是驼背。您认为，作家的个人故事对于解读他的作品是不是没什么用处？

费兰特：作品不需要作家，我并不支持这种观点。我只是想自己决定，什么东西可以公开，什么东西是私人的。我认为在艺术上，最重要的生活，是那些奇迹般活在作品里的东西。因此我非常赞同普鲁斯特的态度，他反对传记实证主义，反对圣伯夫①传记式的文学批评，我喜欢他的姿态。并不是莱奥帕尔迪的袜子的颜色，或是他和父亲之间的冲突，能帮助我们理解他诗句的力量。通过作家的个人经历，并不能让人看到作品的伟大，这些经历只是周围装点的小故事。或者用诺思洛普·弗莱②的话来说，我们只能看到莎士比亚的几个签名、一份遗嘱、一份洗礼证明，

① 圣伯夫（Charles Augustin Saint-Beuve，1804—1869），又译为圣勃夫，法国 19 世纪文学批评的代表人物。

② 诺思洛普·弗莱（Northrop Frye，1912—1991），加拿大文学批评家，代表作有《批评的剖析》等。

还有一幅看起来像痴汉的画像，这丝毫不会影响《李尔王》里神奇的想象力。莎士比亚活生生的身体（想象、创造力、冲动、不安，甚至可以说他的语气、心情和神经反应）永远活在《李尔王》之中。其余的只是好奇，文化市场上夺人眼球的炒作，或为提高职称写的文章。

埃尔巴尼：您主动脱离了出版圈子，您不是很赞同这个圈子的运作方式。但您也说过，让您选择不出现还有一个原因：《烦人的爱》中有一些东西和您的个人经历相似。哪个原因更真实？

费兰特：这些都是真实的原因，但并不是所有的原因，我试着列举了一些更复杂的原因。但假如把所有这些原因加起来，我觉得非但不能把事情说清楚，只能让人更加迷惑，我不希望出现这种情况。就像所有的书，无论好坏，伟大还是平庸，那些书的本质不会发生变化。

埃尔巴尼：您有没有担心，您的隐姓埋名，会不会影响到人们对您小说的解读？比如说，可能让那些读小说的人产生一种特别的好奇心，让他们带着执念，在文本中去寻找和分析您不公开身份的原因？

费兰特：有这种可能。出版第一本书时，我没想过作者不现身会带来的后果，是不是会引起争议，现在通常作家都会积极抛头露面，打造自己的公众形象，争取自己的粉丝团。从另一个方面，我认为真正的读者和粉丝完全不一样，真正的读者看的不是作者为了露面精心打扮的外形，而是每个词语下的赤裸现实。

埃尔巴尼：在您前不久写的一个故事里，您描写了一个非常傲慢、蛮横的人物形象，您把这个形象和贝卢斯科尼放在一起。您提到，意大利人现在都变成了“观众”，下一步，您的写作主题会发生变化吗？

费兰特：我不知道，我希望不会。可以说，我很想搞清楚，如果一个人的生活全部都戏剧化了，这会是什么样的情况，这让公民的概念变得空洞。让我震动的是，人们越来越致力于变成“人物”。让我害怕的是，一种小说中常用的效果——暂时停止怀疑——已经变成了一种民主政治统治的工具。对于我来说，贝卢斯科尼代表了民主代表制度的变化，比里根、施瓦辛格更典型。如果写小说时要面对这些主题（因为义愤，可能只是一个遥远的可能），我会用这些年我练习的表达形式去写。

注：

弗朗西斯科·埃尔巴尼的访谈，前面有一段篇幅比较长的引言，刊登在2003年10月26日的《共和国报》上。标题是：《没有面孔的女作家：埃莱娜·费兰特现象》。

- 3 -
搁浅的日子
费兰特给罗伯特·法恩扎的信

亲爱的法恩扎：

很感谢您把剧本发给我。我在剧本中认出了小说中的人物和事件，您忠实地利用了书中的内容，这让我很高兴。我不得不说，我很难想象电影会是什么样子，我不是很熟悉剧本这种文字形式，那很像撕开了文学的外衣，把人物和他们的行为赤裸裸地展示出来。在看《烦人的爱》的剧本时，我不断地自我安慰：剧本中的舞台指示会消失，对话会获得温度，会被深思熟虑地念出来，小说会变成活生生的人物，他们真实的声音会非常感染人。所有的文字都会变成场景，只有想通了这一点，我才会心安。

这并不意味着我没有任何疑惑，以下是我想到的几点。

1）第一个场景我觉得非常合适。这避免了奥尔加回想起他们的第一次婚姻危机：她对吉娜的嫉妒，她发现马里奥和卡尔拉之间相互吸引。但这会产生一个问题，我们会忽视奥尔加是一个能冷静而又稳妥地处理夫妻关系的女人。作为一个有文化的现代女性，她可以控制自己，应对遗弃带来的后果，她和之前那些悲伤的女性不一样。第一个场景弱化了她的这些特点。接下来的场景我觉得好一些，但抹去了一个非常重要的过渡。可能需要找到一种策略，揭示出奥尔加不是一个单纯、脆弱的女人，她并没那么容易失去理性，她知道如何面对情感的崩溃。因为，如果观众看不到这一点，整个人物形象就会变得刻板、单薄。这个故事就成了对维吉尔笔下狄多女王的故事的重写，但要平庸得多。《被遗弃的日子》里的讲述者是一个非常坚强的女性，她拥有各种资源，让她可以应对困难。但面对一个让人难以忍受的处境，生活的支离破碎，虽然她一直在坚持，她很清醒，但后来她整个人崩溃了，所以她要实现自救，也要拯救两个孩子。

2）“没有意义”出现了太多次了，我觉得削弱了这句话的力量。这句话在小说和剧本中非常核心，不能轻易说出口。奥尔加——一个被抛弃的女人，正在经历生活失去意义的状态，但这对于她丈夫而言只是一个自我辩解的理由。我们应该强化这句话的力度，当她从危机中挣脱时，她发现，她对马里奥的爱已经结束了。

3）那个那不勒斯“弃妇”——一个为爱自杀的女人，从刚开始就应该被强调，这是对的。但我觉得，隧道里发生的幻觉出现得太早了，奥尔加这时还没有进入内心的地狱，没有彻底崩溃。从开始让她表现得那么脆弱，后面就很难展示她的危机如何一步步加重了。奥尔加刚开始的表现很得体、很理智，这会强化她后来的崩溃。因此，回忆起那个死去的女人，这应该是一个很艰难的过程，这个人物“浮出水面”，让她的表现具有双面性。

4）我想说，您的剧本用了书中的大部分内容。但有一些关键的东西却没有被包含进去：奥尔加把裁纸刀交给女儿，让女儿在自己走神时扎她，让她回到现实。这个请求说明了非常重要的两点：奥尔加想尽一切办法，防止自己迷失；要做出反应，她不得不依靠自己的女儿，女儿对她同时充满了敌意和依恋，在家里也和她形影不离。我不明白您为什么要去掉这一段。在我的书中，母女关系一直是非常重要的内容。

5）那条狗：可能需要强调一下它和马里奥，还有它和马里奥的东西之间的密切关系。无视这种关系，或者是弱化这一点，可能会让奥尔加和奥托的关系简单化，弱化这只狗的死亡情节。

6）卡拉诺：他的形象从开始可能让人非常不安（性格温顺、不好斗：只是让人觉得不安，令人好奇），但结局也不用那么温情。他热情地充当拯救者，还有那个节拍器的象征很难说服我，我更希望这个人物能保持暧昧。我承认，这有表演方面的因素，但我更希望这个人物先是很讨厌，后来让人放心，最后是一个有魅力的形象，但也不是一个最终的定论。这本小说结尾处的“奥尔加假装相信他”并不是随意写的，这是奥尔加的“地狱之行”结束的标志。

就像您看到的，我担心的大部分事情，都是围绕着奥尔加度过的那些地狱般的日子。这并不意味着您的剧本没有包含这样一个过程，您只需要让这个过程更清晰，让最后结局更明确，就像一个彻底的解放。

感谢您的精心工作。

注：

这封信中提到的剧本是《被遗弃的日子》的电影剧本，这封信之前没发表过，写信日期是 2003 年 6 月 3 日。

- 4 -

玛格丽塔·布伊——一个出人意料的奥尔加

安琪奥拉·科达奇-比萨内里对费兰特的采访

科达奇-比萨内里：您的小说又一次变成了电影，您在“看到”自己写的故事时，有什么感受？

费兰特：这很难说。写小说就像睁着眼睛做梦一样，当这些小说变成电影时，实际上你之前已经“看过”了。当你写的小说被改编成电影时，你从来都不会是第一次“看到”它。无论你愿不愿意，你都是第二次看到它，你需要和之前的复杂情感和想象对比、清算，无论好坏，后者才是属于你的东西。因此我总是尽量表现得明智，我去电影院并不是为了看我的书，而是为了知道别人在我的书里看到了什么。

科达奇-比萨内里：您看了法恩扎的电影了吗？您有什么看法？

费兰特：我看的是录像带，没有背景音乐，对一部还没完成的作品作出评判，这对法恩扎很不公平。我更愿意在放映厅对这部电影作出评价。然而，虽然我只看了半成品，电影中的有些桥段还是让我很震撼。奥尔加非常有爆发力，在发泄受到的屈辱时，她表现得很有张力，演员太厉害了，让我很惊异。我从来都没想到玛格丽塔·布伊会饰演奥尔加，可能是因为这个原因，她的出色表现才那么让我受震撼。文字和图像是两种完全不同的表达方式，文字塑造的世界和人物好像很具体，但实际上却有很多种可能。玛格丽塔·布伊是一个出人意料的奥尔加，我很喜欢这一点。

科达奇-比萨内里：您有没有和法恩扎合作写剧本？他写的剧本有没有让您过目？

费兰特：导演把写好的剧本发给我看了，我写了几点感想发给了他，就这些。

科达奇-比萨内里：法恩扎在一次访谈中说，他在电影中把丈夫这个形象"人性化"了。但在小说中，正是他冰冷的态度把奥尔加拖向了悲剧的深渊。

费兰特：男演员津加雷蒂非常出色，他成功地塑造了一个移情别恋的男人的形象，他已经不爱眼前的女人，他没有勇气，也没有力量，或者说不够残忍，他没办法开口告诉妻子他爱上了别人。在书中马里奥是这样的，和在电影里看到的差不多。问题在于，奥尔加的故事是用第一人称写成的，电影用第一人称讲述总会有一些困难。奥尔加的故事是一个不断解体的过程，最后她已经快要疯狂，几乎要接近杀子了，但她忽然间打住了。在她独白的旋涡之中，"我"会把一切人、一切事都搅碎，首先是她丈夫。法恩扎说把马里奥"人性化"了，可能是因为在屏幕上，很难把资产阶级的现实生活中一场普通的婚姻危机、第一人称视角的女性经历的焦虑不安，以及接近极限的痛苦一起呈现出来。

科达奇-比萨内里：您的第一部小说《烦人的爱》也被改编成了电影，您怎么看待这部电影？

费兰特：马尔托内把他写的几版剧本发给我看，我们就剧本做了一些愉快的交流。他邀请我去看电影，犹豫再三之后，我放弃了。电影出来之后，我在电影院看了，很震撼。那当然不是我在写作过程中"看到"的，但我感觉，其他表达方式让书中的故事变得更有力了，电影用一种很惊人的方式，揭示了我在讲述时隐藏或者说装扮过的现实。也许，当一部小说改编成电影时，问题不是要忠实于小说的结构，也不是随心改变这个结构。对于导演来说，真正的问题是找到一种语言、一些解决方法，挖掘出书中的真相，要把这些真相串联起来，在改编的过程中，没有失去那种力量。

科达奇-比萨内里：一位像您一样“隐藏”的作家，难道只能帮助其他人把您的小说改编成电影。您从来都没有想过当导演吗？

费兰特：我用了一辈子时间来学习使用文字讲故事，可能到下辈子才能学会用图像讲故事。

科达奇-比萨内里：在最近写给《共和国报》的文章里，您提到了包法利夫人。您的小说《被遗弃的日子》里的奥尔加有没有包法利夫人的影子？

费兰特：包法利夫人、安娜·卡列尼娜，从某种程度来说，她们都是狄多女王或美狄亚的继承者，但她们已经失去了古老世界的阴暗力量，这种力量会驱使古代世界的那些女性通过杀子或自杀来对抗遗弃，进行报复和诅咒。确切地说，她们认为遗弃是对她们的惩罚，因为她们有自己的罪过。奥尔加是一个受过教育的现代女人，她受到了对抗男权主义社会运动的影响。她知道会发生什么事，她尽量不让自己被遗弃摧毁。她的故事就是一个女人如何对抗遗弃的故事，在经历最低沉、最崩溃的阶段之后，又重新振作起来，讲述遗弃如何改变她，但没有毁灭她。

科达奇-比萨内里：您在写新的小说吗？

费兰特：没有，我只是在整理一篇之前写的小说，里面讲述了一个女童、布娃娃和沙滩以及大海的故事。

科达奇-比萨内里：几个月前，大家又开始狂热地想揭开您真实身份。荷兰记者马雷克·凡·德尔·亚赫特，原名为阿尔农·古伦博格，他运用了文本分析的方式，还有一位语文学家也用了同样的方式进行分析，他们认为您是多梅尼科·斯塔尔诺内。您对此有什么感想？您会从暗处走出来吗？（就我个人的态度，我非常喜欢《杀死一只知更鸟》结尾处的对话，我按照自己的记忆抄在这里："你知道，我明白了为什么布·拉德力会藏起来，不见任何人。""为什么呢？""他不希望任何人烦他。"）

费兰特：每次我发表东西时，都是一种暴露，包括回答您的这些问题。我觉得这样已经够了，其他没什么东西要发现的。那些公开的文字，所有人都可以看到。每个人可以按照自己的想法去阐释，这是它们的命运。从另一个方面来说，读我作品的人，难道不会吸收一些我的话？这些话难道不会在他们的语言里有一席之地，在合适的时机会得到运用？等书籍停止流通了，没人再看了，那时候它们才只属于作者。

注：

这次采访是罗伯特·法恩扎的电影《被遗弃的日子》在威尼斯电影节上映时完成的，刊登在 2005 年 9 月 1 日的《快报》上，因为篇幅缘故，中间有删节，文章的标题是：《奥尔加，我幸福的包法利夫人》，文章署名为安琪奥拉·科达奇-比萨内里。

-5-
没有作者的书

我看了帕特里斯·夏侯的电影《加布里埃尔》[①]，也看了康拉德的小说《回归》，这部电影是根据康拉德的小说改编的。我在想“改编”是什么意思，但我没有找到让人满意的回答。包括一部电影从一部小说里汲取了灵感，这也让我不是很确信，后来我知道有一个词汇——“跨译”，很拗口，但很能说明小说变成电影的过程，但这个词也不能完全说明问题，只能指明一种迁移，没有别的。我想还是“改编”和“从中汲取灵感”要好一些。假如《加布里埃尔》是从《回归》改编而来的，这就意味着小说是比电影更大的容器？或者说：假如一部电影从小说中汲取了灵感，这就是意味着，小说中的文字通过电影展示出来，就像阿波罗通过女祭司皮提亚之口传递的信息吗？

我不知道。那些看过康拉德的《回归》的人，在看《加布里埃尔》时，电影开头的几个场面就会让他们认出小说中的内容。但从一开始，他们也能发现电影和小说之间差别很大。比如说，电影的背景是在巴黎，而不是在伦敦；故事中的人物名字也换了，男主人公不叫“阿尔万”，而是叫“让”。看电影时很容易发现，阿尔万生活在十九世纪末期的伦敦，家境优渥，他和生活在二十世纪初期的巴黎有钱人“让”并不一样。尤其是在小说中，那个妻子离开之后又回来了，但在电影中，她尝试留下来，但她再次离开后就一直都没回来，所以小说的标题是《回归》，电影

---

① 亦译作《情逝》，法语标题是 *Gabrielle*。

的标题是《加布里埃尔》。

电影中的加布里埃尔是谁？在小说中没有这个人物。小说中的那个妻子，在给丈夫留下的一张纸条上说，她为了另一个男人要离开丈夫，但几个小时之后，她又回到了家里。在康拉德的小说里，这个女人没有名字，对于那些看过小说的人，他们知道这是一个非常重要的细节，这个人物的匿名非常重要。为什么阿尔万那个没有名字的妻子，在成为让的妻子之后，起了“加布里埃尔”这个名字？为什么一个充满男性恐惧和忧虑的故事，能以一个女性人物的名字为标题？是什么让导演夏侯给阿尔万或者说让的妻子选择了一个名字，而且还用这个名字作为电影的标题？

在我看来，这些问题和文学关系密切，但和电影却没太大关系，我不了解文学阅读心理及观影心理。但我一直觉得，文学写作的主线并不是阿里阿德涅的线团，要老老实实地展开。当然了，读者会抓住这条线，会受到它的引导。当然了，对于那些读书的人，句子和词汇的组合是有限制的，就像打开保险箱。但是，不存在一种正确的阅读方式可以把小说里的力量挖掘出来，那些“使用说明”也没什么用处，“正确的阅读”是文学评论家和学院派想出来的。每个读者从书中挖掘的只能是“自己的”书。书架上摆放着我们读过的书，这很有欺骗性，我们只是展示那些书的标题、封面和纸张，但那些真正读过的书，都是我们阅读时激起的想象，唤起的幽灵。以前，这种随意的想象只是一种私人的东西，那些专业读者可能会在书页边上留下一些痕迹。现在情况发生了变化，网络上出现了读者，都在写他们的“书”。导演和编剧也越来越多地利用文学文本，作为发挥想象的跳板。这些事情都证明了：叙事体写作到现在还是一个包罗万象的空间，可以容纳一个动荡或沉默的世界，满足人们对于故事的需求，无论是对阅读的人，还是对那些把语言转换成图像的跨译者而言皆是如此。到现在为止，文学难以超越的力量在于它能够构建活生生的有机体，就好像在阿斯克勒庇厄斯[①]的传说中，每个人都可以在里面汲取自己需要的东西，获取生命或死亡，产生有力或者苍白无力的作品。

《加布里埃尔》的导演和编剧从康拉德的《回归》中汲取了灵感，很自然地，他们的阅读也催生了“另一本小说”，虽然和小说的情节甚至文学性都一样，但实质上和之前的小说不一样了。那么后来的这本小说，是康拉德的小说，还是已经成为夏侯的小说了？都不是，我觉得，这不是任何人的小说，虽然它产生于康拉德的文本。夏侯进到这个文本里，他在那个妻子的沉默之中，从她说的寥寥几句里，看到一个女人的背叛和失败，绝望和无情，她非常厌烦自己的丈夫，还有可能会出现的情人，她是一个没有爱的女人，被妻子的身份所压抑。这是根据康拉德的小说改编的故事，这是一个没有写出来、也没有被印出来、在任何地方都看不到的故事，在电影拍出来之前，就已经出现了。

不是所有人都像夏侯，会读“没有作者的书”。比如，在不久之前，我看了康拉德的《回归》，整个故事都欲言又止。人物只会说一些短句：那个没有名字的妻子，话说到一半会停下来，她丈夫阿尔万也一样，他们彼此无法理解，会产生误解。他们努力想和对方交流，也只是通过一些支离破碎的句子或沉默来表达，这是因为如果那些话被完整清楚地说出来，他们的关系就会破裂，无法挽回。还有一些扭曲的感觉，都是他们关系解体的信

---

① 阿斯克勒庇厄斯（Asclepius），古希腊神话中的医神，是太阳神阿波罗之子。

号。在我看来，那个故事真正的核心，就是那些欲言又止的句子和扭曲的感觉。阿尔万感觉妻子发出的呻吟是从他自己身体里发出来的。他把一个杯子放在桌子上，他感觉不到桌子的真实维度，他感觉杯子会穿过木头掉下去。他想打开门，但一直无法打开，那是因为他忘记已经把门反锁了。对于我来说，这个故事就是这样。在我看完电影之后，我又重新看了小说，我发现我以为是小说核心内容的东西在文本中只有短短几行字。我还把一些我从来都没读过的文字归结到康拉德身上，那是他从来都没有写的，当然，这些文字在夏侯的电影里都没有任何痕迹。

我看到的小说《回归》，和夏侯拍摄电影时看到的小说很不一样。在夏侯的电影里，加布里埃尔是生活在十九世纪末期的一位妻子，她具有现在女性的一些特性，她的语言大胆、明确而且凌厉；但她丈夫还是一百年前的资产阶级作派。假如康拉德把大部分情节都设置在一个放满镜子的房间，会映出和他们类似的一对对夫妇，夏侯只拍出了镜子里的丈夫让，但不给加布里埃尔任何过渡。在小说中，很明显阿尔万受到一种阴暗、神秘的威胁，这种威胁来自女性，这让他打算把悄无声息的女佣解雇，只雇用男佣，在他看来，男人更让人放心一些。在夏侯的电影里，有一个非常自由的女佣，尤其多嘴，在故事中有重要的作用。总之，这个电影很明显有另一本小说的痕迹，那本小说既不是康拉德写的，也不是我们作为读者在书上看到的，又不像过去我们读的东西，而是另一本小说，是夏侯制造的，由电影的需求所推动，这才是这部电影真正改编的小说。

这个剧本是正确的，还是错误的？我觉得，对它的价值进行判断，这很合理，但不是决定性的。文学真正的力量就在这里，可以刺激读者做梦，刺激他们的想象，让他们写出其他作品。我想象，康拉德的文本不知道有多少其他“场所”，都是可以居住其中的，可以催生故事，每次我阅读、重读时，都看不见这些“场所”，因为我会马上跑去占领自己最喜欢的位子。阅读对于我来说就是这样。

因此，我总是带着很强的好奇心，听别人谈论我爱的那些书。我听他们分析那些“没有作者的书”。在付印的书和读者买到的书之间，总是有“第三本书”，在这本书里，在那些写好的句子旁边，有我们想象自己写出的句子；在读者阅读的句子旁边，有他们想象自己阅读的句子。这第三本书难以捕捉、非常耀眼，但也是一本真正存在的书。这不是我真正写的书，也不是读者真正读到的书，但它存在。这本书产生于生活、写作和阅读之间的关系。这本看不见的书，会在作者反思自己写作时有所流露，热情的读者交流时也会露出端倪。但有时候这些书会变得很明显，就是有些专业的读者读了作品之后，把他阅读的结果写出来，赋予它形式，比如说写一篇评论、一篇论文、一个剧本或者拍摄一部电影。尤其是那些从文学中汲取灵感、拍摄电影的人，他们用了一种完全不同的语言，形成一个完全独立的有机体，证明了“第三本书”的存在。那是一本在书店里无法买到、在图书馆里查阅不到的书，但那是一本活生生的书。那本书被改编成了电影，还有其他形式。

自然，并不是所有的“中间书籍”都能带来好的结果。我不是很赞同那些随便抹去小说的棱角、让它们平庸化的做法。电影改编的过程中经常会有这个风险，电影总是漫不经心地在文学中寻找原材料和灵感。文本中那些让人不安的或者不正常的元素，在电影叙事中，通常都会被认为是一些麻烦，会被排除在外，有时候甚至是无意识的排斥。他们更乐意从书中找到他们赞同的东西，以及他们认为观众很乐意看到的东西。导演和编剧对于作品的随意肢解，这是写作者应该担忧的事情：一部作品写出来，就是为了让读者“占有”。有一些导演的个性和作者意识很强，他们需要通过各种手段，隐藏电影的文学来源：不承认自己从别人那里获取了灵感，这是一种常见的毛病，这对于作品本身没有任何损害，顶多会伤害作者的虚荣心。电影对于小说作品的“矫正”让我很不安。再回到《加布里埃尔》，虽然女演员伊莎贝尔·于佩尔在这部影片中的表演很出彩，我们喜欢夏侯的这部电影，正是因为这个女性形象的塑造，但我们还是能感觉到，他曲解了康拉德的文字，银幕上出现的女人，全然没有小说中的无名妻子那么让人不安，导演把康拉德描写的那间阴郁的房子，变成了一个可人的舒适场所。这会让那些真正热爱文学的人感到心痛。

注：

这篇文章写于 2005 年 10 月 10 日，此前从未发表过。

- 6 -
这孩子怎么这么难看！

法国对于我来说，就是距离鲁昂八英里的永镇城堡，巴黎是我很久之后才了解的。我记得，整个下午我都在钻研这个地名。那时候我不到十四岁，我漫游在包法利夫人的世界里，后来那些年，我脑子里添加了很多其他地方，有的距离永镇很近，有的很远，但对于我来说，永镇还是法国最主要的地方。几十年前我读到这本书时，我忽然感觉受到了很强的冲击：我感觉自己就像故事中的人物，同时我爱上了写作。

我在贝尔特·包法利——爱玛和夏尔的女儿身上看到了自己，感到很震动。我知道，我的眼睛看着那几页纸，我清楚地看到那些文字，然而我感觉每次我的身体试图靠近母亲，就像贝尔特靠近爱玛，想要抓住她一样，“想要抓住她罩袍上的带子”。我很清楚地听到，包法利夫人的声音越来越不耐烦：“走开，走开，哎，叫你走开！”这特别像我母亲沉浸于自己的世界时的声音，她不想我打搅她，但我却不放过她。包法利夫人被纷乱的心思带走了，就像在下雨的天气里，一片叶子被雨水冲向下水道黑漆漆的入口，她心烦意乱的叫喊，深深刻在了我的脑子里。随后包法利夫人用胳臂肘去推她女儿，在这个场景里，贝尔特—我“摔倒在柜脚的铜花饰上，划破了脸颊，出了血”。

我是在我的出生地那不勒斯读的《包法利夫人》。我非常艰难地读了原著，那是一个冷冰冰但很优秀的老师让我读的。我的母语是那不勒斯方言，里面沉淀着希腊语、拉丁语、阿拉伯语、德语、西班牙语、英语和法语，尤其是一些法语词汇。那不勒斯方言的“走开”“血”和法语很像。所以我在读《包法利夫人》时，有一些片段让我觉得好像是用那不勒斯方言写的，这一点儿也不奇怪。我母亲会用爱玛的话说：“走开！”贝尔特摔倒在柜脚的铜花饰上——当我看到这里时，我感觉我母亲也会像爱玛那样说“拿橡皮膏来”，贴在我受伤的地方。

这时候我第一次明白一件事：对于我来说，地理、语言、社会、政治、一个民族的所有历史都在我爱的书里，我可以进入这些书里，就好像我正在写那些书。法国很近，永镇距离那不勒斯也不是很远，伤口会流血，橡皮膏贴在脸上，会扯着皮肤，包法利夫人会用拳头快速打过来，留下的青痕很久都消不了。从那个时候开始，我产生了一辈子都无法消除的怀疑：我母亲是否至少有一次，会像爱玛看着贝尔特那样看着我，用同样可怕的话语嘀咕：“真怪，这孩子怎么这么难看！”难看——孩子在自己母亲眼里很难看。我很少读到写得这么好、这么让人难以忍受的句子。这句话是用法语说的，但它直接击中了我，一直到现在，我还能感到那种余波，这要比爱玛推了贝尔特一下、让她撞到柜脚的铜器上更糟糕。

那些语言从我身上进来，出去：当我阅读时，我从来都不会想着书是谁写的，就好像它们是我自己写的一样。小时候，我不知道那些作家的名字，对于我来说，每本书好像都是自动写成的，它们开始，结束，有时候让我很感动，有时候不会，有时候让我哭，有时候让我笑。居斯塔夫·福楼拜这个名字是我后来才知道的，那时候我已经很了解法国了，那不仅仅是由于书本的缘故。我可以计算出鲁昂到那不勒斯的真正距离，了解意大利小说和法国小说的距离。我现在看了福楼拜的信件，还有他写的其他书。他的每个句子都写得很好，有的非常精彩，但后来没有任何句子，在我心里能比那句母亲的嘀咕更有破坏力：“真怪，这孩子怎么这么难看！”在我人生的某些阶段，我想，只有像福楼拜这样的男人，才能写出这样的句子：他没有孩子，是一个沉迷于读书的法国男人，像一只关在家里哼哼唧唧的狗熊，一个厌女症患者，他觉得自己既当妈又当爹，那是因为他有一个外甥女。我带着愤怒和敌意想，在其他时候，那些男性文学大师，已经让笔下的女性人物说出女人真正想的、真正经历的但还不敢写的东西。现在我的想法和青少年时期一样，我觉得那些作家是忠诚、勤奋的文书，他们白纸黑字写出了自己想写的东西，但真正的写作，最重要的写作是读者的作品。尽管福楼拜是用法语写的小说，我是在那不勒斯读到的，爱玛说的那句“你走开！”，还有贝尔特脸颊被柜脚的铜器弄伤流的“血”，伤口上贴的“橡皮胶”，都有那不勒斯方言的韵味。那是我母亲的心思，她用自己的话说：“这个孩子真难看！”我真觉得，我母亲是这么想的，因为爱玛就是这么看贝尔特的。因此，后来我总想把法语的那句话抽出来，放在我的小说里，我要写出这句话，并感觉到它的分量，我要让它变成我母亲的话，让她亲口说出来。我要听见她亲口说出来，我想明白这句话到底是不是女性的话语，一个女人到底能不能说出这样的话。我在想，我有没有看着我的女儿，想到过这句话，我在想，我是要把这句话抹去，还是吸收进我的小说里，把法国男人说的这句话变成女性、女儿和母亲的话。这是法国真正拥有的东西，突破性别、语言、民族、时间和地域。

注：

这篇文章的主要内容是用来回答瑞典编辑布龙贝格的问题，这家瑞典出版社购买了《被遗弃的日子》的翻译版权，但在翻译完成之后，决定不出版此书，他认为，小说中的主要人物奥尔加对待两个孩子的方式，在道德上应该遭到谴责（详见 2003 年 10 月 21 日的《晚邮报》的报道《费兰特在瑞典很讨人嫌》，作者钦齐亚·菲奥里）。这篇文章的修订稿刊登在阿姆斯特丹的《世界图书出版报》上，2004 年巴黎书展召开之际，又被收入合集《这就是法国!》，标题是《语言的重量》。这篇文章于 2005 年 6 月 28 日刊登在《共和国报》上。

- 7 -
探寻的不同阶段
弗朗西斯科·埃尔巴尼对费兰特的采访

埃尔巴尼： 您好吗？

费兰特： 采访一开始就问“您好吗？”真让人有些害怕。我怎么回答您呢？假如我现在开始思考这个问题，那就没完没了。因此，我只能简单地回答：我还好，我希望您也很好。

埃尔巴尼： 经过了这么多年，您是不是还要继续坚持当年的决定，一直待在暗处？

费兰特： 我很不喜欢“待在暗处”这种说法，让人感觉到一种阴谋和刻意。我们这么说吧，十五年前，我在出版第一本小说时做出这个决定，就是不想做那些职业作家需要做的事情。一直到现在，我都没后悔当初的决定。我写作，出版自己和出版社认为值得出版的作品。这些作品都有自己的命运，它们都会开始自己的旅程，我会去做别的。事情就是这样，为什么我要改变态度和做法呢？

埃尔巴尼： 现在关于您的身份，出现了各种各样的调查，您是不是觉得很有意思？还是很讨厌？或者有别的感觉？

费兰特： 他们的调查都是合理的，但有些狭隘。对于那些热爱阅读的人，作者只是一个名字。比如，我们对于莎士比亚一点儿也不了解；尽管我们对荷马一无所知，我们会一直热爱《荷马史诗》。福楼拜、托尔斯泰或乔伊斯，假如某个有天分的作者，以他们为题材创作一部歌剧、一张专辑、一篇精彩的论文、一部电影或者一场音乐剧，他们才会变得很重要。除此之外，他们只是一个名字，也就是一个标签。假如我们连荷马和莎士比亚的传记都不需要，您觉得，谁会对我的个人故事感兴趣呢？真正热爱文学的人，就像那些有信仰的人，那些信徒非常清楚，耶稣是存在的，他的任何生平信息并没有多重要。

埃尔巴尼：现在关于您的身份，有几个推测，说您是多梅尼科·斯塔尔诺内、戈弗雷多·福菲或法布丽齐亚·拉蒙迪诺，您觉得哪种推测比较吸引您？

费兰特：没有任何一个推测会吸引我，我觉得，这都是媒体的游戏。他们把我的名字——一个还没有什么分量的名字，和那些大作家的名字联系在一起，但永远都不会发生相反的事。没有任何媒体会推测我的书是一个退休的老档案员，或是一个刚入职的银行职员写的。我该怎么跟您说呢？我很欣赏这些作家，我很抱歉搅扰到他们。

埃尔巴尼：谈论到您的小说时，通常对您身份的讨论超过了对文学问题的讨论：这对于您来说是不是一种困扰，您觉得怎么能避免这个问题呢？

费兰特：是的，这对于我来说是一种困扰。我觉得，这也证明了媒体对于文学兴趣不大，甚至可以说根本不在意。我们从您的问题开始讨论：我出版了一本书，尽管您知道我会含糊其辞，但您提问的核心还是我的身份问题。坦白来说，直到现在为止，您的提问还没有涉及《暗处的女儿》，触及这本书的内容和创作。您问我如何避免读者只谈论我是谁，而无视我的作品。我不知道。恕我直言，您也没有采取任何改善这种状况的举措，提出一些关于文学的问题。

埃尔巴尼：在人们尝试揭开费兰特身份的秘密的过程中，有没有什么对您来说特别有趣的事情？

费兰特：您看，我应该怎么回答您的问题呢？唯一有趣的只有这个，我尽量告诉读者媒体关注的等级：它们首先关注那些秘密，那些无关紧要的东西，而不是阅读。

埃尔巴尼：有人认为，费兰特的身份之谜促进了书的销售，您怎么回答这个问题？

费兰特：我说这是无稽之谈。我的书改编成了电影，这的确促进了小说的销售。“费兰特的身份之谜”对于真正的读者来说是一种困扰。那些阅读小说的人，他们渴望的是读到激动人心、可信的故事，可以充实他们人生体验的片段。

埃尔巴尼：您也说过，您不愿意公开露面，也是为了避免进入作家和媒体圈子。您有没有觉得有这种可能：一个作家可以公开身份，同时也可以避免为了宣传在媒体上作秀。

费兰特：当然了。但这里有一个误解：我的问题不在于出现，然后隐身，我并没有那么羞怯。对于我来说，我从来都不会出现。为什么会对此感到惊异呢？有很多无名氏的作品，或者这些作品上有签名，它们存在着，也许会一直存在下去，或者早已经消失，但这些书的作者从来都没有出现。我爱这些书，我也喜欢那些不在乎是谁写了这些书的读者。

埃尔巴尼：让您隐身的其他原因也还成立吗？也就是说，在您的小说中有一些个人经历的成分，虽然经过伪装和重新加工，但读者还是能看出来？

费兰特：是的。就像所有写作的人一样，我的写作基于我内心的事实和情感。但随着时间的流逝，事情发生了变化。现在我觉得，隐身让我可以深入挖掘这些故事，没有自我限制，处于完全自由的状态。

埃尔巴尼：您的三部小说，好像是一部小说的三个阶段，是关于某些共同主题展开的三部小说：比如说母女关系。这三部小说是通过不同的故事阐释这个主题，我的解读对吗？

费兰特：您说得很对。我写了其他书，但最后我决定不出版它们，正是因为我觉得这些书不属于我。我出版的这三本书是属于我的，这就像是一场旅行的几个目的地。

埃尔巴尼：《暗处的女儿》中出现了一个大家庭，给人的感觉很像“克莫拉”黑社会分子，是这样吗？

费兰特：是的，尽管我讲了一个没头没尾的故事，但是他们的态度很容易让人猜想到这一点。我从小都很熟悉这样的那不勒斯，不是“克莫拉”的那不勒斯，而是受到“克莫拉”威胁的那不勒斯，能时时感到对边界的跨越，就好像要迈出犯罪的一步，有时候是必然的，除了贫穷或者暂时的富裕，这是一种“文化的常态”。

埃尔巴尼：几个星期前，在那不勒斯发生的事情，受到了大家的关注，您怎么看待这个事件？您觉得这是媒体夸大其词、大肆渲染的结果，还是这个城市的犯罪现象越来越严重？

费兰特：这是媒体的渲染。那不勒斯这几十年都是这样，它经历了一个漫长的恶化过程，作为一个大城市，它提前暴露了意大利或者说欧洲的一些问题，因此要一直关注这个城市。但媒体会抓住一些特例：那些被谋杀的人、堆积如山的垃圾——这是罗伯特·萨维亚诺的一本书里写的。那些看不见的日常，并不会被报道，因此，当这些特别事件过去之后，大家都沉默下来，一切照旧。

埃尔巴尼：您曾经说过，那不勒斯会让您很不安，这是一个暴力的城市，人们一言不合就会争吵、斗殴。这是一个粗俗的那不勒斯，人们吵吵嚷嚷，有各种不体面、粗俗的表现，您现在还有这种感觉吗？

费兰特：是的，一切都还是老样子，在那不勒斯，这一切都有历史原因，我觉得这是我的城市、我的大区固有的特点，但现在我觉得已经蔓延到了整个意大利。

埃尔巴尼：您一有机会就逃离了那不勒斯，或者您一直把那不勒斯带在身边，“让人记住，生命的力量会遭到不公义的生活模式的损害、羞辱”。您再也没有回那不勒斯吗？您愿意回那不勒斯生活吗？

费兰特：我偶尔会回那不勒斯，我不知道自己会不会回去生活。假如那不勒斯发生一场真正的政治、文化变革，且那些变化不只是表面的，我会回到那里居住。

注：

弗朗西斯科·埃尔巴尼对费兰特的采访刊登在2006年12月4日的《共和国报》上，标题是《我，没有面孔的作家》。在引言中，埃尔巴尼指出：“埃莱娜·费兰特通过邮件收到了问题，尽管有一些问题她很不喜欢，但她还是作出了回答。这就是她的回复，因为采访的方式，提问的人不能马上对一些问题做出回应。”

- 8 -

点燃读者的热情
费兰特和“华氏度”节目听众的对谈

为什么您小说中的人物都是痛苦的女人？

埃娃

亲爱的埃娃，黛莉亚、奥尔加和勒达的痛苦是失望引起的。她们想打破她们的祖母和母亲的传统，她们对于生活的期待没有实现，她们遇到了幽灵，过去的女性要面对同样的幽灵。差别在于，她们并不是被动忍受，她们进行了抗争。她们没有获得成功，她们只是调整了期望，获得了一种新的平衡。我并不觉得她们是痛苦的女人，我认为她们是在进行抗争的女人。

我迷上了您的写作，我对于您的个人生活没有太多好奇心，因为我对您的兴趣只存在于您小说中传递的话语，那些让我们女人产生共鸣的东西。

我知道您是一位女性，因为在您的字里行间，我能感受到女性的体验和痛苦，还有折磨着她们的东西。一个男人顶多能了解您写的文字，但他们写不出来：多才多艺的托尔斯泰也写不出来，尽管他塑造了安娜·卡列尼娜这个形象。

我想知道的是：您通常读什么书？您喜欢什么类型的书？

您看过葆拉·福克斯写的《绝望的性格》吗？我很喜欢这个作家，就像喜欢您一样。在她的小说中，也可以看到和您的小说中类似的悬念，动人心魄。她的作品是一位男性翻译的，他完全进入了女性小说的境界里，甚至有点儿像扮演。我想说的是，假如您是男人的话，可能会是这样的男性。

克里斯蒂娜

亲爱的克里斯蒂娜，非常感谢您鼓励的话。您说的“让女人产生共鸣的东西”让我很感动。我也喜欢那些能让女人产生共鸣的作品。当我写《暗处的女儿》时，我看了《奥利维亚》，艾诺蒂出版社在1959年出版的一本小说，卡罗·福鲁特罗翻译的。这部小说是1949年通过伦敦的贺加斯出版社出版的，没有署名。我觉得这和《暗处的女儿》有一些共同特点，我建议您看看。至于葆拉·福克斯的《绝望的性格》，您把我的小说和她这部作品放在一起，简直让我太荣幸了。我特别喜欢《绝望的性格》传递的那种激烈情感，她的作品中具有很丰富的涵义，但我觉得自己距离她还很远。

亲爱的埃莱娜·费兰特，我看了《被遗弃的日子》。我想说的是，我觉得您是一位女性，因为女性被男人无情抛弃之后，的确会是这个处境。从另一个方面来说，您也可能是一位男性，可能会察觉到这种处境带来的伤害（想想托尔斯泰写的《克鲁采奏鸣曲》）。无论如何，您都很了不起。如果您愿意，您可以向读者展示您的身份之谜，如果您不愿意，那也没有什么，艺术高于一切。

玛丽亚特雷莎·G.

亲爱的玛丽亚特雷莎，非常感谢您对《被遗弃的日子》的关注。就像您所说的，我不认为艺术可以撇开它的创作者。相反，我相信，写作的人，无论愿不愿意，都会完全融入他的文字之中。作者总是在文本中，文本中包含了所有那些重要的谜底。那些不重要的东西，提出来也没有什么用。

“华氏度”节目的听众朋友，我想告诉大家的是，我和埃莱娜·费兰特的新书《暗处的女儿》中的主人公勒达的一些非常巧合的事儿。这本书我还没有看，但我很快就会收到这本书，这是别人要送我的礼物。我生活在那不勒斯，我叫勒达，我大学学的英语专业（我教书，做翻译）。几年之前我离婚了，有两个孩子，现在都已经进入青春期了。我产生了一个疑问：这个神秘的埃莱娜（按照神话传说，埃莱娜对应的希腊名字是海伦，是勒达的女儿）是不是认识我？

勒达

亲爱的勒达，怎么说呢？对于写作的人而言，他们总是希望读者能感同身受，不仅仅是在故事中的一些人物信息上找到共同点。您看了这部小说之后，可以写信给我，告诉我您和小说中的人物不仅只是名字相同，是不是还有别的东西相似。我很在意这一点，因为我觉得，您一定是一个让人满意的读者。您用了在括号里短短的句子，已经解释了勒达和埃莱娜之间的重要关系。

我选择埃莱娜这个名字并非偶然。勒达——那些高中生和画家最清楚——是宙斯通过天鹅的外形靠近的少女。但假如“华氏度”的男女听众感兴趣，你们可以去查一件很有意思的事，在雅典的阿波罗多洛斯①的《书库》(蒙达多里出版社，劳伦佐·瓦拉基金会资助）第三册里，你们会发现，这个神话还有另一个版本，勒达在近代是一个很复杂、代表母性的人物。

故事是这样的：宙斯化身成天鹅，他要靠近的女人不是勒

① 雅典的阿波罗多洛斯（Apollodorus），指重要的古希腊神话文献《书库》的作者的名字，该书作者不详，传统上被认为是古希腊著名学者阿波罗多洛斯（180BC—120BC?）。

达，而是涅墨西斯[①]，涅墨西斯为了躲过宙斯，她变成了一只鹅。雅典的阿波罗多洛斯很简洁地讲述说：“他们结合了，涅墨西斯生了一只蛋，后来牧羊人在林子里发现了这只蛋，并把它带给了勒达；勒达把这只蛋放进瓮里，过了一段时间，海伦诞生了，勒达把她当成女儿养大。”这个勒达，还有海伦，这种女儿、非亲生女儿的关系，让我想到了《暗处的女儿》中两个人物的名字。您看了小说之后就会明白。

尊敬的作家，我读书的时候，需要看到作家的样子，围绕着您的谜团，让我没法看清您。

我应该看见您，知道您是男人还是女人，判断您的年龄，从您的目光中看出您的生活格调，还有您的社会阶层。我知道，卡尔洛·艾米利奥·加达[②]出生于一个资产阶级家庭，他生活在母亲的阴影之下，父亲的独断专行对他影响很大。对我来说，一个作家的这些经历和个性特点很重要。当我对读的书产生了兴趣时，我会马上对于作者的个性产生兴趣，我想认识他，明白是什么东西引起了我的兴趣，那些虚构的东西会搅扰我。我很欣赏您写的东西，但我不喜欢围绕着这些作品的黑暗。黑暗总是黑暗。

致以亲切问候！

我很感谢您的欣赏。我想告诉您的是，从我的角度来看，任何读者，假如热爱阅读的话，也应该有点儿喜欢虚构。写作假如无法营造一个虚构世界，那它还能做什么？至于黑暗的问题，有什么比在一个光线很暗的房间里，打开床头灯阅读，或者在剧院

---

① 涅墨西斯（Nemesis），古希腊神话中的复仇女神。

② 卡尔洛·艾米利奥·加达（Carlo Emilio Gadda，1893—1973），意大利作家，代表作有《痛苦的认知》（1963）和《乌迪内城堡》（1934）等。

或者电影院的黑暗里看一场电影更惬意的事？写故事的人的个性都在书中的虚构世界里。您在书中可以看见他的目光、性别、生活方式和社会阶层，听见他的声音。

我读了埃莱娜·费兰特的《烦人的爱》、《被遗弃的日子》和《碎片》。

两部小说的构思和写作技巧很不同，我非常喜欢《被遗弃的日子》，文字很犀利，很有棱角。

对于费兰特来说，简化语言，剥去文字的血肉，也意味着简化概念。在您的小说中，把所有一切都赤裸裸地描述出来，并不意味着简化，而是经过仔细内省和分析的结果，会让人反思一些深层的问题：孤独、爱情和对痛苦的消化。这种对意义无情、深入的挖掘中，作家会展示出人的心情和情感，展示出一些矛盾和暧昧的东西。

我有几个问题：埃莱娜·费兰特读什么书？她和古典文学，尤其是古希腊悲剧之间有什么关系？她对于学校强制学生写的“读后感”有什么看法？

谢谢，罗伯塔·C.

亲爱的罗伯塔，我很感激您说的那些鼓励的话。我以前是个狂热的阅读者，我写了很多关于古典文学的东西，这是我的个人兴趣，也是学习的内容。古希腊悲剧，尤其是索福克勒斯的作品，总能启发我，即使短短几句，也能激发我的想象力。至于学校里的“读后感”，我知之甚少。但从我作为学生母亲的角度来看，可以说，老师对文学的热爱和敏感很重要。一个不喜欢阅读的老师，只能给学生传递一种抵触情绪，即使他在学生面前做出一副热爱阅读的样子。

尊敬的埃莱娜·费兰特，我非常热爱您的小说，我觉得这些小说深入揭示了我们内心的复杂性。我有一个小小的问题：您的笔名是不是在向艾尔莎·莫兰黛致敬？我坦言，假如事情并不是这样，我还是会继续保持我的猜想。向您致敬，希望您继续创作好作品。

卡尔拉·A.

我热爱艾尔莎·莫兰黛的作品，假如您愿意的话，您可以继续保持您的猜想。姓名都是一些标签，我的名字和我曾祖母一样，她已经过世很久，像一个虚构的人物。谁叫这个名字，她都不会有什么意见。

尊敬的作家埃莱娜·费兰特，我没看您的书，但我看了您的小说改编的电影，我非常喜欢。我喜欢这部电影，不仅仅因为故事很可信，而且也因为这部作品探讨的问题很现实。我想象，您的作品也很可信、流畅而深刻。

我很少看到这么深入挖掘女性内心生活和情感的作品。我们内心的痛苦，通常都被人用一个充满偏见和冒犯的词来形容：歇斯底里。至于是什么让女人歇斯底里，没人问这个问题。我很感激您挖掘到了女性情感的这个层面。我很确信您能帮助我们成长，让我们获得尊敬。我对您描述的东西特别有同感。当我的两个孩子（一个四十八岁的儿子，一个四十二岁的女儿）离开我，开始他们的生活，我过上了安静的生活，有了欣赏蓝天白云的心境。当我发现我对丈夫的感情已经消散时，我也感到解脱。我和奥尔加一样，在陷入痛苦的深渊之后，开始迈向了自尊。我很喜欢您不露面的决定，有人推测，您的笔名之后其实是一个男人——戈弗雷多·福菲。我非常确信，当可以看着一个人的眼睛，一切都会更加明了。无论如何，无论您是什么情况，我对您的敬意丝毫不会受到影响。现在“华氏度”节目让我关注到您。我会去看您写的东西。实际上，作品才是最重要的。

致敬!

身体是我们拥有的一切，我们不能忽视它。您看到的电影，实际上就是赋予小说以“身体”。但我很确信，一张纸上的“身体”的力量要超过电影中的身体。因为在写作或阅读小说时，为了让这些身体运作起来，需要动用我们所有的心理资源。写作和阅读是“身体性”的投入。在写作和阅读中，在创造语言和描述一件事情时，需要一个人的全情投入只有在创作、演奏和倾听音乐时的专注才可与之相提并论。

亲爱的“华氏度”广播的听众，大家好，当《烦人的爱》出版时，我觉得眼前一亮。但是我看到《被遗弃的日子》，却感到无比失望。鉴于围绕着作家身份的疑团，这让我产生了怀疑，在这个笔名之下，这次是另一个人的手笔，没有之前那个作家那么有才气和创造力。这部小说的情节比较老套，语言很平淡，风格也不突出。这让我不想再购买埃莱娜·费兰特最近出版的书。

但我还是有一个好奇。我也看了《烦人的爱》——马里奥·马尔托内导演的电影：那些由小说改编的电影，很少能像这部电影与原作在风格上这么对应，我很少有这样的体验，看到两个完全不同的作者，他们的艺术敏感度惊人地相似。写出《烦人的爱》的，会不会是马尔托内?

祝好！斯黛拉

亲爱的斯黛拉，读者的敏感和品位会让他们做出这种判断，这也是经常发生的事。事实是，一个作家在不同阶段会写出风格迥异的书。我不想转变话题，我只是想问您：为什么您不分析一下维尔加的处女作和《马拉沃利亚一家》是不是一个人写的？或者《马拉沃利亚一家》和《乡村骑士》是不是出自一个人之手？把这些书本上维尔加的标签去掉，您一定也会很迷惘。为了满足您的好奇心，我只能向您保证：无论您怎么看待这三本书，是好是坏，这些都是我的作品。

请问费兰特一个问题：在您写《被遗弃的日子》之前，您看了哪些关于遗弃的书？为什么您会躲起来呢？

格拉齐亚·卡洛塔

亲爱的卡洛塔，假如您说的是一些杂文，我没有看任何关于遗弃的书。但在这些年里，我在文学作品中读了很多遭到遗弃的女人的故事：阿里阿德涅、美狄亚、狄多女王，还有波伏瓦的《独白》。在《被遗弃的日子》出版后不久，我发现自己手上有一本法国哲学家让-吕克·南希的书，很难懂，但很有意思，他谈论过遗弃的问题，但我看到时已经晚了，我不记得确切的书名和出版社。

谢谢您，埃莱娜。您写的那些书，尤其是最后一本，成功地填满了我们身为女性、母亲、女儿和职业女性的生活的空洞，在这个艰难的时刻，让我们不再孤单，即使只是暂时的。我的伴侣也很喜欢您的书，这些书给我们带来了启发，面对那些生活中有时候很混乱、难以言说的东西，让我们进行反思。

爱丽莎贝塔

亲爱的爱丽莎贝塔，非常感谢您用了“填满”这个词，您用这个词来说明您阅读时的感受，这让我很高兴。对我来说，一本书应该尽量从活生生的、有时难以解释的材料中获取灵感，这些事情很难用语言表达，对我们的生活却非常重要，就像忏悔。

尊敬的埃莱娜·费兰特，我才在《共和国报》上看到了您的文章，媒体对您身份的关注，使人们的注意力从作品上移开了，这是一件让您觉得困扰的事情。但是，您不觉得，正是这个秘密推动了您的成功？您不认为，假如您和其他作家一样愿意露面，面对面和读者交流，“费兰特现象”是不是一下子就烟消云散了？

克里斯蒂亚诺·A.

亲爱的克里斯蒂亚诺，我是这么看待这个问题的：执着于这个“秘密”，我担心这对于这些书无益，对作品的成功几乎没什么好处，顶多能让作者的名字被更多人知道。一个读者要进入一部作品之中，首先要对这部作品建立信任感。现在媒体关注的都是当下名人的声音和身体，已经让读者习惯认为作者要比他们的作品更重要。那就好像在说：我读你的书，是因为我喜欢你，我信任你，你是我的偶像。脱离这种模式，事实上是拒绝这种信任的方式，只通过写作和读者建立联系。无论如何，撇开我们现在的问题，我只能通过写作的方式和读者交流。我不出现，并不是像您说的，是为了吸引更多的读者，而是为了更自由地写作。

埃莱娜·费兰特，您对于安乐死有什么看法？您对于“维尔比事件”[①]持有什么态度？更普遍来说，您不觉得，对于一个知识分子来说（对于一个作家来说也一样），参与一些公民生活主

① 关于安乐死的事件，在意大利引起了广泛讨论，维尔比是这个事件中的主要人物。

要问题的讨论很重要（有时候甚至是一种义务）吗？

罗伯塔

亲爱的罗伯塔，一个人活着只剩下痛苦时，或者情况更糟糕，就是生活中的所有东西我们都享受不到时，我想，这时候解脱——这真是一个非常慰藉人心的表达，应该是一种基本的权利，应该得到批准。我要说的是，用这么简洁的几句话，谈论一个非常敏感的问题，我觉得有些轻浮。我这次这样说了，但以后就不会说了。我们当然需要参加社会生活，但不能夸夸其谈，今天谈论这个问题，明天谈论那个问题。

您的所有小说，包括最后一本小说，都有一些突出的主题，比如说遗弃、疏远和分离。这是您个人经历的伤痛吗？或者，您觉得人们没法一起生活，实现共同的目标，这是一个深刻的主题，是不是我们这个时代的突出问题？

达利奥·M.

亲爱的达利奥，我认为一个作家应该写对他影响最大的事，但要在故事中找到一个能够点燃读者的温度。一本书能成功，能流传下去，那是因为它承载着那些最难医治的伤口，能抓住一点儿之前人们浮夸地称为“时代的精神”的东西。

亲爱的埃莱娜·费兰特，我知道，我们在提问时，最好避免问到和您身份有关的问题，但这个问题的诱惑力太强了。我想绕个圈子问您一个问题，在您的三部小说中，哪一部最接近您的个人经历？在这些人物中，哪个人物和您最像（可能是最后一部中的勒达这个人物）？

阿尔贝塔

亲爱的阿尔贝塔，我感觉黛莉亚、奥尔加和勒达，这三个虚构的人物虽然截然不同，但她们离我都很近，我的意思是，我和她们的关系都很密切，那是一种强烈而又真实的关系。我觉得在文学的虚构中，要比在现实中更少假装。在虚构中，我们能说出自己，也能认出自己。在实际中，为了避免麻烦，我们可能会沉默或无视。

埃莱娜·费兰特，我不知道您现在多大年纪，也不知道您生活在哪里。但我能不能问一下，根据您的经验，我的（我们的）城市那不勒斯怎么了？暴力盛行是因为什么原因？怎么阻止这个城市的没落？

爱丽丝·S.

那不勒斯这几十年一直都是这样，没发生太大变化：那些合法和非法的勾当总是交织在一起。这个城市的问题日积月累，最近发生的事情不是忽然爆发的，而是因为这世界上的暴力在蔓延。

亲爱的埃莱娜·费兰特，对于我来说，这是一个难得的机会，感谢您的出版社提供了这次机会，让我们能给您写邮件，并在广播上听到您的答复。我想好好利用这个机会，因为您通过一条看不见的线把那些文字串起来，而我是通过图像来工作的。一些微妙的东西，就是艺术家能捕捉到的东西，应该以同样的方式击中了我们，让我们思考一些共同的主题。

前不久，我做了一段时间的“代理妈妈”，刚开始是责任感的驱使，后来是全身心的投入，让我很想把自己的体验写出来。

我不是母亲，却充当一个母亲，我内心充满了做一个好母亲的意愿和恐惧，我觉得自己很孤单，没有归属感。我看着四周，努力回想自己的童年，还有我和母亲之间的关系。我想找到了一些意象，能搭建一个故事的框架。只有在现在，我看了《暗处的女儿》，我觉得一切都那么明显，它就像演电影一样，一天一天的情景都展示在纸上。我的灵感源于照片，是人们在海边拍摄的那种黑白照片。我构想了在沙滩上的情景，女童们拥有五十年代的神情和姿势，芭比娃娃放在玩具铲子和桶之间，那些芭比很大，色彩缤纷，像塑料的图腾，向前行走的女童，在弹沙子钢琴的女童。钢琴，最初的钢琴，行动的计划。

有整整一年，我都在想着这些：我画了很多画儿，用了各种各样的技法，绘制了很多场景。从图像角度上还说得过去，但从艺术角度让我觉得很尴尬，因为这些作品展示了我内心的不适。绘制这些图片就像一种治疗，为了让自己成长。那些没有母亲的女儿，还有那些藏在沙子中的玩具妈妈。有一天我打开了我画画的册子，我明白，这些工作都是我面对母性的方式，所有那些娃娃（掩埋在沙子里的妈妈、小伙伴和姐妹）就像您书中的人物：布娃娃、勒达、埃莱娜、尼娜、马尔塔、比安卡……

对您充满无限敬意的米里娅姆

亲爱的米里娅姆，我觉得从艺术层面，从来不存在让人尴尬的东西。您作为一个独立的人，经过了艺术表达，会有一个面对自我、回到常态的过程。您感觉那些作品过于袒露内心，让你羞愧。从这一点看来，我非常理解，我也经常有同感。我对您绘制的布娃娃和沙子很感兴趣。假如您愿意的话，您可以给我发一些您作品的照片。我对于布娃娃的象征意义并不是很了解，但我很确信，这些不仅仅是女儿的化身。这些娃娃是女性的缩影，是男性社会赋予我们的所有身份。您还记得蒙扎修女小时候玩的那些娃娃吗？我感兴趣的是一个有文化的女性，一个新女性，面对这种根深蒂固的象征意义，如何做出回应。

尊敬的费兰特女士，我是读了《共和国报》上对您的采访，才决定给您写邮件的。您的作品目前我只读过《被遗弃的日子》，我还看了这本书改编的电影。就像经常会发生的事情，小说改编成电影，总有很多不尽人意的地方。尽管影片非常成功，但我还是更依恋您的写作。

就像其他人一样，我不知道您的真实姓名，甚至是性别。我承认，我为您感到高兴。通过这种方式，您不仅仅可以保护个人隐私，就像您之前说的，也可以自由自在地写作，对故事进行更深层次的挖掘。您的选择对于读者也是一种保证，您可以通过“绝对作者”的角度进行写作，其实卢西奥·巴迪斯蒂和米娜两位艺术家，也差不多采用了同样的策略。摆脱了形象负担，对于我们读者来说，您只是您所写的东西。我们“只是”关注您所写的东西。在这个世界上，一个人的形象和名声已经超越了内容和身份。我在读《被遗弃的日子》时（两个月前，我和一个同事聊到了这本书，因为丈夫出轨，她的婚姻也解体了，她丈夫跟一个很年轻的女孩走了），您的写作让我觉得是一种“绝对”的写作。有时候，您在文中的思索很痛苦、很残酷，但一直都很“绝对”。

假如您是一位女性，您在写作中的情感从来不是无病呻吟，这很珍贵。假如您是一个男性，那您是一位抛开了大男子主义、对女性处境很理解并进行了深层描述的男性。我是一个三岁女孩的母亲，有时候被妻子的身份压得无力喘息，我是一个不被理解的女儿，一个无甚建树的女记者，已经四十多岁了，依然在寻找着自己的身份和平衡。有一段描述对我来说影响很大，就是女主人公给孩子断奶的阶段，您描写到小孩吃的东西，还有奶汁粘在皮肤上的感觉，那是一种让人压抑的味道。我很感激您写出这些东西，有很多原因，如果说出来就太冗长了。实际上，无论您是女人还是男人，女儿或者儿子，还是已经成为了母亲或者父亲，我觉得没有必要说明……

玛法尔达·C.

亲爱的玛法尔达，很感谢您的来信。我很喜欢您的分析，您用“如果”来分析两种可能，这让我很欣慰。我觉得，面对所有的书的作者，都应该采取这样的态度。但我觉得，没有可能做一个“绝对”的作者。在这个世界上，没有任何东西是绝对的，即使是我们身体最深层的东西。自然了，性别是决定性的，我知道，我的书只能是女性的，但我也知道，它们不可能是绝对的女性或男性。我们就像旋风一样，内部席卷着来自不同历史和生活的碎片。这让我们身上聚集着一些相互矛盾、非常复杂的东西，我们勉强能保持一种临时的平衡，一切都一言难尽，难以用简单的模式概括，永远都有很多东西被留在外面。因此，一部小说越站得住脚，越有说服力，就越像一个防护栏，让我们可以站在那里，看到没有写进小说的东西。

注：

上面的这些邮件是意大利广播三台的新书介绍栏目“华氏度”的听众发给埃莱娜·费兰特的。当时的契机是意大利中小出版社举办的书展——“更多书，更多自由！”书展于2006年11月在罗马举行。埃莱娜·费兰特对这些问题的回答，是由记者、作家孔奇塔·德戈里高利 12 月 8 日在马里诺·西尼巴尔蒂主持的节目中念给听众的。

费兰特在回答问题时提到了让-吕克·南希的书，那本书的标题是《被遗弃》，意大利文版由顾狄利百出版社出版。

- 9 -

母亲身体散发的女性气息

玛莉娜·泰拉尼、路易莎·穆拉罗对费兰特的采访

泰拉尼和穆拉罗：在小说《暗处的女儿》中，尼娜女儿的名字是埃莱娜，和您的名字一样，这是不是一种巧合？在这部小说中，您把埃莱娜描述成一个斜眼儿、脏脏的、有点儿丑的女童。在您的小说中经常会出现这样的母女：一位美丽性感的母亲，散发出一种致命的诱惑力，她会有一个黯淡无光、冷冰冰的女儿，“血管像是金属一样”，让母亲想从女儿身边逃开。就好像在生育的过程中，母亲的力量削减了，变得虚弱。

费兰特：按照我的个人经验，母亲强大的力量绝对无与伦比。要么学会去接受她，要么可能会陷入病态。我必须承认，我一直都觉得自己是一个黯淡的女儿，尽管我已经成了一个母亲，但这个阴影还是笼罩着我。我甚至要承受双重身份的重压：作为一个没有分量的女儿，要承担起一个强大母亲的身份，事情更加复杂。曾经有一个阶段，我打算重写特洛伊的海伦的故事，我要把她描述成一个有点儿丑的姑娘，充满了动物般的恐惧，她母亲是宙斯化身成天鹅去与之爱恋的女人，海伦被她母亲勒达的愤怒压制。但这个神话非常复杂，有各种各样的变体，一个比一个错综复杂，所以后来不了了之。在《暗处的女儿》中，只剩下这些人物的名字：埃莱娜（海伦）、勒达，这些名字都来自神话。

泰拉尼和穆拉罗：您曾经说过，通过写作：“我想抓住那些默默潜伏在我们内心深处的东西，那些活生生的东西，假如抓住的话，它会蔓延在字里行间，赋予那些文字灵魂。”对您而言，

内心深处是不是一直渴望讲述您和母亲的关系？

费兰特：的确是这样。在这些年里我写了很多故事，但最后我觉得那些故事都可有可无、无关紧要。后来我写出了《烦人的爱》，我第一次感觉我写出了一些打动人心的东西。

泰拉尼和穆拉罗：您曾经引用过莫兰黛的话："没有任何人，包括母亲的裁缝，会想到母亲拥有女人的身体。"您解开了包裹着母亲身体的一层层包袱，最后发现了什么？

费兰特：一种救赎的欲望。所有那些我们没有看到、没有理解的东西。我的书并没有集中讲这一点，我讲述的是一种痛苦、可以算得上不幸的经历，就是我们作为女儿，也会像裁缝一样包裹母亲的身体。

泰拉尼和穆拉罗：母亲和女儿之间的糟糕关系，也是女性的关系最深处的东西。这成了一个杠杆，一种潜力，对于您来说，这也是一次面对问题的机会吗？在那不勒斯的文明里，这个城市的女性好像只有不幸，这是一种致命的疾病，男人只会利用这种疾病。

费兰特：我不了解那不勒斯的母亲们，我只认识几个那不勒斯的母亲，她们出生和成长于这个城市。她们通常都口无遮拦，性格开朗，她们也是暴力的牺牲品。她们都非常绝望地爱上了男性，还有她们的儿子。她们会誓死捍卫他们，服务于他们，尽管这些男性压制、折磨着她们，她们期望这些男性会"做出男人的样子！"。她们无法承认，包括在自己面前，这样的话只能让男人更加暴力。做这些母亲的女儿，从来都不是一件容易的事情。这些母亲姿态卑微、不顾一切，而且很痛苦，她们一次次产生重生的想法，但最后都不了了之。无论是步她们后尘，还是充满敌意地排斥她们，都很艰难。要逃离那不勒斯，也是为了逃离这种母亲。只有在逃离之后，才能清楚看到女人的悲苦，感觉到这个男性城市对于女性的挤压，会为自己抛弃母亲感到懊悔，会学会爱她们，就像你们说的，让她们变成一个杠杆，来揭示她们被掩盖的女性特征，一切都从这里开始。

泰拉尼和穆拉罗：勒达的母亲之前一直都在威胁说，她要离开。勒达后来真的离家出走了，她实现了母亲的理想。但后来她又回到家里，她说她很走运，只用了三年时间就把事情想清楚，最大的危险是永远也想不清楚。现在的女性还要面对这种风险吗？

费兰特：勒达回到家里，回到了女儿的身边，对于她来说，是重新把做研究放在了中心位置。她不仅仅是生了两个女儿，而且她要完全体验做母亲的感觉。首先，她的逃离是想获得解放，获得平等，在男性的世界里，她要全身心投入到自己的事业中去。后来她回来了，她的公众生活，她的工作和思想，爱和亲情，还有作为母亲的职责实现了平衡。我觉得勒达的风险都集中在这个问题上：作为一个当代的女人，我能不能让我的女儿爱我，我爱她们，但不用牺牲自己的全部，也不用因此痛恨自己。

泰拉尼和穆拉罗：您说过，埃莱娜和布娃娃，还有她母亲尼娜之间的关系很亲密，超越了您体验过的母女间的亲密。您是不是想说，女性想摆脱那种会带来伤害的关系。但她们不知道，错过了那种亲密之后自己会损失什么？

费兰特：我想说，在我的生活中，在不同背景下，母亲的身体散发出来的女性气息，对于我们做女儿的人来说，那只是一个目标，也是一种遗憾。勒达似乎从女童埃莱娜和她的布娃娃的关系中看到了某种母女幸福关系的微缩。但这种微缩很多时候是一种简化，让人迷惑。

泰拉尼和穆拉罗：勒达偷来的娃娃，表面上像是一个很完美的母性化身，但它的肚子里有很多肮脏的液体，还有一只蠕虫：我们必须学会接受的母亲的两面性吗？

费兰特：我不知道。在这部小说的第一稿里，我重点描写了怀孕和生育很现实、很残酷的一面。有一些章节，我很直接地描写了身体的反抗，呕吐，早上起来犯恶心，肚子鼓起来，胸脯的胀疼，还有喂奶时的自我牺牲。后来，我把这些方面都弱化了，但我很确信，也需要描写怀孕的身体的阴暗体验，这些体验通常被光荣的一面掩盖了，从耶稣的母亲开始，向来如此。在勒达的故事中，有一个怀孕的女人罗莎莉亚，她是一个"克莫拉"分子，身体和思想都不美好。对于勒达这样一个有文化的女人来说，罗莎莉亚的母性很粗俗、没有意义。但读这本书的人都会发现，一页页文字下面，正是在罗莎莉亚的世界里展开了一条线索，展示了那种狂热的母性。有时候，我们会有意回绝那些让我们自相矛盾的东西，但一部小说不应该只关注是否得体，相反，它应该在那些不体面、自相矛盾的东西里找到养分。

泰拉尼和穆拉罗：在《暗处的女儿》中，反复出现的一个词是"恶心"。还有那些虫子、蝉、蜥蜴、苍蝇和蠕虫都让人恶心透顶。这种憎恶根本上是什么呢？

费兰特：对于勒达来说，我们动物性的一面的所有表现都让人恶心。我们和虫子，和爬行动物，和所有那些非人类的生物之间充满了矛盾。这些动物让我们害怕、恶心，让我们想到我们生命形式很不稳定，就像怀孕忽然间会改变我们，让我们接近自己的动物性。但后来，女人要比男人更倾向于提到这些动物，我们会像照顾孩子一样照顾它们，我们会用爱抹去恐惧和恶心。在这些天，我试着写一个小故事，正是想说明女性对于动物世界的排斥和吸引，也是对于我们身体动物性的探讨。我想很深入讲述一个女人出于爱和照顾的目的，如何靠近恶心的肉体，通常的叙事一般都会绕开这个区域。当然了，我们觉得恶心，这是禁忌带来的。但我们应该有深入挖掘的能力，要和那些活生生的材料进行接触，进入那些语言难以抵达、留下空白的地方。这些区域只能用脏话和科学术语进行表述，但这个区域会发生各种事情。

泰拉尼和穆拉罗：勒达对尼娜说，从她年轻时开始，一直到那时候："世界并没有变好，而是对女人越来越不友好。"您想说明什么问题呢？

费兰特：我觉得，女性对平等的诉求，使我们要和男性进行竞争，也使女性之间的竞争变得激烈。这使男人和女人的关系恶化，也使女性之间的关系变得残酷。在形同虚设的男女平等的前提下，性别差异可能会让我们回到之前的身份和角色。我们带着侥幸，把之前那些身份都抹去了，或重新包装了一下。总之，我想说，男权比之前更占上风了，这让我很愤怒。他们紧紧控制着这个世界，一有机会他们就会比之前更嚣张霸道，让女人变成牺牲品。这并不意味着，我们说出真相也于事无补，不会促进事情发生变化。但是，我写小说的时候，每一次我通过语言把那些事情体面地讲述出来，有前因后果，我对自己所写的都会很怀疑。我总是很关注那些无视语言、独自存在的东西。我觉得，我们处于一场艰难的战争中，我们每天都有可能会失去一切，包括用于讲述事实的语法。

泰拉尼和穆拉罗："我死了，但我感觉很好。"这是小说的最后一句话。您是不是想说：我死了，但我重生了，我经历了自己的激情，有了所有的体验，做了所有的清算？

费兰特：我觉得我们不可能经历所有体验，做出彻底的清算。至于这个小说的最后一句话，我用了“死”这个词，是因为我想从自己身上永远抹去一些东西。这个行为至少有两个结果：变得残缺不全，自我伤害到无法复原；或者是从身上切去那依然鲜活着但生病的部分，可以马上变得舒服。小说中的三个女人都以不同的方式，体验过这两种状态。

泰拉尼和穆拉罗：您小说中的人物总是处于一种比较危险的状态，她们处于边缘地带，好像随时会裂开、解体，尤其是奥尔加的状态。要找回一种完整的状态，和生活和谐共处的心态，她们要学会和内心的幽灵共处：这好像是成功的心理分析治疗要达到的结果。

费兰特：我从来都没有做过心理分析，但我知道什么叫自我粉碎和解体。我在我母亲身上，在我自己身上，在很多女人身上都看到过这种表现。女性身体内部发生的解体、崩溃的过程，从叙事角度来说，我对此很感兴趣。现在对于我来说，讲述一个女性的自我忽然间解体，时间消失了，她感觉不到事情的顺序，只看到一些碎片的旋涡，以及交织在一起的语言和思想。这时候要突然停下来，重新开始一种平衡，但要注意，这种平衡并不是比之前的更好，也不是更加稳定。只能说：我在这里，我感觉我需要这样。

泰拉尼和穆拉罗：您觉得，这种激情迸发的过程，沦陷于自己的碎片，然后重新建立自我，无论是否进行心理分析，都是女人生活中必须经过的吗？

费兰特：对于我身边的那些我很了解的女人而言，情况就是这样，她们必须经历这一步。在这种情况下，我觉得那种支离破碎的感觉，可能会追溯到遥远的记忆，就是来到这个世界，或者是把孩子生到这个世界的感觉。我说的是母亲要把自己的一块血肉从身体里排挤出去的感觉，是作为女儿，感觉自己是另一个完整的、无与伦比的身体的一部分。勒达就是在这种想法中产生的。

泰拉尼和穆拉罗：在您的写作中，就好像幽灵和身体，那些实际发生的和可能发生的事情，还有回忆都会出现在一个层面，都和现实一样清晰、有力。几个维度的混合是不是打造了一个女性空间？这是不是女性写作的特点？

费兰特：我不知道这是不是女性写作。当然了，按照我的经验，语言总是身体的。在我写得最顺畅时，我会觉得那些故事并不需要前提，也不需要视角。当然了，视角是有的，就在那里，我能感觉到，也能看见。在这个世界上，一切都是活生生的，充满了呼吸、冷暖。我在写作时，手指放在键盘上，同时也是身处这个世界，我会进入席卷一切的旋涡，没有之前，也没有之后。随着时间的流逝，我不得不承认，我越来越觉得：真正的写作是那种脱离自我，处于恍惚、出神的状态写出来的东西。但通常，我发现人们会把那种出神想象成一种脱离肉身的状态。写作中的迷醉并不是肉身在释放语言，而是肉身和语言的流淌融为一体。

泰拉尼和穆拉罗：在众多的身份中，大部分媒体都倾向于认为您是一位男性：您在您的小说中能感受到一些非女性的因素吗？

费兰特：恐怕这是因为我狼吞虎咽看了很多男性写的小说，才开始学习写作的，我还在继续做这样的事。我用了很长时间，才学会欣赏那些女性的作品。我得承认，男性作品中的女性，要比女人写的女性更吸引我。包法利夫人、安娜·卡列尼娜，还有契诃夫笔下牵着小狗的女人，我觉得她们都是真正的女人。当然了，我小时候接触文学的方式，已经在我现在的写作中留下了很深的痕迹，但我觉得问题不在这里。现在需要说明，到底什么是女性写作，不仅仅要和男性作家进行清算，也需要和那些男性笔下的女性进行清算，因为这些形象已经进入了我们的脑子里，成为我们的一部分。现在女性和男性之间的关系并不是最要紧的，更复杂的是那种男性身体里的女性，或者女性身体里的男性。

泰拉尼和穆拉罗：您说过，您现在已经不再推崇文学高于一切的生活，您讲述的激情也受到了一些通俗读物的滋养，比如说图片小说。您在这些通俗读物上找到了什么？

费兰特：我看到了吸引读者的乐趣。图片小说是我小时候喜欢读的东西，我觉得，即使讲述一个很小的故事，也要获得一种张力和激动人心的效果，这是我从图片小说中学到的。如果我觉得写的东西不能打动人心，我写着也会很没趣。以前，我在文学方面有很大的野心，但我为自己迷恋这些民间小说的写作手法感到羞耻。现在，假如有人说我写了一个很真实、感人的小说，比如像德莉①的小说，我会很高兴。

泰拉尼和穆拉罗：那些阅读您小说的女性，她们通常都会谈到一种非常吸引人，但也“搅扰人心”的阅读：您觉得是什么东西搅扰到她们了呢？

费兰特：我收到了一些读者的来信，她们也有提到这种双重阅读体验。我觉得，这是因为我在写作时，就像是在杀鳗鱼，我很少在意这个行为让人不舒适的一面，我会用一些情节和人物，就好像那是一张网子，可以深入到我的体验最深处，把那些活生

---

① M. 德莉（M. Delly）是一对法国作家姐弟（Jeanne-Marie Petitjean de La Rosière 和 Frédéric Petitjean de La Rosière）的笔名，二人作品多为通俗爱情小说。

生的、挣扎扭曲的东西打捞上来，那是我自己都想尽量远离的东西，我也无法忍受。我不得不说，和后来我决定出版的版本相比，在刚开始的几稿中总是有更多东西，使我很厌烦，会自我审查，删掉很多东西。然而我觉得我这样做不好，有时候我会把那些删除的东西补上，或者把这些删除的部分留着，用在其他地方。

注

玛莉娜·泰拉尼和路易莎·穆拉罗对于费兰特的采访，刊登在 2007 年 1 月 27 日出版的意大利杂志《我是女人》上，文章的标题是《与没有面孔的女作家——埃莱娜·费兰特的谈话：我是这样讲述母亲阴暗的爱》。在这里还需要说明一点，此前路易莎·穆拉罗曾就《碎片》做了一段会议发言《和埃莱娜·费兰特一起思考》(2004 年 3 月，多戛纳大街 68 号)。

III
书信

| 2011—2016 |

陪伴着其他书的书

亲爱的桑德拉：

我想，我们应该向读者说明把这些采访放入这本书中的原因。2015年9月23日，我收到你那封预言性的信，里面有一个文件夹，只附了一句：看看这些采访，看能不能发现些什么。我当时已经感觉，有必要给《碎片》增添一个新章节：你和埃莱娜什么时候产生这个想法的？

在这些访谈中，埃莱娜谈论了他人观点的重要性，她和来自不同国家的记者进行书面对话，有助于她对自己的写作进行反思，这一点我非常清楚。但你们是什么时候面谈的？然后产生这样的想法：把这些访谈放在一个集子里，让读者能全部看到，这是一个很棒的想法。是不是刚开始时，你们并没有想到单独列一个章节，只是想选几篇采访放在书里？或者你们根本就没有面谈。

祝好，

西蒙娜

亲爱的西蒙娜：

我现在来回答你的问题。埃莱娜说，假如她来回答的话，可能会扯得太远，你可能会厌烦。

我们先从你的那个小问题开始说起吧：我们并没有面对面谈这个问题，我们只是通了电话。我告诉费兰特，我们会在意大利重印《碎片》，我建议推出这本书的英文版，英文版有一些节选，只刊登在网络上。

正如你所知，我非常爱这本书，在我看来，这几乎是一本小说，里面出现了各种各样的主题和人物。我想到，我们可以进一步丰富这本书，把“那不勒斯四部曲”出版之后埃莱娜进行的一系列采访放进去。

有一个小问题，我们在销售国际版权时，我们答应出版社，作家会接受每个国家的一家媒体的采访，所以，现在费兰特不得不面对来自世界各地的四十多位记者的采访。这些采访都放在一个附录里就太多了。让你参与这个讨论，就是想搞清楚，我们要按照什么标准，把这些采访放入一个章节里。

你看一眼这些采访，就会发现，这些采访和《碎片》的结构很一致，有一个故事贯穿于其中。这是一个持续了二十五年的故事，费兰特尝试展示：作家的全部功能都在写作中，就像她说的：“一个人写出作品，作家的身份生于写作，也会消失于写作。”这些年，费兰特的读者越来越多了，我觉得，读者会对这些访谈的内容感兴趣。在这些访谈里，费兰特会提到滋养了她的小说的文学和文化传统；塑造莉拉和埃莱娜两个人物时，女性的思想起到了什么作用；以及为什么在远离意大利和那不勒斯文化背景的那些地方，埃莱娜和莉拉的故事能获得成功。

米歇尔的观点我认为也非常重要，说明了加入最后一章的意义。米歇尔说，通过这个章节，我们可以给读者讲述一个内部的故事，就是埃莱娜选择隐身的原因。这些理由在开始很难解释清楚，但后来慢慢成型了，并在这些年里发生了变化。这是一个非常真实的故事。在费兰特的回答中，我们能够感受到她斟酌词句，努力解释自己的想法。我很喜欢这一点，我知道她也很喜欢。最后从根本上来说，《碎片》这本书也是献给从《烦人的爱》

到“那不勒斯四部曲”的所有读者。费兰特的写作没有过多掩饰，这本书里有各种各样的碎片、笔记、精确的描述，其中还包括一些前后矛盾的地方，这些内容放在她写的小说旁边，可以作为一本陪伴着其他书的书。

祝好！

桑德拉

注：

在这些邮件中提到的编辑西蒙娜·奥利韦托是e/o出版社编辑，米歇尔·雷诺兹是“欧洲”出版社编辑。

- 1 -
一个非常精彩的附庸
保罗·迪斯特凡诺对费兰特的采访

迪斯特凡诺：埃莱娜·费兰特，您先写了两本家庭心理小说（《烦人的爱》和《被遗弃的日子》），后来您的写作风格发生了转变，要写一部很恢弘的作品，可能会是三部曲或者四部曲，作品中各种力量交织在一起。您是怎么逐渐实现这种风格的转变的？

费兰特：我觉得，目前这本小说跟我之前的小说在风格上没有太大差别。很多年之前，我想讲述一个年老的女人的故事，她打算消失，消失并不意味着死亡，她不想留下任何生活过的痕迹。这个想法一直诱惑着我，我想写一本小说，讲述一个女人想要自我消除，她发现，从地球上消失是一件艰难的事。这个故事后来越来越复杂，我加入了一个童年的伙伴，她见证了另一个女人一生中经历的大大小小的事。最后，我意识到，我最感兴趣的是对两位女性的人生进行挖掘。这两个女人有一些很类似的地方，也有很大的不同。当然了，这是一个复杂的计划，整个故事横跨了六十多年，但塑造莉拉和埃莱娜这两个人物的材料，和其他小说没太大差别。

迪斯特凡诺：小说中的两个女性人物：埃莱娜·格雷科——第一人称讲述者，还有她的朋友兼对手莉拉·赛鲁罗，您讲述了她们的童年，她们很类似，但也有不同之处。这是不是一本关于友谊的小说，讲述我们的人生会因为一次相遇而改变？是不是也在讲述：一个负面的例子也可以帮助我们形成自己的个性？

费兰特：一个人在展现自己的个性时，通常来说，在这个过程会让对方的个性变得模糊。在两个人的关系中，个性强大、内心丰富的人，会掩盖那个虚弱的人；这点在生活中可能要比小说中更明显。但在埃莱娜和莉拉两个人的关系中，出现了这样的情况，埃莱娜虽然是莉拉的附庸，但她能从莉拉身上汲取能量，让她展现出一种让莉拉觉得很炫目、很迷惑的东西。这是一个很难讲述的过程，我们可以说，莉拉和埃莱娜生活中的很多事都展示出，她们一个从另一个身上获取力量。但要注意一点，她们不是总是相互帮助，她们也相互洗劫，相互盗取能量和智慧。

迪斯特凡诺：在这本书的写作过程中，那些记忆、过去的时光，还有距离（时间和空间距离）是怎么处理的呢？

费兰特：我觉得“要和讲述的故事保持距离”是一句很老套的话。在我看来，一个写作的人要逆向行驶，他不是要拉开和故事的距离，而是要缩短距离，要通过身体感受那些故事的冲击，要靠近我们曾经爱过的人，观察过的生活，还有我们听到的故事。一个故事要写出来，需要经过多重过滤。通常我们总是过早动笔，文字会显得冰冷。只有我们感觉到这个故事的每个时刻、每个角落都附身于我们时（有时候需要很多年），我们才能写好它。

迪斯特凡诺：“那不勒斯四部曲”也是一个关于家庭和社会暴力的故事，这个故事讲述了在这种暴力环境下人如何成长的故事，或者说这种暴力促使了一个人的成长？

费兰特：通常来说，一个人在成长的过程中，要抵抗很多阻力，要做出回应，当然也包括平淡地接受和面对这些阻力。在《我的天才女友》中，这两个女孩子成长的世界，有一些比较明显的暴力，还有一些隐藏的暴力。我最感兴趣的是那些隐藏的软暴力，虽然表面的暴力也很多。

迪斯特凡诺：《我的天才女友》第 114 页中，有一句关于莉拉的非常精彩的描述："[……] 她列举事实，很自然地加强了这些事实的分量，她用短短几句话就能加强事情的感染力……" 还有第 215 页："她的文字里传递着她的声音，这让我感觉很震撼。这比我们面对面交谈更吸引我，因为写出来的东西要比交谈时更纯净，去掉了口语中混乱的地方，文字栩栩如生。"这是不是您对自己写作风格的一种描述呢？

费兰特：可以这样说。我们可以用很多方法讲述这个世界上发生的事，我更希望采用一种清晰、诚实、接近事实的文字，讲述普通生活里发生的事情，这样的文字对我有吸引力。

迪斯特凡诺：您的小说中还有一条社会发展的线索，就是经济腾飞中的意大利，人们梦想着脱离根深蒂固的贫穷，实现富裕。

费兰特：是的，这条线索一直延续到现在，但我尽可能淡化历史背景。我更希望所有一切都体现在小说中人物的内心和行动上。比如说莉拉，她在七八岁时就想发财，她扯着埃莱娜，让她觉得获得财富是当务之急。这种目标对两个小伙伴起到了什么作用，让她们发生了什么变化，如何引导或迷惑着她们，这是我最感兴趣的，而不是社会学研究的那些主题。

迪斯特凡诺：您很少采用那些具有方言色彩的表达：您的小说里有一些方言的句子，但通常您都会采用"他用方言说"这种方式来注明。您从来都没想过一种更具方言色彩的表达吗？

费兰特：从很小的时候一直到我的青少年时期，那不勒斯的方言都让我很害怕。我更喜欢在意大利语中偶尔有这种方言的回音，像是一种威胁。

迪斯特凡诺：这个系列的下一本书已经写好了吗？

费兰特：是的，但还是初稿，很临时的状态。

迪斯特凡诺：这是一个显而易见的问题，但我不得不问：小说中，埃莱娜的故事有多少自传的成分？埃莱娜阅读的那些书，有哪些是您自己喜爱的？

费兰特：您说的自传成分，假如您说的是作家从自己的体验中汲取灵感，创作一个虚构的故事，那这部小说几乎全是自传。但您如果问的是，我有没有讲述那些很私人的事件，那一样也没有。至于埃莱娜读的那些书，是的，我总是会提到我喜欢的书，还有那些对我影响很大的人物。比如说，迦太基女王狄多，这是青少年时期对我非常重要的一个女性形象。

迪斯特凡诺：还有您的笔名埃莱娜·费兰特，和艾尔莎·莫兰黛（您喜欢的作家）听起来有某种相似性，这是不是一种巧合呢？您取了费兰特这个笔名，是因为您的出版人姓“费里”（Ferri），您取了开头的一个字母，这是不是人们的想象呢？

费兰特：绝对是人们的想象。

迪斯特凡诺：您有没有后悔过选择隐身？从根本上来说，现在的评论总是侧重于讨论“费兰特之谜”，而不是您书里的内容。总之，这和您希望的完全相反，反倒让人们更加关注您的个人和身份。

费兰特：我一点儿也没后悔。在我看来，从一个作家的作品，他塑造的人物、风景、物品，还有类似于这样的采访中去挖掘他的个性，总之都是从文字入手，都是一种好的阅读方式。您所说的“侧重”，假如是基于作品，还有语言散发的能量，那是一种诚实的侧重。这和媒体的侧重完全不一样，媒体总是侧重于作者的个人形象，而不是他的作品。在这种情况下，一本书就像流行歌手穿过的一条被汗水打湿的背心，如果没有明星的光环，那是一件无关紧要的背心。最后一种侧重我很不喜欢。

迪斯特凡诺：有人怀疑您的作品是好几个人一起写成的，这是不是让您很难以忍受？

费兰特：我举一个例子，可能比较容易说明我们正在讨论的事情。我们已经习惯于通过作家把他的作品统一连贯起来，但不习惯通过作品来推出一个作家的创作轨迹。一位特定的先生或者女士写出了一系列作品，这会让我们把这些作品串联起来，勾勒出这个作家的写作轨迹。我们会提到一位作家的处女作，一些成功的或者不是很成功的作品。我们可以说，他尝试了不同的风格，很快就找到了自己的路子和风格，我们会分析一些反复出现的主题，他获得的机会、进步或者退步。比如说，我们现在手头上有《谎言与占卜》《阿拉科埃里》这两本书，但书上没写艾尔莎·莫兰黛的名字。在这种情况下，我们不是很习惯，我们没法找到风格一致或不一致的地方，我们马上都会陷入迷惑。我们已经习惯于把作者放在首位，当作者不在场或者抽身而出时，我们会看到不同的人介入到一本书里，或者是段落之间都有作者的差别。

迪斯特凡诺：总之，我们能知道您是谁吗？

费兰特：埃莱娜·费兰特。在二十年里，我出版了六本书，难道这还不够吗？

注：

保罗·迪斯特凡诺的采访刊登在2011年11月20日的《晚邮报》上，采访的标题是《费兰特：我很高兴不在场》。文章前面有这样一段：

《我的天才女友》和埃莱娜·费兰特之前的小说有很大不同。

这是一本非常精彩的“教育小说”，可能还有几本后续，故事讲述了一代人的爱恨情仇。为了采访埃莱娜·费兰特，我们通过了她的出版人桑德罗·费里和桑德拉·欧祖拉联系到了她，这些提问和回答均通过邮件进行。

- 2 -

恐高症

凯伦·沃尔比对费兰特的采访

沃尔比：埃莱娜，您写作时有什么习惯？尤其是，当您描写了两个朋友经历激烈的冲突之后，您如何恢复平静？

费兰特：我没什么习惯，我想写时就会写。我一般会写得很艰难，发生在人物身上的事，也会发生在我身上；那些美好或糟糕的情感也都属于我。事情只能是这样，否则我没办法写。当我筋疲力尽时，我当然会停止写作，我会做一些我之前忽视的要紧事，不解决这些问题，生活难以为继。

沃尔比：埃莱娜和莉拉之间的友谊丰富、真诚而深刻，也存在很多问题：这是女性之间友谊的精彩描写（这种感情在文学中并没有过多涉及）。您是从哪里汲取了灵感？在您的小说人物中，您觉得和哪些人物比较亲近，另外有哪些人物让您觉得很难应对？

费兰特：我曾经有过一个我很在乎的女性朋友，我是基于那段体验开始写的。但一个人在写作时，这种经历并不是非常重要，那顶多就像在街上被人推了一下。一个故事是人生的不同阶段各种体验混合在一起的结果，这些体验会让作家从中提取人物和事件，但有些体验很难用于讲故事。这些体验很难捕捉，很尴尬，有时候让人难以启齿，但都属于我们。我写出的故事都是基于这些体验，埃莱娜和莉拉都是这样产生的，这两个人物对我来说都不容易。但我还是更爱莉拉一些，因为她让我费了不少工夫。

沃尔比：您为什么选择通过一个笔名写作，自己并不现身？您为什么会选择埃莱娜这个笔名？您有没有后悔隐藏您的身份，或者您有没有想打开窗子，大喊一声："是我写出了这些作品！"假如您要过一种公共生活，那您会失去什么？

费兰特：任何写作的人都知道，最复杂的事情，是让描写的人物和事件很真实，而不是类似，因为这样作家才会觉得这个故事值得写。我让故事中的讲述者叫"埃莱娜"，这简化了我的工作，我觉得埃莱娜是我的名字，能代表我的身份和所有一切，在我写作时，就可以开诚布公。您提到对着窗子大喊自己的身份，我觉得很有趣，我住得很高，我有些恐高，如果不探出头，我会更安心。

沃尔比：对于通过您的作品改编的影视作品，您有什么看法？

费兰特：我的两部作品被改编成了电影，这让我很好奇。现在"那不勒斯四部曲"可能要被拍成电视剧。我不是很喜欢那些随意改编文学作品的导演和编剧，他们很高傲，只是把这些作品当成纯粹的灵感来源。我更喜欢那些很谦逊、忠实于文本的导演和编剧，他们通过图像，找到了另一种方式讲述书中的内容。

注：

凯伦·沃尔比的采访刊登在美国《周末娱乐》杂志上，标题是《埃莱娜·费兰特：没有面孔的作家》，2014 年 9 月 5 日电子版发布，9 月 12 日纸质版刊出。

-3-
每个人都是一个战场
朱丽娅·卡利加罗对费兰特的采访

卡利加罗：您是怎么想到这个故事的？您开始写莉拉和埃莱娜的故事时，就已经胸有成竹了吗？

费兰特：好几年，有几个故事一直都萦绕在我心头，我想把这些故事写出来：比如说，一个失踪的女孩。但这个故事是我写的过程中才逐渐成形的，我没想到会写这么长一个故事。是写作促使了这个故事的产生，是写作拨开了记忆的云烟，让那些材料浮现，把它们从忘川中提取了出来。假如在这些年我没有准备好合适的表达工具，这个故事不会产生，即使产生了，也没有真相。

卡利加罗：莉拉和埃莱娜之间一直较劲儿，这让我们了解到，女性之间的友谊尽管充满温情，但也是一种对手关系，为什么女人会担心自己落后于朋友呢？

费兰特：女性友谊现在没有任何清楚、具体的规范。男性友谊的规范也并不适用于女性，所以到现在，这是一个没什么明确规范的领域。在这个领域里，友爱（在意大利语中，友谊里就包含友爱的意思，和爱相关）会把很多东西都席卷进来，有一些高尚的情感，也有一些莫名的冲动。最后，我讲述了一段非常稳固的关系，持续了一辈子，这是一种情感依赖，但是也很混乱，有很多不稳定、不连贯的地方，有欺压、诋毁，有很多负面的情绪。

卡利加罗：爱是整个故事的推动力。但那些最幸福的时光，也是最让读者忐忑的部分，是什么阻止了这个故事走向大团圆结局？

费兰特：“那不勒斯四部曲”建立在莉拉和埃莱娜的关系之上，这是一种很强烈、很持久、很幸福，也会带来危害的关系。她们和男人的关系经历了产生、发展然后结束的过程，但她们之间的关系一直维系下来了。在小说中有一些时刻，男女人物之间的爱情关系很幸福，只要故事讲到这里就收尾，那就是一个大团圆结局。但幸福的结局是一种叙事技巧，不是生活，也不是爱情，爱情是一种很难掌控、多变、充满意外的情感，很难有一个幸福的结局。

卡利加罗：小说中那些男人都很不称职，是什么阻止了两性的交融？平权斗争拉开了男女之间的距离吗？

费兰特：现在女性的期待都很高。庆幸的是，过去的男女间的行为模式现在已经解体，已经无法复原了，重新做出让双方都满意的定义也很难。现在最大的风险就是：女性会怀念之前那些“真正的男人”。假如男性的暴力已经得到清除，女性倒退的渴望不容忽视。在“那不勒斯四部曲”中，有很多女性欣赏故事中最糟糕的那些男人身上的性能量和敏感，也是展示了这种倾向。

卡利加罗：莉拉和埃莱娜“阐释”了自然和历史之间的决斗。埃莱娜看起来是成功了，但实际上一切还是和之前一样。一切都难以改变吗？不同社会阶层融合是一件很难的事吗？

费兰特：一个人要改变自己的处境，需要突破无数障碍。天生的状况需要改变，而不是无视。一个人所属的阶层可以掩盖，但无法清除。总的说来，每个人都是一个战场，在他的身体里，优点和缺点在不停斗争。一代人整体的阶级流动才是最重要的，即使他兼有运气和能力，一个人的努力也很难达到一个让人满意的结果。

卡利加罗：城区就像一个实验室，展示出了“历史”的脆弱性。您写道，“梦想着毫无限度的发展，其实是一个充满暴力与死亡的噩梦。”有没有另一种可能？那不勒斯是不是揭示了国家的现状？

费兰特：对于莉拉和埃莱娜来说，那不勒斯是一个绝美的城市，但美好的一切很快会转变成恐惧，在几秒钟之内，客气可能会变成暴力，每种改良都会掩盖对人的残害。在那不勒斯，人们很快就学会不信任，嘲笑自然和历史。在那不勒斯，进步属于少数人，但是以大部分人的损失为代价。就像您看到了，一步一步地，我们已经不是在说那不勒斯，而是在说这个世界了。我们称之为无限发展的，是西方富裕阶层的奢侈品。当我们开始考虑整个星球上每个人的福利，事情可能会好转。

卡利加罗：关于尼诺，先是莉拉喜欢他，后来埃莱娜也很爱他，您写道：“他喜欢取悦掌权者，而不是为某种理想而奋斗。”又写道：“最糟糕的是，他太轻浮了。”关于莉拉，你写道：“她和其他女人不一样，因为她天生就那么桀骜不驯，不会为任何事儿弯腰。”他们是两个截然不同的人。您对此有什么看法？

费兰特：尼诺的这些特点，在现在的很多人身上很常见。那些处于劣势的人想摆脱困境，想讨好任何有权的人，也是我们习以为常的事情，随之而来的就是轻浮的表现。轻浮并不是愚蠢的同义词，而是展示出自己的赤裸本性，享受表面的欢乐，对于那些搅扰欢乐的事情，对于别人的痛苦视而不见。在我看来对于那些想成为这个世界上活跃的分子，但不用忍受它的压制，莉拉的态度好像是唯一的可能。

卡利加罗：您在世界上取得了很大成功，阅读您的作品的人有普通读者，也有知识分子。现在，美国评论家把您和艾尔莎·莫兰黛放在一起谈论：能够拥有这么多读者，您觉得主要的原因是什么？

费兰特：我不知道如何去赢得读者，我唯一感兴趣的是讲述那些难以讲述的故事。标准一直都是这个：一个故事越是让我不安，我就越想去讲述它。

卡利加罗：这个故事，可能就是莉拉尝试抹去的痕迹。对于您来说，这种消除意味着什么？

费兰特：就是慢慢摆脱对自我的狂热，逐渐把它变成一种生活方式。

卡利加罗：故事结束了，我们这些读者不知道怎么办才好，没有莉拉和埃莱娜，您的生活会怎样呢？

费兰特：有很多年，我和她们“生活”在一起，这很美好，也很疲惫。现在我要转移到其他对象上了，这有点儿像一段关系结束了。但在写作上，规则很简单：假如你没什么值得写的，那就别写了。

注：

朱丽娅·卡利加罗的访谈刊登在2014年11月8日的《我是女人》杂志上，标题是《到了和埃莱娜、莉拉说再见的时候了》。

- 4 -

不在场的同谋

西莫内塔·菲奥里对费兰特的采访

菲奥里： 美国《外交政策》杂志把您列入了“影响世界的一百人”名单，因为您“写出了真实而真诚的故事”。您怎么看“费兰特热”？

费兰特： 我很荣幸，《外交政策》杂志对我很慷慨，这也说明了文学的力量。至于我的书为什么成功，我并不知道原因，但我确信可以在讲述的故事里，还有写作方式中找到答案。

菲奥里： 二十多年前，您写道：“我觉得书写出来之后，就不需要作者了。假如它们讲述了一些吸引读者的东西，它们迟早都会找到读者。”您有没有觉得，您的书已经找到了读者，您的话已经应验了，您不再需要匿名了？

费兰特： 我并没有匿名，我的书的封面上都有作者的名字，它们从来都不需要匿名。发生的事情很简单，我只是把它们写出来，但我没按照普通的出版推广方式去宣传这些书，我让它们自己去面对读者。假如要说我获得了读者，那也是那些书获得了读者。这场胜利也证明了它们的独立，它们赢得了读者的赞赏，并不是因为作者的介入。

菲奥里： 您选择不露面，没有适得其反吗？神秘感会激起好奇，这样作者就变成了受人关注的人物。

费兰特： 恐怕只有那些媒体从业者才会这么想。除了一些特例，这些人应该非常忙碌，没时间读书，读书也只是匆匆忙忙，无法专心看。媒体圈子之外的世界很大，而且读者的期待也不一样。说得更具体一点儿，我留下的那个空白，您有意无意——撇开您的文化素养、职业的本能——也想用一张面孔填补这个空白，但读者会通过阅读填补这个空白。

菲奥里：您确信，一个作者的经历不会给他的作品增添任何东西？卡尔维诺一般会回避一些个人的问题，但我们非常了解他，还有他的编辑工作。

费兰特：卡尔维诺给我带来了很多启发，从小我就知道他的态度。他的话差不多是这样说的：你们也可以问一些关于我私人生活的问题，我不会回答，或者我会对你们说谎。我觉得诺思洛普·弗莱的态度更果断，他说作家都是一些简单的人，并不会比一般人更有智慧，或者更好。然后他又说，作家最擅长的事是把语言串起来，这最重要。《李尔王》是一部很棒的作品，即使莎士比亚只留下了几个签名、几个住址、一份遗嘱、一份洗礼证明，还有一张画像，而且画像上的男人看起来像个痴汉。好吧，我就是这么想的：我们的面孔，还有私人生活的其他方面不会服务于作品，我们的生活也不会给作品增添色彩。

菲奥里：假如您揭示自己的身份，人们的好奇心就会得到满足。您有没有觉得，继续保持隐身，就像故意在吊读者胃口？

费兰特：我能不能用另一个问题来回答？您不这样觉得，假如按照您的说法去做，我难道不是会背叛我自己、我的写作，还有我和读者之间的约定吗？我隐身的原因，我也给他们解释了，他们也都支持我。您不觉得我甚至会背叛他们的新阅读方式？至于我是不是故意的，您看看四周，您有没有看到，在圣诞节前夕，多少人都吵吵闹闹一心想要上电视节目。假如您在这时候看到我坐在摄像头前的第一排，您还会觉得我是故意的吗？或者您只是觉得那很正常？事情不是这样的，隐身故意吊读者胃口，这当然是一个老伎俩。至于那种病态的好奇，我觉得那也是媒体操作的结果，试图向我施加压力，让我成为媒体的同谋，而且自相矛盾。

菲奥里：您觉着，这种隐身的生活是不是很麻烦？

费兰特：我并不需要隐藏什么。我有自己的生活，我身边的人知道我的一切。

菲奥里：怎么才能生活在谎言之中？您不抛头露面是为了保护您的生活。但在一个人的生活中，还有什么比隐藏自己的工作更难做到的？

费兰特：对于我来说，写作并不是工作。至于谎言，从根本上来说，文学就是一种谎言，是大脑的神奇产物，是语言组成的一个独立世界，对于写作的人都是真相。深入到这个特别的谎言里，这是一个巨大的享受，也是一种辛苦的责任。至于那些因为缺乏勇气说出的谎言，通常我都不会说，说出来也是为了自我保护，避免危险。

菲奥里：“那不勒斯四部曲”现在要拍成电视剧了，作家弗朗西斯科·皮科洛担任编剧，您有什么期待？

费兰特：我希望那些人物没有被简化，故事不会变得贫瘠，或者发生太多改编。我会和写剧本的人合作，假如需要的话，我们会通邮件。

菲奥里：在这个时代，大家都在展示自我，您选择隐身，这真是一件很英勇的行为，但现在，您的成功有没有迫使您“出面”呢？

费兰特：我们的总理爱用“出面”这样的表达，恐怕这种“出面”更多时候是为了掩饰，而不是展示自己。其实那种展示是这样进行的：隐藏，不揭露底细，自吹自擂，假装民主。最好是现在——而不是过几个月，或者一年——可以评价，他们给我们带来了什么。但我们现在不是看他们所做的，而是看脸，无论是写了《李尔王》，还是提出了《创业法案》，现在除了电视上的那些熙熙攘攘的面孔之外，我们对他们的了解，并不比对莎士比亚或诺思罗普·弗莱的了解多。无论成功与否，我对自己非常了解，让我决定可以不“出面”。

菲奥里：您的编辑朋友桑德拉·费里认为，假如您的身份披露出来之后，您可能就无法写作了，是不是这样？

费兰特：我对我的朋友桑德拉说了很多话，都是真的。我更正一点，我说的是发表作品，而不是写作。另外，我还想补充一点，现在事情发生了变化。开始，我讲述的故事让我很不安，后来我很快就有了自己的立场，就是反对任何形式的以个人为中心的态度。现在我最担心的事情是我会失去创作空间，我觉得我能找到这个空间，也是一个奇迹。一个人写作时，知道自己不仅仅可以为读者创作一个故事、一些人物、情感和风景，但也能塑造一个作者形象，这是只通过写作塑造的真实形象，是技术上的突破和探索。这就是为什么我要么一直是费兰特，要么就不再出版作品。

注：

西莫内塔·菲奥里的采访刊登在2014年12月5日的《共和国报》上，标题是《埃莱娜·费兰特：假如你们发现我是谁，我就会放弃写作》。以下是这篇采访的引言：

亲爱的编辑：这里应该有一个误解，“出面”（“Metterci la faccia”）是我们总理的一篇文章提到的。总之，和我选择不在场没什么关系。但是算了，我想说，我还是很高兴能回答您的问题。

谢谢。

埃莱娜·费兰特

从误解中可以产生很多东西，包括一次很特别的采访。首先应该有一篇文章，是费兰特自己写的《出面》。因为她的身份依然是一个谜，她在全世界的成功，毋庸置疑，这篇文章在我们看来很合适。但费兰特没能写这篇文章，这样这场采访就用了另一个角度：在一个作秀的社会，一个作家的在场与不在场，一个坚持了二十多年的决定背后的原因。这些问题和回答都是通过书面的形式进行的，很难形成对话。双方就采访形式愉快地达成了共识，但我们发现沟通是建立在误解之上的。这个误解很有意思。现在，对这位女作家说的有些话，让人感觉很怀疑。她的读者真的对费兰特的身份不在意？一个作家的传记真的那么无关紧要？媒体的世界真的只是一帮无知的人在兴风作浪？可能事情要更加复杂一点，但对于一个大作家来说，一切都可以容忍，包括这些尖锐的回答。

西莫内塔·菲奥里

- 5 -
绝不放松警惕
雷切尔·多纳迪奥对费兰特的采访

多纳迪奥： 您坚持匿名，但还是征服了很多读者——大部分都是女性读者，首先是在意大利，现在波及美国和其他国家。您的作品在美国的成功，尤其是詹姆斯·伍德2013年1月在《纽约客》上发表了评论之后，您的读者越来越多，对此您有什么看法？

费兰特： 我特别欣赏詹姆斯·伍德写的那篇评论。评论界对于这些作品的解读，不仅仅有助于这些书传播，也会帮助我去阅读这些作品。写作的人，正因为他们写作，注定很难成为自己作品的读者。故事写出来之前的那些记忆，会妨碍作者像普通读者那样去读他的文本。评论家不仅仅会帮助读者去解读作品，也会帮助到作家，尤其是文学世界需要发生转变，评论家变得非常重要。意大利之外的读者如何去解读我小说中的女性，我从来都没有想过这个问题。我写这些作品，首先是为我自己，假如我出版了书，我会让作品自己去找读者。现在我知道"欧洲"出版社、安·戈德斯坦、伍德，还有其他评论者、作家、艺术家和普通读者对这些作品进行了挖掘和分析，说明它们不仅仅属于意大利，我觉得很惊喜，也非常幸福。

多纳迪奥： 您觉得，您的作品在意大利获得了应有的关注吗？

费兰特： 我从来都不出去推广这些书，无论是在意大利还是在其他地方。在意大利，我的第一本书《烦人的爱》通过那些发现它、喜欢它的读者口口相传，很快得到了传播，而且一些评论家也做出了肯定的评价。后来导演马里奥·马尔托内看到了这本书，拍了一部可圈可点的电影，进一步推动了这本书的传播，但也让媒体的注意力放在了我身上。也因为这个原因，我有十年时间几乎都没出版过什么东西，最后我决定出版《被遗弃的日子》，还是非常忐忑。这本书获得了很多读者，非常成功，虽然也有一些批评的声音，这些批评在《烦人的爱》出版后已经开始出现了。第二部电影的上映，让媒体更加关注作者的不在场。这时候，我决定把我的私人生活和公众生活分开，我是我，书是书。我可以带着自豪说，今天在我的国家，我的小说要比我的名字更出名，在我看来，这是一个很好的结果。

多纳迪奥：在意大利的文学传统中，您会把自己放在一个什么样的位置呢？

费兰特：我是一个小说家，我最感兴趣的是讲故事，意大利的叙事传统比较弱。有很多精心写成的美文，但没有那种特别引人入胜、情节性很强的叙事。有一个非常杰出的意大利小说家——艾尔莎·莫兰黛，我想从她的小说中学习讲故事，但我觉得我无法超越她。

多纳迪奥：在您的“那不勒斯四部曲”最后一部《失踪的孩子》里，第一个事件让人想到了《暗处的女儿》的一些情景。这本书里的主要人物勒达讲述了她对一些名字的喜爱，还有这些名字的变体和“回音”：娜尼、尼娜、娜内拉、埃莱娜、莱农，等等。这些“回音”有什么意义呢？您是不是觉得，所有人物都是同一个女性的化身？

费兰特：在我的小说中，这些女性形象是一些真实女性的化身，她们的痛苦、斗争都影响了我的想象。她们是我的母亲、朋友还有一些熟人，我了解她们的故事。我通常会把她们的体验和我的体验混合在一起，黛莉亚、阿玛利娅、奥尔加、勒达、尼娜、埃莱娜和莱农都是这种混合的产物。但是您所注意到的“回音”，可能源于这些人物内部的不稳定状态，我一直都在思考这个问题。我笔下的女性很强大，她们有文化，有自我意识，还有权利意识，她们很正直，但同时也很容易崩溃，成为别人的附庸，有时候会处于一种非常糟糕的状态。我也会经历这样的游移不定，我很了解这种状态，这影响到了我的写作。

多纳迪奥：通过您写的书，可以推测您是一位母亲。不论是真是假，您能不能讲一下这种做母亲的体验——无论是亲身经历的还是观察到的——有没有影响到您的写作？

费兰特：女儿和母亲的身份，在我的书中占着很重要的位子。有时候我想我一直都在写这个主题，我的所有不安都源于这里。怀孕、变形，感觉身体里居住着其他生命，让你很不舒服，有时候让你觉得幸福，有时候又威胁着你，也会让你忘乎所以。这种体验和一种非常可怕的东西相关，就像最远古的人看到了他们的神。当时圣母马利亚也应该是这种感情，她在专心阅读，这时候大天使出现了，告诉她怀孕的消息。至于写作，写作是在孩子之前就有的，这种激情对于我来说非常强烈，经常会和对孩子的爱产生冲突，尤其是和我作为母亲的义务，还有照顾他们的乐趣产生冲突。除此之外，写作也和创造生命相关，各种矛盾的情感混合在一起。但写作的线——尽管你因为焦虑，不知道如何打结，不知道下一步生活如何继续——假如你愿意，或者出于需求，因为其他紧急情况，你可以剪断这条线；你可以和你的书分开，你必须和它们分开。但肚脐出来的那根脐带，永远无法真正剪断，孩子一直是一个无法解开的结，混杂着爱、担忧、满足和不安。

多纳迪奥：在您的小说中，有很多地方引用了古典作品，从海伦和勒达这两个名字开始，您对于这些古典作品的兴趣是怎么产生的呢？这对您的作品有什么影响？

费兰特：我以前学的是古典文学，您在我发表的作品里看到古典文学的影响，这让我很高兴。但我没察觉到我的作品里有太多古典作品的痕迹，我以前写了很多习作，这对于我写作风格的形成影响很大，但幸好我没发表这些习作。我想告诉您的是，我从来没觉得古典世界很远古，我感觉我离这个古代世界非常近。我相信我从古希腊、古罗马作品里学到了很多有用的东西，比如如何把语言组织在一起。从小我就想掌握这个古典的世界，我通过翻译进行练习，我尝试抹去我在学校里学到的那些高昂的语调。同时，我想象着一个充满了美人鱼的海湾，她们都说希腊语，就像朱塞佩·托马西·迪·兰佩杜萨的小说中讲述的那样，那不勒斯是一个古希腊、拉丁世界、东罗马帝国、中世纪欧洲、现代、当代，甚至是美国交融在一起的城市，这些元素都并列在一起，首先体现在那不勒斯方言里，其次是这个城市的历史层面。

多纳迪奥：“那不勒斯四部曲”是怎么诞生的？您当时已经构思好了要写四本书呢？还是您开始写时，并不知道这个故事如何收尾？

费兰特：我差不多是在六年之前开始写这个故事，我想写一段女性友谊，非常曲折，充满痛苦，故事来自我非常在意的一本书——《被遗弃的日子》。我打算写一百页到一百五十页的样子。但写着写着，这个故事勾起了我很多回忆，让我想起了童年的很多人，还有当时的环境。我想起了很多体验、故事和当时的幻想，所以我一直写了很多年。这个故事当时是作为单本小说构思的，后来写成了非常厚的四本书，因为我发现，莉拉和埃莱娜的故事很难压缩到一本书里，所以就一直写下去了。我知道这个故事的结局，我还知道一些比较重要的情节：莉拉的婚姻，她在伊斯基亚岛的出轨，在工厂的工作，还有失踪的女儿。其他东西都是意外收获，是讲述的乐趣的产物。

多纳迪奥：第三本小说特别适合拍电影，您做过跟电影有关的工作吗？

费兰特：没有，但我非常喜欢看电影，从小我就从中学到了很多东西。

多纳迪奥：您是什么时候开始写小说的？在您写的那些小说中，哪一本代表了您的写作发生了转变？为什么？

费兰特：我从小就发现自己喜欢讲故事，我给大家口述一些故事，一直都很受欢迎。我大概十三岁时开始写故事，但在二十岁之后我才养成了写作的习惯，写作变成了一种持续、稳定的叙事练习。《烦人的爱》对我来说是一部非常重要的作品，通过这部作品，我感觉我找到了合适的调子。《被遗弃的日子》是经过很多痛苦的挖掘才写出来的，这本书给了我信心。迄今为止，对我来说“那不勒斯四部曲”是一套最大胆、最艰难的书，也是最幸福的书写，写这些书，就好像让我有了再活一次的机会。但最让我忧虑、最害怕的书还是《暗处的女儿》。如果没有经历这本书痛苦、纠结的写作，我后来也不会写出“那不勒斯四部曲”。

多纳迪奥：您的七部小说是按照什么顺序写的？发表的次序是不是就是写作的顺序？

费兰特：就像我跟您说的，我认为“那不勒斯四部曲”是一部作品。因此我总共发表了四部小说，最后一部是这套四部曲，它们都是按照写作顺序发表的。但这些作品都是经过很多年的练习，才慢慢写成的。就好像我把这些年写的片段仔细拼接起来，才找到了这些故事。

多纳迪奥： 您能不能讲述一下您写作的过程，您对《金融时报》的记者说，您一直都靠别的工作谋生，并不是写作。您用于写作的时间有多少呢？您能不能透露一下您的工作是什么？

费兰特： 我不认为写作是工作，因为一份工作是需要有时间安排，比如说开始，停止。我不停地写作，无论白天晚上，我随时随地都可能在写作。我称之为工作的那部分非常有规律、很安宁，在需要的时候，它会给我让出时间。通常我的写作很艰难，每一行都要斟字酌句，假如我写完的一页不是很完美，我不会向前继续写。问题是，我从来都不觉得我写得很完美，所以我从来都没想着去找出版社发表。实际上，我后来出版的书都写得很容易，包括我用了好几年写出来的“那不勒斯四部曲”，也写得很顺利。

多纳迪奥： 编辑工作是怎么进行的呢？您把手稿发过去之后，e/o 出版社会做很多修订吗？

费兰特： 出版社修订得非常仔细，也非常轻柔、客气。我自己会反复修改，出版社有不清楚的地方也会提出来，我会抓住机会，把他们的问题和自己的一些想法放在一起，对小说改了又改，会删除，也会添加东西，修改到作品付印为止。

多纳迪奥： 我非常尊重您的选择，我很确信您已经非常厌倦这个问题，但我不得不问。作为作家，您是什么时候，带着什么样的目的，决定保持匿名的？您希望把小说放在首位，而不是把小说家放在首位，就像那些英雄史诗一样。或者说，您做出这样的选择是因为您希望保护您的亲戚朋友？或者像您之前说的那样，只是为了回避媒体？

费兰特：请允许我说明一点，我从来都没有选择匿名，这些书都有署名。我只是选择了不在场，我不愿意出现在公众场合，我感觉压力很大。作品出版之后，我的写作已经完成，我希望能够脱离这些作品。我希望，这些书能够在没有我支持的情况下获得认可。我的这个选择很快就引发了和媒体的一个小小争议。媒体的逻辑是创造一些名人，而忽视作品质量。一本很糟糕、很平庸的书，但作者非常有名气，这要比一个默默无闻的作家的作品更应该受到关注，这对媒体来说很正常。现在对于我来说，最重要的是保护我的创作空间，我觉得在这个空间里还有很多种可能，还有可以发挥的余地。作者的不在场会影响到写作，我希望进一步开拓和探索这个空间。

多纳迪奥：您现在已经取得了一定的成功，这有没有让您改变主意，让您愿意揭示自己的身份呢？有一些好莱坞明星说，名气会带来孤独，一个在文学上取得巨大成功的匿名者，可能也会有点儿孤独。

费兰特：我一点儿都不觉得孤独，我很高兴，我写的那些故事走了出去，无论是在意大利还是在其他国家和地区，它们都有很多读者。我很关心它们的轨迹，但我会和它们保持距离。我写了这些书，它们展示了我的写作，而不是我。我有自己的生活，我现在过得很充实。

多纳迪奥：尤其是在意大利，很多人都认为您可能是一位男性，您是怎么样看待这个问题的？您想对多梅尼科·斯塔尔诺内说什么？作为一位那不勒斯作家，他有好几次说到他很厌烦别人问他是不是费兰特。

费兰特：他说的很有道理。我很愧疚，我非常欣赏他，确信他已经明白了我的用意。我的身份、性别都可以在我的写作中找到。围绕着我的写作产生的东西，都是新千年意大利媒体制造的舆论。

多纳迪奥：您能不能关于现在意大利的状况说几句呢？

费兰特：意大利是一个很神奇的国家，它总是处于一种混乱状态，合法与非法，公众利益和私人利益经常会发生冲突，这让她变得平庸。这种混乱体现在种种自以为是的人的夸夸其谈，贯穿于诸多非法组织、各个政党、国家机器以及所有的社会阶层。做一个好意大利人很难，这和电视上或报纸上打造的模范人物完全不同。在社会生活的角角落落，尽管有很多很优秀的意大利人，但在电视上我们很少看见他们。在这种情况下，意大利还能拥有那么多优秀的公民，这说明了这真是一个了不起的国家。

多纳迪奥：那不勒斯是一个您可以汲取灵感的地方，除此之外，对于您来说这个城市代表着什么呢？是什么让它独一无二？

费兰特：那不勒斯是我的城市，是我在二十岁之前迅速了解的一个城市，它集合了意大利的最好和最糟糕的东西。我建议所有人都去那不勒斯生活一段时间，哪怕是几个星期，这是一种生活演练，也是一种震撼人心的实习。

多纳迪奥：福楼拜的一句话非常有名："包法利夫人就是我。"在您的书中，有没有这样的一个人物，跟您的敏感度，还有给您的个人体验非常贴近？为什么？

费兰特：我所有的书都是从我个人经验中汲取了素材，获取了真相。埃莱娜和莉拉两个人一起，可以很好地展示我，不是她们生活中发生的事件，也不是她们作为具体的人——一个有很强的自控能力，另一个性格反复无常——而是她们俩之间关系的那种动态。

多纳迪奥：对于您的读者，看了您的作品之后，最重要的是给他们留下什么印象呢？

费兰特：尽管我们不断尝试着去降低防卫，出于爱情，出于疲惫、喜欢或是客气，我们女人都不应该这么做，因为我们随时都可能失去我们获得的东西。

多纳迪奥：您还需要补充别的吗？

费兰特：没有。

注：

雷切尔·多纳迪奥对费兰特的采访，刊登在2014年12月9日《纽约时报》上，标题是《对于我来说，写作一直是艰难的斗争：对话费兰特》。采访的前言如下：

女作家的笔名是埃莱娜·费兰特，我们通过她的意大利出版人桑德拉·欧祖拉对她进行了采访，她通过邮件回答了我们提出的一些问题，以下是采访记录。

- 6 -
写作的女人

桑德拉： 当您开始写一篇小说时，会发生什么？你的书是怎样诞生的？

费兰特： 我没法具体说明这些书是怎样诞生的。我相信，没人真正知道一本小说是怎样成形的。小说写完之后，作者总是会尝试解释作品是怎样产生的，但每一种理由就我而言都不够的。按照我的经历，总是有一个“之前”，由一些记忆的碎片构成，还有一个“之后”，也就是一部小说的产生。但我必须承认，“之前”和“之后”对于我来说，只是为了有序地回答你的问题。

桑德罗： 你所说的记忆碎片指的是什么？

费兰特： 各种不同的材料，难以界定。你有没有这种体验？就是你脑子里有一些音符，一个调子，但你不知道它是什么，假如你哼唱出来的话，它可能会变成一首歌，和你想象的不一样。或者说，当你回忆起某个街角时，你不知道那是什么地方，要给这些零碎的记忆加一个标签的话，我会用我母亲喜欢用的一个词汇：碎片。我们头脑里的这些碎片或齑粉，你很难记得它们来自哪里，但它们在你脑子里会形成一些声音，有时候会让你难过。

埃娃： 这些碎片都可能变成小说吗？

费兰特： 有时候可能，有时候不行。这些碎片可以一个个分辨出来：童年生活的地方、家庭成员、学校的伙伴，一些温柔或气愤的话，还有一些非常紧张的时刻。把这些东西整理出来，你就可以开始讲述了。但总是有一些东西行不通，就好像这些碎片会各自为政，它们会形成一致或相反的力量：有的要清晰地出现在日光之下，有的试图隐藏在最深处。我们就拿《烦人的爱》作为例子，有很多年我都一直在构思这个故事：关于那不勒斯郊外的事情。这是我出生和成长的地方，我脑子里回荡着撕心裂肺的叫喊，家庭内部的暴力，还有家里的物件和街道，那是我小时候看到过的。这本小说的主人公黛莉亚就产生于这些记忆。但是，她母亲阿玛利娅有时候会露一下脸，然后很快消失，几乎一直不在场。在我的想象之中，黛莉亚的身体会碰触到她母亲的身体，每次写到这里我都会感到很羞愧，会开始讲别的。用这些零散的材料，在这些年里我写了很多短篇小说，也写了一些篇幅很长的小说，但在我的眼里，那些小说都让人不满意，没有任何一部讲到了母亲的形象。后来，突然间很多碎片都消失了，剩下的那些很坚实地贴在一起，作为一种母女关系的背景，就这样，在一两个月之内，产生了《烦人的爱》这部小说。

桑德罗：还有另一部小说《被遗弃的日子》是怎么产生的呢？

费兰特：关于这部小说的诞生，我的记忆就更黯淡了。有很多年，我脑子里都有一个这样的女人形象，她晚上关上自家的门，早上去开门时，发现她已经无法打开门了。有时候会出现她生病的孩子或一只被毒死的狗。然后，所有这些细节都开始围绕着一件发生在我身上的、让人难以启齿的经验：我也遭受了遗弃的屈辱。就好像在我脑子里盘旋了很多年的碎片，突然融合在一起，形成了一个故事，但我没法把它忠实地讲述出来。我很担心，这就和讲述梦境时会发生的事情一样。讲述梦境时，你知道自己在改编。

埃娃：你会把你的梦境写下来吗？

费兰特：很少的几次，我好像记得做过的梦，我会记下来，我从小都有这个习惯。我建议大家都写下自己的梦境，这是一个很好的练习，把梦境的体验按照醒时的逻辑记叙下来，这是对写作的考验。一个梦境清楚地证明：你要把它完完整整还原出来，这几乎是不可能的。要把一个行为、一种情感、一系列事件通过语言忠诚地揭示出来，并不“驯服”它们，这不像想象起来那么简单。

桑德拉：您所说的“驯服真相”是什么意思呢？

费兰特：就是进入一个表达的禁区。

桑德拉：也就是说？

费兰特：推翻那些因为慵懒、害怕，图方便或是为了息事宁人而讲的故事，打破那些让我们可以自圆其说、大家都容易相信和接受的东西。

桑德罗：在我看来，这是一个需要深入谈论的问题。伍德还有其他一些评论家非常欣赏您在小说中展现出的真诚，他们甚至很赞赏那些粗暴的文字。真诚在文学中代表着什么？

费兰特：就我所知，真诚是一种折磨，也是文学上深入挖掘的动力。作家一辈子都在努力，就是想找到一些合适的表达工具。通常，对于一个小说家来说，他们首先考虑的问题是：我可以讲出什么样的体验？我能够讲什么呢？但实际上并非如此，一个作家要面对的最要紧的问题是：什么样的语言、节奏和语感适合讲述我所知道的故事。这些好像是一些形式上、风格上的问题，总的来说是次要的问题。但我很确信，没有合适的词汇，没有一个漫长的训练过程，学会组合词汇，是无法产生一些活生生、真实的东西的。就像我们现在经常会说的：这是真正发生过的事情，是我的真实经历，这些名字都真实存在过，我描写的这些场景都是事情真实发生的地方，但这还不够。不得体的写作，可能会让一段真实经历变得虚假。文学的真实，不是建立在个人经历、报刊或法律的真实基础上。文学的真实不是传记作家、记者、警察局的口供或是法院判决的那种真实，也不是虚构小说里构建的逼真故事。文学的真实，是用词得当的文本里散发出来的真实，会溶于语言之中。它直接和句子里散发的能量挂钩。假如获得了这种真实，那就会避免刻板、平庸，也会避免大众文学里那些常用的技法。这样你就可以重新激活，会按照自己的需求塑造任何东西。

桑德拉：怎么能够获得这种真实呢？

费兰特：当然了，这种能力是漫长训练的结果，也可以不断优化。但这种能量对于大部分人，只是简单地发生了，展现出来了，你无法知道它到底怎么发生的，你也不知道会持续多长时间。你一想到这些能量可能会突然抛弃你，在写作的过程中，把你扔在半路上，你会很害怕。再加上对于写作的人，假如他可以坦率地面对自己，他会承认，他也不知道是不是已经完善了自己的写作，让他可以彻底全盘托出。我们说得更清楚一点吧，每个把自己的生活重心放在写作上的人，都会面临登库姆的那种状态，他是亨利·詹姆斯的《中年人》中的主人公，在他最成功时却快要死了，他希望还有机会再尝试一次，看自己是不是能够做得更好。或者他几乎要脱口而出，说出普鲁斯特笔下的贝戈特面对维米尔绘制的柠檬黄墙壁，发出的那句绝望感叹：“我应该这样写！”

埃娃：您是什么时候第一次觉得自己达到了这种文学的真实？

费兰特：很晚的时候，就是我在写《烦人的爱》时，假如那种感觉没有持续下来，我也不会出版那本书。

埃娃：你说，你用了很长时间加工那些材料，但没有成功。

费兰特：是的，这并不意味着《烦人的爱》是漫长、辛苦工作的结果。正好相反，这本小说写得很快。之前的很多年是很辛苦，写了一些让人不满意的故事，那些文字都是反复加工的，当然看起来很逼真。或者说，那些小说都是仿照其他范例写的，那些范文都是关于那不勒斯的写得不错的故事，关于城郊、贫穷和占有欲特别强的男人，等等。后来，突然间我的写作有了正确的调子，或者说这只是我的感觉。在写出小说的第一句时，我就感觉出来了，这种写作在纸上引出了一个故事，是一个我从来没有尝试过的故事，甚至可以说，一个我从来都没有构思过的故事。这个故事讲述了对母亲的爱，一种非常隐秘、发自肺腑的爱，夹杂着厌恶。这一切忽然从记忆深处迸发出来，我不用去寻找合适的词语，而是语言唤起了我最秘密的情感。我决定发表《烦人的爱》，并不是因为这个小说所讲述的故事让我觉得很尴尬、害怕，而是因为我第一次可以说：我应该这么写。

桑德拉：我们现在让话题停留在《烦人的爱》这部小说的创作上。你自己也说，这是一次让人惊异的征服。这代表了一种质的飞跃，你觉得，你之前写的那些作品都不值得出版，但这本书一两个月就写出来了，并没有费很大的力气，不像之前的小说写得那么累。因此，一个作家会有不同的写作？我问你这个问题，是因为有不少评论家和作家，有的是真觉得疑惑，有的是别有用心，认为您的小说是好几个人联手写的。

费兰特：作为作家，我选择不出现在公众面前，而且现在完整的语文教育已经消失，已经没有文体批评了，这当然会让人产生各种各样的想象，或者恶意的推测。那些做评论的人盯着一个空荡荡的画面，那里本应该有作家的照片，他们没有技术工具，或者简单来说，他们没有真正的读者的敏感和热情，所以很难用作品来填补那个空白。另外，他们还会忘记了一个非常明显的事情，也就是说，每个人的写作都有自己的历史，还会经常发生一些明显的断裂和飞跃。有时候，这种风格的变化让他的写作失去连续性，有时候会让人看不到前后作品之间的联系。让我们说得更清楚一点，只有一个明确的署名，或者非常严密的文本分析，才能让人确认《都柏林人》和后来的《尤利西斯》《芬尼根守灵夜》出自同一个作家之手。我可以继续列举一些类似的例子，就是表面上看起来风格迥异的作品，其实却出自一个人之手。总之，一个高中生都应该有这点文化常识：一个作家用一辈子去写作，他总是有一些新的表达需求；一首歌儿唱得调子高些，或者低些，并不意味着歌手换了。但很明显，现在事情并非如此。一段时间以来，大家都觉得，只要上过几天学，就可以写一部小说，很少人记得，写作意味着要辛苦地练习，获得一种可以面对各种主题的能力，可以应对各种考验，当然结果总是难以预料。

桑德拉：因此，你的作品不是几个人联手写出来的，而一个作家进行各种艰难的尝试，想找到合适的表达工具，尝试各种可能性。

费兰特：差不多是这样。《烦人的爱》对我来说是一个小小的奇迹，是经过很多年练习之后才实现的。比如说，我觉得通过这部小说，我获得了一种节制、稳定、清醒的写作风格，然而，这种风格还是会有随时塌陷的风险。我的满意没持续很长时间，后来越来越弱，最后消失了。这个小说的产生，对我来说是一个偶然的结果，后来我用了十年的时间才摆脱了这本书，我获得了一种独立的工具，那就像一根很结实的链子，可以从深井里汲水。我工作了很长时间，但直到我写出《被遗弃的日子》，我才感到自己又写出了一本可以出版的小说。

桑德罗：你认为一本小说到什么程度才可以出版？

费兰特：当这个小说讲述了一个故事，而在我没有觉察到的情况下，有很长时间我都回避这个故事，因为我觉得没法把它讲出来，或者讲出来对我不利。《被遗弃的日子》是用很短时间写出来的故事，我用了一个夏天构思，然后写了出来。或者更具体来说，前面两章写得很顺，很快就写出来了，后来突然间，我开始犯错，我的调子变了，不再和谐，《被遗弃的日子》的最后一个部分就是这样。我不知道怎么把奥尔加从危机中解救出来，我无法像讲述她落入深渊时那样，达到一种真实的效果。我还是同一个脑子，同样的写作，还是同样的选词、句式、标点符号，但我的语气、调子变得很虚假。我熟悉这种感觉：就像我看到其他充满权威的男女作家的作品，我会失去自信，我脑子空空的，我没有办法做自己。有好几个月，我感觉后面几章我写不出来，我觉得无法达到平常的水平。我带着恨意对自己说："你喜欢迷失自己，而不是找到自己。"后来一切又重新启动了。但现在我还是没勇气重读那部小说，我担心最后一部分写得很造作、空洞，没有真相。

埃娃：你对自己的要求很高，只希望出版那些质量上乘、你尽最大努力写成的书，你觉得这是因为你是女作家吗？说得更清楚一点儿：你出版的小说不多，因为你害怕没有达到男性写作的水准？或者说：作为女性，那就意味着应该付出更多努力，写出一定水准的作品，让男性写作无法轻视之。更普遍一点儿的问题是：你觉得男性写作和女性写作之间有什么根本的差别？

费兰特：我通过我的个人经历来回答你的问题。我从小——十二三岁——就非常确信，一本好书必须有一个男性主人公，这让我非常沮丧。这个阶段持续了两年多时间，在我十五岁时，我开始热衷于看那些处于困境的勇敢少女的故事。但我还是继续认为——可以说，这个想法更加明确——那些伟大的小说家都是男性，我要学会像他们那样讲故事。在那个年纪，我看了很多的书，明确来说，我模仿的都是那些男性作家。甚至我写女孩子的故事时，我总是让我的女主人公历经风霜，非常自由，很有毅力。我尝试去模仿男人写的伟大作品。说得更具体一点，我不希望自己像那些女性作家，比如说，像拉法耶特夫人或者简·奥斯丁、勃朗特姐妹那样写作——那时候，我对当代文学知之甚少——我想模仿的作家是笛福、菲尔丁、福楼拜、托尔斯泰、陀思妥耶夫斯基，甚至雨果。我当时觉得，值得模仿的女性作家很少，她们相对比较弱，男性作家的作品非常多，更引人入胜。我不想把话题扯得太远了，那个阶段对于我来说很长，一直持续到二十岁，对我的影响很大。在我看来，男性小说传统提供了丰富的、构建性的东西，我觉得女性小说缺乏这一点。

埃娃：因此你觉得女性写作根基比较弱吗？

费兰特：不是，完全不是。我说的是我青少年时期的想法。后来，我的观点发生了巨大变化。因为历史原因，女性的写作传统没有男性写作那么丰富多彩，但也留下了一些水准很高的作品，有的是非常有创造力的作品，比如说简·奥斯丁的作品。在二十世纪，女性的处境发生了根本变化。女性主义思想和女性主义实践释放了很多能量，推动了更深入、更彻底的转变，产生了很多深刻的变化。假如没有这些女性的斗争、女性主义的文章，还有女性文学，我都无法认识自己，这些作品让我变成了一个成熟女性。我写小说的经验，无论是没出版的还是那些已经出版的，都是在二十岁之后成型的，我尝试通过写作，讲出符合我的性别，体现女性不同之处的故事。但一段时间以来，我一直在想，我们应该去打造女性自己的传统，我们永远都不要放弃前辈留下的技艺。作为女性，我们要建立一个强大、丰富和广阔的文学世界，和男性作家的文学世界一样丰富，甚至更加丰富。因此，我们要更好地武装起来，我们必须深入挖掘我们的不同，要运用先进的工具去挖掘。尤其是，我们不能放弃自由。每一个女作家，就像在其他领域，目标不应该只是成为女作家中最好的，而应该成为所有作家中最好的，无论男女，都要尽可能发挥自己的文学才能。为了做到这一点，我们不能受到任何意识形态的束缚，要摆脱所有主流、正确的路线和思想指导。一个写作的女性，她唯一应该考虑的事情是把自己所了解的、体会的东西讲述出来，无论美丑，无论有没有矛盾，不用去遵照任何准则，甚至不用遵从同一个阵线的女性。写作需要极大的野心，需要摆脱各种偏见，也需要一种有计划的反抗。

桑德拉：在你的作品中，你觉得哪一部让你全心投入，具有刚才你提到的那些特点？

费兰特：就是最让我觉得愧疚的书——《暗处的女儿》。我把书中的主人公置于一种我写作时都无法忍受的处境。勒达说："那些最难讲述的事情，就是我们自己也无法理解的事。"我们可以这样说，这是一句箴言，这是我所有书的根基。写作应该进入一条艰难的道路，在虚构的小说中，一个写作的女人——讲述者"我"，在故事中永远都不是单一的声音，而是写作本身。讲述者会面对一个非常艰难的挑战：她应该把自己所知道的，但还没有想清楚的东西用文字组织起来。这就是发生在黛莉亚身上的事，同样也发生在了奥尔加、勒达和埃莱娜身上。但黛莉亚、奥尔加和埃莱娜走过了她们的历程，到了故事的最后，她们很阴郁，但她们得救了。但是，勒达写出来的东西，是她无论是作为女儿、母亲还是另一个女人的朋友都无法忍受的。尤其是那个下意识的动作，她拿走了那个娃娃——这是整个故事的核心，这个动作的意义是她没有想到的，当然在写作中也无法说明。在这里，我期望自己能展示比写出的文字更多的东西：一个很真实、很有说服力的故事能达到一种这样的效果，即使那个写作的人也没有明白其中的意义，因为假如她知道答案的话，可能会死去。《暗处的女儿》是我发表的所有小说中，最让我痛苦，也是和我联系最密切的。

埃娃：你一直在强调写作的中心作用，你说那就像从很深的井中汲水的链子。你写作的方式有什么特点呢？

费兰特：我只确信一件事：我只有采用一种简洁、清醒、强悍的女性声音，类似于这个时代中产阶级知识女性的声音，我用这种声音开始写，才会觉得能写一个好故事。我需要一个干脆的开始，句子清晰明确，不用展示漂亮的文字或文体。通过这种调子，小说才能稳稳地写出来，我带着一种忐忑的心情，等着另一个时刻的到来，就是我可以用一系列沧桑、刺耳、激动、断断续续、随时都可能崩溃的声音来打断那些平缓、稳定的声音。在我第一次改变语体的时候，伴随而来的是激动、不安和焦虑。我很喜欢打破我笔下人物有文化、有教养的外壳，让他们流露出粗糙的灵魂，让他们变得吵吵嚷嚷，也许有些歇斯底里。因此，我会在两个调子之间的过渡上用很多心思，我希望语气变得激烈的过程让人惊异，同时能自然地恢复到平静。实际上，讲述的声音产生断裂对我来说要容易一些，因为我迫不及待地等着这个时刻，我心满意足地滑入那个状态，我很担心声音恢复平静的时刻。我很担心讲述者没办法平静下来，尤其是，现在读者都知道，她的平静是虚假的，不会持续很长时间，讲述的秩序很快就会被打乱，她会带着更大的决心和乐趣，展示自己的真实状态，我需要用一些心思让这种平静变得真实。

桑德拉：你小说的开端总是饱受好评，尤其是英美的评论家对你的小说开头评价都很高。你觉着，这是不是和写作的跌宕起伏有关？

费兰特：我觉得可能是。通常，我想马上获得那种效果，从刚开始的几行，我就想运用一种平静但有裂缝的语气。从《烦人的爱》开始，我一直都是采用这种办法，除非这个故事有一个开场白——比如《暗处的女儿》和“那不勒斯四部曲”——因为开场白本身的性质，语气很平稳。但在其他情况下，小说的开头，我总是会用一些冷静的长句，但同时这些句子会散发出一种让人无法忍受的热量。我希望我的读者从开始几行就知道后面是什么情况。

桑德罗：你在写作时是不是很关注读者？你是不是觉得，让他们产生激情，给他们挑战，让他们陷入困境危机非常重要？

费兰特：假如我出版一本书，我的目的肯定是让读者读这本书，这是我唯一感兴趣的事情。因此，我会采用所有我掌握的写作策略，引起读者的兴趣，激起他们的好奇心，让我写的文字富有张力、跌宕起伏。但我觉得读者并不是普通消费者，他们不是消费者。那些顺从读者品味的文学是堕落的文学。我的目标很矛盾，是让读者的期待落空，让他们建立起新的期待。

桑德罗：一本小说从一开始，目标都是达到一种讲述的张力，吸引读者的注意力。在二十世纪，一切好像都发生了变化。您觉得在二十一世纪，文学会建立一种什么样的传统？

费兰特：我觉得，之前的文学传统是一个巨大的矿藏，那些想写作的人，会在这个矿藏里找到自己需要的东西，不需要排除任何东西。我觉得，现在我们需要的就是这个。一个有野心的小说家，他应该比过去的作家更要博览群书，了解这些文学传统。我们生活在一个正在发生巨大变化的世界，会有一些难以预料的结果，因此最好做好准备。需要像狄德罗一样，既可以写出《修女》，也能写出《宿命论者雅克和他的主人》，要从菲尔丁的作品中汲取灵感，也要从劳伦斯·斯特恩身上获得能量。我想说的是，二十世纪的伟大尝试，经过了一些良性的破坏，可以，也应该紧紧抓住以前的小说创作，甚至是其他文学体裁的有效工具。永远都要记着，一部小说活生生的，并不是因为作者比较上相，评论家说了很多好话，或者说市场上比较叫座，而是因为那些密密麻麻的文字，在被写出来时，从来都没有忘记和忽视读者，因为只有读者才能点燃语言的导火索。我不会放弃那些会提高读者兴趣的技巧，我甚至会采用一些过时、粗俗和滥用的东西。正如我所说，让一切变得精致而新颖的是文学的真实。无论是短篇、中篇还是长篇，最重要的是一种丰富、复杂和引人入胜的叙事方式。假如一部小说拥有这些特点——这是任何市场营销无法赋予它的——它就不需要任何其他东西，它可以走上自己的道路，吸引读者，假如需要的话，它也可以反小说。

桑德罗：在我看来，这是非常重要的一点，我希望你能够深入谈论这个问题。写作的质量最重要，胜过其他东西。很多美国评论家都直接把你的写作、你的诚实和你远离公众视野的决定放在一起进行谈论，就好像在说：作家越是不出现，就会写得越好。

费兰特：二十年是一段很漫长的时间。我在一九九〇年做出这个决定，就是因为我不愿意在一本书出版之后，出去进行推广，那时候我们第一次讨论我的需求，还有我隐身的原因。现在，这些原因已经发生了变化。那时我非常担心自己要离开自己的庇护所，非常重要的原因是我很羞怯，我需要坚持自己的立场。随后，我对媒体的抵触越来越大了，他们对于书本身没有太大兴趣，他们尤其会关注一些已经取得成就、有一定声誉的作者。比如说，让人惊异的是，意大利那些最受关注的小说家和诗人，或是有一定的学术背景，或是他们在出版业地位显赫，或是在其他重要领域已经做出了成就。就好像文学无法通过文本来证明自己，而是需要一些外部支撑，来证明这些作品的质量。假如我们抛开大学和出版社，抛开政治家、记者、歌唱家、演员、导演、电视的主持人，等等，他们的作品也是一样，在这种情况下，他们的作品也无法独立存在，需要其他领域的成就提供"通行证"。"我在这个领域或者那个领域取得了成功，我获得了一些关注，因此我写了一部小说。"媒体非常重视这种联系。作品本身并不重要，而是写这本书的人有没有自带光环。假如他已经有了名气，媒体会强化这种光环，出版社也会敞开大门，整个市场也会非常高兴接纳你。但如果没有这种光环，一本书很神奇地赢得了市场，媒体就需要打造一个作者形象，这就开始了一个机制：作者出售的不仅仅是他的作品，而是他自己，还有他的形象。

桑德拉：你刚才说，你隐身的原因现在已经发生了变化。

费兰特：我现在对于媒体炒作依然很抵触。这种行为不仅仅会削弱人们在每个领域创作的作品，而且已经无所不在。没有媒体炒作，好像什么事儿都行不通了。虽然任何产品都是传统、各种技能和群体智慧的结果，人物——注意，是人物，而不是个体，不是一个人，他的作用很重要——会让所有作品显得暗淡。但我必须说，在我隐身的漫长时间里，我获得的创作空间，一直都具有它的重要性。这里，我想回到写作本身。我知道，一本书彻底完成修订之后，它会走上自己的历程，不用我亲自陪伴。我知道，我永远都不会亲自出现在一本出版的书旁边，就好像那是一只需要主人陪伴的小狗。这让我对写作有了一些新的感受，想到一些我从来没想过的事：我感觉我摆脱了自己写出的那些文字。

埃娃：您是不是想说，您感觉自己在进行自我审查？

费兰特：不是，这和自我审查没什么关系。我写了很长时间，但从来都没有发表的意图，也没有想着让别人看我写的东西。对于我来说，这是一个非常重要的演练，就是为了避免自我审查，这和写作的潜力有关。济慈说，对于他来说，诗人是所有一切，也什么都不是。诗人不是自己，诗人没有自己，没有身份，也可能没有任何诗意。通常，在这封信里，读者看到了一种变色龙式的美学。但我看到，作者大胆地和他的写作分开，就好像在说：写作是所有一切，我什么都不算，你们要去找文本，而不是我。这是一种惊世骇俗的态度，济慈把诗人从他的艺术中抽离了出来，把他定义为“没有任何诗意”的人，否定了诗人在写作之外的身份。现在我想到这句话时，我感觉它很重要。把作者抽出来——就像媒体理解的那样——让作者和他写的作品分开，这能创造出一个新的创作空间，值得从技术层面进行探讨。从《被遗弃的日子》开始，我逐渐明白，从媒体的角度，我的不在场成了一个让人诟病的空白，这其实通过写作可以填补。

埃娃：你可以解释得更清楚一点吗？

费兰特：我可以从读者的角度开始说，梅根·奥罗克在《卫报》上的文章已经总结得很清楚了。奥罗克明确地展示了这种写作体验，她谈到了读者和作者的关系，作者决定彻底和自己的作品分开，她强调说，“我们和她的关系，这就像我们和一个虚构角色之间的关系。我们感觉我们认识她，但我们知道的只是她的句子、思维方式，还有想象力。”这好像是很简单的话，却很能说明问题。现在大家都觉得，一个作家是在文本之外特定、具体的人，假如我们想要对自己读的东西有更多了解，我们就需要去了解那个人，知道他生活中那些庸常或者非凡的事，来更好地了解他的作品。只要把作者从公众的眼前抽离，就会验证奥罗克所强调的。我们就会意识到，文本包含的东西会超过我们的想象。文本已经饱含了那个写作的人，假如你要去找他，他就在那里，你会比真认识他的人了解到更多东西。当作家以简单、纯粹写作——在文学中唯一重要的东西——的姿态出现在读者眼前，他无法避免就成为叙事或者诗句的一部分，虚构的一部分。在这些年里，我在这个方面做了很多尝试，尤其在“那不勒斯四部曲”中，这种意识越来越明确。埃莱娜·格雷科的真相和我的真相有很大的不同，她的真相来自我的写作，就是我通过文字能够揭示出来的东西。

桑德罗：你想说的是不是：媒体都前赴后继，想用闲话来填满你留下的空白，而读者填补这个空白的方式是对的，他们在文本中找到他们所需要的东西？

费兰特：是的。但我还想说，假如这是真的，作家的任务就更多了。假如有这么一个空白——在社交和媒体上的空白，出于方便，我叫自己埃莱娜·费兰特，我，埃莱娜·费兰特，出于小说家的好奇心，还有挑战自己的决心，我必须采取行动，使文本中的空白得以填充。怎么填充呢？给读者提供一些线索，让读者把我和讲述者“我”——那个名叫埃莱娜·格雷科的人区别开来。但我感觉这个埃莱娜·格雷科真实存在，因为我可以讲述埃莱娜和莉拉的故事，通过我组合语言的方式，让她们变得真实、活生生。脱离文本的作者不存在，在文本之内他会展示自己，会把自己有意识地附在故事之中，他会精心呈现自己，让自己比小报上的照片，比出现的文学节、电视节目或文学颁奖仪式上的面孔更真实。那些热情的读者应该有这样的条件，他们同样可以在字里行间，或者文本中不符合语法和句法规则的地方，分辨出作者的样子，就好像熟悉小说中的人物、风景、情感，沉稳或者激动的行为一样。这样一来，写作就会变得更核心，无论是对于写作者（可以用最真诚的心态写作），还是对于读者而言。我觉得这要比去书店签售，或者用一些场面话破坏这些作品要好得多。

桑德拉：你曾经说过，“那不勒斯四部曲”在写作的过程中，你有意识地运用了你制造的创作空间。

费兰特：是的。但《暗处的女儿》的经验在前，出版之前两本小说时，如果我很害怕在小说中看到自己，尤其是用了刚才我提到的那种双重语体：有时高雅，有时粗俗。在第三本书里，我担心自己太夸张了，就好像我已经无法像前面两本书那样，控制勒达的世界。我在写到最后才想到偷娃娃的行为，还有布娃娃被偷了的女童，女童的母亲对于勒达产生的吸引力，这些都是灵光一闪，即兴产生的。这两个元素——母女关系，还有一段刚刚产生的友情的阴暗背景——会让我进一步探索女性之间的复杂关系。写作会卷入一些难以名状的东西，以至于第二天我会把它们删除，因为我觉得一些很重要的东西，一旦落入语言的罗网，会让我无法承受。假如勒达没法厘清她的行为——她的内心会越来越凌乱，她作为一个成人，偷了一个女童的布娃娃——我写作时，也会和她一起沦陷，我没法像解救黛莉亚、奥尔加那样，把自己和她从旋涡里解救出来。最后，这部小说写完了，我万分忐忑地出版了。但有好几年时间，我一直在这个故事上绕圈子，我觉得我应该回到这个故事上。我开始写“那不勒斯四部曲”，这不是一个偶然的结果，我从两个布娃娃写起，开始写一段激烈的女性友谊的诞生，那时我感觉，我可以在这里重新挖掘一下。

埃娃：我们现在谈谈“那不勒斯四部曲”，莉拉和埃莱娜之间的关系不像是虚构的，也不像用通常的方式讲述的，就好像直接来自潜意识。

费兰特：我们说，“那不勒斯四部曲”没有像其他作品那样，在“碎片”中，也就是说那些凌乱地混杂在一起的材料中找到一条路。我从开始就感觉到，所有一切都是新体验，每样东西都出现在该出现的位子上，这也许是源于我和《暗处的女儿》的关系。在我写这本书时，比如说，我已经意识到尼娜这个形象的重要性。这是一个年轻的母亲，和那个“克莫拉”分子横行的环境格格不入，很引人注目，正因为这一点，她才吸引到了勒达。我脑子里想到的最初情节，当然是两个丢失的布娃娃，以及后来失去的女儿。但现在，我觉得没必要把我几部小说之间的联系列举出来。我想说的是，对于我来说，这是一种全新的体验，我感觉那些材料自然有序，都来自其他小说。就我所知，关于女性友谊的主题，这也是和我在《晚邮报》上提到的前几年去世的那个女性朋友有关：这是莉拉和埃莱娜故事的最初原型。后来，我有了自己的私人“库房”——是一些幸好没出版的小说——这些小说里，有很多难以控制的女孩和女人，她们的男人、环境枉然想压制她们，她们虽然精疲力竭，但依然很大胆，她们总是很容易迷失于自己脑子里的“碎片”中，集中体现在《烦人的爱》里的母亲阿玛利娅身上。现在想想，阿玛利娅有很多地方都和莉拉很像，包括她的“界限消失”。

埃娃：无论是莉拉还是埃莱娜，这两个人物有着本质的不同，但都很容易引起读者的共鸣，让读者感同身受，你怎么样解释这种情况？这和两人之间的不同有关吗？这两个人物都千头百绪，有很多个层面，但总的来说，埃莱娜是一个比较接近现实的人物，而莉拉却像是高于现实，就好像她是一种神秘的材料组成，挖掘得更深入，有时候有一些象征性的特征。

费兰特：埃莱娜和莉拉之间的差别，很大程度地影响了叙事策略的选择，但她们俩都经历了一个正在发生变化的时代，女性的处境发生了变化，这是故事的核心。想一想，读书和上学的作用，埃莱娜对自己要求很高，她很勤奋，每次都能够找到自己需要的工具。她带着一种有节制的自豪，讲述自己成为知识分子的历程，她积极地参与这个世界，强调莉拉已经远远被自己抛在了身后。但她的讲述时不时会中断，因为莉拉表现得比她更活跃，尤其是更激烈、更彻底地参与这个世界，可以说，莉拉更底层，更发自肺腑。莉拉最后会真的离场，把整个舞台留给埃莱娜，莉拉成了自己最害怕的东西的牺牲品：界限消失，自我消失。你称之为差别的东西，那是在这两个人物关系的不断游移中产生的，也是埃莱娜的故事的结构。这种差别使女性读者，应该也包含一部分男性读者，会觉得自己既像莉拉，又像埃莱娜。假如两个朋友的步子一致，那就像一个是另一个的翻版，她们是彼此的镜子，她们会轮番用秘密的声音讲述，但事情并非如此。这个步子从一开始就被打破了，引起差别的不仅仅是莉拉，也有埃莱娜。当莉拉的步子变得无法忍受时，读者会紧紧抓住埃莱娜；但埃莱娜迷失时，读者会对莉拉产生信任。

桑德拉：你提到了消失，这是你的小说中反复出现的主题。

费兰特：当然了，或者说，这是我反复写的一个主题，这和压抑以及自我抑制有关。这是我非常了解的一种状态，我想，可能所有的女人都有过这种体验。每次当你的身体里冒出来一种和主流女性相悖的东西，你都会觉得，这会给你，还有其他人带来困扰，你要尽快让它消失。或者你天生就很倔强，就像阿玛利娅，或者莉拉一样，假如你是一个无法平息的人，假如你拒绝低头，这时候暴力就会介入。暴力有自己意味深长的语言，尤其是在意大利语中："我要打破你的脸，要让人认不出你！"你看，这些表达都是对一个人的面貌和身份进行干预，抹去她的个性。要么你按照我说的做，要么我就会打得你屈服，让你改变想法，甚至杀死你。

埃娃：但这些女性也会"自我消除"，阿玛利娅可能自杀了，莉拉也失踪了。为什么呢？这是一种屈服吗？

费兰特：有很多消失的理由。阿玛利娅和莉拉的消失，可能是一种屈服。但我觉得这也是她们毫不让步的表现。我不是很确信。我写作时，我感觉很了解笔下的人物，但后来我发现，读者会更加了解他们。你在写作时，最神奇的事情是你写出的那些文字，在没有你参与的情况下，会产生很多你没想过的结果。你的声音是你身体的一部分，它需要你的参与，你说话，与人对话，你自我修订，进一步进行解释。但你的写作一旦固定在纸上，那就是独立的了，它需要的是读者，而不是你。你写完了，我们说，你就可以走了。读书的人，假如他愿意的话，他们可以思考你排列文字的方式。比如说，阿玛利娅是经过黛莉亚的文字过滤产生的，读者如果想要解开母亲的谜团，应该先解开女儿的谜团。更加困难的是，把莉拉镶嵌在埃莱娜的叙事之中：情节，还有编织她们的友谊，这些都很费心思。是的，可能黛莉亚和阿玛利娅之间的关系，是埃莱娜和莉拉之间关系的原型。这种关系在你没有觉察到的情况下，从一本书滑入另一本书，一本书的写作滋养了另一本新书，赋予它力量。比如说，一个儿童时代的人物——一个痛苦的女人，是《被遗弃的日子》里的核心人物，在小说里被称为“弃妇”，只有到现在，我才察觉到，“那不勒斯四部曲”里的梅丽娜就是这个女人的化身。这种小说之间的连续性，总的来说，都是无意识产生的，都来自那些已出版的或者未出版的小说的写作经验，这可能是我觉得“那不勒斯四部曲”故事简单的原因。这套书和其他书不同，这个故事来自我头脑中的很多片段，我很快在这些片段中做出了选择，这让我感觉一切都准备好了，知道该怎么做。

桑德罗：你是怎么看待情节的？在你写作“那不勒斯四部曲”时，中间有没有对情节进行调整？

费兰特：情节对于激发我，让读者产生激情，有着非常重要的作用。但正是因为这个缘故，它是写作展开的线索。大部分情节都是我在写作过程中想到的，一般都是这样。我知道，比如说，奥尔加关在自己家里，电话坏了，她和女儿、生病的儿子和中毒的狗在一起。但出现这样的情景之后，我不知道下一步会怎样。是写作拖着我走的——真正意义上拖着我走，因为它要打动我，让我激动——从门无法打开的那一刻，一直到那扇门打开，就好像从来都没有关上。在我写作之前，或者写作过程中，我当然会做出一些假设，但只是在脑子里设想一下，都是一些非常凌乱的头绪，写作向前进展时，这些假设都会消失。有时候，这些假设消失了，可能只是因为我忍不住跟我的朋友讲了故事的情节。口述的故事会消耗掉所有的创作劲头：可能脑子里已经构思得很好了，但讲出来之后，我会觉得那些东西可能不值得写了。在讲述埃莱娜和莉拉的故事时，情节自然而然地展开了，我基本上没有改变过方向。

桑德拉： 你写的有些故事，情节发展有点像恐怖小说，但最后会变成爱情小说，或者其他类型的小说。

费兰特： 当然了，情节意味着文学类型，这里话题就更复杂了。我需要情节，是的，但我得说，我没法遵守类型文学的规矩：读者在读我的小说时，觉得自己在读恐怖小说、爱情小说或成长小说，他们一定会失望。我感兴趣的，是把各种事件串起来的那条线索，因此我会躲过其他条条框框。在“那不勒斯四部曲”中，故事的情节各种类型都有，但没有沉溺和停滞，相反，故事情节一直向前推进，没有任何迟疑和停顿。这不是几个月发生的事情，而是持续了很多年的故事。写作时产生的东西，一直到发表，都站住了脚。

桑德罗： 虽然如此，“那不勒斯四部曲”是一套非常复杂的书，一点都不容易构思和写作。

费兰特： 可能是这样，但我重申一下：刚开始，我并没有这种感觉。大约在六年之前，开始写作这部小说时，我很清楚地知道自己要写什么：这是一段友谊—— 开始于一个很阴险的布娃娃游戏，结束于失去一个女儿。我脑子里构思的小说，不比《烦人的爱》或《暗处的女儿》长。结果是，我在写作这个故事时，没有一个寻找叙事核心的阶段，我一开始写作，就觉得下笔很顺畅。

埃娃： 对于你来说，下笔很顺畅和下笔不顺畅之间的差别是什么？

费兰特： 是我在每一个句子、每页上投入注意力不同。我有一些从来没发表过的小说，这些小说写得很精心，前面一页如果不是非常完美，我是不会往下写的。在这种情况下，这些小说的文字很美，但故事很虚假。我想坚持这一点，这是我非常了解的状况：故事向前进展，我很喜欢，我最后会写完整个故事。但实际上，让我满意的并不是叙事，我很快发现，这种喜欢是打磨每个句子，把一切都写得很完美的强迫症。按照我的个人经验，我越关注句子，故事就很难进展。最好的状态就是，写作只关注故事的主线。我在写“那不勒斯四部曲”时，这种状态马上就出现了，而且一直持续下来了。几个月过去了，故事一直很流畅，我甚至都没停下来重读我前面写的内容。在我的经验中，我第一次有这种感觉，就是我的记忆和想象会给我提供大量材料，这些材料没有堆积在故事里，让我变得混乱，而是有序地出现在我的笔下，这对于故事的进展非常必要。

埃娃：在这种状态下，写出来的东西是不是不需要修改，或者重写？

费兰特：并不是，故事是不需要修改，但文字却需要修订。出现这种状况，因为你脑子里不停有声音响起，对你来说，你的写作就像是释放，你在外面买东西时，吃饭时，睡觉时，这些声音都会在你脑子里响起。因此，假如小说需要修改的话，那也不是改变故事情节。“那不勒斯四部曲”有一千六百多页，我一直都感觉，不需要重新设置人物、情感、情节，还有转折。我自己也非常惊异，因为这个小说篇幅很长，里面有那么多人物，而且跨越的时间很长，我没去查阅任何笔记、历史文献，还有其他诸如此类的东西。但我要说的是，这不是偶然出现的，因为我一直都很痛恨为写作做准备。假如要做准备的话，那我会失去写作的欲望，我会失去激情，没法带来惊喜。当我写作时，本质上来说，一切都发生在头脑之内。写到某种程度上，我感觉需要缓口气，这时候，我会停下来重读我写的东西，会对文字进行修改。但我写之前的小说时，按照我的记忆，我写上三四页，顶多十页就会回头看，而在写“那不勒斯四部曲”时，我会一口气写五十页、一百页，也不会回头看。

埃娃：关于小说的形式，你的态度不是很明确，你不是很关注，可能对于小说来说，形式是正面的，也是反面的。

费兰特：是的。按照我的经验，漂亮的形式，可能会成为一种强迫症，会掩盖其他更复杂的问题：故事站不住脚，没法找到正确的路子，失去讲述和写作的信心。为了摆脱这种状态，需要只关注把故事写出来。这时候，写作的快乐都在那里，我觉得叙事已经展开，只需要让情节更顺畅地进行下去。

桑德拉：在第二种情况下，你是怎么做呢？

费兰特：我会时不时重读我写的东西，我会删除一些东西，也会做出补充。但这种初读，距离仔细修订文本很远，最后的修订在小说写完后才会开始。小说写完，我会修订几遍，有时候会重写，加入新东西，一直修改到付印之前。在这个阶段，我对日常生活的一切都会变得很敏感。看到光的效果，我会记录下来；看到草坪上的一棵小树，我也会记在心里；我会写出一串单词，记下我在路上听到的句子。我会非常投入地工作，对稿子进行修订，在小说完成以前，一切都值得推敲，可能是一个情节过渡、一个类比的词汇、一个比喻、一个对话、一个我寻找的不平庸也不怪异的形容词。第一次阅读初稿，只是大体上看一下，知道自己写了什么，我会摆脱那些夸张的东西，我会深入描写那些写得太粗浅的地方，尤其是，我会进入文本引领我进入的道路。

桑德拉：你想说的是不是，有这样一个阶段：文本会进一步决定故事，你会丰富这个故事。

费兰特：从本质上说是这样的。从无到有，已经有了写好的篇幅，这会让人松一口气。尽管这只是符号、词语和句子的组合，但已经成为一种原材料，可以运用所有技巧进行加工。地方是那些地方，人物是那些人物，他们会做的事情，不做的事情都在那里。所有这一切，重新过一遍的话，需要不断完善，要让故事更真实、鲜活。初稿写完之后，就开始了一种为了重写的阅读，这种阅读感觉很棒。我得说，在第一道阅读和修订的过程中，真实的写作能力会介入。这像第二股浪潮，没有第一次写那么焦急不安，假如那些文字没有让我失望的话，二次加工会更动人心魄。

桑德罗：回到"那不勒斯四部曲"，这个系列和您之前的写作体验有什么关系，这本书写作的过程中，有没有出现新情况？

费兰特：有很多新体验。首先，在我过去的经验里，我从来都没写过那么长的故事。其次，我从来都没想到，自己能这么详细地写出这些人物的生活，跨越这么长的一个历史阶段，充满了各种坎坷和变化。第三，因为我个人的喜好，我一直都很排斥社会地位提升的主题，讲述人物如果获得某种政治和文化立场，或者人的各种信念是多么容易改变，或者强调人物出身的阶层，出身的重要性非但没有被抹去，甚至从未真正减弱。我写作的主题，还有写作技巧，和这些问题并不适合。但实际上，在写作时，我一直没完没了地写着：历史背景很自然地融入了人物的行为、思想和人生选择。我从来都没有设想过，历史背景就像布景一样，处于故事的外部；我对政治和社会学原先有些排斥和厌烦，但我后来从中发现了乐趣。我说的没错，是乐趣，让我可以讲述女性的"异化"和"归化"（estraneità-inclusione）。

埃娃：是相对于什么的异化和归化？

费兰特：埃莱娜和莉拉感觉到，历史还有所有相关的政治、社会、经济、文化都和她们无关，但在她们没有觉察到的情况下，她们的话语，或者行动都包含在历史之内。这种异化和归化在我看来，是计划外的，对我来说很难讲述，就像往常一样，我决定挑战自己，决定开始讲述。我希望，历史像一个非常模糊的背景，而这个背景会发生变化，会冲击到这些人物的生活，改变着她们的信念、决定、行动和语言。当然了，假如出现虚假的语调，可能会让我卡壳。但这部小说写得非常顺畅，我一直都很确信——无论错还是对——我都觉得这个调子能站住脚，能赋予"那不勒斯四部曲"的所有事件一种真实感，让那些宏大事件的讲述没有那么庸常。

桑德拉：女性友谊作为一种新的文学主题出现，这是不是让你的叙事很不寻常的原因？现在所有人都承认，在"那不勒斯四部曲"之前，没有任何关于女性友谊的文学传统。在之前的小说中，你讲述的也是孤单女性的故事，她们没有女性朋友可以依赖、倾诉。尽管勒达在海边时——这也是你提到的——她很想和尼娜建立一种友好关系。但她是自己一个人出去度假的，处于一种绝对的孤独状态，就好像她没有女性朋友。

费兰特：你说得对。黛莉亚、奥尔加和勒达都只能独立面对自己的问题，她们没有任何其他女性可以求助，可以获得支持。只有勒达后来打破了一种孤立状态，想和另一个女人建立一种惺惺相惜的关系。但这时候，她做了一件不可理喻的事情，让这份友谊没有任何发展的可能。埃莱娜永远都不是一个人，她所有的故事都是和她儿时的伙伴纠缠在一起的。

桑德拉：但仔细想想，莉拉从小时候也做了一件非常严重的事，她童年的决定，对她一辈子都产生了影响。

费兰特：这是真的。但在面对这个新主题之前，谈论这两个女主人公，还有她们的友谊之前，我想强调的是，之前和后来的小说之间的一些共同特点。我之前写的三本小说，还有“那不勒斯四部曲”，都是通过第一人称讲述的，但就像我刚才提到的，在任何小说里，我都没有设定，讲述者“我”是一个人的声音。黛莉亚、奥尔加、勒达和埃莱娜都在写作，她们之前在写作，或者正在写作。关于这一点，我想坚持一下：这四个人物的故事，我在构思时并不是以第一人称，而是第三人称，她们都通过文字留下了，或者正在留下她们经历的事情。在我们女人身上经常会发生这样的事，面对危机时，我们会试图写作，让自己平静下来。这种私人的写作可以让我们的痛苦得到控制，让我们写出信件、日记。我总是从这个出发点开始，那些女人写出自己的故事，就是为了明白自己的处境。在“那不勒斯四部曲”中，这种前提变得很明显，成为推进故事的主要动力。

桑德罗：你为什么要强调这一点？

费兰特：我是想说明，我想到笔下的那些女性，她们会通过书面方式表达自己，这会让我觉得，她们的写作能揭示真相。伊塔洛·斯韦沃认为，在读者之前，作者首先应该相信自己讲述的故事。我自己呢，除了相信我所讲述的故事，我也应该相信，奥尔加和勒达正在写她们的经历，尤其是，她们写出的真相会打动我。这四部小说中的讲述者都有一个特点，就是她们都非常依赖写作。黛莉亚、奥尔加、勒达和莱农好像知道，她们要讲述的故事的细枝末节。但故事越向前发展，在她们没意识到的情况下，她们越会表现得很不肯定，很沉默，不可信。这就是我这么多年来侧重思考的地方：在语言、用词、句子结构、语体的转换中找到女性的“我”，展示出笃定的目光、真诚的思考和感受，同时保留了一些很不稳定的思想、行动和情感。当然，我最在意的事情是，要避免任何虚伪，无论在任何情况下，我的讲述者对自己都应该很真诚，她在平静时应该和她愤怒、嫉妒时一样真实。

桑德拉： 埃莱娜这个人物，是不是很明显具有这些特征？

费兰特： 是的，不可能是别的情况。莱农从开始几页就宣称，她要阻止自己的朋友莉拉消失。如何阻止？通过写作。她要写一篇小说，详细记载她所知道的一切，就好像要向莉拉说明，一个人是不可能自我消除的。刚开始，埃莱娜好像充满了力量，好像真的很确信能抓住朋友，把莉拉带回家。但实际上，小说越是向前，她越是无法抓住莉拉。

埃娃： 为什么呢？莱农发现，即使是写作，也无法让她的朋友屈服吗？

费兰特： 这里，我们需要谈论一下莱农写作的特点。她想象，自己的写作是莉拉的附庸。但关于莉拉的写作，我们知之甚少，但我们非常了解莱农是怎么运用莉拉的写作。“那不勒斯四部曲”里的文字是莉拉通过两种方式对莱农的长期影响产生的结果：首先是通过她写的东西，莱农通过某种方式读到的文字；其次，就是莱农在不同的情况下，认为莉拉非常擅长写作，她自己总是尝试模仿莉拉的文字，但总是很不满意。无论如何，作为作家，莱农总是会对自己产生怀疑。她的成功证明了她很出色，但她觉得还不够，她无法通过文字抓住莉拉。

桑德拉： 假如莱农的写作，实际上是你的写作，你难道不是在展示你写作的不足之处？

费兰特： 我不知道。当然，从《烦人的爱》开始，我就创造了一种让人不满意的写作，莱农的写作不仅讲述了这种挫败和不满，而且还推测，有一种更有力、更有效的写作，这是莉拉一直都掌握并运用的，埃莱娜却没法达到。我想说，整个机制是这样的：莱农是一个女作家；我们读的文本是她写的；莱农的写作之所以能产生，就像她的其他经验，是因为她和莉拉之间的秘密竞争；实际上，莉拉从开始就有自己的写作，那是一种难以模仿，或者无法抵达的写作，这对莱农一直都是一种刺激；我们阅读的文本，当然保留着这种刺激的痕迹；总之，莉拉的写作，已经渗透到了埃莱娜的写作之中，无论她有没有参与。简而言之，这当然是一种虚构，这是整部小说的众多虚构之一。在我的写作中，一切都是虚构的，这是最难觉察的，也很难一句话说清楚。

埃娃：当你讲述莉拉的写作很有力，难以模仿，你是不是在暗示一种理想的写作，是你期望达到的写作？

费兰特：也许是的，对于莱农，事情当然是这样。有一件事情一直让我印象深刻，就是作家在谈论他们的写作时，总是会绕圈子，他们会避开写作本身，会讲述一些会帮助他们工作的仪式。我也一样，尽管我一直在反思写作，我尽量处身于我写的那些书之外，让写作独立存在，我能说的总是很少。我试着反思自己的经验，还有济慈的书信，就是我之前提到的他写给詹姆斯·伍德豪斯的那封信。济慈说，诗歌并不在诗人身上，而在于写诗的过程中，语言的转化和具体的写作。我已经提到了，我感觉，一本小说真正行得通，就是你脑子里有“碎片”发出的持续、稳定的声音，这种声音掩盖了其他声音，它们一直在逼迫你，想变成故事。作为一个人，这时候你不存在，你只是这种声音和写作。因此你开始写，即使你停笔时，你还是在继续写作，当你在处理日常事务、睡觉时，你也在写作。写作就是将声音、情感、故事的“碎片”不停转化成句子和话语，转化成黛莉亚、奥尔加、勒达、莱农的故事。这是一种选择，也是一种需要，一阵激流，就像流水，同时这也是学习的结果，对技巧的掌握，这是一种能力，是对身体和头脑进行训练的结果，有快乐，也有痛苦。最后，留在纸张上的是一个非物质的组织，包含各种元素，其中包括写作的我，包括写作的莱农，还有她所讲述的很多人和事儿，她和我讲述的方法，还有我汲取灵感的文学传统，我从这种传统中学到的东西。还有从群体智慧和创造力中学习的，我们出生和成长的环境用的语言，我们听到别人讲的故事，我们获得的伦理观，等等。总之，这些元素都有很漫长的历史，会削弱我们作为“作者”的功能，也就是我们所说的“原创性”。有没有可能把这个非物质的组织，变成一个可以具体讲述的故事，运用一些技巧，可以让读者像感受到风、炎热一样，去感受故事中的情感，还有发生的事情？要控制在头脑里一直喧哗的碎片，在里面进行探索，然后讲出一个故事，我认为这是每个致力于写作的人的秘密野心。济慈说：诗人没有身份。按照我的看法，他想说的是，唯一重要的身份是这个非物质机体的身份，是读者在阅读时，作品中散发的、他所呼吸到的气息，当然不是你在完成作品之后所说的：我是一个作家，我写了这本书。

桑德拉：还有最后一个问题。莉拉的写作在小说中占据着重要的位置，从童年起深刻影响了埃莱娜。莉拉的写作有一些什么特点呢？

费兰特：莉拉写的很少的几篇文字，这些文字是不是像埃莱娜说的那么有力，我们不会知道。我们所知道的是，这些文字最后成了埃莱娜学习的模板，也是她一辈子努力想达到的目标。关于这种理想写作的特点，埃莱娜对我们有所流露，但那不重要。最重要的是，没有莉拉，埃莱娜就不会成为一个作家。每一个写作的人，总会从一个理想写作出发，获取自己的文字，这个理想文本一直会出现在我们的面前，无法抵达。这是脑子里的幽灵，无法捕捉。结果是，莉拉的写作唯一留下的痕迹，就是埃莱娜的写作。

注：

这篇采访——费兰特和桑德拉·欧祖拉、桑德罗·费里，还有埃娃·费里的漫长对话——经过整理，刊登在2015年的《巴黎评论》上，标题是《虚构的艺术No.228：埃莱娜·费兰特》。在这里我们刊登的是没有经过调整的版本，比杂志发表的版本要长。《巴黎评论》的文章前言如下：

> 为了和埃莱娜·费兰特进行这次长谈，我们和她在“那不勒斯四部曲”里描绘的城市会面。那是一个夜晚，天下着雨，非常炎热：刚开始，我们的计划是去看看埃莱娜和莉拉生活的城区，然后在那不勒斯海滨路上散步，但埃莱娜改变了主意。她告诉我们，那些小说中描述的地方只能在文本中看到，假如亲眼看到的话，可能会很难认出来，这些地方会让人失望，就好像是假的。我们在海边散了一会儿步，但天气不好，我们躲到了皇家大饭店的大堂里，正好对着奥沃城堡。
>
> 从躲雨的地方，可以看到路上经过的人，我们可以想象，那些在很长时间里占据了我们的想象和内心的人物。我们三个人一起做了采访，两个编辑——桑德罗和桑德拉，还有我们的女儿埃娃，也就是费里全家人。我们其实没必要在那不勒斯碰头，但埃莱娜那几天经过那不勒斯，是为了解决

一些家庭的问题，她邀请我们去，我们就利用这次机会庆祝“那不勒斯四部曲”最后一本的出版。我们一直聊到了深夜，在第二天午饭（吃了海贝）时，又聊了很久，后来在罗马，我们在家里喝着花茶接着聊，最后我们每个人的本子上都写满了笔记。我们后来交流补充了一下，按照埃莱娜的建议，我们把这次探访整理出来，我们尽量表达自己的看法，忠实于我们谈话的内容。

- 7 -

过分的人

古德蒙·斯奇尔达对费兰特的采访

斯奇尔达：我听说，有人请几天病假待在家里，就是为了看您的小说。他们走在街上，脑子里晕乎乎的，像吸了毒，心里想着：在排队时，或在洗手间里，我能不能看几页费兰特的书？他们会忘记自己的孩子、妻子。您有没有意识到您对于读者产生的效果？您有没有产生想去认识他们的愿望，比如出去巡回演讲，或就像其他作者一样参加读者见面会？

费兰特：我很高兴我的书和读者建立了一种强烈、持续的关系。这证明我给了他们所需要的东西，有我的作品就够了，他们真的不需要我。假如我陪着这些书去世界各地巡回，那就像那些黏着孩子的母亲，孩子已经长大成人，但她们还是会抓住一切机会，用一种非常尴尬的方式去赞美他们，替他们说话。

斯奇尔达：在挪威，"那不勒斯四部曲"最近才出了第二本《新名字的故事》，第三本会在明年三月出版。我现在很犹豫，是等着挪威译者克莉丝汀·索尔斯达的精彩译本呢，还是去买英语版的最后两本。您和您的译者有没有合作呢？就像通常作者和译者之间的交流，他们有没有联系您，和您交流呢？

费兰特：译者会写信给我，我会回答他们的问题，这通常会需要很长时间，我很高兴帮助他们找到解决方案。

斯奇尔达：我告诉我九岁的儿子，我正在看您的书。您决定不让大家看到您、认识您，这让他很惊讶：他觉得所有人都想出名。您的几个女儿是怎么样说的呢？她们能不能理解您的选择？

费兰特：很久之前，我和我的女儿们之间就有一个协议：我可以想干什么就干什么，但我不能做让她们羞愧的事。我是不是一直都遵守我们的协定，我不知道。可以肯定的是，她们一直很支持我避免出风头的做法，现在依然很赞赏我免除了对成功的执着。对于孩子来说，父母总是非常庞大，难以超越，尤其是那些引人注目的父母，会让孩子无法忍受。

斯奇尔达："那不勒斯四部曲"讲的是两个女孩——后来成长成女人——莉拉和埃莱娜的故事。我觉得，这两个女孩一定无法理解您的匿名，不知道我的这个想法对不对？她们梦想逃离那不勒斯，变得有钱而且有名，如果可能的话，她们还想获得自由。

费兰特：埃莱娜肯定会说，她很嫉妒我的选择，但她还会接着走自己的路。莉拉会觉得我的选择不够彻底，她会让我连这些采访也不要回答了。至于我呢，我很早就摆脱了对成功的渴望，但我特别在意莉拉和莱农的成功，我希望她们能够在读者心目中获得认可。

斯奇尔达："那不勒斯四部曲"很明显是一个充满女性主义色彩的作品：从两位女性对于传统的抗争能看出来，她们一直受到男性的压制。您的这部小说让我反思了一下男性友谊，我对友谊的投入，以及男性之间的竞争。相比于小说中的男性人物，这两个女性人物更能让我感同身受。二十世纪五六十年代那不勒斯的男权文化，和现在相比，您觉得有没有发生一些明显的变化？

费兰特：无论是在那不勒斯还是整个世界，男性发生了很大变化，就像女性也经历了变化一样，但需要深入分析这种变化。在我的小说中，有不少男性和女性，他们的变化停留在表面，而且随时都可能倒退回去。问题在于，真实的变化需要很长时间，在我们的生活中，我们做出改变时，所有矛盾都会向我们袭来。

斯奇尔达：埃莱娜和莉拉之间的友谊一直是动态的，描写得非常深入：那是一种非常亲密的关系，但充满竞争，两个人互相依赖，也试图互相远离。在我之前读过的小说中，我没有看到任何类似的叙事。关于这样的友谊，您是延续了之前的文学主题呢，还是您想开辟新的文学领域？

费兰特：我很确信，有一些既定的事实，我们通常认为那是一些非常简单、条理清楚的事情，但实际上却错综复杂。文学的任务就是不带任何成见，进入这些错综复杂的谜团之中，去探索没有既定规则的女性友谊，就是放开之前理想化的观念，不受任何约束地去讲述。

斯奇尔达：我在一个访谈里看到，对您影响最大的一本书是莫兰黛的《谎言与占卜》，您能不能解释一下，这是为什么呢？

费兰特：这本书让我看到一个彻底的女性故事——所有欲望、观念和情感都是女性的，也可以是一部引人入胜的作品，同时也有很高的文学价值和尊严。

斯奇尔达：在您的小说中，您有没有尝试去展示：在一个人个性形成的过程中，朋友和兄弟姐妹也会起到很重要的作用，可以对抗文学中的父母形象（比如说，在挪威作家卡尔·奥维·克瑙斯高的作品中可以看到这点）。这一点您并没有挑明，这是不是对弗洛伊德心理学的一种校正？

费兰特：我不知道，父母的形象是绕不开的。在我的小说中，他们非常重要，尤其是母亲，但兄弟姐妹和朋友也起着决定性作用。我们怎么塑造他们的形象呢？这很难说。兄弟姐妹和朋友，他们和我们很相似，但他们会一直是“他者”，永远都不会变成我们，永远都不可能让人完全信任。有时候他们非常危险，会变成叛徒。他们会形成一个小世界，我们可以一起玩耍，没有太多风险，最终我们会通过这个小圈子，进入到一个更大的世界里，置身陌生人中间。有时候，我们会需要他们，想获得安慰、理解。但通常情况下，我们都想肆无忌惮地向他们发泄我们的不满、怒火，还有我们的挫败感，就好像他们是我们失望的原因。

斯奇尔达：您理解莉拉吗？她是一个很年轻就结婚的女人，尽管她并不需要婚姻；她有时候很善良，有时候很坏，她从所有东西中都可以汲取能量。对于埃莱娜来说，莉拉可以赋予所有东西色彩。可能您想塑造一个很不平凡的女人，可能她有些虚无，可以掌控酒神的力量；而埃莱娜，您是不是想塑造一个更理性的女性？

费兰特：那些过分的人，还有他们的做法，一直对我有很大的吸引力。莉拉很像我一个朋友，这个朋友在几年前去世了，但她身上没有任何酒神的特点。她其实是一个对什么都很感兴趣、不用费太大的力气就能学会的人，她在任何领域都能很快上手，但很快就会厌烦，她对什么都三分钟热度。我尝试去讲述这种多才多艺的人留下的痕迹，一切都没头没尾，很难界定。

斯奇尔达：假如我是个编剧，我会很高兴做这四部小说的编剧：您之前发表的小说，大部分都被改编成电影了。您是侧重于营造场景，还是侧重于写一些精彩的句子？这两个方面是不是可以分开？

费兰特：什克洛夫斯基①说，我们不知道什么是艺术，但作为补偿，我们会很仔细地去调整它，会确立一些规则。其中一个问题就是，那些制作电影、电视的人，会搅扰作品中的句子，会

① 什克洛夫斯基（Viktor Shklovsky，1893—1984），俄国文学批评家、小说家，俄国形式主义学派的创始人和领袖之一，曾提出影响深远的“陌生化”理论。

危害文学。对于写作的人，以文学的名义，他必须应用所有语言，假如有需要的话，要破坏这些语言。我从来都没在电视或电影领域工作过，但我一直都是一个忠实的观众，当我写作时，我会从电影中汲取所需要的东西，就像绘画一样，这都是巨大的艺术仓库中的资源。假如在各个领域之间竖起围墙，那文学可能会变得贫瘠。

斯奇尔达：我想坦白一件事情，我觉得，每本书前面的那个人物表让我很不舒服：他们就像是一个喜剧里的人物表或是演员表，会让人有些奇怪。文本中已经写得很清楚了，读者真的需要这样的帮助吗？

费兰特：出现这个比较详细的人物表，是因为这四本书虽然是一个完整的故事，但不是一起出版的，而是一年一本出版的。这个人物表对于读者来说会起到备忘的作用。但是现在整套小说已经全部出版了，从第一页到最后一页，之后可能会有一个完整的版本，那份人名表可能就会去掉。

斯奇尔达：通常人们都说小说已死，这可能夸大其词了。比如说，卡尔·奥维·克瑙斯高通过呈现赤裸裸的残酷现实，吸引了全世界的目光。您通过这四本"教育小说"，展示出小说并没有死去。您的小说很有说服力，真实感人，让我觉得我不需要去阅读关于意大利的论文，就可以了解意大利。小说是您唯一感兴趣的文体吗？

费兰特：我对自传、私人写作、日记、备忘录都很感兴趣。意大利文学传统在这些方面都有丰富的遗产。我很感兴趣的是那些没有模仿文人的表述方式，还有那些有文化的人在冲动时的写作，这时候，他们会抛开比较讲究的表达。在这些文本里，我会找到一种有待学习、有待研究的写作真相。我必须说，小说的命运我并不感兴趣。我觉得，我最感兴趣的是一种揭示真相的写作，这是一件很艰难也很罕见的事，但也是可以展示小说并没有死去的途径，就像卡尔·奥维·克瑙斯高证明的那样。

斯奇尔达：当我读到“那不勒斯四部曲”第一部时，我看到有些那不勒斯小孩在青春期之前从来都没见过大海，这让我非常惊异。这让我想到了马丁·斯科塞斯描写的曼哈顿的“小意大利”：好像他小时候从来都没有出过他居住的城区。您的童年是不是也在那不勒斯的某个城区度过？

费兰特：我出生在一个靠海的城市，但我到很晚才发现了大海，只有在成年之后，大海才成为我生活的一部分。这是一件很难解释的事情，但通常，贫民区和富人区之间的距离很遥远。对于我和我的伙伴来说，离开我们自出生以来就熟悉的街区，去那些沿海的漂亮城区，看到美丽的海湾，这是充满风险的经历。这有点像现在社会上发生的事情：假如穷人打破界限，那些有钱人会很害怕，他们会变得暴力。

斯奇尔达：您在《我的天才女友》和《新名字的故事》里讲述的童年，充满了暴力。后来，您提到了维苏威火山，在之后的一个片段里，您提到暴力是那不勒斯人血管里流淌的东西，在另一个章节里，您用不同阶级之间的矛盾，来解释这个城市的暴力事件频发的原因。您觉得，在您出生的地方，暴力是怎样产生的？意大利南方怎么摆脱这种暴力呢？

费兰特：暴力是人类动物性的重要特征，它一直都潜伏在那里，到处都存在暴力，包括在我们这个神奇的国家，问题在于怎么把它控制住。那不勒斯就像这个世界上的很多地方，有很多因素促使暴力的产生，这些诱因，到现在没有得到任何控制和改变：让人难以容忍的贫富差距，贫穷给非法组织的施虐、国家机构的腐败、社会生活的无序提供了土壤。但那不勒斯也是一座非常美丽的城市，有着伟大的精英文化和民间文化传统。这使得它的身体里那些感染的伤口更加刺眼，更让人难以忍受。在这个地球上，我们的真实处境，还有我们本应该成为的人，在那不勒斯会看得更清楚。

斯奇尔达：在很多诗人看来，至少在很多挪威诗人看来，人心永远都不会发生改变。我想，我的孩子，甚至我的孙子，他们是不是真的能理解埃莱娜和莉拉接受的教育。对于他们来说，自由已经像呼吸一样简单，我错了吗？

费兰特：可能人心是永远不会变。但我不是很确信：生物科学一直在制造一些让人焦虑的奇迹。当然了，一直以来，我们生活的环境发生了变化，这也会产生激动人心的故事，总是一样或者不同的故事。我们的孩子会像我们一样去思考，他们也会遭受一些大大小小的冲击，会颠覆他们自以为稳固不变的东西。他们会像我们一样，通过自己的亲身经历明白：无论是好是坏，有些东西不是自然而然就拥有的，有些基本的权利需要重新去获取。

斯奇尔达：挪威雕塑家古斯塔夫·韦格兰说，唯一能让他休息的方式是开始创作一个新作品。写完了“那不勒斯四部曲”之后，您有什么计划？

费兰特：我总是有很多新计划。但我不知道，这些计划能不能顽强地实施下去，变成一本书。

注：

古德蒙·斯奇尔达对费兰特的采访刊登在挪威《卑尔根时报》上，标题是《天才费兰特》，2015 年 5 月 1 日电子版发表，5 月 2 日纸质版发表。

- 8 -
十三个字母
毛利西奥·梅雷莱斯对费兰特的采访

梅雷莱斯：看了您的作品之后，很难不对您的个人生平做出各种猜想，猜测您是不是女性，是意大利人还是其他国家的人，有没有孩子等等。您的小说构建了一个世界，您的小说也构建了您的生活，这都是您通过文字创造的。有很多读者试图从作品中获取作者的一些信息，就好像存在两个层次的解读：一个是来自虚构层面，另一个是那些虚构的东西让人产生的联想。到目前为止，您的身份还是一个谜，尽管您在最近几年的访谈中，提到过一些细节问题。我想进一步谈一下这个问题：埃莱娜·费兰特是不是一个虚构的人物？

费兰特：我做这个尝试，是想让读者注意到文本和作者是一个整体，想让读者的阅读自给自足，让他们可以在作品中获取所有需要的东西。我没有虚构自己的生平，没有隐藏自己，也没有制造什么神秘感。我只是存在于我的小说里，也存在于对您的回复之中。读者可以找到作者的唯一空间是在作品之中。

梅雷莱斯：在一次访谈中，您说了您保持隐身的原因，您说，“写作，同时知道自己不会出现，这会制造一种绝对自由的创造空间”。您觉得，假如您没决定隐身，您的写作是不是会有所不同？

费兰特：我非常确信，我的写作会有所不同。作者陪伴着一本书，出现在公众眼前，这是文化工业的做法。这和完全封闭于文本之内，只有通过读者的想象才能看到作者是完全不一样的。

梅雷莱斯：“埃莱娜·费兰特”这个名字只出现在您写的每本书上，从那里开始，也在那里结束。您的名字是跟您的写作同时出现，赋予了您作家的身份。大家关于您写了很多，我很希望您能够自我描述一下。女作家埃莱娜·费兰特到底是谁？您如何定义她？

费兰特：“埃莱娜·费兰特”（Elena Ferrante）用意大利语写出来是十三个字母，一个不多，一个不少，这就是对她的定义。

梅雷莱斯：您的这种情况，很难把作者和作品区分开来。您一直希望作者能保持隐身，处于一种几乎是不可见的状态，同时，您的作品慢慢走上了自己的道路，使得不去谈论作者已经变得不可能了。您是如何看待这样一个过程，您是怎么经历这个过程的？

费兰特：我的作品经过的历程，也是我经过的历程。读者满足于现在的状况，甚至有一些读者给我写信，求我永远都不要展示自己是谁，私人的事没什么意思。只有媒体因为职业的需要，他们不满足于只看到作品，他们需要面孔，需要著名人物——一些外向的名人，但媒体想要的东西可以完全无视。

梅雷莱斯：在“那不勒斯四部曲”中，埃莱娜的写作非常诚实。对于您来说，文学的诚实意味着什么？

费兰特：意味着说出真相，文学的虚构让你可以去说实话。

梅雷莱斯：您一般是什么时候，怎么写作？

费兰特：如何写作？很轻柔地写作。什么时候？当我感觉语言自然而然冒出来时。

梅雷莱斯：一切是怎样开始的呢？一个想法、一个情景、一个人或是一个地方的激发？

费兰特：我不知道。刚开始只是灵光一闪、一种撞击，语言突然间冒出来，展示出一些比较模糊的场景，开始只是很少的文字，还需要经历考验，通常不会超过半页纸，或是一条笔记。有时候我会写很多，但我觉得不满意，语言是日常语言，非常粗糙。只有写作像鱼线一样伸出去时，才开始写得很顺畅，我知道鱼饵很好，我希望钓到一些有意义的东西。

梅雷莱斯：在一次采访中，您的自我定义是“故事讲述者”，从某种程度上来说，这和意大利式写作背道而驰。

费兰特：当我说我是一个故事讲述者时，我会重新打造一种意大利文学传统，文字和故事融为一体。这种传统非常“美”，并不是因为文本里堆砌了很多比喻，而是文字里有构建世界的能量。我们的文学充满了各种可能，还有很多可以开拓的领域，只需要去看一下之前留下的文本，有志于写作的人就会找到他所需要的。大家都喜欢写得很漂亮的美文，这可能会是一个问题、一个障碍，我自己斗争了很长时间，才超越了这一点。现在我会丢掉那些写得太刻意的文字，更喜欢那些初稿。

梅雷莱斯：您写的这些故事有一个非常具体的地理空间，就好像这些事情只能发生在那里。您的这个写作空间有没有制约您的写作？

费兰特：故事总是有一个时间，这个时间应该有一个非常具体的空间。在空间里，时间直线流淌，或者突然调转，过去重现，会勾起一些传统、习惯性用语、动作、情感、理性和非理性的部分。没有具体的空间，读者会有很多想象的余地，但故事可能会失去它的具体性，也可能不会打动人心。

梅雷莱斯：那不勒斯是一个象征性的地方，几乎是小说中的“主要人物”。您和这个城市有什么样的关系？或者，这个城市怎么会成为您写作中的决定性因素？

费兰特：那不勒斯是我的城市，即使我非常痛恨这个城市，我也无法撇开它。我生活在别的地方，但我必须经常回去，因为只有在这个地方，我感觉才能找到自己，会带着信心继续写作。

梅雷莱斯：您小说中的女性人物，几乎都处于一种极端的状态，她们正在度过一个很沮丧的时刻，或者她们遭遇了遗弃，非常失望，背负着过去留下的深深烙印，无法摆脱。这些声音都是从哪里来的呢？

费兰特：来自我自己，来自一些对于我来说很重要的体验，还有我认识的一些女人的生活，我所看到的，了解到的，让我伤心、愤怒、失落或者让我愉快的一些事情。

梅雷莱斯：这些女性人物会让读者透过面纱，猜想您可能是一个女性。大家都认为，一位男性不可能写出这么女性的东西，不可能对很多女性的处境表示出那种担忧。有一些评论家认为您是一个女性主义作家。对此，您是什么态度呢？

费兰特：女性主义对于我来说很重要。我从中学会了很多东西，对自我意识的审视，对内心进行挖掘，女性主义思想让我的目光变得深邃。女性之间也会产生一些非常尖锐的矛盾，我明白，在写作时，并不需要和这些故事拉开距离，而是要缩短距离，一直到无法忍受的地步。然而我写作并不是为了展示某种意识形态，我写作是为了叙事，同时避免把我所知道的东西神秘化。

梅雷莱斯：您在写作时有什么习惯呢？

费兰特：唯一重要的事情是：我要有一种非常紧迫的创作欲，如果不是很紧迫的话，我是不会开始写的，没什么特殊的仪式能帮助我写作。如果不着急写，我喜欢去干点儿别的，总有一些更有意思的事情可以去做。

梅雷莱斯：您是不是非常重视环境？您能不能描述一下，您通常都是在什么地方写作？

费兰特：我没有一个具体的写作场所，哪里方便就在哪里写，但通常我喜欢一些比较小的空间，比较隐秘的角落，一个大空间里的小角落。

梅雷莱斯：有哪些作家对您产生了影响？或者正在影响您？

费兰特：通常，有些作家会说自己的作品受到了一些文学大师的影响，但实际上，在他们的作品中，这些大师的"回声"很有限。我想最好不要提大作家的名字，否则这只是彰显了我们自己的优越感。我更喜欢另一种表达：因为我们总是受到专家强调的伟大作品的影响，他们的解读也会左右我们。我更喜欢去读一些文本，无论是伟大的还是渺小的，我想从中找到一些会帮助我摆脱既定思维模式的东西。

梅雷莱斯：您会不会读关于您的作品的评论？

费兰特：是的，我会读出版社发给我的所有东西。但我读这些东西时一般都很晚，我和我的书已经有了一定的距离，无论好坏，我都可以接受别人的评价。

梅雷莱斯：您是斯特雷加奖的入围作者，这是意大利文学的最主要奖项。对于您来说，这意味着什么？

费兰特：这并不意味着什么。

梅雷莱斯：您能不能描述一下，埃莱娜·费兰特不写作时，她是什么样的一个人？她是怎么写出这些作品的？

费兰特：是一个过着普通生活的女人，包里总是放着一本书和一个笔记本。

梅雷莱斯：您曾经写过："对每一部小说，问题总是同一个：这是不是一个正确的故事，可以抓住沉在我心底的东西，如果抓住那些活生生的东西，这种力量会蔓延到每页纸上，赋予那些文字灵魂？”您觉得，故事产生于和外部世界的交流吗？

费兰特：“正确的故事”可能是我出于懒惰的表达。实际上，我脑子里从来都没有一个完整的故事，让我可以去判断它正确或不正确。我需要长时间的工作，了解这个故事会把我带到哪里。就像您所说的，和这个世界的对照，都是发生在这个阶段，实际上，这都是和外部世界的语言进行面对面交锋。我必须找到一种出口，我要感到，每日的生活让我可以赋予一些话各种各样的含义。假如没有达到这个效果，我会向后退去，我的抽屉里全是这些失败的尝试。

注：

毛利西奥·梅雷莱斯的采访，于2015年5月28日刊登在巴西报纸《全球》上，标题是《埃莱娜·费兰特：隐身写作二十年，她的作品登陆巴西》

- 9 -

讲述难以讲述的故事
亚赛明·孔加尔对费兰特的采访

孔加尔： 您在1991年发了一封信给您的出版社，说明了您不会露面的原因，您说小说出版之后，您不会参与宣传。然而在这些天里，有很多文章都在谈论您的作品，包括我最近写的一篇文章也是关于“那不勒斯四部曲”，不可避免地谈到了您的“不在场”。有时候，关于您的身份的讨论很激烈，反倒掩盖了对作品的反思。面对关于您的身份的各种猜想，您有没有觉得很不自在。您有没有觉得，您决定不在场，这起到了一个反作用，让人更关注到您的身份，让人撇开您的作品，去讨论您的身份？

费兰特： 二十年以来，我的书在意大利和国外赢得了它们的读者，也受到了好评，我的不在场，并没有影响到这些小说的传播。读者逐渐注意到了我的不在场，但他们并没有媒体的那种狂热。现在“那不勒斯四部曲”在全世界传播，小说的成功激起了媒体，尤其是意大利报刊的兴趣，是媒体把我的身份问题放在了中心位置，摆在了“那不勒斯四部曲”的读者眼前。简而言之，只要看一眼我的小说出版历史，就能发现，并不是作者的不在场促进了这些书的成功，而是这些小说的成功，让作者的不在场变得受人关注，坦白来说，现在的状况并不让我觉得惊异。让我惊异的是，我发现，至少在意大利，有人很晚才注意到这些书，是因为媒体用一种带着偏见的怀疑或者敌意去看待这些小说。就好像我的隐身是一种不礼貌或者错误的做法。

孔加尔： 您觉得，这种带偏见的怀疑下面掩盖的是什么东西？您怎么样做才能不受影响呢？

费兰特：这种怀疑是媒体对于作者不在场的妄加猜测引起的。我唯一可以做的就是：继续这场小小的斗争，把作品放在中心的位置。我相信，对于一个写作的人来说，最重要的是，他能完全和文本融为一体。

孔加尔：在一些访谈和文章中，您是作为一个女性和母亲出现的，在您的小说中，读者也能强烈地感到一种“女性的声音”。这使我想到，只有一个女性、母亲，才能以这么真诚的方式去描述女性的艰难，以及作为母亲的处境。虽然如此，但我也想到，一个非常优秀的男作家也可以去模仿任何人，比如福楼拜说：“包法利夫人就是我！”也许我搞错了？假如您是男性的话，您还会用这种诚实的方式去描写女性吗？您能不能告诉我们，您认为哪些男性作家，可以像您这样塑造女性形象，达到同样的真实度？或者，有没有这样的男性作家？

费兰特：我非常同意您的看法，一个非常优秀的作家，无论是男性还是女性，都能够非常成功地模仿两种性别。但把一部讲述另一种性别体验的小说，简单说成是纯粹的模仿，是写作技巧娴熟达到的效果，我觉得这是不对的。一部小说的真正核心是它的文学真实性，它要么有这种真实性，要么没有，假如没有的话，任何写作技巧都没法赋予它。您问我的问题是：有没有男性作家可以非常真实地讲述女性的遭遇？我无法列举出这些作家。假如有些男性作家能写出非常逼真的故事，但这和真实是有差别的。当这种逼真的故事很和谐地得以呈现时，有可能会变得很不真实，背离了女性写作的真实，这是非常糟糕的情况。正是因为这个原因，非常单纯的女性写作，有时候也不够：我作为女性，我写作，这是不够的，我的写作必须有一种适度的文学力量。

孔加尔：您能不能进一步深入谈论一下，文学的真实和逼真之间的差别？在哪些情况下，“一种纯粹、简单的真实”是不够的？

费兰特：要达到一种逼真的效果，这是写作技巧的问题。但文学的真实性会抛开所有技巧和效果，真实会推翻那些看起来真实、迷惑人的东西。我们更喜欢一种真实的效果，而不是象征层面忽然涌出的真相。

孔加尔：在哪些女性作家的作品中，能够找到您刚才提到的文学力量？

费兰特：简·奥斯丁、弗吉尼亚·伍尔夫、艾尔莎·莫兰黛、克拉丽丝·李斯佩克朵，还有爱丽丝·门罗。我可以继续列举，女性作家终于形成了一份很长的名单，终于展示出女性写作从古代到现在丰富多彩、让人惊异的成果。但女性文学还是很难打开一种局面，比如说，写作的女性，到现在还是在女性之间进行对比，一个女性作家可以比其他女性作家更优秀，但她不会和那些优秀的男性作家进行较量。所以很少有伟大的男性作家说，他是以女性作家为楷模。

孔加尔：最近您在《巴黎评论》的采访中提到，要有意识地去抵抗“对于真相的驯服”，关于写作，您提到了“进入那些表达的禁区”。“那不勒斯四部曲”的主题，从某种程度上来说，都是在家庭内部展开的，故事很普通平常，它是一个城区发生的故事，一个家庭、一段友谊，还有一个人的成长、成熟，等等。除此之外，您也没有采用一种先锋、实验性的风格。基于小说的主题，您如何避免使您的小说“变得庸常”，在您的书中，您是不是开启了一种全新的表达方式？是什么让您的写作变得这么新颖？您的小说中“没有被驯服的真相”是什么？

费兰特：我不知道身为作家，我得到了什么结果，但我知道我写作时的目标是什么。对于我来说，最重要的事情是这个故事从来没被人讲述过。那些被包装成全新故事呈现给读者的，我们总是很容易挖掘出一个古老的核心。除此之外，我对新瓶装旧酒也不感兴趣，也就是用优美的文字重写一个老故事，让人们重读它。我也没想着去解构时间、空间，这都是为了展示自己的写作技巧，而不是出于叙事的需要。我讲述的是一些非常普通的体验、常见的痛苦，我最关注的——并不是我唯一关注的——是找到一种写作的调子，能够揭开一层层包裹着伤口的纱布，让人能看到伤口真实的样子。那个伤口掩藏在各种世俗观念之下，那些人物越是出于自我保护草草找到掩饰，越是难以讲述的东西，我越是要坚持挖掘。我的目的不是写出美文，我感兴趣的是写作。我会运用文学传统提供的所有工具，达到自己的目标。对我来说，新颖并不是最重要的，而是那些我们出于慎重，为了符合大家通常的观念，通过和谐的方式隐藏起来的东西，或者就是通过实验性写作掩饰的东西。

孔加尔：那不勒斯很明显是这四本小说的核心，主要是埃莱娜和莉拉小时候生活的那个老城区、伊斯基亚岛的沙滩，或者是那不勒斯那些有钱人居住的地方，在小说字里行间里，总能感受到这个故事发生的背景环境。小说获得这样的效果，并不需要长篇大论的描述，不需要对这个城市的形象进行小说化的描述。您是如何赋予这个城市电影般栩栩如生的效果？作为一个土耳其读者，我就好像真正看到了我从没有到过的地方，几乎感觉自己是属于这里的，好像也是成长于这些城区，您是怎么达到这个效果的？是什么赋予这些地方灵魂，是什么让您的小说散发着这种气息？

费兰特：假如发生这样的事情，这是因为我用了一种特殊的滤镜。这个城市从来都不是自己出现的，我觉得，在展示城市的过程中，不可能不产生标签，还有描述。但我的目标是展示埃莱娜想象、感受到的东西，以及通过埃莱娜的讲述展示莉拉想象和感受到的东西。正是这种双层滤镜，使得城区不是故事的背景，不是一个远距离的帷幕，而是一个包含在内的世界，一个可以感受和想象的世界。

孔加尔：在您的采访中，您经常会提到，女性的作品和斗争对您的个人成长起到了很大作用。有很多批评家，其中包括詹姆斯·伍德，把您的写作定义为“女性写作”，他把您和西苏、伊里加雷、茱莉亚·克莉斯蒂娃以及其他女性主义者放在一起。当您写作时，您是不是也想给女性主义斗争作一份贡献？您的小说有没有女性主义的使命和功能？在描写父权社会和阶级差异引起的痛苦和不公时，有没有可能避开政治意识形态或社会观念？

费兰特：女性主义文化熏陶，是我个人经历很重要的一部分，也是我面对这个世界的方式，但对于我来说，叙事并不意味着让小说成为政治文化斗争的一股力量。可能这样也没什么错，但我担心，这种上纲上线在文学上会起到很糟糕的效果。我讲述的是一些无法自圆其说的地方，我的体验越是难以通过日常语言表达出来，我越是觉得小说写作的紧迫和正确。

孔加尔：对于您来说，节奏、每个句子的调子都很重要，有时候甚至比讲述的内容更重要。为什么呢？您有没有遇到这种情况，就是很难给故事找到正确的调子和语言？您什么时候感觉自己找到了正确的语言和调子？在哪些作家中，您看到了完美的节奏和调子？

费兰特：对我来说，寻找正确的调子是各种尝试的目标。我觉得，这也一直是文学写作的关键，但在上个世纪，这变成了一种执念。让我靠近事物和真相的咒语是什么？我该如何去描述世界呢？把那些无法言说的，变成可以言说的东西，我应该采取一种什么样的策略，不是为了找到一个合适的距离，而是尽可能缩短这种距离。我用“寻找调子”这个说法，只是为了简化二十世纪写作关于“可描述”与“不可描述”的讨论。“那不勒斯四部曲”的基调，产生于“处于边界之内”和“界限消失”对人物的冲击。

孔加尔：埃莱娜和莉拉之间的友谊，以一种高超的手法得到讲述，在读者的眼里非常真实。除此之外，两个女性之间的矛盾，给人的感觉，这是每个人内心的冲突。这两个女孩子之间的较量中，也可以感受到我们内心不同的冲动。“你是我的天才朋友。”这是莉拉说的话，也是第一本书标题的出处，整个故事就是从这里展开。莉拉对埃莱娜说这句话，是为了鼓励她继续学习。然而书中的讲述者“我”通过讲述，想让我们看到：莉拉才是她的天才朋友。

您为什么选择两位女性的友谊作为这四本书的主线？她们是那么不同，却很能说明问题，这两个人物之间持续不断的矛盾起到了什么作用？

费兰特：我想讲述一段持续了一辈子的友谊，想展示这段友谊的复杂性。但就像我通常习惯的写法，在讲述的过程中，讲述者“我”很明显对故事的一部分情节采取沉默的态度，就好像她没法深入讲述这些问题，或者说，她的讲述是一个糟糕的初稿，永远都无法达到完美的状态。这是因为另一个女人——她不是讲述者，而是被讲述者，她具有能深入、完整讲述这个故事的能力。写作时我有两个目标：第一就是讲述我所知道的一切，同时让我所不知道的、不明白的一切也进入故事中。在“那不勒斯四部曲”中，我非常侧重第二个目标。我相信故事的力量，假如这种力量存在，是从文字中能感受的，和谁写的没有关系，重要的是写的内容。

孔加尔：卡尔维诺提出过一个非常有趣的问题：“是我塑造了这些人物，还是这些人物塑造了我的形象？”埃莱娜和莉拉有没有塑造埃莱娜·费兰特的形象呢？

费兰特：是的。在你写作时，你就是你写的东西，那就像一个鸟巢一样包裹着你，和你融为一体，你在写作之外的东西，是一个看不见的屋檐。

孔加尔：在您的小说中，有几个反复出现的主题，有些人物和场所反复出现，这让很多人觉得，您的故事都是自传体，在某种程度上，这种观点是不是真的呢？

费兰特：我在写作时经常会用到我的体验，但只有在不扭曲真相的情况下，我才会把我的经历变成故事中的情节。

孔加尔：挪威作家卡尔·奥维·克瑙斯高写了一个系列的六本书，也获得了巨大成功。在挪威，人们经常把他的作品和“那不勒斯四部曲”放在一起进行对比。在他的第二本中，他说他的人生进入危机，他决定写一本自传体小说，最后他发现：“所有叙事的核心，无论是真实的还是虚假，总是要达到一种逼真。但是逼真和真实之间还是存在距离。”当您在阅读文学作品时，这种叙事的逼真性和真相之间的距离，有没有让您觉得不舒服？当您在写作时，您是如何突破这个距离的？

费兰特：我有时候会觉得不舒服，那是因为我看到，作者的目标很单纯、很简单，就是想讲一个逼真的故事。长久以来，“逼真”和“真实”之间形成了一种象征关系。对于一个写作的人，他的任务是讲述那些难以讲述的事情，那些经常被遗漏、很难整理归类的东西。我们必须尽可能地远离“逼真”，要缩短我们的体验和真实的核心之间的距离。

孔加尔：意大利作家罗伯特·萨维亚诺还有其他作家公开推荐您的作品参与斯特雷加奖的评选，现在您已经入围了第二轮评选。您的编辑桑德罗·费里说，假如能获奖的话，您会非常高兴，但您补充说，这个奖项是权威人士评选的，您决定不加入其中、成为这些人的一员。在您看来，权威人士（评委、学者、记者、电视或广播主持）评出的这个奖项，对于写出的文字会带来什么影响？得到这些人物的承认或者被他们忽视，会不会限制写作的自由？

费兰特：我的书属于那些读它们的人，我尊重所有读者，无论他们是文学大奖的评委、学者、记者、电视或者广播台的主持人，还是普通读者。每本出版的书都会有自己的命运，最重要的是，它要在我或者文字之外的我不参与的情况下，走上自己的旅途。

孔加尔：在您的小说中，人物的内心世界非常清晰，尤其是那些女性人物。您说到的“碎片”，也就是说您母亲经常用的词汇，这和内心世界有什么联系？是不是“碎片”可以用来解释内心世界？

费兰特：“碎片”是我们的一部分，很难用语言或其他形式表述，它会搅乱我们感觉很稳固、很严密的秩序。每一种内心世界，从根本上来说，都是一团乱麻对自我控制力的冲击，假如我们希望文字充满能量的话，我们要尝试讲述这些混乱、有热度的东西。

孔加尔：当您在写作时，是不是处于一种“碎片”的状态呢？或者是一个有秩序、有规划、精打细算的过程？还是每本书的情况都不一样？

费兰特：我必须遵照一定的秩序，我必须有安全感。但我知道，我认为一本书值得写出来，是因为我感觉我开始打破这种秩序，写作开始进展，首先是一个自我冒险过程。

孔加尔：现在会发生什么？您在写一个新小说吗？会在“那不勒斯四部曲”之后出版吗？

费兰特：我目前在写新小说，但我还需要一段时间，才能说服自己去发表另一篇小说。

注：

土耳其记者亚赛民·孔加尔的采访，2015 年 7 月 20 日刊登在网络杂志《T24》的文化专栏上，标题是《作者的任务是进入文本的禁区》。

- 10 -
那不勒斯城的真相
阿尔尼·马提亚松对费兰特的采访

马提亚松：是什么促使您开始写作的？是想模仿您喜欢的一个或多个作家呢，还是出于自己表达的需求？

费兰特：我写作是因为我有表达的渴望。写作对于我来说，当然是基于阅读带来的愉悦，这促使我去了解如何获得那种愉悦。所有我学到的东西，都是我通过阅读和重读学到的，我不知道我读了多少次《悲惨世界》，即使当时我对于雨果这个作家一点都不了解。

马提亚松：您的第一本书《烦人的爱》是 1992 年出版的，对于您来说，这是不是您作家生涯的开端呢？或者，您只是想出版这一部作品。

费兰特：我从来没想过做一个作家。我一直在写作，但我的第一本书并不是《烦人的爱》，这本书的出版对于我来说也不是一个开端。后来我继续写作，但十年之后，我才出版了一本新小说。事实上，我从来都不确信自己写的东西值得出版。

马提亚松：对于一个记者来说，报道一本作者没有出现的书，没有照片，也没有个人传记，可能是一个挑战。我并不是在抱怨，我想说的是，通常在谈论您的书时，您不在场的这件事已经变成了主要谈资，故事本身成了次要的问题。您说过，您更愿意那些书能自己开口说话，您觉得自己是不是过于坚持这种匿名了？

费兰特：并不是我的不在场让读者对我的书产生了兴趣，而是读者对这些书产生了兴趣，让媒体对我的缺席产生了关注。总之，恐怕我的缺席只是记者的问题，除此之外，这也是他们的工作，而不是读者要面对的问题。在我看来，读者感兴趣的是小说和小说散发的能量。假如没有照片出现在作品封面上，那也没什么问题；假如作者不愿意上电视，那也没什么问题。一个读书的人，实际上会在作品中看到作者的形象。假如一本书不怎么样，读者为什么要去了解作者呢？假如一本书很好，那么作者难道不会像阿拉丁神灯里的精灵，会自己现形吗？书是一切，应该被放在首要位置。在这些书之外，我是什么呢？我只不过是一个普通女人。无论如何，请你们放过作家吧，假如他们写的书值得看，请热爱他们写的书。这就是我提倡的东西。

马提亚松：最近您说，您小说中的那不勒斯，其实是一个想象的地方。您是不是想说，您小时候居住过的城市现在已经发生了很大变化，或者，这个城市不断受到过去记忆的加工？

费兰特：我所讲述的那不勒斯是我的一部分，是我非常了解的地方。我很熟悉这个城市街道的名字、建筑的颜色、商店，还有方言的声音。但任何现实进入到故事中，就必须经受文学现实的考验，这个文学的真实性，和谷歌地图上展示的现实完全不一样。

马提亚松：在最近这些年，大家都在热烈讨论女性在艺术上的地位：她们经常会被放置在一个边缘的地方，她们要抬高声音，别人才能听到……比如，冰岛女艺术家比约克最近说："男人只需说一次的东西，我们需要说五次，别人才能听到。"我觉得，在文学的世界里，尽管女性读者要比男性读者多，但情况要更严重一些。假如您是一个男人，您的作品会比较容易出版，比较容易获奖，也容易得到评论。您开始写作时，这些情况影响到您了吗？

还有一个问题，很多研究者认为：男性会侧重读男性作家写的作品，然而女性不会太在意一部作品是男作家写的，还是女作家写的。尤其是，如果小说中的主人公是女性，这会让男性读者比较忐忑，“那不勒斯四部曲”里，女性是故事的核心。您决定把女性放置在一个中心位置，是您有意的选择，还是刚开始没想那么清楚。

费兰特：怎么说呢？我想讲述女性之间的友谊，因此两个女性必然会成为整个小说的核心。现在的确大部分读者都是女性，但这没有改善女性作家的处境。尽管女性写作已经有了一个很丰富的传统，产生了一些质量上乘的作品，但女性作品很难打开局面。或者说得更清楚一点，女性作品会被评论家归于女人写给女人的书，人们会在这个范围内对它们进行评价。这些文本是无法和具有千年传统、有力的男性写作进行抗衡的。那些伟大的文学、保留在人类共同情感里的书，都是男性写的，很多女性也持有这种观点。现在，除了一些细腻高雅的男性，很多男人都不会读女性写的作品，就好像这种阅读会破坏他们的男性气质。这对于每个领域的女性创作都同样适用。那些非常有文化、有远见的男性，他们会用掺杂着讽刺的礼貌去对待女性的思想，就好像那是一个副产品，只是女性之间消遣的东西。

马提亚松：“那不勒斯四部曲”是由很厚的四本小说组成的。您在开始写时，已经想好了要写四本书吗？还是故事是在写作过程中慢慢成形的？

费兰特：我一直觉得，写一本书就能把故事讲完。通常来说，我开始写小说时，我从来都不知道我要写多少页。我一直在写，第一稿像泉水一样涌出，我没有担心，相反我很高兴，这就意味着，这个小说很顺畅，这对于我来说很重要。我想，之后我会把我写的大部分内容都丢掉，这没什么。我已经很习惯了，我情愿这么做，当一个故事已经成形，需要对它进行删减、修订。但在写“那不勒斯四部曲”时，删去多余的、写得不理想的部分作用不大，故事还是很长。最后我带着一丝遗憾，放弃了把所有的内容压缩到一本书里的想法，我接受了通过四本很有分量的书去讲一个完整的故事。

马提亚松：有人说，您是这个时代意大利最重要的作家，这有没有影响到您的写作呢？

费兰特：通常来说，文化专栏的那些文章，一个由衷的赞美的旁边，可能就是猛烈的抨击，或者抨击旁边全是溢美之词。二十年之前，我已经放弃了对成功的患得患失，或者对不成功的忧虑。我想怎么写就怎么写，我想写时才会写。只有感觉到这本书可以找到自己的读者，我才会出版一本书，否则的话我会把它放在抽屉里。

马提亚松：您会看其他意大利作家的作品吗？您推荐读者看谁的作品呢？

费兰特：在这里，我会特意列举一些女作家的名字，她们之间差别很大，她们的兴趣、选择的主题、表达方式和文化背景都很不一样：西蒙娜·芬奇、米凯拉·穆尔嘉、西尔维娅·阿瓦罗内、瓦莱丽娅·帕莱拉和维奥拉·迪戈拉多，我可以继续这个名单，但列出书单没什么作用，需要去读她们的书。

注：

马提亚松的访谈于 2015 年 8 月 16 日刊登在冰岛《晨报》上。

- 11 -
手表
艺术杂志《弗里兹》对费兰特的采访

弗里兹：在您工作的地方，有什么艺术品或摆设？

费兰特：我有一幅马蒂斯的画，是一张复制品，那是一个开着的窗子，有一个女人和一个小孩坐在桌子前读书。还有意大利插画师马拉·切里的一幅画作；一小块看起来特别像猫头鹰的圆形石头；一把十九世纪手绘的扇子，放在一只匣子里；还有一个金属瓶塞，红色的，有点儿褪色，这是我在十二岁时在路上捡的，神奇的是，我一直保留到现在。

弗里兹：对您来说，第一件非常重要的艺术品是什么？

费兰特：当然，在我青少年时期，卡拉瓦乔有一部作品让我很震撼，那就是《仁慈七行》。从那时候开始，我就很崇拜这个画家，一直到现在都没有变。我一直觉得，对于我来说，第一件很重要的艺术品，是我小时候一个玩伴在我手臂上用牙咬出来的手表，这有些开玩笑因素，但有时候我真这么认为。那是当时我们爱玩的游戏，她的牙印留在我的手臂上，正好是一个圆圈，我一直假装在看手表，直到牙印消失。我当时真觉得那是一只非常漂亮的手表。

弗里兹：假如您的生活中只有一件艺术品，那您会选择哪一件呢？

费兰特：我不知道！很难马上回答这个问题，即使一口气说出一部作品，那也很难是真的。总的来说，我可能会选择保留一个文件夹，里面放着我收藏的所有《圣母领报》图片。那并不是唯一的图片，但都关于同一个主题。我从小就很喜欢想象这个时刻：天使降临，马利亚不得不放下正在读的书，当她再次打开那本书时，会是她儿子告诉她怎么读。

弗里兹：在艺术品中，您最喜欢的标题是什么呢？

费兰特：我最喜欢的标题是《无题》，我也很想写一本称之为《无题》的书，我不知道有没有人这样做过。我也特别喜欢《艺术家在场》这个标题，我特别欣赏女艺术家玛丽娜·阿布拉莫维奇对这句话的颠覆。艺术家在场，身体和作品同时在场。

弗里兹：您还希望了解哪些学科呢？

费兰特：我非常希望自己能精通数学、物理和天文，我想明白我们在宇宙中处于什么样一个位置，这样我们就能明白，在人类灭绝之前，我们是不是能把一切都搞清楚。

弗里兹：您有什么想改变的东西吗？

费兰特：我想增加我用于写作的时间，我需要更多时间。

弗里兹：您希望什么保留原样呢？

费兰特：我希望我讲述的欲望能保持不变。

弗里兹：您如果不是做现在的工作，那您希望能做什么工作呢？

费兰特：我希望自己是一个裁缝。

弗里兹：您平时听什么音乐呢？

费兰特：我知道很多歌曲，但我从来没接受过音乐方面的教育。有时候是书中读到的东西，促使我去听一些伟大的音乐，比如说读《克鲁采奏鸣曲》，促使我听了贝多芬的所有音乐。同样的情况，最近我读了托马斯·曼和勋伯格关于《浮士德》的通信集，我现在想去听勋伯格的所有音乐。这是我个人的爱好，但我在音乐方面很外行。

弗里兹：您目前在看什么书？

费兰特：我正在看乔治·阿甘本的《作为政治范例的内战》，那是哲学家2001年在普林斯顿大学作的两场讲座的内容。在第二场讲座中，阿甘本分析了霍布斯的《利维坦》第一版扉页的图案。通过图像去研究历史、哲学和文学，总是让我觉得很迷人。另外，我最近读完的一本书是乔纳森·利特尔的《培根之后的三项研究》。

弗里兹：您有什么爱好？

费兰特：有些人喜欢放在框架之内的东西，我属于这一类人，框架可能会帮助我去想象那些在框架之外的东西。

注：

这则采访2015年8月20日刊于英国艺术杂志《弗里兹》，标题为《问卷：埃莱娜·费兰特》。

- 12 -
小菜园和世界
露丝 · 乔对费兰特的采访

乔：您的小说的开头部分就非常吸引人，您有什么秘诀吗？我第一次读您的小说，觉得开篇很震撼。小说开头是您的小说的一个特色，您是不是特别重视开头的写作啊？您的开篇是精心打造出来的，还是自然而然产生的？

费兰特：通常，我需要一个良好的开端，让我感觉按照这个开头写下去就对了。这些开头一般不是那么容易达到，有时候，经过一番努力尝试后会出现。我会一遍一遍地尝试，经过几次的尝试之后，我感觉找到了自己需要的开头，可以写下去。但有时候我发现到最后这样的开头把我带到了别的地方，让我脱离了正轨，我很难写下去。一个开头是不是好，那要看后面是不是可以充满激情地写下去。

乔：爱尔兰女作家安 · 恩莱特有一次告诉我，小说的第一页非常重要。她说："你看所有的经典小说，一切都是因为开头很好。"您同意这种看法吗？对于您来说，开头这么重要，是不是会束缚您的写作？

费兰特：我不知道是不是开头会决定一部小说的成败。当然了，我会费劲心力，去寻找开头的那几个词，就好像那是一把神奇的钥匙，可以开启那道正确的门，让我写出整篇小说。通常，刚开始的几个句子，在漫长的写作过程中才出现的。这时候就需要鼓起勇气，把之前写的其他东西都丢掉，仅仅留下那几个词，重新开始。否则的话，读者就会感觉这部小说的真相和力量出现得太晚了。

乔：我不知道您会不会同意我们的看法：您最开始的几部小说，是不是“那不勒斯四部曲”的一个铺垫？因为四部曲的视野更宽阔，叙事更透彻深入。比如说，您应该先写出《被遗弃的日子》《暗处的女儿》这样的作品，然后放慢节奏，写出更复杂、恢宏的作品，情况是不是这样？

费兰特：这些年里，我写了很多，但我出版的书并不是很多，因此对我来说，很难回答这个问题。我得好好想想抽屉里的那些东西，这些东西就像一条锁链中的一环又一环，最后才引出了“那不勒斯四部曲”。实际上，四部曲对我来说是一个惊喜，我无法想象自己会完成这个篇幅很长、时间跨度很大的故事。除此之外，我认为我一直都没有脱离我最初几部小说的调子和创作意图。

乔：在这四部曲里，埃莱娜和莉拉是不是可以理解为一个人物，就像一个人物的两面性？是不是每个作家都具有这种两面性。

费兰特：假如每个人只有两面的话，那我们每个人的生活都会很简单，“我”其实是一群人，内部有很多异质的碎片混合在一起。尤其是女性的“我”，自身带着一个非常漫长的、受压迫的故事，总是在尝试着反抗，她们粉身碎骨，又重新拼凑在一起，然后以一种无法预料的方式破碎。粉碎、重组又粉碎，我的小说就是基于这种碎片，表面上看起来是一个整体，但刚开始就会营造一种混乱，有一种模糊的东西需要说明。小说中的故事和人物都是来自这些碎片。我从小读俄国作家陀思妥耶夫斯基的作品，我在想所有人物，那些最纯粹的、讨厌的人物，都起缘于作家秘密的声音，起源于隐藏在艺术加工之下的东西。在他的作品中，这些人物把一切都倾吐出来，没有过滤，非常大胆。

乔：那您觉得，地方性和普世性之间的关系是什么呢？您小说的背景（在那不勒斯，不同的社会阶层，不同的语言和风景）并没有阻止意大利之外的读者对于“那不勒斯四部曲”的热情，您觉得，这种情况的出现是意外吗？

费兰特：这是一个老生常谈的问题，但很难回答。我觉得，这跟一个人的写作技法没什么关系，而是跟真实事物的生命力有关，如果故事超越了卓越的讲述能力，讲述一些纯粹、简单的真相，可能把自己家的小菜园子变成一座面向大众的公园。但做到这一点，也不能够保证会吸引读者。对于写作的人，他的工作就是把了解的事情讲述出来，就好像他是唯一的证人，同时不能进行自我审查。

乔：作为读者，我在读《暗处的女儿》时，有一种隐秘的体验，甚至可以说，我几乎是带着尴尬去读的，因为它会触及一些难以名状、让人无法启齿的东西。就好像在您的作品里有一颗跳动的心脏。对此您有什么看法？

费兰特：我很喜欢《暗处的女儿》这部小说，我在这本小说上付出了极大心血。写每一部小说，都促使你突破自己，写每一行你都担心自己写不下去。所有之前我出版的小说都是这种情况，但《暗处的女儿》给我的感觉，就像一直向深海游去，一直到筋疲力尽，最后发现自己距离海岸太远了。

乔：您有没有担心过自己再也无法达到那种强度？

费兰特：是的，我也很担心，但我不焦虑。写作时，我写一道，再写一道，不断尝试，这是我私人生活的一部分，一直都是这样，所以对我来说很正常。没人强迫我发表这些小说，假如一本小说写得不够理想，我也不会发表。假如我再也没有写出任何理想的作品，我就再也不会出版作品。

乔：距离您发表第一本小说已经快二十五年了，到现在，您的小说已经被翻译成很多种语言，对此您有什么感想呢？

费兰特：我为我的书感到高兴。这些书很受欢迎，在世界上到处传播，它们非常幸运。

乔：您什么时候意识到自己会成为作家？您什么时候开始感受到自己成为了作家？

费兰特：我早就意识到自己会成为作家，从小时候开始，我就很喜欢讲故事。但我现在坦率说吧，假如您说的是工作和社会层面的作家，那我从来都没觉得自己是作家，到现在也不是。我都是尽可能地在写作，但很长时间以来，我做的都是其他工作。

乔：从女性的角度去写女性人物，您有没有觉得这需要一定的勇气呢？假如不是这样的话，那至今为止，为什么用这种方式写作的作家很少，而且也写得不够深入呢？

费兰特：我不知道是不是需要勇气。当然，可以肯定的是，需要突破女性性别，要打破常规的女性形象，这种形象是男性缝到我们身上的，女性也以为那是她们的天性。另外，需要突破男性文学的伟大传统，这是一件非常艰难的事，但比一个世纪前容易得多：我们有一个质量上乘的女性写作传统，已经达到了很高的高度。但我们尤其是要超越在日常生活中对抗男权社会的女性，这些新女性的形象在社会、文化和政治层面都很重要，但对于文学的风险很大。写作的人，应该去讲述他真正知道的，或者以为自己了解的事，尽管这些事情可能有悖于他的意识形态。

乔：您有没有意识到，您讲述了一些让读者很不舒服的真相？

费兰特：那些让人不舒服的真相是文学的盐，但并不能够保证一本书会成功，但正是语言讲述了真相，才能够获得力量和滋味。

乔：您知道吗？有一些读者不是特别赞同您写的关于女人、母亲、女儿，以及母女关系的事情，而另一部分读者觉得，您非常了解这个主题。

费兰特：一本书必须促使读者去反思自身的处境，思考这个世界。之后，这本书就可以束之高阁，或扔在垃圾筐里了。

乔：有时候，读者对您的作品特别能感同身受，就像您告诉了他们一些难以启齿的事，您没觉得这很可怕？

费兰特：假如这是真的，我会很幸福，也会感到非常不安，文学的使命就是讲述那些难以名状的东西，同时这也是文学一个沉重的责任。很少有作家会承担起这个责任，但我不属于这种情况。我只是想作为一个见证者，讲述我在自己身上，还有在别人身上看到的一些真实的东西。

乔：您的小说译本和原文相比，一定会失去很多东西，您对此有什么看法？您是不是很难接受这种语言转化中的损失？

费兰特：刚开始，我觉得我可以去检查一下那些翻译版本，但我发现这是不可能的事。书写出来之后，它们有自己的命运。我们只是希望，其他语言能尽可能表现出小说中的细微之处，希望其他文化能接纳这些小说。

乔：在您的小说中，方言，还有不同的语体起到了什么作用呢？

费兰特：对于我来说，最初经历都沉积在方言上，后来要落在纸面上，我用意大利语讲述的东西，也是从其中提炼出来的，然后找到一种合适的语体。我笔下的那些人物，总是会觉得那不勒斯方言是一种带着敌意的语言，方言里保留着一些秘密，这些秘密永远都不可能进入意大利语里。

乔：那不勒斯方言有什么特殊之处？有什么东西是那不勒斯方言可以表达的，但意大利语却表达不出来的？

费兰特：学习意大利语对我而言是一个非常艰难的过程，我一直都觉得，那不勒斯方言就像锋利的爪子，把我向下拉。但随着时间的流逝，事情发生了变化，在我头脑中存在两种语言，它们相互为敌。那不勒斯方言可以讲述发生在我和我朋友身上的事，有很多都是我觉得羞耻，或者是我热爱的东西，当然了，有很多东西是无法传递到意大利语里去的。

乔：您的小说中，反复出现的一个主题就是“边界”，还有对边界的突破：城里和城外，内心和外部表现，母性的内部和外部，婚内和婚外。边界一直在消失……

费兰特：“边界”会让我们觉得自己是稳固的。人们感到某种威胁，或者说矛盾时，就会封闭这些边界。边界会让我们成为一个整体，会减少威胁到我们身份的离心力。但这是一个纯粹的表象，因为一个故事开始，就会有一个个“边界”被跨越。

乔：突破这样的边界会有什么价值呢？

费兰特：边界最主要的价值就是它设定的界限，会把我们放置于一个圆圈内部，我们会带着一种批判的眼光去看圈内和圈外，一直到尝试探出头去突破这种界限。

乔：女性会更敏感，更能意识到这种界限的突破吗？

费兰特：女性最近一百年的历史，都是建立在这种充满风险的“突破边界”的基础上，这是男权文化为女性设置的“边界”。在各个领域的结果都非常惊人，但还是有人要重建之前的边界，这些人的力量也是同样强大。这种力量有时候表现为一种简单、纯粹和血腥的暴力；有时候也会表现在一些绅士身上，他们会通过一些轻描淡写的讽刺，诋毁我们的成就，或者贬低我们。

乔：跨越这些边境，可能会造成“消失”，这也是您小说中的另一个重要主题。消失的意义和价值在哪里？（小说家西瑞·阿斯维特也经常表现这一主题，比如说，她的小说中也有一些消失的母亲。）

费兰特：我的第一本小说《烦人的爱》，讲的就是一个消失的故事。那些消失的女人，可以解释为，面对一个暴力的世界，她们已经放弃了战斗，这种消失也可以解释为一种果断的拒绝。意大利语里有一句特别难翻译的话：“Io non ci sto.”这句话有两个意思：一个意思是“我不在”；在特定的场景下，另一个意思是“我不愿意接受你们的提议”。一般来说，可以解释为：“我不同意，我不想。”拒绝就是不愿意参与这场压迫弱者的游戏，拒绝这个弱肉强食的世界。

乔：我们这些读者都感觉对您很熟悉，您觉得这正常吗？在这种情况下，您觉得自在吗？

费兰特：作家都存在于他们写的书里。他们在书里展现出一种绝对的真实，那些真正的读者是会了解到这一点的。

注：

露丝·乔对费兰特的采访2015年8月21日刊登在比利时《标准报》上，标题是《让人不舒服的真相，是文学的盐》。

- 13 -
信念之下的混乱
爱丽莎·沙贝尔对费兰特的采访

沙贝尔：您在那不勒斯长大，您的很多作品都是以那不勒斯为背景。这个城市有什么东西给您带来了灵感呢？

费兰特：我在那不勒斯度过了人生最重要的一段时间，那不勒斯承载着我童年、少年，还有青春期最主要的体验。我认识的很多人，我爱的那些人的故事，都发生在这个城市，当时说的都是这个城市的方言。我一直都在写我了解的事情，但我内心经常很混乱。我能讲述一个故事，把一部小说创作出来，也是缘于我那种模糊的意识，我写书时几乎都是这种情况。尽管我现在生活在别的城市，但这些书的根源都在那不勒斯。

沙贝尔：当您开始写作《我的天才女友》时，您已经构思了完整的故事吗？

费兰特：并没有，我只是构思了这个故事的主要线索和情节，但其他都是一片迷茫，我在写其他书时也是这样，并没有完整的构思。

沙贝尔：您刚开始写这个故事时，已经想好了会写出四本小说吗？假如您当时没想到会写四部曲，那您是什么时候开始明白这一点的？

费兰特：六七年前我开始写这个故事时，我非常确信只要写一本书就好了，可能是很厚的一本，但当我写到莉拉结婚时，我明白自己需要更多篇幅去讲述这个故事。但是，我从来没想过写一本独立的作品。尽管这套书有四本，但对于我来说，“那不勒斯四部曲”之间衔接很紧密，讲述的是一个完整的故事，是一部长篇小说。

沙贝尔： 通常写小说时，您已经想好了表现手法了吗？

费兰特： 我从来都不会很具体地构思故事的表现方式，但我脑子里比较清楚的是：写作的目的是揭示真相，永远都不能迷失，是追求真相，并不是追求一种看起来逼真的东西，这才是一页页写下去的决定性力量。假如在情节发展中，语气变得虚假，过于考究、清晰，过于有理有据，语言过于漂亮，我都会停下来，想搞清楚我是从哪里开始错了。假如我没办法明白，我会把一切都丢掉，重新开始。

沙贝尔：“那不勒斯四部曲”中有没有一本让您写得很费力？有没有一本您最喜欢的，也就是让您感觉最骄傲的？

费兰特：“那不勒斯四部曲”的写作对我来说很辛苦，但也是能带来满足感的工作。也许是因为主题的缘故，我觉得最难写的是第三本。同样因为主题的缘故，第二本最容易写。但我在第一本和第四本中投入很大，我是全力以赴去写的，每一天都怀着痛苦和欢乐，有时候模糊，有时清晰，我爱这四本书也是因为这个缘故。

沙贝尔： 小说中的人物埃莱娜是一个女作家，这个故事是通过她的口吻来讲述的。这个故事推翻了通常人们对于女性友谊的固有看法，讲述了一段非常投入、恒久和稳定的友谊，您为什么要以这种方式来挖掘这个主题呢？

费兰特： 埃莱娜是一个非常复杂的人物，连她也不了解自己。她想做的事情，就是把莉拉作为故事的主线，虽然这违背了她朋友的意愿。她这样做可能是出于爱，但事实真是这样吗？有一件事一直很吸引我，那就是一个人讲故事时，他的个人意识就像一张过滤网，他个人的认识很有限，对于要讲的故事远远不够，但我们在看书时，完全不会有这种感觉。我的书就是这样：讲述者需要不停掂量事件、人物，还有她无法掌控、难以讲述的事情。我喜欢那类故事，就是讲述者把自己的经历讲述出来，同时，这故事会威胁着作者的自信心，会让他质疑自己是不是找到了合适的表达方式，让他刚开始很肯定的信念也会产生动摇。

沙贝尔：您选择塑造的这些人物，他们并不遵守社会规则，并不是好公民，您是有意这样写的，或者就像美国现代主义作家格蕾丝·佩里所说的：“作家写作并不是为了挑战权威，但写作本身就是一种挑战。”

费兰特：我一直在反思，通过写作可以达到什么目的。我一直都读很多书，我想从传统中汲取我所需要的东西，当然也包含意大利丰富多彩的文学传统。我开始写，并不会担心我写的东西是精致的还是粗鲁的，合适还是不合适，反叛还是规矩，只有一个问题需要注意，就是用最有效、最有力的方式进行讲述。

沙贝尔：您作品中有一个非常突出的特色就是，在讲述女性之间的友谊时，您能够抓住非常复杂、核心的东西，但从来都不会陷入伤感，或者是俗套。关于埃莱娜和莉拉之间的关系，您的描述非常真诚、直率，甚至有一点儿残酷。对于一个女读者来说，或者说对我来说，您的讲述不仅一针见血，而且开诚布公。

费兰特：通常来说，我们都会用一些正面、赞许的语言来保存我们的经验。这都是一些现成的、正常的、让人觉得稳妥的风格，让我们觉得放心。但同时，有意无意中我们都会把很多东西排除出去，因为要把事情讲透彻，我们需要强迫自己，拷问自己，去寻找贴切的语言。一种真诚的写作，主要任务就是尽量表达那些暗藏在内心深处、很难用语言表达的体验。一个好故事，或者准确来说，我最喜欢的那类故事：一方面讲述一种经验，比如说友谊，会按照某种常规，把这个故事讲得像模像样、激动人心；另一方面，它会展示那些信念之下的一种暗流涌动和纷乱。一部想要揭示真相的小说，它没有按照主流写法去写，它另辟蹊径，它的命运在于读者愿不愿意真正扪心自问。

沙贝尔："那不勒斯四部曲"讲述的友谊，是不是来源于一段真实的友谊？

费兰特：可以这么说，这本书产生于我所熟悉的一段很漫长、复杂，也很折磨人心的友谊。

沙贝尔：众所周知，女人之间的友谊都是充满了张力，会遇到各种各样的麻烦。在您看来，为什么我们很少能读到用一种很坦率的方式来描述这种复杂关系的书？

费兰特：通常，我们没办法告诉自己的事情，就是那些我们不愿意说的话。假如一本书把这些东西揭示出来，我们会很讨厌，或者会很生气。这些都是我们了解的，但看到别人写出来，我们还是会觉得不安。然而，也会发生相反的情况，当我们看到一些小说里讲到一些我们自身无法启齿的事，我们也会很激动。

沙贝尔：在您的小说中有一个很常见的主题，那就是"遗弃"。有男人或女人会抛弃他们的情人、婚姻，有一些母亲会抛弃孩子，女人会抛弃她们的友谊、梦想。这些主题有什么能特别打动您的地方。

费兰特：遗弃会留下看不见的伤口，很难愈合，从叙事角度讲，这个主题很吸引我，这是因为，遗弃可以揭示一个问题，那就是我们通常认为稳固的、"自然而然"的事情其实是脆弱的、很容易被打破的一种状态。我们觉得生活非常安全，但遗弃损害了我们的安全感。我们不仅仅是被遗弃了，可能我们会无法承受那种打击，我们也会遗弃自己，我们会迷失，会失去自己的完整性。出于习惯，我们很依赖其他人，遭受遗弃之后，我们内心的平衡被打破了，需要重新建立一种平衡，但必须意识到一种现实：我们现在知道，我们拥有的一切随时都可能被剥夺，可能会带走我们生活下去的欲望。

沙贝尔：在您的小说中，我们会发现某种形式的女权主义，一些政治倾向性很强的人物，展现出“个人的也是政治的”。您认为自己是一个女权主义者吗？您觉得，美国女权主义和意大利女权主义有什么不同吗？

费兰特：“个人的也是政治的”——您刚才提到的那句口号对我启发很大。这句口号让我知道，即使是个人最隐秘的体验，和公众层面完全不同的体验，也受政治影响。也就是说，我们的个人体验也受一种无孔不入、非常复杂、难以厘清的东西，也即权力的控制。这很少的几个词，但表达出很深刻的意思，我们要永远铭记在心。这揭示了我们的本质是什么，我们受什么支配，我们要用什么样的目光审视周围，看待我们自己。这句口号对于文学也是一个非常重要的启示。对于写作的人，这应该是最基本的概念之一。

至于您说的女性主义问题，我不知道我是不是女性主义者。我之前非常喜欢女性主义的复杂思想，到现在也深受其熏陶。无论是在美国、意大利，还是世界其他地方，女性主义都产生了很大影响。在我成长的过程中，一直都有这种思想：假如我不能尽快融入一个由杰出的男性构成的世界，如果我没学到他们的优秀文化，假如我没成功通过所有考试，经受这个世界对我的考验，那就相当于没有活过。后来，我读了很多书，这些书强化了女性的不同之处，这也改变了我的思想。我明白，我必须反过来：假如我要打造自我的话，我必须从自身出发，从我和别人的关系出发——这也是一个非常重要的提示。现在，我会读很多女性写的著作，这帮助我用一种批判的眼光看世界，看我自己，还有其他人。这些书会点燃我的想象，促使我去反思文学的功能。我想说一些对我影响非常大的女性：舒拉米斯·费尔斯通、卡拉·隆奇、露丝·伊里加雷、路易莎·穆拉罗、阿德里亚娜·卡瓦莱罗、埃莱娜·卡亚索、唐纳·哈拉维、朱迪斯·巴特勒和罗西·布拉伊多蒂。总之，我是女性主义作品非常忠实的读者，那些女性主义思想包含一些完全不同的观点。然而，我不认为我是一个激进的女性主义者，我觉得自己没有能力采取行动。我们的脑子里塞满了各种各样的材料，各个时期不同的意图和想法混合在一起，相互依存，但也不断产生冲突。作为一个作家，我更喜欢去审视这些混乱、充满风险的东西，而不是让自己处于一种比较安稳、模式化的框架之内。尽管如此，我还是会把很多真实的东西放在一边，避免感到不安。我看着周围，我会想，之前我是什么样的？现在我变成了什么样子呢？我的那些女性朋友、男性朋友现在变成了什么样子了？我时而清晰，时而混乱，失败、逃避，然后向前进。那些像我女儿一样大的女孩子，她们好像觉得目前她们享受的自由是自然而然产生的，而不是漫长斗争带来的一个临时局面，我们可能一不小心就会失去所有战果。至于男性世界，我认识一些非常有文化、擅长反思的人，他们倾向于无视女性作品，或者他们会带着一种高雅的讽刺，抹杀女性在哲学、文学以及其他方面的创作。还有一些非常年轻的女性，她们很激进、充满斗争精神，还有一些男人，他们想了解女性的世界，了解各种各样的矛盾。总之，文化斗争非常漫长，充满矛盾，有些斗争还没有结束，我们很难去讲出什么东西有用，什么东西没用。我更愿意想象自己处于一个错综复杂的局面中，这些混乱的东西一直吸引着我，理出头绪可能很有用，但文学要面对这种混乱。

沙贝尔：这个问题把我引向了性别方面的一个问题。我知道，对于您来说，这个问题可能很讨厌，但我想到了这个问题，是因为我注意到，在文学批评之中，有人经常提到这个问题，他们坚持认为您是一位男性。对于很多男性来说，好像他们无法接受一位女作家会以这么严肃、公正的笔触去描述性和暴力。很多人认为，您不仅仅是一位男士，而且鉴于您写的这些作品，他们会认为，您的背后隐藏的是一个团队，您的作品是一群男人的写作，就像《圣经》的创作一样。

费兰特：在最近一段时间，您有没有听说过这样的新闻，那些署名是男性的作品，事实上一个女人写的，或者是一群女人写的？现在一般人都觉得，男性作家可以模仿女性作家，因为他们超常的能力可以涵盖女性写作，但女性作家没法模仿男性写作，因为她们的“脆弱”很快就会出卖她们。问题在于，不但一般人这么觉得，就连出版社和有些媒体也持有这种观点。他们想把女性写作限定在一定的范围内，就像“闺房文学”。我们写得好，写得不怎么样，或者写得非常好，都是在女性作家的小圈子内进行评价，或者只是一些按照男性传统，放置于女性写作的主题和风格之内进行评价。举个例子来说，女性作家的文学创作，总会被认为受到某个男性作家的影响，反过来说，很少有男性作家受到女作家的影响。评论家不会这样说，当然那些作家也不会承认。结果是，当女性作家的作品不遵守权威人士给她们划定的界限时，这时候那些人就会摆出男性的架子来。假如封面上没有一张女性的照片，就有好戏看了，他们就会认为作品是男人写出来的，或者是一群男性气十足的文人写的。假如产生了很专业、有力的女性写作传统，这些女作家摆脱了通常女性文学的刻板主题，那会怎么样呢？如果大家都认为，女性会思想，会讲故事，在写作方面和男人差不多，或者比男人还写得好，那会怎么样呢？

沙贝尔：您作品中流露出来的愤怒，我认为是属于女性的；另外，您对于身体本能体验、女性欲望的描写，尤其对女性友谊的高超描写，也非常女性化。我也是一个女作家，让我觉得生气的是，那些由躲在战壕里的男人写出的战争都算数，都很重要，而家庭内部的战争，那些对抗男权、身体暴力、厌女症，还有女性之间的故事，也同样是艰辛的战争，却那么不受重视。很多人都热衷于谈论您的性别，您有没有觉得这是一种冒犯啊？

费兰特：女性的日常生活，总是很容易受到这样或那样的欺辱。尽管如此，大家通常都认为，女性在家庭内部遭遇的充满矛盾和暴力的生活，还有其他最普遍的生活体验，只能按照男性世界界定的模式去写。假如你摆脱了上千年来男性界定为“女性”的东西，那就说明了你不是女人。

沙贝尔：女孩子都是看着男人写的书长大的，而在我看来，正是因为这个原因，我们习惯了男性的声音回响在我们的脑子里。对于我们来说，很容易想象男性文学中牛仔、船长或者是海盗的生活。但那些男性会拒绝进入女性的头脑，尤其是进入那些愤怒的女人的头脑，您这样认为吗？

费兰特：是的，我认为男性对于女性想象力的殖民，这本身是一件非常糟糕的事。假如我们展现自己的不同，这会体现我们的力量。我们非常熟悉男性的象征世界，但他们对于我们的象征世界一无所知，尤其是在这个世界的各种冲突之下重建的文学世界。再加上，他们一点好奇心也没有，只有我们依照他们的方式去看待他们，看待我们自己时，他们才会承认我们。

沙贝尔：您作为一位作家，有什么小说或杂文对您影响最大？

费兰特：唐纳·哈拉维的《宣言》让我觉得相见恨晚，还有阿德里亚娜·卡瓦莱罗的《你看我什么，你给我讲什么》。对我影响最深的作品是艾尔莎·莫兰黛的《谎言与占卜》。

沙贝尔：您有没有写过文章来批判一些写作流派或作家？

费兰特：我对那些和我的写作风格完全不一样的作家很感兴趣，我会很关注那些我永远也写不出来的作品。每当我读到让我觉得陌生的东西时，我会去研究它，我想搞清楚这个作品是怎么写成的，我从里面可以学到什么东西，我从来都没有想到去挑衅，或批评其他女作家或男作家。

沙贝尔：您会不会有意去反对一些约定俗成的东西，或者说别人的期待。

费兰特：我很关注那些约定成俗的东西，还有别人的期待，尤其是文学上一些约定俗成的传统，还有读者的期待。但我忠诚的一面迟早都会出现，会和我叛逆的一面做斗争，但最后我反叛的一面会占上风。

沙贝尔：您工作的环境是什么样子的？

费兰特：我随遇而安，最主要的是要有一个角落，也就说一个小小的空间让我写作。

沙贝尔：您写不下去时，会做什么呢？

费兰特：我会停止写作，默默等待。

沙贝尔：您用什么方式放松自己呢？

费兰特：我会去做一些非常无聊的家务。

沙贝尔：在写一本书时，您有没有中途而废过？为什么呢？

费兰特：我放弃过很多书，有些书已经完成了。让我放弃了这些书的原因只有一个，尽管有些章节写得挺不错的，但我觉得，这些书没有讲出事情的真相。

沙贝尔：通常看您的小说，刚开始就会被您的风格深深吸引——非常直接干脆，没什么特效：您采用的语体和风格非常简练，不是语言吸引读者，而是所讲的事情。您从一开始就这么节制、有控制力吗？还是刚开始写初稿时，会比较混乱、感情用事？

费兰特：我讲述的都是一些中产阶级女性的故事，她们有文化，有自控力，也有反思的工具。我采用的那种舒缓、疏离的语言是她们的语言。后来，会有某些东西被打破，这些女人会失去界限，语言也会发生变化。从这时候开始，问题就出现了，这首先是我的问题，写作时的问题。在有些段落，我要重新找到一种冷静的语言，这是一种自控形式，会阻止她们迷失在抑郁或者危险的情感之中，防止她们沉沦，做出对自己或其他人很危险的事情。

沙贝尔：女性之间的友谊可能会出现很多问题：和男性之间的友谊不太一样，女性之间会说出所有事情。她们会推心置腹，会讲出一些非常隐秘的事，是什么促使您进入这样一个丰富的世界？

费兰特：友谊是一个混合物，夹杂着好的和坏的感情，一直会处于一种变化之中。有一句意大利谚语是这样说的："上帝替我看着朋友，我自己看着敌人。"这句话告诉我们，敌人是人与人之间复杂关系的简单化：在仇敌的关系中，一切都很明朗，我们知道需要保护自己，需要去进攻；另一方面，只有上帝才知道朋友的脑子里在想什么。那种绝对的信任、稳固的感情里隐含着敌意、欺骗和背叛。可能是因为这个原因，长期以来，男性友谊产生了一些非常严密的规则。严格遵守这些规则，违背这些规则产生的结果，在文学史上都有很深的传统。但女性之间的友谊，是一个大家都不熟悉的领域，就连我们自己也不清楚，女性友谊没有一些非常明确的规矩。可能会发生完全矛盾的事情，没什么肯定的事。在这方面的挖掘很艰难，这是一场赌博，风险很大。尤其是，每一步都会冒着这样一种风险：那些好意、虚伪的算计，或者诱人的姐妹情谊，有时候会影响到故事的真实性，让讲述的声音不真诚。

沙贝尔：我知道，我可以想象，您非常厌烦这个问题，在我向您提这个问题时，我为自己感到羞愧。但我还是不得不问：为什么像您这样一位知名作家，受到很多批评家赞赏，怎么会选择匿名呢？

费兰特：我并没有选择匿名，我的书上有作者的名字。我只是摆脱了那些仪式，就是一般作家都要面对的义务，他们必须支持他们的作品，出现在作品旁边，去推广这些书。目前来说，我采取的这种方式还行得通，我的书展示出它们的独立性，离开我它们也可以得到传播，所以我觉得我没有必要改变我的态度，如果我忽然改变决定，那也不合适。

沙贝尔：在您的小说中，还有一个非常重要的主题，那就是消除：消除自己，消除一种制定的文化，您为什么会对这种形式的消失产生兴趣呢？

费兰特：有一种人一直都让我十分着迷，面对这样一个充满恐惧、让人难以忍受的世界，他们断言：人的处境无法改变，自然是一种非常可怕的机制，人性和非人性在不断循环。人即使有好的愿望，但人性总是含有恶的部分，会让人放弃初衷。问题不是其他人对你所做的，问题在于，你眼睁睁地看着那些可怕的事情发生在最弱小的人身上。这是每天都在上演的事，让人无法忍受，没有任何东西，包括政治上的乌托邦、宗教、科学的思想能让我们平静下来。每一代人，他们不得不去面对同样让人沮丧、恐惧的真相，并发现自己无能为力。就这样，你会向后退一步，或者向前走一步。我说的不是自杀，我说的是不参与，只是抽身而出。事情到了让人无法忍受的地步，一个人就会说出这句话来。“我不在，我不参与。”在我看来，这是一句非常有力的话，涵义很深，有许多可以讲述的东西。

沙贝尔：您选择对自己的身份进行保密，从某种意义上来说，这是不是也是一种消失，很容易让人联想到莉拉的消失。假如您是一个公众人物，您还可以用同样直率、真诚的语气进行写作吗？匿名是不是让您有更多自由？或者不会发生任何变化呢？

费兰特：事情并不是这样。一个写作并发表的人，他不是在抹去自己，我有自己的私人生活，从公共角度来看，这些书代表了我。我当初做这个选择，是出于另一个原因。我只是简单地决定——这是我二十五年前做出的决定，我要摆脱出名带来的不安和困扰，我要摆脱迫切想进入成功人士之列的狂热，摆脱那种自以为是的心态。对我来说，这是非常重要的一步。今天在我看来，这也是我争取到的，我要感谢当初的决定，这让我有自由的空间，让我感到自己很活跃。如果需要放弃这个决定的话，那对我来说将是很痛苦的事。

沙贝尔：对于那些在作品中绝望地寻找您的读者，除了让他们放弃这种执念，您还有什么话要说呢？

费兰特：就我所知，很多读者一点都不绝望。我收到了一些读者的信件，他们支持这一场小小的战争，他们认为，应该把作品放在最主要的位置。很明显，对那些真正热爱文学的人，只要看书就可以了。

注：

爱丽莎·沙贝尔的采访分为两部分刊登于《名利场》杂志。第一部分发表于2015年8月27日，标题是《神秘作家埃莱娜·费兰特谈她的那不勒斯四部曲》，第二部分刊登在8月28日的杂志上，标题是《费兰特最后一次解释：为什么读者不需要知道她的身份》。

- 14 -
保持不满，保持抵抗
安德烈阿·阿圭拉尔对费兰特的采访

阿圭拉尔：您写“那不勒斯四部曲”用了多长时间？这个系列在世界上越来越成功，这对您有没有什么影响？您看不看关于四部曲或者关于您的评论？

费兰特：通常，我感觉那些书已经离我远去时，我会仔细阅读每一篇评论文章，但在写四部曲时，我没法这么做，因为对于我来说，“那不勒斯四部曲”是紧密相连的一个故事，几本书之间密不可分。但这四部书是按照一年一本的次序出版的，这给我带来了一些影响，因为我还在写后面的书，第一本书的评论已经出现了，我还收到一些读者来信。对于我来说，就好像我正在完成一个小说，但这个故事已经有了读者的反馈，还有他们的期待。关于这段经历，我到现在还需要时间进一步反思。

阿圭拉尔：在小说中，莱农和写作之间的关系，还有她的斗争，您有没有体验过那种感受呢？莱农发表了第一部小说之后，很难接着写下去，就好像出版了一部小说之后，她忽然失去了写作的天分，变得很不自信，她必须战胜自己，为新书寻找灵感时，她感觉很迷失。您是不是也有过这种感觉呢？您是如何开始写“四部曲”的呢？

费兰特：我不断写作，我写了很多东西。我认为写作是一种技艺，需要通过不断练习获取的一项技能，写作从来都不会让我不安。到现在，最让我不安的事不是写作，而是出版。实际上，决定出版一本书时，我总是非常忐忑，考虑再三。只有一本书在讲述真相时，尤其是文学的真相，我才会愿意出版它，我能感觉到那种时刻的到来，假如我全力以赴去写，利用到我所有的写作资源和能量，这个时刻就会到来。

阿圭拉尔：小说里，某次和莉拉交谈时，莱农解释道，她感觉自己必须把整个事件的前后理顺。对于您来说，写“那不勒斯四部曲”时也是同样的情况吗？这两个女人的故事力量非常强大，但还有围绕着她们的其他人物，意大利的历史变迁作为背景：您是怎么设定这个情节的？这部小说开始就是莉拉的消失，莱农的写作欲望里隐藏着某种报复，就好像莉拉不想留下任何痕迹，但莱农不允许这种情况出现。您开始写时是不是已经知道了她们之间会发生什么事情？

费兰特：我在写作时从来都不会按照某个框架。通常来说，我写一个故事时，只知道一些大概的信息，只知道自己要写到哪里，还有需要停靠的地方，一些比较重要的章节，但细枝末节的事情，我一点都不知道，在写的过程中才会想到。如果不是这样的话，假如我知道每一个人物所做的每件事的话，我会觉得很无聊，最后会放弃。这种情况经常发生，我写上一段时间，关注故事的框架还有文字，最后我发现写出来的东西很虚假，我就会停下来。从这个角度来看，我和莱农的情况完全不一样，莱农刻意追求情节连贯，前后一致，她追求完美。我觉得这是一件非常糟糕的事情，和真相相悖。

阿圭拉尔：我们再谈论一下莱农在写作过程中遇到的困难，我在《巴黎评论》的访谈里看到，您用了十年的时间才突破了《烦人的爱》，发表了后面的作品。我在想，女性作家对待她们的工作，是不是更有批判性，更为严谨和严肃？

费兰特：我不知道，但我相信，假如一个女作家要写出最好的作品，她需要有一种日常的不满，我们需要把自己和那些伟大作家相比较。男性的文学传统非常丰富，产生了很多伟大的作品，出现了各种各样的表达方式。对于一个想写作的人，他必须深入了解这种文学传统，按照自己的方式，利用这些文学传统。对于女性体验的原材料进行加工，这是一场战争，打赢这场战争需要能力。另外，需要战胜恐惧，要创建自己的文学体系，要带着一种潇洒、肆无忌惮的态度。

阿圭拉尔：从“那不勒斯四部曲”第三本开始，包括在第四本中，莱农去外面巡回演讲，就是为了推广她的书，她会接受一些采访，其中一次采访，按照莉拉的说法，她的表现让人觉得尴尬。她作为一个公共人物越来越成功，和读者交流，好像能帮助她在公众面前更好地发声，帮助她整理思绪。“每天晚上，我都能即兴提到我的个人体验。”莱农写道。和读者的交流塑造了莱农的公众形象，您在写作的过程中，情况是不是也是这样？

费兰特：对我来说，情况不是这样。写作和任何在公共场合的抛头露面完全不一样。比如说现在，您通过文字向我提问，我受到这些问题的激发，通过文字回答您的问题，和读者交流。在这种情况下，我并不会像在对谈中那样，即兴回答您的提问，展示自己。我非常在意个人的独立性，但通过其他形式进行交流，我没有任何问题，我可以展示自己的想法。对于我来说，写作是一种可以产生交流和对照的行为，写作就是为了能有人阅读。

阿圭拉尔：在第三本中，描写读者对于莱农作品的评价，那些评论很多都不是正面的。您还写到了莱农为宣传这部作品，在外面巡回推广。您是不是有意讽刺现在的一些作者的处境？您为什么会侧重描写莱农作为女作家的公众生活？在描写的过程中，您是不是更加坚定了自己的态度？

费兰特：我并没有有意讽刺现在作家的处境。我只是想简单讲述一下这件事对两个女主人公的冲击：莱农经历这种生活，她有时候会很自在，有时候很不自在，莉拉也受到了冲击，她有时候会利用莱农的公共身份，有时候又会拆台。

阿圭拉尔：您有没有想过，在这个故事中加入莱农的作品片段？读者只是通过莱农的回忆了解到这些作品，对于莉拉的文字，也是同样的情况。在您的小说中，好像是为了情感和记忆的需求，有些排斥这些作品。您觉得，这些因素是不是会突出这个故事，是不是让这个故事更真实？这个故事的主观性非常强，我们是不是可以说，莱农在莉拉身上看到的东西，比如说她的美，还有其他非常优秀的品质，只是在观察者的眼里才是这样子？

费兰特：我在写作时，马上就排除了这种情况，就是在小说中放入莱农的小说片段，或者莉拉的笔记内容。她们的写作才能在客观上怎么样，这并不重要，这都服务于故事。尽管莱农非常成功，但她感觉自己的作品就像是莉拉一个黯淡的影子，她自己也是莉拉的影子。小说获取力量的地方，并不是因为它塑造了一些比较真实的人物，讲述了一些看起来很真实的事件，而是因为它抓住了生活混乱的一面，就是我们的信念形成又破灭的过程，还有这个世界上，以及我们头脑中的各种碎片相互撞击的情景。

阿圭拉尔：第四部小说在那不勒斯这个城市上用了很多笔墨，对这个城市进行了描写和研究。在描写那不勒斯时，您最大的困难在哪里？小说在讲述的过程中，莉拉好像变成了这个城市的化身，您有没有觉察到这种情况？

费兰特：的确是这样，但我很快就排除了这种想法，我不愿意把莉拉变成这个城市的化身，那样就太局限了。我只希望她像其他人物一样，不停地扩散，从童年到老年，从城区一直延伸到整个城市。那不勒斯是一个很难讲述的城市，因为它的线条很不清晰：有两种极端的气质在相互融合，它极端的美有时会变丑，它非常高雅的文化，有时会变得粗俗，她闻名于世的热情，有时很快会转化成暴力。

阿圭拉尔：当莱农回忆往事，她回想起推广她的小说时做的发言，她好像意识到她利用了别人的生活。当她在描写童年生活的城区时，她有这种感觉。您会不会觉得，在写一本小说时，总是带有一点愧疚。

费兰特：绝对是这样，写作，不仅仅是写虚构小说，总是会攫取别人的东西。我们作为作者的特殊性，只是一个很小的脚注，其他东西都是我们从其他人的写作、生活，还有他们最隐秘的情感中汲取的，但同时没人给我们授权。

阿圭拉尔：您最喜欢的女作家是哪些呢？还有哪些女性人物吸引了您呢？

费兰特：要列举出来，单子就太长了，我宁可不说。我只是想强调，在二十世纪的文学传统中，女性写作留下了很丰富的作品，不仅仅在西方是这样。我觉得，我这一代作家突破了之前的禁锢，我属于第一代开始有了这种信念的女作家：你并不需要是男性，才能写出伟大的作品。今天，我们可以旁若无人，从给我们划定的那个文学小花园里走出去，和男性作家进行较量。

阿圭拉尔：在“那不勒斯四部曲”中，您最喜欢的男性形象是哪个？

费兰特：阿方索——莱农的中学同桌。

阿圭拉尔：在您看来，女性之间的友谊有什么特殊的地方吗？女性友谊这个主题，在文学史上很少有作家写，您知道为什么吗？

费兰特：男性之间的友谊在很多小说中都有所展现，具有坚实的传统，而且男性友谊已经形成了一些固定模式，但女性友谊的准则和尺度还有待形成。只有在近些年，才有作家有所涉猎，这是一个艰难的探索，很容易陷入一些既定、刻板的模式。

阿圭拉尔：在小说中，莱农对于女性主义（在小说中，莱农的小姑子应该是女性主义者的化身）的态度发生了一系列转变，最后逐渐疏远。您对女性主义持有什么样的态度？

费兰特：如果没有女性主义思想的话，我到现在只会是一个有文化的小姑娘，沉浸在男性主义文化和亚文化里，自以为可以独立思考。女性主义帮助我成长，但现在看来，我看到，也感觉到，新一代年轻人好像对此嗤之以鼻。她们并不知道，我们获得这一切的时间不长，状况也并不是很稳定。我在故事里讲述的那些女性，她们深切地知道这一点，因为她们切身经历了争取权益的过程。

阿圭拉尔：在“那不勒斯四部曲”第四部中，莱农有几十年的生活过得很快，好像讲述的节奏发生了变化。就好像对于您来说，很难讲述刚刚过去的事。对于您来说，这个小说收尾是不是很难？您现在是不是还在想着您笔下的那些人物？

费兰特：对于我来说，现在这些人物还很鲜活，好像我还在写他们的故事，我还无法远距离地审视他们。至于眼前的事情，的确是很难写，因为眼前的现实很易变。假如我讲现在的故事，我会想象它是一道悬崖，或者瀑布上面的水花。无论如何，最难写的并不是第四本，而是第三本。

阿圭拉尔：您小说中的主人公总是女作家，为什么？还有另一个反复出现的主题是母性？写这些东西时，是不是很难开诚布公地写？

费兰特：女性会写下很多东西，并不是出于职业的需要，尤其是她们处于危机时，她们会通过写作整理思绪。我们的很多事情之前都没有讲清楚，有很多事情甚至都没被讲述过。每天的生活会让我们思绪凌乱，我们需要整理思绪。女性的生育体验，在我看来是只有女性才有的体验，但作为文学真相，一切还有待开拓。

阿圭拉尔：从某种程度上来说，您的小说有一种古典悲剧的宿命感，古希腊经典作品对您带来了什么样的影响？

费兰特：从小我就学习了古典文学，后来我翻译了很多作品，无论是从拉丁语还是从希腊语，这是出于个人爱好。我想学习写作，在我看来，这是一种非常有用的练习。后来我的时间越来越少，我就不再做古典文学翻译。您说在我的作品中，能够感受到古典作品带来的影响，这让我很欣慰。但我要说明的是：我笔下的这些女性总是困于历史、文化的围墙之中，并不是受命运的支配。

阿圭拉尔：您目前在写新书吗？

费兰特：是的，我一直都在写东西，很少有停下来的时候。即使我写完一本书，我也不是很愿意发表。因为写作让我心情愉悦，发表并不会给我带来好心情。

注：

安德烈阿·阿圭拉尔对费兰特的采访，2015 年 11 月 11 日发表在西班牙《国家报》文化副刊《巴别利亚》上，原标题为《埃莱娜·费兰特：写作是一种越权》。

- 15 -
越界的女性
丽兹・约比对费兰特的采访

约比：您是什么时候开始写作的？

费兰特：青春期结束时，我就开始写作了。

约比：您之前说过，很长时间以来，您写作时从来都没想过发表，也从来没想过让别人阅读您的作品。对您来说，从一开始写作起到了什么样的作用呢？

费兰特：刚开始，我写作是为了学习写作，我感觉我有很多事要讲述，但每次尝试，心情不同，我得出的结论也会不同。我有时候会觉得自己没有天分，我会觉得自己还没有找到合适的技巧和方法。通常来说，我更愿意相信第二种推测，第一种可能让我很害怕。

约比：您的作品都关于女性生活，揭示她们怎么和男性相处，无论是私人还是公众场合。您决定出版这些书，是不是想从女性的角度去谈论女性体验。

费兰特：不是这样，我没有任何计划，我到现在也没有一个明确的意图。我当时决定出版《烦人的爱》，仅仅是因为我觉得自己写完了一本书，这本书完全可以脱离我存在，是一本我不会为之后悔的书。

约比：从您出版第一本书《烦人的爱》，到第二本《被遗弃的日子》，这两本小说之间隔了十年。中间这样一个停顿，有什么具体的理由或原因吗？

费兰特：实际上，这中间没有任何停顿，这十年我写了很多东西，但这些东西并没有说服我。这些小说都是精心写出来的，很有文采，但没有真相。

约比：在您的小说中，正面的男性形象很少：几乎所有男性都很软弱、狂妄自大，要么就是漫不经心，或非常霸道。这些男性是您之前生活环境中的男性形象的影射吗？或者说，这反映了社会上比较普遍的现象：男性和女性之间权力的不平等。在这些年里，这种状况有没有发生变化，情况有没有变好呢？

费兰特：我生长的那个世界里，假如男人（父亲、兄弟和男朋友）出于保护你的目的，揍你一顿，教育你做一个好女人，大家都觉得很正常，那是为你好。现在还不错，很多事情发生了变化，但我还是认为，值得信任的男人很少，可能这是因为我成长的环境很落后。或许（我更相信第二种可能），那些男性的权力，无论是通过粗暴的手段，还是通过礼貌的方法表现出来，都是想压制我们。有很多女性，每天都遭到羞辱，这不仅仅是在文字层面，实际上，有很多的女性因为她们的叛逆、不屈服，不断遭受惩罚，有的甚至付出了生命的代价。

约比：在您的小说中，好像很多次谈及了“界限”，比如说情感、地理和社会的界限，还有这些界限被打破，或者被推翻时会发生的事情。这是关于特定社会阶层和年龄的女性，还是可以推及到其他女性身上？

费兰特：女性周围总是会形成一些限制她们的东西，我说的是通常的女性。假如这是女性自我限定的话，这没什么问题，因为界限非常重要。问题在于，这些界限是其他人设定的，而不是我们自己，假如不遵守这些界限的话，我们会非常羞愧。男性打破限定，并不一定会产生一些负面评价，有时候甚至让人觉得他们很大胆、很好奇。女性如果越界，尤其是在没有男性引导的情况下，会让人很迷惑：那就是失去女性气质，是过分的表现，是一种疾病。

约比： 您在描述小说中的人物在面临精神和情感崩溃时，会产生“界限消失”的感觉。这种感情是您的自身体验呢，还是在其他人身上看到过？

费兰特： 我在自己、我母亲还有不少女性朋友身上，都看到过这种表现。我们受到了过多限制，这些限制会抹杀我们的欲望和野心。现代世界，有时候会给我带来一种我们无法承受的压力。

约比： 在您的小说中，那些女性讲述者的声音，都认为怀孕生子是一件非常艰难的事情。成为母亲之后，她们觉得自己的生活变得很没意义，以至于她们都想摆脱母亲的身份，摆脱母亲的职责，她们会很自由。您会不会认为，假如女人没有孩子的话，假如不用面对作为母亲要负担的情感的以及肉体的负担，她们是不是会更强大？

费兰特： 我觉得还没到这个地步。问题在于，我们如何看待、讲述怀孕生子，以及照顾孩子这些事。如果我们一直以一种非常理想、乌托邦的口吻去讲述，或者用《我将成为母亲》之类的指南里的态度去看待这件事，当我们体验到沮丧和疲惫，我们会觉得很孤单，会有罪恶感。一个写作的女性，她的任务并不是停留在怀孕、分娩上，而是要讲出真相，包括那些最阴暗的一面。

约比： “那不勒斯四部曲”和您之前的小说相比，无论是人物还是情节，都体现出了一种类似性。可不可以这样理解，您是在努力讲同一个故事吗？

费兰特： 我讲述的并不是同一个故事，但的确，人生的痛苦总是有一些相似性。存在的伤痛总是无法治愈，你不断写作，就是希望迟早能写出一个故事，对一切进行清算。

约比：作为读者，我们会推测，这个故事是您经历的故事。或者这只是读者缺乏想象的体现，读者总想去追寻作家，这也是一种趋势。

费兰特：当然了，“那不勒斯四部曲”是我的故事，不仅仅是因为我讲述了这个故事，我赋予了它小说的形式，我利用自身的生活体验，给文学的真实提供了养分。假如我想讲述自己的故事，我将会跟读者建立另一种关系，我会告诉读者，这是我的个人自传。我没有选择写自己的故事，我将来也不会写自传，因为我确信，虚构的故事如果写得好的话，能解释更多事实。

约比：您能不能再解释一次，您为什么决定隐藏身份，保持一种“不在场”的状态，就像您所说的，您不会参与后期的出版和推广工作。

费兰特：我觉得现在有一种错误的做法，就是不保障作者的独立空间，不能让他们远离市场和媒体的运作方式。我这场小小文化战争，尤其是针对读者，我觉得读者并不应该寻找作者——一个写作的人，还有他的私人生活，而是要在他署名的书里寻找他。在文本之外，在他们的表达策略之外，除了闲话，没有任何有价值的东西。我们要把书籍放在最中心的地方，假如可能的话，我们再聊那些对推广有用的“闲话”。

约比：您觉得，出名对于一个作家的作品，尤其是对进行创作的人有害吗？

费兰特：我不知道。我只是简单地认为，一个作家比他的作品更有名，这是不应该的。

约比：您的家人和朋友知道您是一位作家，还有您创作的作品吗？您觉得，假如您的身份暴露出来，您的生活变得艰难，会不会有人为您感到难过呢？

费兰特：刚开始，我很害怕伤害我爱的人。现在，我没有这种忧虑了，我觉得我并不需要去保护那些我爱的人。他们知道写作是我的生命，他们会让我待在角落里写作。他们唯一的要求就是：不做让他们羞耻的事。

约比：您和您的英文译者安·戈德斯坦是怎么合作的呢？您和她通过电话，还是通过邮件联系？您有没有分析过她的翻译，验证一下翻译版本里的声音，是不是您“真正的”声音？

费兰特：我完全信任她，我认为她已经尽了所有努力，来理解我的写作意图，把我的意思传递到英语中。

约比：在谈到《被遗弃的日子》时，您说您很担心这个小说中，有一些段落只是“表面看起来写得不错”，在您看来，好的写作和真正的写作之间的差别是什么？或者，您觉得，哪一种类型的写作可以让您得心应手？

费兰特：一页小说写得好，就是你的辛苦付出，讲述真相的愉悦感超越了其他东西，超越了让你担心的事情，比如说文字的优美。我属于那种作家，我会抛开那些改来改去、誊写好的部分，而会保存初稿，因为初稿能揭示更多真实的东西。

约比：在谈及自己和其他女性作家时，您说过，我们必须“深入挖掘我们的不同，要运用一些更先进的工具去挖掘”。还有其他女作家也会这么做的吗？您能不能跟我列举一些您欣赏的作家，男性或女性作家。

费兰特：要列举出来的话，这个名单就太长了。现在女性写作领域非常广阔，也很多变。我读了很多作品，我尤其喜欢一些让我发出这样感叹的书：我永远也写不出这样的句子！我会把这些书放入我的个人收藏，就是我永远也写不出来的书。

约比：据我所知，看了您的小说之后，很多女性开始给您写信，是不是有很多男性也在给您写信呢？

费兰特：刚开始，给我写信的男性要超过女性，现在女性要多一些。

约比：经过长时间的工作，您终于出版了一本书，您需不需要休息一段时间呢？您有没有完全不写作的时候？

费兰特：我一直都在写作，没有停下来的时候，我脑子里总是会想着一些事情，这会让我很不安，写作会让我心情变好。

约比：您曾经说过，假如现在您揭示自己的身份，那将是一件“特别不合适”的事。您有没有感觉成功带来的压力？您进入一家书店，或者在机场看见自己的书，您有什么样的感受？

费兰特：我会尽量避免出现这样的情景，出版一直都让我很不安。我的作品被印了好几千册，在我看来这是高傲的体现，是一种罪过。

约比：您觉得，您的身份会不会被揭示出来呢？现在，那些文化记者好像都非常热衷于这件事，想给大家带来一个爆炸性新闻……

费兰特：什么爆炸性新闻？这简直太愚蠢了。在书本之外，我是什么样子的，谁会关心呢？我觉得，他们能认真看看书，就已经不错了。

约比：在“那不勒斯四部曲”中，您写道，假如没有莉拉这个人物，埃莱娜也不会成为作家。在现实中，您是不是也遇到同样的情况？

费兰特：我感觉，写作就像是我和其他人的生活偶然撞击产生的结果。从这个角度来说，这是事实。我想，假如我变成一个绝缘体，假如其他人不能搅扰我的内心，我不会再写作。

约比：您在写新书吗？

费兰特：是的，但我可能不会出版这本书。

注：

丽兹·约比的采访刊登在 2015 年 12 月 11 日的《金融时报》（英国）上，标题是《2015 年年度女性：作家埃莱娜·费兰特》。

- 16 -

对女性智慧的浪费

黛博拉·奥尔对费兰特的采访

奥尔：在采访一个人时，通常大家都会描述一下所要采访的人，还有周围的环境。埃莱娜，您能不能讲一下周围的环境，还有您自己啊？

费兰特：我不能，因为我不知道怎么描述。

奥尔：您的小说会讲述一些很私密的事情，通常发生在家庭内部，但也会涉及一些社会经济状况的变化，还有您小说中的环境。您能不能讲一下，您的政治意识是怎样形成的呢？

费兰特：对于那种大小头目之间争斗的政治，我没什么特殊兴趣，而且通常来说，这些政客都很平庸，政治通常都让我觉得很无聊。我会记不清楚那些政客的名字，他们的丰功伟绩，还有他们的职位。但一直以来，我都非常关注政治经济矛盾，还有上层和下层之间的矛盾。可能这是因为，我出生和成长的环境并不富裕优渥，为了在经济上取得独立，我付出了很大代价。我到现在对于留在我身后的人依然很愧疚。除此之外，我很快发现，尽管我们的处境越来越好，我们的出身永远也无法抹去。无论是对于家道中落的人，还是社会地位得到了提升的人：我们的出身，就好像激动时不由自主变红的脸，让人无法视而不见。

奥尔：很多人都认为，您用这个笔名，不仅仅是为了保护自己，同时也为了保护一个在那不勒斯真正存在过的社会群体，您从他们身上汲取了灵感，这种假定是真的吗？

费兰特：是的，这也是其中一个原因。

奥尔：这些人怎么样看待您的小说，您知道吗？

费兰特：我一点儿也不知道。需要说明的一点就是，我不再需要防备我成长的那个世界。现在，我尽量维护我对那个世界的情感，那个情感空间过去给了我写作的动力，现在依然在促使我继续写作。

奥尔：菲利普·罗斯认为“不幸的是，得体并不是小说家应该具有的品质”。您赞不赞同这种说法？

费兰特：与其说“得体”，我觉得，用另一种表达更合适，那是一种“带着亏欠的占有”。对于我来说，写作就像张开一张拖拉网，会把所有一切都带走：表达方式、谚语、肢体语言、情感、思想、痛苦，总之是别人的生活。对文学传统巨大仓库的洗劫，就更不用说了。

奥尔：您有没有想过，匿名可能会限制您参与讨论您的作品。

费兰特：我从来没有这种感觉，我的工作结束于出版。假如这些书没有存在的理由，这就意味着我本不应该出版。有时候，有些东西让我感到不安，我会写下来。我最近发现，对于那些书面提问，进行书面的回答，其中有很多乐趣。在二十年前，我很难回答这些问题，我会中途放弃。但现在我觉得，这是很好的机会：那些问题会帮助我反思。

奥尔：您选择埃莱娜作为笔名，这个名字也是“那不勒斯四部曲”主人公的名字。大家一直在讨论这个问题，这是一个文学策略呢，还是给读者的一种无形的暗示？

费兰特：利用埃莱娜这个名字，对于我来说只是起到一种强化的作用，让我讲述的故事更真实。在写作时，就像柯勒律治所说，作者也需要“自愿终止怀疑”，对自传性材料进行加工，对我来说至关重要，但其中有很多陷阱。起了埃莱娜这个名字，会帮助我紧紧贴近现实。

奥尔：您的小说获得了很多读者，最主要的一个原因就是您的文字很美、很丰富，充满了力量感，这会帮助读者对小说中提到的一些问题，做出自己的判断，或者让读者相信，那些结论是他们得出的。您选择阐述事实，并不表明态度，您在写作的过程中，有没有意识到这一点？

费兰特：作家在讲述时，最主要的是他们笔下的人物、行为、活动的空间，还有时间在人物身上流动的方式。那就像作者谱出一首曲子，读者去演奏它。小说就像一个非常特殊的笼子：把你禁锢在它的讲述策略里，但同时又让你觉得自由。

奥尔：您对于读者有什么样的期待？在看完您的作品之后，您期望他们能学到，或者说想到什么东西？

费兰特：请允许我不回答这个问题，小说不应该有使用说明，尤其当这个使用说明是作者写的。

奥尔：您的小说是首先写给女性的吗？

费兰特：小说面向的是全人类。但女性去读这些小说，我会很高兴。

奥尔：为什么呢？

费兰特：因为我们女性，都需要去构建自己的一个体系，一个让我们骄傲的体系，可以让我们对自己进行定义，让我们突破传统——也就是千百年来男人看待、讲述、评价我们，把我们分类的方式。这是一个非常有力的传统，出现了很多优秀的作品，但有很多东西都没归纳进来，尤其是关于我们的故事。深入讲述女性的故事，无拘无束，甚至可以带着挑衅去讲述，这非常重要。这样我们就会勾勒出一幅图画，来展示我们是什么？或者我们想成为什么。阿玛利亚·罗塞里[①]——二十世纪最有创新性、最惊世骇俗的诗人之一，她说了一句话，很多年来，我都把这句话当成一句文学宣言。这句话夹杂着讽刺，也带着严肃，这是诗人在二十世纪六十年代的一句感叹，“在我的月经中，有一种深黑色的力量”。

奥尔：在您的小说中，那些女性人物好像是介于过去和将来、传统和现在、约定俗成和反叛之间，她们处于一种矛盾和斗争之中。这种斗争，这几代女性都很熟悉，都深切体会过。在您看来，目前意大利的女性处境怎么样？世界上的女性状况又是如何呢？

费兰特：我个人认为，我们所有女性，无论哪个年龄阶段的女性，目前还有很多问题需要面对，需要争取。这种斗争还会持续很长时间，虽然我们觉得，我们已经把父权社会的语言和文化抛在了身后，但看看今天世界的样子，我们就会马上明白，斗争远远没有结束。我们到目前为止争取到的一切，也很容易失去。

奥尔：您的小说涉及了很多问题，比如说成功、事业、金钱、母性和婚姻。女性在各个方面取得了很大进步，女性主义还需要在哪些方面取得胜利？为了取得胜利，需要采取新的策略吗？

费兰特：首先需要铭记的一点就是，在我们这个地球上，在很多地方，女性的处境非常糟糕。包括在女性权益能得到保障的地方，要改变那些有文化的、非常进步的男性看待我们的方式，这也很艰难。我们自己也处于一种游离的状态，在两种态度之间

---

① 阿玛利亚·罗塞里（Amelia Rosselli，1930—1996），意大利诗人，意大利反法西斯运动先驱卡罗·罗塞里（1889—1937）之女。

游移不定：我们是顺从男性对我们的期待呢，还是成为新型女性？我们是自由的女性，富有斗争精神，但我们也接受这样的现实：要在任何领域取得成就，这些领域都是由男性把持。假如我们能吸收足够多的男性成就，能够摆脱女性的烦恼和脆弱，比较体面地进行写作，我们会跻身于这些领域。实际上，我们还需要进行斗争，让事情从根本上发生变化。只有我们建立起一种坚实的女性文化传统，男性不得不面对这种传统，这样一来，事情才会发生根本变化。因此，这是一场非常漫长的斗争，需要各个领域的女性进行不懈的努力，需要女性努力思考，并采取行动。只有男性公开承认，他从女性作品中汲取了养分，他说这些时，并没有带着一种高高在上的优越感——如果有一天出现这种情况，事情才真的发生了改变。

奥尔：在您的小说中，埃莱娜从小就受到了小学老师的保护和支持，但同时这位老师拒绝帮助莉拉。这位老师对于埃莱娜的偏爱，是一种不公正的表现，还是因为这位老师知道，莉拉是那种只靠自己也会创出一条路的人？

费兰特：无论是莉拉还是埃莱娜，在学校表现都很突出，但学校对于两个女孩是一种限制。莉拉无法接受束缚，她会不由自主打破各种限制，但有时会因用力过度而崩溃。埃莱娜马上学会了利用学校的资源，后来在生活中，她也采用了同样的策略，利用对自己有利的东西，她暗地里也利用了莉拉的力量。

奥尔：在“那不勒斯四部曲”中，我们一步步看着莉拉的生活变迁。我们会发现，她是一个思想很犀利，但精神上容易崩溃的女人。我们可不可以这样认为：莉拉是一个非常有文化的人物，她有自己的思想，和埃莱娜完全不一样。

费兰特：整个故事的结构不这样，无论是莉拉还是埃莱娜，都无法完全被限定在一个模子里，成为另一个人的反面。

奥尔：两位女性人物的特点完全不一样，这增添了小说的张力。您在写作小说的过程中，是不是对一些人物原型进行了深入加工？

费兰特：也有可能是这样。尤其是在《被遗弃的日子》里，奥尔加的形象塑造就是通过这种方式。但在“那不勒斯四部曲”中，无论是莉拉还是埃莱娜，都没法把她们归于某种典型形象，给她们找到一个原型。

奥尔：从故事开始，莉拉和埃莱娜对待男性，对待性的态度就完全不一样，另外，莉拉对于男女之事不感兴趣，这是她吸引男性的原因吗，或者，突出两位女性的差别，您有其他目的？

费兰特：我觉得，女性性欲有待讲述。尤其是男性文学在这个方面已经形成了丰富的传统，这对于我们是一个巨大的障碍，无论是莉拉还是埃莱娜的表现，都是以不同的方式去适应男性的性欲，但结果总是不尽人意。

奥尔：我们可不可以这样认为，在您的小说中，除了通过学习成为知识分子，很少有比较体面的方式，能让人摆脱平庸，充满妥协的生活，无论对于男性还是女性都一样。

费兰特：并不是这样子，并不是只有上学一条路，我非常重视恩佐这个形象。他经历的人生很艰难，也让人尊重。尤其是讲述者埃莱娜，她认为不断学习和掌握文化，是个人摆脱贫穷和无知的方式，她的路子非常成功。但要产生一种深刻的变化，需要几代人的努力，需要整体性的变化。后来，埃莱娜也经常感到，个人的生活，包括那些最幸运的人的生活，最终都是不够的，某种程度来说，都带有罪过。

奥尔：工人阶级中，只有特别突出的少数人会得到提升和奖赏。从五十年代，也就是这个小说开始的时间一直到现在，这种观念发生了变化，还是变得越来越明显？

费兰特：在彻底消灭阶级差别之前，这种情况会一直存在。我认识一些特别优秀的人，他们并没有狂热往上爬的渴求。最严重的问题在于：在一个表面平等的社会里，就像我们现在所处的社会，很多人的聪明才智都被浪费了，尤其是女性的智慧。

奥尔：您认为，莉拉和埃莱娜之间，是不是存在竞争关系？对于一个女人来说，具有竞争力，是不是对于她在这个世界上立足非常重要？

费兰特：事情并非如此，两个女人之间的竞争关系，如果不是最主要的关系，那是行得通的，这种竞争和彼此惺惺相惜、密不可分的情感并存，虽然中间夹杂着嫉妒、醋意还有其他负面的情感，但整体上是很坚固的情感。当然啦，这样一来，女性之间的关系会难以厘清，但这样就对了。因为历史原因，我们的存在方式一直都比男性错综复杂，男性总是会倾向于把问题简单化，这是他们解决问题的方法。

奥尔：尽管埃莱娜在物质方面取得了成功，但莉拉才是占主导地位的人物。读者会意识到，这可能是埃莱娜自我贬低的结果，也许她觉得自己被莉拉主宰。您永远都不会让莉拉讲述自己的故事吗？

费兰特：不会的，在我写这个故事的初稿时，有很长的段落都是莉拉的手稿，但后来我排除了这种方式。莉拉只能是埃莱娜笔下的人物：在这个故事之外，她可能不知道如何自我定义。只有那些爱我们的人，恨我们的人，或对我们爱恨交织的人，才能够把组成我们的无数碎片拼凑在一起。

奥尔：两个女性中，您觉得离自己最近的是哪一位呢？

费兰特：我很爱莉拉这个人物，也就是说，我喜欢埃莱娜讲述她的方式。我也喜欢莉拉通过她的朋友讲述自己。

奥尔：我们可不可以这样认为：对于您来说，埃莱娜·费兰特是一个很神秘的人物，她没有家庭，没有房子，只存在于您的想象中？

费兰特：事情并非如此，埃莱娜·费兰特是好几本书的作者，她一点都不神秘，因为她通过作品，已经展示了太多自己的东西。通过这些作品，她的创作力得到了充分展示。在这里，我想说的是，表达策略可以代表一个作家。作家通过自己的文字打造一个虚构的世界，一个非常具体的世界，充斥着各种人物和事件。这个世界之外，剩下的只是非常普通的私人生活。

奥尔：在您看来，女性，尤其是那些作为母亲的女性，是不是很难把自己的生活和创作分开来？

费兰特：对于一个女性，无论她们有没有成为母亲，在任何领域都会遇到各种各样的困难。她们需要照顾的东西很多，有时候她们会以感情的名义放弃创作。另外，要让她们的创造力发挥出来，这也是一件很艰难的事。这需要强烈的动机，非常严格的训练，也需要放弃很多东西。尤其是，这会带来一种强烈的愧疚感。创作活动会占有私人生活的大部分时间，中间还不能夹杂任何对自我的表达，这是最复杂的事。

奥尔：对于一个想投身于写作的女人，她需要做什么？

费兰特：她需要对抗来自社会的各种各样的压力，不应该被自己的公众形象所束缚，她需要全心全力投入写作，无论是在表达还是在策略上，都要尽量自由，不受束缚。

奥尔：您能不能谈谈，您现在正在写什么？

费兰特：我从来都不会告诉别人我正在写的故事，否则，我会失去了讲述这个故事的欲望。

奥尔：最后一个问题，作为您忠实的读者，我想对您表示诚挚的感谢，您会不会接受我的感激之情呢？

费兰特：应该感谢您的人是我。有一些给我写信的读者，他们会对我表示感谢。我每次都觉得很惊异，我觉得，“那不勒斯四部曲”真是太幸运了。一本书里到底有什么让人着迷的东西，对于写出它的人来说，这也是一个谜。

注：

黛博拉·奥尔对费兰特的采访，2016 年 2 月 19 日刊登在英国《淑女》杂志上，题目是《埃莱娜·费兰特：讲述的方式》。

- 17 -
无论如何
费兰特和尼古拉·拉乔亚的对话

拉乔亚：“那不勒斯四部曲”最有力的地方之一，就是人物之间相互依存的关系。莉拉和埃莱娜之间关系中最为明显，她们都能感觉对方在自己身上投射的影子，即使是对方不在场，这种影响（就像一种独立存在的生命形式一样）依然存在。每一次，莉拉从埃莱娜的生活中消失，但她的影响依然存在，可以推测出，埃莱娜对莉拉的作用也一样。阅读您的小说，让人感到极大的慰藉，因为在真实的生活中，情况也是这样。那些对于我们来说很重要的人（那些会搅乱我们内心、让我们方寸大乱的人）一直都会质问我们，强迫我们，他们的目的是引导我们。尽管他们已经死去，或者生活在很遥远的地方，或者和我们有过争吵，他们的影响依然存在。我觉得，有时候这种存在和影响，会改变我们的记忆。我们重新阅读人生“小说”的方式和这些重要的人关系很密切，他们的潜移默化，他们在关键时会改变我们的生活。“四部曲”在我看来是一部非常现代的小说，因为它非常深入地揭示了这种关系的机制。

然而，在四部曲里，这种人与人的依存关系，延伸到了两位女性的整个世界。尼诺、里诺、斯特凡诺·卡拉奇、索拉拉兄弟、卡门、恩佐·斯坎诺、吉耀拉、玛莉莎、帕斯卡莱、安东尼奥，甚至加利亚尼老师……尽管这些人物之间的关系没有埃莱娜和莉拉那么密切，但每个人都在场，相互摆脱、抽身而出是不可能的，这些人物会不断地出现在彼此眼前。他们当然会吵架，会相互背叛，有时候甚至想杀死对方。他们说出的话，做的事，在别的场合或背景下，可能会导致他们永远断绝关系。尽管如此，但他们还是会再次出现在彼此的生活里，总是有某种东西把他们连接在一起（比如说，埃莱娜在《快报》上无情抨击了索拉拉兄弟，但马尔切洛·索拉拉对她还是很客气）。似乎只有死亡——或者是年老和衰亡，才能断开他们之间的关系。

看清这些关系的实质时，可能会让人觉得，这是一件很倒霉的事，但同时，难道也不是一件很幸运的事吗？否则的话，一个人可能会陷入一种绝对的孤独。坦白说，有时候，我很嫉妒这些人物。

费兰特：我从何说起呢？从我的孩童时期和青少年时期说起。在那不勒斯，有些贫民区非常拥挤，也很吵闹。就像您说的，一个人很难孤立出来，因为物质条件不允许。在这种喧闹的环境下，一个人要学会专注，学会抵抗各种干扰，在大部分情况下，“自我”都混杂着别人的因素，留下了别人的印记，这不是理论上的，而是一种现实。活着就意味着不断和别人产生冲撞，同时冲击着别人的生活，有时候这种冲击是正面的，有时候是一种侵犯，转眼可能又会和好。人们争吵时，不仅仅会攻击活着的人，可能会提到那些死去的人：有时候争执加剧，也会殃及姑姑、阿姨、堂姐妹、祖父祖母，甚至已经不在世的祖辈。再加上有方言、意大利语，这两种语言指向的社会群体不同，都不简单、纯粹。在一个社会群体里很正常的事，在另一个社会群体看来却很不正常。你在两种语言之间建立的关联，但本质上它们永远不一样，习俗、行为规则和传统都不一样，当你想找一条中间道路，你说的可能是一种不地道的方言，或者一种蹩脚的意大利语。

所有这些都影响着我，没有次序，没有孰重孰轻。没有任何东西成为过去，一切都还是老样子。当然，我现在有自己的小空间，很安静，我可以找回完整的“自我”，但这种表达让我觉得有些可笑。我讲述了一些女人的故事，她们是完全处于孤寂状态的女性，但在她们的头脑中，从来都没有过安静的时刻，也没有完整的时刻。按照我个人的体会，不仅仅是从小说家的角度，那种绝对的孤寂，就像一本书的书名——《过于喧嚣的孤独》。对于一个写作的人，主要人物永远都不可能彻底陷入沉默，尽管可能因为愤怒、变故，或者对方死去，两人之间的关系已经断绝很长时间了。我在思考我自己，也许在写作时，永远不可能撇开其他人。我说的不仅仅是亲戚、朋友和仇敌，我说的是其他人——男人和女人的面孔，他们只是一些影像：电视或小报上的影像，有时候是悲痛的面孔，有时候又过于凶恶。我说的是过去，是我们称之为传统的东西，我说的是那些在我们之前存在过的人，他们的行为和动作继续反映在我们身上。我们的身体，在走向死亡的道路上，有意无意地重演了死去的人的经历。就像您所说的，我们从深层上是紧密联系在一起的。我们应该学会思索，发现这种内部的关联——我把这个称之为“残渣”，或者说是“碎片”——我们要找到讲述它的方法和语言。在一种绝对的冷静中，完全卷入那些纷争中，处于安全或危险的境遇，无辜或者堕落，我们都是别人碎片的集合。这些碎片是文学的一种财富。

但在面对每日庸常的生活，每日生活的艰辛时，我们很难改变方向，在这两者之间转换自如：善与恶，恶与善。假如我说，那不勒斯城区的遗产是好的，是善的，那我就是在说谎。我明白，我讲述的那个世界的枷锁很牢固，很紧密，这就像一种缓冲。在“那不勒斯四部曲”中，无论如何，莉拉和埃莱娜生活的环境，很多时候也很温情，很宜人。但要注意的是“无论如何”，城区会带来伤害，限制一个人的发展，也会腐蚀人，把人引向堕落。但人们却没法剪断和城区的关系，他们摆脱城区只是表面的，也不是英明之举。这些人有时候表现得很好，但忽然间会露出丑恶的一面，当然，风平浪静后，他们又会面带微笑。我觉得，这都是一个没有诚信的社会群体的体现，他们都是机会主义者，他们的愤怒和虚伪都是处心积虑算计过的，这样会避免公开自己的立场：我站这边，你在那边。

因此，显而易见的是，把整个城区的人物联系在一起的，并不是善意，而是恶。当然了，这个群体是由一些个体组成的，人是充满矛盾的，都有一些珍贵的人性。如果要成功地塑造这些人物，在写作时应该注意到这一点，人们总是在善和恶之间游离，有时候他们自己都意识不到。这个城区就是这副样子，莉拉和埃莱娜是这个城区的产物，城区就像一个泥潭，会让每个人深陷其中。在这个封闭、沉闷的环境中，我希望两个女孩可以来去自如，没有任何东西能让她们固定下来，尤其是，我希望她们两个人就像空气一样，可以相互交融。但她们永远都无法摆脱出生地的引力，无论如何，她们也都能感受到那种吸引力。

现在说来，也许最难讲述的就是这种“无论如何”。需要一直都记着那些“如何”，要时时刻刻都能辨认出来它的各种表现，还有伪装，尽管感情的依恋，儿童时期养成的习惯、味道，还有方言的腔调吸引着我们，让我们游移不定、心软，让我们没有坚定的立场。也许在小说中，要体现这种可变性，就需要避免过于绝对的界定。我们都处于不停的变化之中，但为了避免对漂泊不定产生焦虑，一直到老我们都会伪装出稳定的样子，尤其是文学作品，最能给人带来这种幻觉，让人相信：事情就是这样。我特别不喜欢这类故事，我更喜欢那些作者也不知道真相究竟如何的故事。对于我来说，叙事的意义在于：质疑那些不容置疑的讲述手法，消解那些像界石一样确凿的东西，凸显那些模糊而又不稳定的东西。埃莱娜·格雷科的漫长讲述，从头到脚都展示了这种不稳定性，可能要比我之前的几本书更能体现这种特点，比黛莉亚、奥尔加、勒达的故事更模糊。格雷科写在纸上的东西，开始表面上很肯定，很确信，但到后来她越来越犹豫，越来越不肯定。讲述者到底是什么样的感受？她是怎么想的，她在做什么？莉拉是怎么想的，怎么做的，进入故事中的其他人呢？在“那不勒斯四部曲”中，我希望一切状况都是临时、转瞬即逝的。在讲述莉拉时，埃莱娜不得不讲述其他人，还有自己，那些会面和冲突留下了不同的印记。就像我说的，其他人指的是广义的很多人，这些人不断冲击着我们，我们也会对他们产生反作用。我们的独特性、唯一性，我们的身份不断破碎。在一天结束时，我们会感叹一句：真是身心俱碎啊！没有比这更真实的写照了。仔细想想，我们是这种不稳定状态的推动者，我们推动别人，或者受别人的影响，这种相互推动的故事是我们真正的经历。讲述这些故事，就意味着讲述这种相互渗透，各种碎片混杂在一起，从技术上来说，是把不同语体、不同类型的符号混合在一起。我们是各种碎片的混合体，因为一种压缩的效果，才产生了我们优雅的形象、美丽的形状，虽然一切都很偶然，充满矛盾。最廉价的黏合剂就是“刻板形象”，那些刻板印象让我们很安心，就像莉拉说的那样，问题在于，即使几秒钟的“界限消失”也会让我们陷入恐慌。在“那不勒斯四部曲”里，至少从创作意图上来说，“刻板形象”和“界限消失”都是我深思熟虑过的。

拉乔亚：莉拉在尼诺的陪伴下，去听帕索里尼（在故事中，尼诺评判帕索里尼，说他是一个只会乱搞的“死娘娘腔”）的讲座。尽管莉拉很欣赏帕索里尼，但在“那不勒斯四部曲”中，从来都没有出现一个类似尼内托·达沃里[①]的形象，甚至也没出现过一个天真、质朴的“小詹纳罗”，这是帕索里尼所推崇的、社会下层的理想男性，在他的《路德书信》中，他想象在那不勒斯会有这样内心淳朴的男性。在您的小说中，我是想说，那些赤贫的无产阶级，没有任何救赎的力量。在历史上，他们受推崇，是正面的形象，但实际上，他们总是被粗暴地放置于一边。对于成长于那些环境的人，或者熟悉甚至是喜欢那些环境的人，他们都会为您小说的真实性所打动，会难以忘怀。

有一些评论家把您和安娜·玛利亚·奥尔特赛、艾尔莎·莫兰黛放在一起进行比较。我觉得这很有道理，尽管您笔下的那些庶民，和库尔齐奥·马拉巴特[②]的《皮》中描写的可怕的民众很像，而不是像《海水不会冲刷那不勒斯》里的人物。这类民众真的是无可救药吗？

费兰特：我不知道，我从来都没有想过，这些人物会和库尔齐奥·马拉巴特笔下的人物相似，我很久之前读过《皮》，我现在要重读一下。我想要说的是，按照我的体验，我从来都没有遇到过类似于帕索里尼塑造的“小詹纳罗”。在安娜·玛利亚·奥尔特赛的《海水不会冲刷那不勒斯》中，有一章是《丧失意志的城市》，在我人生的不同阶段，我觉得这本书都是一个参照，让

---

① 尼内托·达沃里（Ninetto Davoli，1948—　），意大利男演员，以其在导演皮埃尔·保罗·帕索里尼的多部著名电影（《十日谈》《一千零一夜》等）中的表演知名。

② 库尔齐奥·马拉巴特（Curzio Malaparte，1898—1957），意大利记者、作家、外交家，代表作之一《皮》以其担任盟军联络官的经历为基础，揭示了战争给那不勒斯人民带来的现实和精神的苦难。

我开始讲述我所知道的关于这座城市的一切。但在文学创作中，那些带来启发和灵感的东西总是很难说，可能是一句比较幼稚的诗，几行被遗忘的句子，几页我们在读的时候并没有很欣赏的文字，通常这都是我们标榜的东西，就像一些徽章。我怎么说呢？至少在我构思时，莉拉和埃莱娜并不是成长于一群可怕的刁民之中，但城区的环境也并不能产生一个“小詹纳罗”，另外，帕索里尼也觉得，这是他想象出来的“人间奇迹”，是让人作呕的法西斯分子中的一个例外。我所了解的庶民城区，那些人都是普通人，他们没有钱，得想办法挣钱，他们地位低下，但同时也很暴力，他们在文化上没有什么优势，他们觉得学习很重要，但他们会嘲弄那些想通过学习获得救赎的人。

拉乔亚：对于莉拉和埃莱娜来说，学习非常重要。学习文化是她们摆脱劣势的唯一途径。尽管她们的生活中会遇到很多麻烦和障碍，但她们对文化从来没失去信心。虽然有些时候，学习并不能带来实际的东西，埃莱娜和莉拉都一直坚信：文化对于每个人的成长非常重要。我们现在有很多迷失的大学毕业生，您怎么看待今天的意大利？也可能，现在的年轻人和教育之间的关系，并不像埃莱娜和莉拉那么绝望，对于她们的下一代（比如说，黛黛和艾尔莎）来说，他们掌控自己人生的工具要多一些。尽管如此，我觉得学习依然是自我解放的众多工具中的一种。

费兰特：首先，我认为，不应该把学习说成是自我解放的工具。学习首先对社会流动的作用很大。在战后的意大利，教育加固了之前的社会上层，同时也为优秀的人才提供了上升的空间。那些停留在社会下层的人可能会说：我现在这个处境，是因为我当初不想学习。在莱农的经历中，当然还有尼诺的故事中，教育都起到了这样的作用。但在小说中，也有抹去这种作用的时候：有一些人物也在学习，也受了高等教育，但他们的道路还是被截断了。总之，在现在的社会，过去对教育的信仰都已经行不通了。这种信仰的破灭很明显：那些迷失的大学毕业生是一个很悲剧的证明，之前获得学位，理所当然就可以实现社会地位的提升，但现在，这种机制已经陷入了危机，行不通了。在故事中，有另一种理解教育的方法，就是莉拉对教育的看法。莉拉中途辍学，对于当时的女性，这是一件很严重的事，尤其是对于那些贫困的女性而言莉拉被剥夺了继续受教育的权利，她就把社会文化提升的希望都寄托在莱农身上。对于莉拉来说，学习成为了一种智慧的体现，她带着焦灼在展示自己，这对于她是一种需要，让她对抗周围极端混乱的环境，是她日常斗争的工具，这种想法，让莉拉想把她的朋友变成“一个上过学的人”。同时，埃莱娜按照之前的体制，实现了出人头地的目标，但莉拉却在竭尽全力挑战这种体制，展示出了另一种可能，让之前的机制陷入危机。我们生活的这个世界，这种危机会不会出现，我不知道，我们可以等着看。教育系统的矛盾越来越明显，这标志着这种体制已经式微了吗？我们都接受了良好的教育，但这已经和谋生手段没有直接的关系了？我们现在是不是更有文化了，但失去了智慧？可以说，通常我都会受那些有思想的人的吸引，而不是阐释别人想法的人。我想说，让这个世界充满了有伟大思想的人，这也是一个非常高的目标，生活在这样的世界里，一定会感觉很美好。

拉乔亚：我不知道这是不是真的，“那不勒斯四部曲”的很多段落，都没有那种先验性的、宿命的东西（二十世纪的很多作家都揭示的那种先验性），只有莉拉的“界限消失”。那些最重要的时刻，也就是说世界在莉拉眼前塌陷，露出了它赤裸裸、让人无法忍受的一面：一切都变形了，非常混乱，“一个黏糊糊、乱糟糟的现实”，没有任何意义。那是向人们揭示真相的时刻，每次这种真相非常可怕。这让我想到了陀思妥耶夫斯基笔下的人物癫痫发作时的幻觉，另外我还想到了《安娜·卡列尼娜》的最后章节。当托尔斯泰小说中的主人公从马车上看着满大街的人流时，她确信人生没有意义，爱情不存在。我们都是一些被抛入乱世中的生命，弱肉强食，最后一丝希望也变得苍白，抗争也没有什么用，随波逐流也一样。没过多久，安娜·卡列尼娜卧轨自杀。

我无法理解（这不是一个问题），莉拉感到“界限消失”时，她的不安和焦虑，是源于她察觉到周围的世界毫无意义，还是因为那种“迷幻”时刻让她彻底打开了眼界，让她感受到相反的情况，也就是说：意义（或者说幸福、平和的可能）是存在的，但很难实现，而且超出了我们的感受力。我所关注的是虚构，就像莉拉说的，“虚假的东西，因为表面干净整洁，会让她平静下来”。虚假的东西是围绕在我们周围的堤岸，可以抵挡混乱和暴力。从这个角度来说，文学是虚假的，法律和哲学也一样。从一个方面来说，这注定了我们无法获得幸福，因为我们只有通过幻觉（把一个虚假的东西当真）来安慰自己。但从另一个方面来说，我在想，我们的本性（我们创造出一些“虚假的东西”，建立一种我们之间，我们和世界之间的真正的交流），难道不是我们写作最主要的灵感来源吗？

费兰特：每次有人提出，我的小说里缺少一种先验性的东西，就好像那是一种缺陷，我都会很惊异。这里我想提出一个声明，一个原则问题：从十五岁开始，我就再也不相信上帝的存在，无论是天上还是人间。我觉得，无论这个神存在于任何地方，这都非常危险。从另一个方面，我也很赞同神学研究的大部分观点，神学会让我们明白这一切纷争的源头在哪里。其他的我不知道该说什么了。那些经历了各种波折，最后产生了转机的故事，还有讲述一个人实现救赎，证明幸福和安静是可能的，或者说，讲述人们能找到一片公共或者私人的伊甸园，这些故事都能给我带来安慰。以前我也尝试过写这样的故事，但我发现我无法相信这一点。最吸引我的是那些危机的场面，那些被撕裂的封条，或者说“界限消失”的意象就来源于此。形状被打破，这是一件很恐怖的事，就像奥维德的《变形记》，或者说像卡夫卡的作品，以及巴西女作家李斯佩克朵的《格阿加所讲述的激情》。我们不能突破界限，我们要向后退一步，为了活下去，需要更好地伪装起来。我接受所有经历深刻的危机之后的幻想，还有痛苦的伪装。我喜欢那些带着切肤痛苦体验的掩饰，也就是说，明知道那些东西是虚假的，无法抵挡长期的冲击，但还是相信它们。人类是暴力的动物，他们为了实现自己的救赎，会粉碎其他人救赎的可能，产生的冲突非常可怕。

拉乔亚：在“那不勒斯四部曲”中，有很多吵架场景的描写，不同人物暴跳如雷，相互争吵，这些场面都刻画得入木三分。这种怒火好像具有传染性，我在读到这些章节时，有时候会忍不住用拳头砸桌子，想更深切地体会到农奇亚·赛鲁罗，或者埃莱娜的母亲呼天骂地的情景。意大利有些贫民在生气骂人时，总是让我很震动。他们骂人的话很丰富，很连贯，会有一些非常荒谬的指责，他们会互相拽头发，发出各种充满想象力的诅咒。我的外公外婆是农民，我爷爷是一个卡车司机。有时候，我听见他们骂人，或者咒骂自己和命运（尽管这种事情在城市里要比乡村多一些），那种发火的方式，我在其他地方很少见到过。有时候，我甚至有些怀念，我觉得，受压迫者怒火爆发，每个民族的体现都不一样。在法国，事情应该和意大利差不多，在英国也类似。但在一些东方的国家（比如说在泰国），那些穷人对命运的怒火，不会表现得那么激烈。

从一个方面来说，我知道这种争吵和破口大骂，可能会让人很难过，让人觉得低俗。从另一个方面，我想问一下：这难道不是文明的呼喊，他们出于本能觉得贫穷是不公正的？

费兰特：我们现在回到争吵的问题。的确如此，穷人之间的争吵是有限度的，好像就到门槛那里。吵到一定“限度”，这是一种很有意思的说法，形象地展现了吵架的双方停留在某个地方，这个过程有力地展现了我们生活的时代。打破阶级意识的概念，还有阶级矛盾，那些穷人、生活无依的人，他们只有在表达愤怒方面时，词汇非常富有，在两个人疯狂的争吵中，他们通过语言攻击对方，把对方挡在“门槛”外面，他们肆意破口大骂，来实现某种净化。在现实中，这道门槛经常会被跨越，发展成穷人间的厮打，会造成流血事件。或者说他们会重新讲和，又回到顺从的态度，那些弱小的人会顺服霸道的人，成为机会主义者。假如您愿意，文明的“呼喊”可以这样理解，这是意识到了自己的尊严，他们希望改变自己的处境。否则的话，穷人之间的争吵只能像《约婚夫妇》里伦佐·特拉玛伊诺的公鸡之间的争斗。

拉乔亚：对不起，我还是要提到库尔齐奥·马拉巴特。在读您的作品时，我想到了《皮》里面的话：“你们以为在伦敦、巴黎和维也纳能找到什么？你们还是会看到那不勒斯。欧洲的命运就是成为那不勒斯！”

我很难不把这句话和埃莱娜的思考联系起来：“那不勒斯是一个欧洲大都市，它的姿态很明确：它相信技术、科学和经济发展，相信自然是善意的，历史会向好的方向发展，相信民主会得到普及，但一切都缺乏根基。我有一次写道——我想到的不是我自己，而是莉拉的悲观主义——出生在那不勒斯，只在一个方面有用，就是我们从开始就知道：梦想着没有限度的发展，其实是一个充满暴力和死亡的噩梦，现在，很多人不约而同都产生了类似的想法，几乎是出于一种本能。”

这种对历史的怀疑，引发了对整个世界的不信任，或者是对自然的不信任。讲述者埃莱娜在这个系列第三本《离开的，留下的》的开头是这样说的：“但在后来的几十年里，我才发现我错了！这世界上的事情一环套一环，在外面有更大的一环：从城区到整个城市，从城市到整个意大利，从意大利到整个欧洲，从欧洲从整个星球。现在我是这么看的：并不是我们的城区病了，并非只有那不勒斯是这样，而是整个地球，整个宇宙，或者说所有宇宙都一样，一个人的能力，在于能否隐藏和掩盖事情的真相。”

我想谈论一下“历史”的问题，“那不勒斯四部曲”是二十世纪下半叶，人们梦想幻灭的哀歌，也可以说是一首关于现代化的哀歌。最近，有一些历史学家声称，从1950年到1990年的这四十年（分配不均现象减少，社会流动性强，人民群众经常成为主角），可能是暂时消除了不平等的一个历史阶段，这让我觉得很恐怖。您觉得，二十世纪下半叶是不是可以这样理解？二十一世纪贫富差距会急剧加大，未来有待于书写，这样去面对未来，难道不是更现实吗？

费兰特：是的，我觉得正是这样：未来有待书写，还有更多可能。但是“历史”和故事已经写成了，这些故事是站在现在的“阳台”上，看着过去的电闪雷鸣，没什么比这更不稳定的东西了。人们带着怀念，或者说带着学到的概念回望过去，这其中有很多不确定的东西。我不喜欢怀念，怀念有时会让人无视过去的人们遭遇的痛苦，还有笼罩着一切的贫穷，文化生活和市民生活的匮乏，渗透社会各个角落的腐败，小进步之后的倒退，幻灭，我更喜欢审视发生的事实。您提到的那四十年，对于那些处于社会底层的人，是痛苦挣扎的几十年。尤其是那些处于底层的女性，她们遭遇了更多的痛苦。不仅仅如此，从七十年代开始，大批人作出了巨大牺牲，经历了非人的努力，就是为了提升自己的社会地位，这批人和他们的子女经历了失败的痛苦。更不用说，国内的纷争不断，世界和平一直遭到威胁，技术革命和旧政治、旧经济秩序的解体同时进行，这都很有破坏力。现在的情况是，新千年的贫富差距会急剧加大，这是整个系统带来的结果。新情况是，现在的穷人已经没有之前的生活前景了，他们眼前只有资本主义系统，精神也只剩下宗教救赎，没有别的出路。现在，宗教不仅仅管理着天国的降临，也掌管着上帝在人间国度的崛起。我之前提到的神学，现在正在重新扳回局面。但就像您说的，将来发生的事可能会出人预料。我不喜欢预测未来的人，他们研究过去，在过去发生的事情里，也只看到对他们有用的部分。摸着石头过河，可能没那么快速迅捷，但更保险，尤其是当漩涡很多时。在我看来，生活在混乱的边缘无法避免，那些意识到所有生活、事物的平衡都是临时的人，尤其是写作的人会感受到这一点。脑子里一定要有清醒的认识，那就是在一个特定的地方，有些事情运作良好，有些东西行不通，在很远的地方，某样东西失去平衡后产生的后果，很快就会冲击到我们。

拉乔亚："那不勒斯四部曲"的结局，好像代表了意大利一个历史时期的结束。第二次世界大战结束，有某种重生的意味。我在想，事情是不是真是这样？或者说，意大利是不是经常都处于悬崖之上，处于某种绝境（有时候可能真是这样，就像我刚才引用的埃莱娜的反思一样，会用一种赤裸、直接的方式，说出一些其他国家会掩盖，会修饰的现实）。我们经常会觉得脚下空荡荡的。无论如何，“那不勒斯四部曲”的故事结束于1992年夏天，也就是反黑手党法官——乔万尼·法尔科内和保罗·波尔塞利诺被谋杀的那一年，也有一种收场的感觉。故事结束于1980年的地震之后，或1994年的地震也有同样的效果。或者事情正好相反，这一次我们国家正在翻开（或者已经翻开）新的一页？

费兰特：我没有到站的感觉，我也没有看到结局。我不喜欢乐观主义者，也不喜欢悲观主义者，我只是想看着周围发生的事情。假如最后的目标是所有人过上一种不说是很幸福，但很舒适的生活，这是没有终点的。反思整个过程，牵扯到的不仅仅是个人的生活，就像我说的，那是几代人的生活。我和您——还有任何人——不仅仅代表了“现在时”，不仅仅是“最近几十年”。

拉乔亚：意大利人各扫门前雪，从历史上来说，他们很少关心公众利益。我们是一个家庭至上的国家，家庭是社会的基本单位，我们可以想象，有时候也是最大单位。同时，家庭也是产生激烈冲突的地方，我觉得这两种情况并不相悖。无论是对于莉拉还是埃莱娜，情况一直都是这样，血缘关系根深蒂固，一直都想控制我们。每一种习俗的沿袭都会有代价，这一点我同意。但在意大利，要摆脱家庭束缚，如果不经历各种痛苦的抗争，是不是依然不太可能？

费兰特：家庭本身就是暴力的，所有建立在血缘关系之上的东西，都有暴力的因素。也就是说，家庭关系并非我们选择的关系，那是责任强加给我们的，也不是我们决定承担的。在家庭内部，美好或糟糕的情感总是很夸张：我们总是夸大温情，拼命否认那些负面情感。上帝作为天父也很夸张，亚伯和该隐同样过分，同胞在心里激起的恶意，更让人无法忍受。该隐最后杀死了亚伯，就是想切断这种关系，他不想保护自己的兄弟。承担保护的责任让人无法忍受，不堪重负。尤其是，这种糟糕的情感不仅仅不是敌人、陌生人（这些人在河的另一边，没在我们的领土上，他们有着不同的血脉）带来的，也许是我们身边的人，是我们不得不面对的人引起的，他们是我们的镜子，我们应该爱的人，像我们自己。一个人在不造成冲突和痛苦的情况下，顺利地摆脱原生家庭是可行的，但他首先要突破自我，在不以自我为中心的基础上，要爱别人，和爱我们自己不同——这是一个危险的说法——这是我们愉快地生活在这个世上的唯一模式。我们的狂热自恋会腐蚀我们，我们争强好胜，超过别人的愿望会侵蚀我们。

拉乔亚：那些完全投身于生活的人，是不会写小说的。从这个角度看来，埃莱娜和莉拉之间的关系很典型。有很多朋友或者对手都是这样的，或者很多艺术家和他们的缪斯都是这种关系，但在小说中，这个缪斯是具体的人，而且都是非常生活化的，她们全心全意投身于生活，面对生活。莉拉完全就是俗世的女人，她全身心地投入到生活中。或者，正是因为这个原因，她才不能记录所发生的事情。尽管埃莱娜很担心她的朋友迟早都会写出一本很精彩的书，能“客观地”讲述发生的事情，但很显然，这种情况不会出现。

类似于这样的规则反复出现，这引起了我的惊异，让我会有负罪感。假如忽然间，这些“缪斯”不再是灵感的来源，那对我们是一个威胁。在我看来，这是莉拉和埃莱娜之间关系矛盾的地方之一，如何解开这种矛盾，或者说如何和这种矛盾共存？代替别人讲述发生的故事，这在表面上看来是慷慨之举，或者说正好相反，这是一种傲慢的行为。或者（这种假定最让人痛苦）这是一种武器，可以洗清我们爱的那些人，甚至抹去他们的真实存在。从这个角度来说，您和写作之间的关系是怎样的呢？

费兰特：写作是很虚荣的行为。我一直都有这种感觉，所以很长时间以来，我都偷偷写作，尤其是对那些我爱的人隐瞒我写作的事实。我怕暴露我自己，很担心他们不同意我的想法。简·奥斯丁躲在房间里写作，如果有人闯进来，她会以最快速度把稿子藏起来。我很熟悉她的反应，她为自己的自负行为感到羞愧，因为她没法为自己辩解，她获得的成功也没法抹去这种羞愧。无论我怎么想，事实都是我用自己的方式去看，去听，去想，去想象，把别人强行拉入了我的文字世界。这是我的任务吗？是一种使命吗？或者说是一种召唤？谁召唤我了，谁交给我这个使命和任务？神？人民？一个社会阶层？一个政党？一种工业文化？社会下层人民？那些打官司失败，被剥夺继承权的人？全人类？那些反复无常的女性？我的母亲，我的女性朋友？这都不是，现在一切都更赤裸、直接，其实是我授权自己写作。出于一些我自己也不知道的原因，我交给了自己这样一个任务，讲述我了解的、我所知道的时代，也就是说发生在我的眼皮子底下的事情，就是小范围内的一小群人，他们的生活、梦想、幻想和语言。我要用一种无关紧要的语言来讲述这件事。有人可能会说：我们不要夸张了，这只是工作。事情可能也只是这样。事情会发生变化，尤其是，我们的叙事发生了变化，但是虚荣依然存在。我每天大部分时间都在读书，写字，因为我交给了自己这个任务，我要讲述。这只是工作——我没法用这样的句子让自己平静下来。我什么时候认为写作是一种工作？我从来都不靠写作谋生。我写作是为了证明我活过，鉴于其他人不知道怎么写，不会写，或者不愿意写，我为自己和别人找到了一种证明的方式。好吧，假如这不是虚荣，那又是什么呢？这难道不是在说：你们看不到自己，看不到我，但我看到了你们，我看到了自己？不，这说不通。唯一的可能就是学会重新规划“自我”，把自己融入写作之中，最后脱身而出。作品写完之后就成了我们的身外之物：是我们积极生活的衍生物之一。

注：

尼古拉·拉乔亚对费兰特的采访在2015年2月到3月之间完成。这篇采访于2016年4月3日发表在《共和国报》上，标题是《我是埃莱娜·费兰特，我为什么写作》。

以下是尼古拉·拉乔亚、桑德拉·欧祖拉和埃莱娜·费兰特的书信往来。

2016年2月3日

亲爱的埃莱娜·费兰特：

非常感谢您愿意和我交流。但首先我还要感谢您写了这么精彩的作品，“那不勒斯四部曲”充满人性，也很强悍。您抬高了文学的“杠杆”，或者说，您体现了文学应有的高度，这让那些达不到这个高度的人觉得忐忑。就像您看到的，我提的那些问题，与其说是问题，不如说是我的一些个人反思，或者说我开始思考的问题，是我对这套书的看法。我希望抛砖引玉，让您可以进一步谈论您所创造的这个文学世界，还有它和我们所处的现实之间的关系。阅读您的文字真是一场难忘的体验。

向您致以诚挚的问候，

尼古拉·拉乔亚

2015年2月27日

亲爱的尼古拉·拉乔亚：

我真的非常抱歉。我很欣赏您提出的分析和问题，我试着回答这些问题，但我得承认，至少是现在，我还没法回答这些问题。刚开始是因为我感冒了，后来斯特雷加奖的事[①]让我没办法动笔。我现在很不自在，也缺乏信心，在这几天里，我每写一段话，都会觉得很不安，我担心这些文字在公布之后会被误读，或者说被人断章取义，用在不该用的地方。因此我放下了那些问题，因为我没法心平气和地回答。我最近倒是在读您写的《残酷》，看得很投入。我感觉，字里行间都能看出您一种对文学的真正激情，这种激情，我在您提出的问题，还有探讨这些问题的话语里，一下子就感觉到了。我一定会接着回答您提的那些问题，这也是因为您对我的信任，还有出于和您交流时的愉悦。但在这个特别压抑的阶段，我希望暂且放下这些问题。我希望得到您的谅解。

埃莱娜·费兰特

亲爱的埃莱娜·费兰特：

在意大利，那些关于文学的流言蜚语，基本和文学没什么关系，那都是一些让人厌烦的东西。另外，在我给您发去那些问题时，我不知道艾诺蒂出版社推荐我的小说参加了斯特雷加奖评选，也许您也不知道自己的作品也被推荐了。当我知道这些事

---

① 尼古拉·拉乔亚和埃莱娜·费兰特均入围了2015年斯特雷加奖（意大利最负盛名的文学奖项）的最终提名。最后，尼古拉·拉乔亚的小说《残酷》获奖。

情之后，我马上想到，我们之间的交流，在别人看来可能是两个“公平竞争”的作家在轻松自在地交流，只是谈谈文学，那是他们唯一感兴趣的事情。但我明白，会有一些别有用心的人，会不失时机地捕风捉影，散布闲言碎语。但无论如何，三月十三日的阅读活动我还是会去参加。我会很荣幸在“品书”活动中阅读《我的天才女友》的一些段落。假如您以后想和我接着聊，我会很荣幸。那些闲言碎语会过去的，真正的好书会存留下来，谈论它们永远都不会晚。

致以亲切问候，

尼古拉

2015年9月30日

亲爱的尼古拉：

费兰特让我们把那些精彩问题（不仅仅是问题）的答案发给您。我觉得你们的对话很精彩，但她要求现在暂时不要发表这些东西。

致以亲切问候，

桑德拉

亲爱的尼古拉：

我答应过您，斯特雷加奖的风波过去之后，我会回答您提出的问题。现在我完成了回答，但我请求您目前不要发表。有一些回答非常长，有时候我也很混乱，我担心会有些回答过于随意，缺乏周全的考虑。我还是决定把我的答复发给您，因为我之前已经答应您了，也出于我对您的敬意和欣赏。

我在回答问题时，是按照您提出的不同主题。但我尽量撇开

“那不勒斯四部曲”去考虑这些问题。就像所有那些书——无论好坏——“那不勒斯四部曲”是一个有弹性的有机体，对于读者，它就应该保持那个样子，读者可以任意去解读。我总是喜欢引用巴特的一些句子，他在评论巴尔扎克的《萨拉金》时，解读了故事中的“S”和“Z”的功能。巴特的评论有理有据，或者说是一种充满想象力的荒唐解读，他的评论说明了每个文本都有无限可能，不仅仅是句子，不仅仅是名字，包括单独的字母都是精心构思的，是为引发读者的思考。作为一个作家，提出一种“正确的阐释”，会抹去文本的弹性，这是一种不可原谅的罪过。每次这么做，我都会后悔。也许，应该允许这种情况，就是作者写的东西和读者读的东西之间没有必然联系。我这样说，并不是想告诉您，您表达的已经脱离了正轨，我只是希望，我的书表达了我想到的东西，我是在特定的环境中写的那些书。

埃莱娜

2015 年 10 月 1 日

亲爱的桑德拉：

请您代我向埃莱娜·费兰特表示感谢。在我看来，她的很多回答，不但非常精彩，而且很重要，因为她面对的是文学写作的一些问题，是一个作家对文本的阐释。她所采用的分析方法，在现在的文化论坛，尤其在意大利文坛上更为罕见。

至于什么时候发表这些文字，我尊重埃莱娜·费兰特的意思。假如她还想修订、润色，让分析更清晰，也请随时联系我。对于我来说，文学高于新闻报道，时间不是问题。

致以诚挚问候！

尼古拉

人名、报刊名对照表

A

阿德里亚娜·卡瓦莱罗　Adriana Cavarero

阿德里亚诺·索弗里　Adriano Sofri

阿尔尼·马提亚松　Árni Matthíasson

阿玛利亚·罗塞里　Amelia Rosselli

埃莱娜·卡亚索　Elena Gagliasso

艾尔莎·莫兰黛　Elsa Morante

艾诺蒂出版社　Einaudi

爱丽莎·沙贝尔　Elissa Schappell

安·恩莱特　Anne Enright

安·戈德斯坦　Ann Goldstein

安德烈阿·阿圭拉尔　Andrea Aguilar

安德烈阿·德卡罗　Andrea De Carlo

安杰拉·路切　Angela Luce

安娜·博纳伊伍图　Anna Bonaiuto

安娜·玛利亚·奥尔特赛　Anna Maria Ortese

安娜玛利亚·瓜达尼　Annamaria Guadagni

安琪奥拉·科达奇—比萨内里　Angiola Codacci-Pisanelli

B

保罗·波尔塞利诺　Paolo Borsellino

保罗·迪斯特凡诺　Paolo di Stefano

葆拉·福克斯　Paula Fox

《卑尔根时报》　Bergens Tidende & Aftenposten

《标准报》　De Standaard

C

《晨报》　Morgunblaðið

D

黛博拉·奥尔　Deborah Orr

迪乌娜·诺塔尔巴托洛　Tjuna Notarbartolo

多梅尼科·斯塔尔诺内　Domenico Starnone

F

法布丽齐亚·拉蒙迪诺　Fabrizia Ramondino

费德里科·托齐　Federico Tozzi

弗朗西斯科·埃尔巴尼　Francesco Erbani

弗朗西斯科·皮科洛　Francesco Piccolo

弗朗西斯科·约韦内　Francesco Iovine

《弗里兹》杂志　Frieze

G

戈弗雷多·福菲　Goffredo Fofi

格雷夫斯　Robert Graves

格蕾丝·佩里　Grace Paley

古德蒙·斯奇尔达　Gudmund Skjeldal

古斯塔夫·韦格兰　Gustav Vigeland

顾狄利百出版社　Quodilibet

《国家报》文化副刊《巴别利亚》 Babelia/El País

H

贺加斯出版社 Hogarth
亨利・詹姆斯 Henry James

J

杰奎琳・里塞 Jacqueline Risset
津加雷蒂 Luca Zingaretti

K

卡尔・奥维・克瑙斯高 Karl Ove Knausgård
卡尔洛・艾米利奥・加达 Carlo Emilio Gadda
卡拉・隆奇 Carla Lonzi
卡罗・福鲁特罗 Carlo Fruttero
卡罗・卡奇 Carlo Cecchi
卡米拉・瓦莱蒂 Camilla Valletti
卡伦・布里克森 Karen Blixen
凯伦・沃尔比 Karen Valby
克拉丽丝・李斯佩克朵 Clarice Lispector
克里斯托弗・威廉・埃克斯贝格 Christoffer Eckersberg
克莉丝汀・索尔斯达 Kristin Sørsdal
孔奇塔・德戈里高利 Concita De Gregorio
库尔齐奥・马拉巴特 Curzio Malaparte
《快报》 L'Espresso

L

拉法耶特夫人 Madame de La Fayette
劳伦斯・斯特恩 Laurence Sterne
莱奥帕尔迪 Giacomo Leopardi
雷纳托・卡乔波里 Renato Caccioppoli
雷切尔・多纳迪奥 Rachel Donadio
丽兹・约比 Liz Jobey
莉西亚・玛耶塔 Licia Magliet
路易莎・穆拉罗 Luisa Muraro
露丝・乔 Ruth Joos
露丝・伊里加雷 Luce Irigaray
罗伯特・法恩扎 Roberto Faenza
罗伯特・萨维亚诺 Roberto Saviano
罗西・布拉伊多蒂 Rosi Braidotti

M

马哈雷特・马扎蒂尼 Margaret Mazzantini
马雷克・凡・德尔・亚赫特 Marrek van der Jagt
马里奥・马尔托内 Mario Martone
玛格丽塔・布伊 Margherita Buy
玛丽娜・阿布拉莫维奇 Marina Abramovic
玛莉娜・泰拉尼 Marina Terragni
毛利西奥・梅雷莱 Maurício Meireles
梅根・奥罗克 Meghan O'Rourke
梅兰妮・克莱因 Melanie Klein
蒙达多里出版社 Mondadori
米凯拉・穆尔嘉 Michela Murgia
米歇尔・雷诺兹 Michael Reynolds
《目录》杂志 Indice

N

尼古拉・拉乔亚 Nicola Lagioia

尼内托・达沃里　Ninetto Davoli
诺思洛普・弗莱　Northrup Frye

O

“欧洲”出版社　Europa Editions

P

帕特里斯・夏侯　Patrice Chéreau

Q

乔纳森・利特尔　Jonathan Littell
乔万尼・法尔科内　Giovanni Falcone
乔治・阿甘本　Giorgio Agamben
钦齐亚・菲奥里　Cinzia Fiori
《全球》　O Globo

R

让—诺艾・斯奇法诺　Jeal-Noël Schifano

S

贾科莫　Salvatore Di Giacomo
塞斯佩德斯　Alba de Céspedes
桑德拉・欧祖拉　Sandra Ozzola
桑德罗・费里　Sandro Ferri
什克洛夫斯基　Victor Shklovsky
史坦尼斯劳・莱姆　Stanislaw Lem
《世界图书出版》　Uitgeverij Wereldbibliotheek
舒拉米斯・费尔斯通　Shulamith Firestone
《淑女》　The Gentlewoman
斯特法妮娅・斯卡特尼　Stefania Scateni

T

唐纳・哈拉维　Donna Haraway
《团结报》　l’Unità

W

瓦莱丽娅・帕莱拉　Valeria Parrella
《晚邮报》　Corriere della Sera
《微大》杂志　Micromega
维奥拉・迪戈拉多　Viola Di Grado
维尔加　Giovanni Verga
《我是女人》杂志　Io Donna

X

西尔维娅・阿瓦罗内　Silvia Avallone
西尔维娅・圭里尼　Silvia Querini
西蒙娜・奥利韦托　Simona Olivito
西蒙娜・芬奇　Simona Vinc
西莫内塔・菲奥里　Simonetta Fiori
西苏　Hélène Cixous
《信使报》　Il Messaggero

Y

亚德里亚娜・卡瓦雷罗　Adriana Cavarero
亚赛明・孔加尔　Yasemin Çongar
耶斯佩尔・斯托加德・詹森　Jesper Storgaard Jensen
《阴影线》双月刊　Linea d’ombra

Z

詹姆斯・伍德　James Wood
《周末读物》　Weekendavisen
《周末娱乐》　Entertainment Weekly
朱丽娅・卡利加　Giulia Calligaro
朱莉亚娜・奥利维罗　Giuliana Olivero

关于作者

埃莱娜·费兰特著有小说《烦人的爱》，导演马里奥·马尔托内根据这部小说拍了一部同名电影。她的第二部小说是《被遗弃的日子》，被导演罗伯特·法恩扎拍成电影。在《碎片》中，她讲述了自己的写作生涯。2006 年，e/o 出版社出版了她的小说《暗处的女儿》，2007 年出版了儿童读物《夜晚的海滩》，2011 年出版了“那不勒斯四部曲”第一部《我的天才女友》，2012 年出版了第二部《新名字的故事》，2013 年出版了第三部《离开的，留下的》，2014 年出版了最后一部《失踪的孩子》。